中国艺术研究院基本科研业务费项目
（项目编号：2020-补-3）

新时代文化艺术思想
研究文库

韩子勇·主编

宋蒙　高琰鑫·编

国家文化公园建设研究

Series of Studies on Cultural and Artistic Thought for the New Era

文化艺术出版社
Culture and Art Publishing House

图书在版编目（CIP）数据

国家文化公园建设研究 / 宋蒙，高琰鑫编. —北京：文化艺术出版社，2021.6
（新时代文化艺术思想研究文库 / 韩子勇主编）
ISBN 978-7-5039-6700-9

Ⅰ.①国⋯ Ⅱ.①宋⋯②高⋯ Ⅲ.①文化—国家公园—建设—研究—中国 Ⅳ.①G122

中国版本图书馆CIP数据核字（2021）第114353号

国家文化公园建设研究
（新时代文化艺术思想研究文库）

主　　编	韩子勇
编　　者	宋　蒙　高琰鑫
丛书统筹	董良敏　赵　月　贾　茜
责任编辑	刘锐桢
责任校对	董　斌
书籍设计	赵　矗
出版发行	文化藝術出版社
地　　址	北京市东城区东四八条52号　（100700）
网　　址	www.caaph.com
电子邮箱	s@caaph.com
电　　话	（010）84057666（总编室）　84057667（办公室） 　　　　　84057696—84057699（发行部）
传　　真	（010）84057660（总编室）　84057670（办公室） 　　　　　84057690（发行部）
经　　销	新华书店
印　　刷	国英印务有限公司
版　　次	2021年12月第1版
印　　次	2021年12月第1次印刷
开　　本	710毫米×1000毫米　1/16
印　　张	30.5
字　　数	300千字
书　　号	ISBN 978-7-5039-6700-9
定　　价	98.00元

版权所有，侵权必究。如有印装错误，随时调换。

总　序

文化艺术分期，从根本上说，总是和整个社会的变化紧密联系。文化艺术是社会生活的一部分，和生产力、生产关系、生产方式、经济基础、上层建筑、历史传统等等这些看上去或远或近、重重叠叠的构造，有着千回百结、直接间接的联系。它自身的规律性其实也存在于整个社会系统的规律性之中，它无法彻底地抽身而出、孤立于社会生活之外——文化艺术的道路就是历史走过的道路。

经过改革开放三十多年的持续积累和不断进步，从党的十八大开始，中国特色社会主义进入新时代。以习近平新时代中国特色社会主义思想为指导，中国社会方方面面发生了一系列影响深远的重大变化，中华民族伟大复兴的热切愿望和社会力量，从来没有像今天这样如此鲜明地浮现出来，碰撞着、隆起着、升腾着，塑造着新的格局与境界。我们感受着这一切，真切地触摸到历史发展的脉动，看到了风云激荡的百年变局里，中国人众志成城、奋楫扬帆的星辰大海之路。

从新时期到新时代，中国文化艺术波澜壮阔的发展变化值得梳理、总结和研究。特别是十八大以来，围绕着习近平总书记关于文化艺术的系列重要讲话、论述中的部分核心命题，新时代文化艺术思想研究呈现怎样的面貌？取得了哪些进展？我们编辑出版的这套《新时代文化艺术思想研究文库》，以期做一个在场的总结和描述，并拟随着深入和细化，不断续编，跟踪描述。

今年是党的百年华诞，也是中国艺术研究院建院七十周年。谨以此书献给党的百年华诞，献给中华民族伟大复兴的新时代，献给蓬勃而起的新时代的文化艺术。

韩子勇

2021 年 8 月 10 日

国家文化公园研究报告

宋　蒙　高琰鑫

建设国家文化公园，是以习近平同志为核心的党中央作出的重大决策部署，是推动新时代文化繁荣发展的重大文化工程，也是我国文化建设中的一大盛举。九曲黄河、万里长城、千年大运河、二万五千里长征是中华民族的重要文化符号，是中国精神的重要载体，围绕黄河、长城、大运河、长征建设国家文化公园可以极大地整合我国文化文物资源，对于传承弘扬中华优秀传统文化，促进中华优秀传统文化创新性发展，实现中华民族伟大复兴的中国梦具有重要意义。

2019年7月24日，习近平总书记主持召开中央全面深化改革委员会第九次会议，审议通过了《长城、大运河、长征国家文化公园建设方案》（以下简称《方案》）。《方案》强调，要以习近平新时代中国特色社会主义思想为指导，全面贯彻党的十九大精神，以长城、大运河、长征沿线一系列主题明确、内涵清晰、影响突出的文物和文化资源为主干，生动呈现中华文化的独特创造、价值理念和鲜明特色，促进科学保护、世代传承、合理利用，积极拓展思路、创新方法、完善机制，到2023年底基本完成建设任务，使长城、大运河、长征沿线文物和文化资源保护传承利用和协调推进局面初步形成,权责明确、运营高效、监督规范的管理模式初具雏形,形成一批可复制推广的成果经验,为全面推进国家文化公园建设创造良好条件。2020年1月3日,习近平总书记主持召开中央财经委员会第六次会议,明确要求谋划建设黄河国家文化公园。2020年10月29日,中国共产党第十九届中央委员会第五次全体会议通过《中共中央关于制定国民经济和社会发展第十四个五年规划和二〇三五年远景目标的建议》,明确提出建设黄河国家文化公园。

为深入贯彻落实《长城、大运河、长征国家文化公园建设方案》,加快推进长城、大运河、长征国家文化公园建设,中宣部、国家发展改革委、文化和旅游部等国家文化公园建设工作领导小组各组成单位和有关地方高度重视,密切沟通协调,克服新冠肺炎疫情影响,有序推进各项工作。2019年9月27日,大运河国家文化公园建设推进会在江苏扬州召开。2020年12月11日,长城国家文化公园建设推进会在河北秦皇岛召开。2020年12月23日至24日,长征国家文化公园建设推进会在贵州遵义召开。2021年2月9日,国家文化公园专家咨询委员会秘书处挂牌仪式在北京举行,专家咨询委员会秘书处设在中国艺术研究院,承担委员会的日常运作、协调服务和组织管理。这标志着国家文化公园专家咨询委员会正式组建,国家文化公园工作机制建设开启新的阶段。2021年8月8日,为深入学习贯彻习近平总书记关于国家文化公园建设的重要指示精神,加快推进国家文化公园建设,国家文化公园建设工作领导小组印发《长城国家文化公园建设保护规划》《大运河国家文化公园建设保护规划》《长征国家文化公园建设保护规划》,要求各相关部门和沿线省份结合实际抓好贯彻落实。

早在2018年,就有学者关注国家文化公园建设,之后文化学、旅游学、艺术学、历史学、经济学、设计学等相关学科领域的专家学者更多聚焦这一重大文化工程。截至2021年8月底，可在中国知网上检索到与"国家文化公园"相关的成果200余篇。大体上是从国家文化公园的主题阐释、文化内涵、规划建设、管理体制机制这四个方面展开研究。

一、国家文化公园的主题阐释研究

党的十八大以来，我国进入新时代的发展时期，国家文化公园作为全新理念提出，可以说恰逢其时，对内有助于增强国家文化软实力，提高文化自信，铸牢中华民族共同体意识，推动实现文化强国战略；对外有利于建立中华民族统一的文化标识，讲好中国故事，树立中国良好的国际形象，促进人类文明交流互鉴。国家文化公园不仅是一个全新的理念，更是一个复杂的文化工程系统，因此，亟需就这一主题进行全方面的系统阐释。

（一）国家文化公园的概念研究

王学斌从三个层面深入解析了国家文化公园的概念。首先，"国家"是鲜明底色。他提出，国家文化公园需永葆"国家"底色，始终立足国家高度。从制度层面来看，习近平总书记亲自谋划、亲自推动，国家层面印发了多个相关文件，确保其总体上的公益性基调。从形象选取而言，国家文化公园是整合具有突出意义、重要影响、重大主题的文物和文化资源。其次，"文化"是内在灵魂。具体而言，无论是长城、大运河，抑或长征、黄河，都是中华民族独一无二的、承载着最深层文化记忆的符号，国家文化公园蕴含着中华民族千百年来存亡绝续的文化基因和精神密码。最后，

"公园"是基本定位。"国家文化公园代表着'国家'的顶层设计,意在展示宏观格局;'文化'体现了本质属性,贵在强化情感关联,那么'公园'则是权属表达和空间限定,拥有不可替代的复合功能。"① 国家文化公园拥有文化资源的宝库与中华民族的精神家园,文化交流与展示的平台、文化与旅游深度融合发展的舞台的三重定位。

王克岭对国家文化公园的概念做了抽象化阐释和具象化阐释。他基于2003年2月发布的《旅游资源分类国家标准》,结合严国泰关于"中国国家公园可基于联合国教科文组织发布的世界遗产类型进行归类,归集为自然型、文化型和文化景观型国家公园"的观点,提出"国家文化公园是依托'遗址遗迹'和'建筑与设施'等人文旅游资源,具有代表性、延展性、非日常性主题,由国家主导生产的主客共享的国际化公共产品"② 的概念。同时,他以长城为例,具象化地阐释了国家文化公园的概念。他认为,基于类型、价值维度,对长城沿线文化资源分类(静态型、动态型、重塑型)、分级(静态型——国保、省保、市保、不详;动态型——国家、省、市、县)进行排查,由国家主导生产主客共享的公共产品(长城精神空间)就显得必要且紧迫。王克岭把国家文化公园定义为公共产品,这一理念对于国家文化公园的管理建设具有启发意义。

除了从"休憩空间""公共产品"的角度出发探讨国家文化公园的概念,一些研究者还把国家文化公园定义为"特定区域""特殊区域",从这个角度探索国家文化公园的概念。李树信通过对国家公园概念与发展特点以及线性文化遗产的保护利用的梳理,阐述了国家文化公园的概念。他提

---

① 王学斌:《什么是"国家文化公园"》,《学习时报》2021年8月16日。
② 王克岭:《国家文化公园的理论探索与实践思考》,《企业经济》2021年第4期。

出"国家文化公园是由国家批准设立并主导管理,以保护具有国家代表性的文物和文化资源,传承、弘扬中华民族文化精神、文化信仰和价值观为主要目的,实施公园化管理经营的特定区域"①的概念。还有学者认为,国家文化公园是"以保护传承和弘扬具有国家或国际意义的文化资源、文化精神或价值的主要目的,兼具弘扬与传承中华传统文化、爱国教育、科研实践、国际交流、旅游休闲、娱乐体验等文化服务功能,且经国家有关部门认定、建立、管理的特殊区域"②。

相比而言,王克岭的"空间产品"的概念更具综合性,王学斌、李树信和博雅方略研究院更偏重区域概念。总体来说,"国家文化公园"概念提出不久,仍需更多学者对其进行探索与阐释,进一步明确国家文化公园的概念。

(二)国家文化公园的特质研究

冷志明以字面拆解破题的方式对国家文化公园的特性进行解读,提出国家文化公园具有国家性、文化性、公园性。一是国家性。具体来讲,国家性体现在建设的指导思想上,国家文化公园"以习近平新时代中国特色社会主义思想为指导,全面贯彻党的十九大精神,以长城、大运河、长征、黄河沿线一系列主题明确、内涵清晰、影响突出的文物和文化资源为主干,做大做强中华文化重要标志"③。在管理体制上,"构建'中央统筹、省负总责、市县落实'的工作格局","体现国家意志和国家行为,凸显国

---

① 李树信:《国家文化公园的功能、价值及实现途径》,《中国经贸导刊(中)》2021年第3期。
② 博雅方略研究院:《建设国家文化公园 彰显中华文化自信》,《中国旅游报》2020年1月3日。
③ 冷志明:《国家文化公园:线性文化遗产保护传承利用的创新性探索》,《中国旅游报》2021年6月2日。

家文化公园的'国家象征'"。二是文化性。冷志明强调,一方面,国家文化公园的特性区别于国家森林公园、国家地质公园;另一方面,国家文化公园并不搞重复建设,而是整合中华文化资源。三是公园性。这一特性决定了"国家文化公园实施公园化管理运营,使公众成为积极参与者和主要受益者",要坚持开放性,体现公益性。

(三)国家文化公园的功能价值研究

李树信较为全面地解读了国家文化公园的功能与价值,他提出"国家文化公园具有保护传承功能、宣传教育功能、科学研究功能、游憩功能和社区发展功能"[①],并分别阐述了各个功能内涵:保护传承功能是国家文化公园的基本功能,宣传教育功能是国家文化公园的核心功能,科学研究功能是国家文化公园的重要功能,游憩功能是国家文化公园的价值体现,社区发展功能是国家文化公园可持续发展的基础。李树信表示,国家文化公园的价值可以分为本体价值和衍生价值,本体价值包括历史文化价值、科学价值、艺术价值,衍生价值包括社会价值、经济价值、文化价值、环境价值。他强调,历史文化价值是国家文化公园的核心和灵魂,也是国家文化公园其他价值的基础。

赵云对国家文化公园的价值研究着眼于实践和评估体系建设,他指出,价值研究是国家文化公园基础理论研究中最紧迫且具有全局性的学术问题。他表示,公园区域文化整合是该过程的本质,文化遗产有效保护是其基本要求,品牌价值的创建与实现是其理想状态,为此建立了涵盖建设和运营阶段全流程、动态性的国家文化公园价值评估的内容框架,包含核

---

① 李树信:《国家文化公园的功能、价值及实现途径》,《中国经贸导刊(中)》2021年第3期。

心遗产价值评估、公园整体价值评估、品牌价值评估三个方面。"通过价值实现过程与建设、运营过程对接，采用贯穿整个过程的价值主导方法，针对国家文化公园这一创新命题建立起合规律性与合目的性统一的分析框架，梳理了各对矛盾的辩证统一关系，建立起国家文化公园价值评估的理论基础。"[1]

还有研究者提出国家文化公园是彰显中华文化自信的重要标识，是"中国文化传播的重要渠道"，是"文化与旅游融合发展的新名片"。[2]

（四）国家文化公园的国际经验研究

国家文化公园是我国提出的全新理念，其建设经验研究处于初始阶段，国外关于国家公园的理论研究和实践经验较为成熟。不少学者放眼国际，从文化遗产保护、遴选标准、规划建设、管理体制机制这四个角度，在他者的经验中探索我国国家文化公园建设的理论与实践基础。

首先，从文化遗产保护的角度看，李飞对欧洲的文化线路、美国的遗产廊道和中国的线性文化遗产这三条国家文化公园发端的理论源流进行了阐述，对欧洲、美国的经验进行了解读。他提出，欧洲文化线路理论重点强调了身份识别和文化认同对政治统一的意义，跨越不同民族国家的大型线路遗产是不同地域间的联系纽带，对其认定和管理由欧洲联合权力机构负责与协调有积极意义。美国遗产廊道从属于国家公园体系，重视景观质量和环境保护，同时对遗产区域内的人和文化要素给予关注，并拥有完整的评价体系，是美国政府重要的公益事业。他强调，我国有着与欧洲同等

---

[1] 赵云、赵荣：《中国国家文化公园价值研究：实现过程与评估框架》，《东南文化》2020年第4期。
[2] 博雅方略研究院：《建设国家文化公园 彰显中华文化自信》，《中国旅游报》2020年1月3日。

厚重的文化积淀和多样的民族文化，同时有着略大于美国的统一辽阔疆域，欧美关于大尺度空间下的遗产保护利用理论、管理运行模式，与我国本土化的理论探索和实践相结合，共同构成国家文化公园的重要理论基础。①

龚道德梳理了国外历史、文化类国家公园的历史脉络，分析了中西哲学思想和文化遗产截然不同的特性。他认为，一方面，由于西方"主客二分"与中华民族"天人合一"的哲学观念的不同，造成了二者保护价值观的差异；另一方面，由于中西文化遗产中文物建筑、非物质文化遗产、景观遗产三个层面的特性本身的不同，导致了我国国家文化公园与西方国家史迹类公园观照角度产生分歧。"我国采用'国家文化公园'这一概念，是我国从具体国情出发，对西方国家公园制度的大胆衍生和创造。"②

此外，张玉钧考察了国家公园中的游憩策略，指出在国家公园实施游憩策略的目标是在保护的前提下，在一般控制区内划定适当区域开展生态教育、自然体验、生态旅游等游憩活动，以四个实现途径最终构建起高品质和多样化的生态产品体系。他强调，在创新游憩产品的过程中，平衡资源保护和游憩发展的关系，兼顾生态系统的完整性及区域生态敏感性，尽可能降低游憩产品对国家公园生态环境的影响，确保国家公园的永续利用与发展，实现人与自然的和谐共生，推进生态文明建设。③

其次，从国家文化公园管理体制机制的国际经验研究角度看，邹统钎等提出，在国际上，国家公园体系日益完善，以日本、韩国为代表的亚洲综合管理型国家公园体系，具有主体明确、责权明晰的管理体制，政府主

---

① 参见李飞、邹统钎《论国家文化公园：逻辑、源流、意蕴》，《旅游学刊》2021 年第 1 期。
② 龚道德：《国家文化公园概念的缘起与特质解读》，《中国园林》2021 年第 6 期。
③ 参见张玉钧《国家公园游憩策略及其实现途径》，《中华环境》2019 年第 8 期。

导、有效分配的财政体制，遗产活化、全民参与的保护体制。而以德国为代表的欧洲地方自治型国家公园体系，则在管理体制方面国家指导、地方自治，在财政体制方面政府为主、营收为辅，在保护体制方面回归大众、保护原真。以加拿大为代表的美洲自上而下管理型国家公园体系，则在管理体制上呈现企业模式、与时俱进，在财政体制上政府扶持、追求效率，在保护体制上战略引导、尊重文化的特征。亚洲、欧洲、美洲在国家公园的管理体制、财政体制、文化遗产保护机制方面都做出了有益的探索。"在这些完整的国家公园体系中，文化型的国家公园是其重要组成部分"①，为我国国家文化公园的管理体制、财政体制、保护体制建设提供了宝贵经验。

再次，从国家文化公园遴选标准的国际经验角度看，吴丽云等以美国模式、法德模式为例，探讨了我国国家文化公园的遴选标准问题。她指出，美国经验总结来讲是高标准、多程序，其基本入选标准包括国家重要性、适宜性、可行性、管理的不可替代性四项。此外，入选美国国家公园体系，需要经过一系列严格的审查程序，包括申报提案、资源调查与评价、协调关系、确定边界、核准五步。相比之下，法德经验重视群众意愿，广泛征询意见。"在入选标准方面，根据德国《联邦自然保留区法案》，国家公园区域的遴选需符合三项规定：一是区域的资源具有特殊性；二是区域大部分符合自然保护区的相关规范；三是区域受人类影响较少，适合被划为自然保护区。在管理机构及遴选程序方面，20世纪初，欧洲一些国家设立了自然保护机构，如德国的自然保护与公园协会、法国的鸟

---

① 邹统钎、常梦倩、赖梦丽：《国家文化公园管理模式的国际经验借鉴》，《中国旅游报》2019年11月5日。

类保护协会等。"① 上述国际经验，为国家文化公园今后的主题遴选提供了思路。

最后，还有学者从具体建设方案的角度研究国家文化公园的国际经验。朱民阳以美国黄石国家公园为例，提出建设大运河国家文化公园，要树立保护第一、保护传承利用相统一的理念，须突出保护文化遗产及其周边环境的完整性，保护文化遗产的真实性和多样性，让文化遗产得以自然展现。同时，他通过美国出台的《伊利运河国家遗产廊道法案》，指出要用法律制度保障国家文化公园建设，在充分的前期调研工作的基础上，以立法的形式将国家文化公园的管理体制、权责体系、机构设置等明确下来，推动大运河遗产的保护、展示、利用，以及将运河治理等工作纳入法治轨道，改变因多头管理、空间交叉重叠带来的保护和管理体系碎片化等问题。此外，朱民阳还以加拿大、日本、韩国、德国为例，表示"我国建设国家文化公园要建立主体明确、责权明晰的管理体制，处理好公益性与市场化的关系，注重彰显个性、突出亮点"②。

二、国家文化公园的文化内涵研究

国家文化公园最突出的特质就是具有强烈的文化标识性，黄河、长城、大运河、长征是中华民族精神的重要象征，承载着中国上下五千年悠久灿烂的文化基因，是国家文化公园概念立足、管理建设的根基，对国家文化公园的文化内涵的阐释是学者们的研究重点。其中最值得重视的研究

---

① 吴丽云、常梦倩：《国家文化公园遴选标准的国际经验借鉴》，《环境经济》2020 年第 Z2 期。
② 朱民阳：《借鉴国际经验 建好大运河国家文化公园》，《群众》2019 年第 24 期。

成果是中国艺术研究院院长韩子勇研究员的《黄河：一部中华民族的伟大史诗》[①]和由韩子勇主编、中国艺术研究院10余位学者撰写的《黄河文化论纲》《长城文化论纲》《大运河文化论纲》《长征精神论纲》四部论纲，对黄河文化、长城文化、大运河文化、长征精神进行了深刻、全面、系统的梳理与归纳，对探索国家文化公园的文化内涵具有纲领意义和引领价值。

韩子勇以道法自然的自然观、纵贯时空的历史观、心怀穹宇的文明观、天人合一的宇宙观描绘了波澜壮阔的华夏文化图卷，饱含深情地深刻阐释黄河是中华民族的伟大史诗这一重要文化内涵。从自然地理的角度出发，他提出大河文明是文明古国共有的故事模式，黄河是中华文明的温床，是中华民族的母亲河。他分析了黄土高原和黄河巨大塑造力形成的地理原因，并以溯本怀古的哲思阐释了黄河与中华民族的民族特性形成之间的内在联系。同时，准确描摹了黄河作为母亲河的文化意象，并从历史向度出发，探讨了农耕文明与游牧文明如何在自然地理规定的生产方式中分野，又是如何在黄河的"几"字臂中融汇相生，以及华夏文明的精魂如何在历史的熔炉中淬炼涅槃、绵延不绝的原因。最后，韩子勇立足于当下，指出黄河对于形成中华文明民族精神的重要意义，探究了黄河文化与中国共产党伟大历史实践的互相作用的关系。韩子勇系统论述了黄河文化内涵，对于2021年发表的《黄河文化论纲》的撰写起到了奠基和引领作用。

任慧、李静、肖怀德、鲁太光合撰的《黄河文化论纲》一文，从黄河是中华民族的母亲河、中华文明的发祥地、中华民族的根和魂、中华民族的伟大史诗这四个方面全面阐述了黄河文化公园所承载的黄河文化的内涵。文章从自然地理空间的角度论述了黄河作为中华民族文明源头的自然

[①] 韩子勇：《黄河：一部中华民族的伟大史诗》，《光明日报》2019年12月13日。

基础，进而阐释了黄河是孕育中华文明的母亲河："黄河是风、水、土的合力巨作，是天作地合，如阴阳，如父母，如伟大的受孕、化育和成长，为中华文明的诞生铺就天然的产床。"① 同时，通过分析黄河流域得天独厚的自然地理条件、内部运化以及与其他文化交融的过程，从横向的空间维度和纵向的时间维度揭示了黄河的中华文化轴心地位。除此之外，文章通过对中华民族的大一统、团结统一的民族精神进行研究，并追本溯源，全面提炼、描摹出中华民族形象，并揭示了这种独特的民族特性与黄河的内在关系，阐释了黄河是中华民族的根与魂的文化意蕴。文章还结合中国共产党的百年党史，深入探讨了黄河文化与红色革命文化的交融。

彭岚嘉、王兴文的《黄河文化的脉络结构和开发利用——以甘肃黄河文化开发为例》一文提出，黄河文化的结构是一个由多条脉线交织而成的网状结构。黄河文化主脉线主要有生物化石线、文明遗址线、农耕文化线、民族文化线、宗教文化线、民间文化线、文学艺术线、建筑文化线等。每条主脉线上又分布有若干副脉线，这些脉线交错纠结，共同织就了具有生成性、开放性的网状结构式的黄河文化系统。② 文章立足甘肃黄河文化内涵进行了结构分层，较早对黄河文化进行了阐释。

王玉玊、谷卿、刘先福合撰的《长城文化论纲》一文，从长城作为民族融合的历史见证、中华民族的精神象征、与时俱进的文化地标这三个方面探讨长城文化公园所包含的文化内涵。文章首先从长城修建的历史维度出发，总体上把握了"长城不仅是单纯的物质实体，还是一套不断演进的军事防御体系与政治管理方式，是农耕民族与游牧民族实现军事、经济、

---

① 任慧、李静、肖怀德、鲁太光：《黄河文化论纲》，《艺术学研究》2021年第1期。
② 参见彭岚嘉、王兴文《黄河文化的脉络结构和开发利用——以甘肃黄河文化开发为例》，《甘肃行政学院学报》2014年第2期。

文化碰撞交流的界面与窗口"①的文化意蕴。文章提出，作为民族融合的历史见证，长城重构"天下"，巩固新的政治秩序，并且界分农牧，见证两种文明互动融合，还列举大量史实说明长城护卫通路，促成国家与民族间交流。同时，文章分别从古代长城诗文，近代长城新解，抗日救亡时期"血肉长城"的家国情怀的三个历史维度，分析了长城作为中华民族精神象征的文化意象。此外，文章站在当代的时空向度，探讨了长城文化主要呈现的三类文化形态：一是底蕴深厚的文化遗产形态，以长城沿线遗存的大量文物古迹为代表；二是丰富多彩的文学艺术形态，以各文艺创作的长城题材作品为载体；三是与时俱进的文化符号形态，以语词和图像形式融入社会生活的方方面面。文章指出，长城文化历经 2000 余年传承至今，影响和塑造着中国人的思维方式、审美意识和情感表达。

唐嘉、杨秀、李修建合撰的《大运河文化论纲》一文，从"上善若水""运之河""道济天下"三个维度来阐述大运河的文化内涵。文章从世界早期"水"在各个文明演进中的意义出发，运用道家哲学，联系自然地理，揭示出"水运之优势和古人之智慧"，探讨了历史上开凿大运河的原因，并对大运河开凿的历史进行了梳理，阐明了大运河开通的意义。同时，文章强调"运"在中国文化中具有重要意义，分析了"运"意义的生成来源于动，探讨了大运河之"运"的政治、经济、文化、自然地理意义。文章进一步从"水道""商道""世道"这三个层面研究大运河"道济天下"的文化内涵：一是水道，文章梳理了大运河开凿各条水道的历史，整理了大运河水道的命名，介绍了大运河的漕运功能和军事功能、灌溉功能、运载功能、连通功能，以及所带来的对于沿岸地区的经济、农业、民生、城

---

① 王玉玊、谷卿、刘先福：《长城文化论纲》，《艺术学研究》2021 年第 1 期。

市、水系桥梁建筑的影响。二是商道，由大运河的运输货物与商品功能，指出"大运河是一条商业之河"①，并探讨了大运河在连通南北和全国，以及陆上丝绸之路和海上丝绸之路所发挥的商业作用，由此滋养出运河沿线的市井气质，促进了沿线城市的商业发展，形成了大运河沿线独特的商业模式以及有别于传统农耕文化和士人文化的商业文化。同时，进一步探讨了这三者之间相互融合互补并存的关系。三是世道，文章系统阐述了大运河文化带的不同文化样态，包括茶叶文化、饮食文化、语言文化、祭祀宗教文化、建筑园林文化、戏曲文化、文学艺术、文明交流互鉴。

杨娟、李静、秦兰珺、鲁太光合撰的《长征精神论纲》一文，梳理了长征的历史概况，并从各个时代对长征精神进行阐发，对长征精神的内涵与意义进行了分析。文章提出，长征精神的内涵包括三点：一是英雄主义。英雄主义的核心要义是视死如归、大无畏的牺牲精神，它的另一种表现形式是乐观主义精神。文章列举了朱德、萧劲光、红二十五军、红三军团九名炊事员的史实来具体阐释"英雄主义"的长征精神内涵。二是理想主义。英雄主义是表现，理想信念是内里。红军之所以能忍耐难以言表的艰难困苦，战胜史无前例的危机挑战，之所以能转危为安，挺进陕北高原，开创了中国革命的高峰，是因为红军是一支理想之师、信仰之师，正如习近平总书记所指出的："崇高的理想，坚定的信念，永远是中国共产党人的政治灵魂。"文章列举了毛泽东、成仿吾、陈云、中央红军干部团、革命战士一系列事例，深刻阐释了革命理想主义精神。三是实事求是、独立自主。长征精神包含了中国共产党实事求是、独立自主地探索中国道路的精神。文章梳理了红军战略转移的思路和历程，阐发了实事求

---

① 唐嘉、杨秀、李修建：《大运河文化论纲》，《艺术学研究》2021年第1期。

是的长征精神。文章强调，长征以其空前绝后的壮举，改写了中国革命史，震撼了世界，长征精神是中国共产党和红军奉献给中国乃至全世界的精神传统。此外，文章指出长征精神作为红色时代的重要遗产，构建着中国人的代际认同和民族身份，影响着中国人的精神气质和文化品格。更进一步，"建设长征国家文化公园是探索新时代长征精神传承之路的重要举措，长征国家文化公园必将成为重要的文化地标"[①]。

高佳彬从地缘、文缘、情缘三个维度阐释了国家文化公园的文化内涵，也颇具启发价值。一是地缘。高佳彬从地理空间层面，在地缘上描构了国家文化公园的空间格局。他指出，长城纵横15个省（自治区、直辖市），大运河纵贯8个省（直辖市），长征跨越15个省（自治区、直辖市），黄河流经9个省（自治区），不同行政区划因地理枢纽联结，形成了长城地带、运河流域、黄河流域、长征沿线地区等特定地理空间范围。这些地标彼此交错，以"一纵三横"的走向，基本架构了中国地理空间格局。二是文缘。从文化层面，高佳彬提出线性的地缘联系使不同的地域区块贯通，从而实现更广泛长久的文化扩散与流动。具体而言，"黄河河道流经地区贯穿起三秦、中州、齐鲁等不同的地域文化系统，长城连接起胡与汉、农耕与游牧等不同的文明区块，大运河首尾沟通吴越、淮扬、齐鲁、中原、燕赵等地域文化"[②]。三是情缘。在情感层面，国家文化公园是基于一种文化共同体意识下内在精神内核的提炼，高佳彬以黄河和长城为例提出，黄河南北岸的两大部族经过战争，融合形成中华"炎黄"两大部族，有着独特的、厚重的情感心理意义。长城边界特有的线性空间、边缘

---

① 杨娟、李静、秦兰珺、鲁太光：《长征精神论纲》，《艺术学研究》2021年第1期。
② 高佳彬：《地缘、文缘、情缘：国家文化公园的时空凝结》，《雕塑》2021年第2期。

地带的双重性及流动性的特点，具有外部分离和内部整合的作用，串联起历史上众多族群。"长城内外是故乡"已经成为各民族的普遍心理认知。

三、国家文化公园的规划建设研究

从国家文化公园的总体规划建设，到结合黄河、长城、大运河、长征国家文化公园各自特性及具体的区域个性的具体建设方案，研究者们见仁见智，集中围绕总体规划与具体建设方案这两大方面进行了广泛深入的探讨。

（一）国家文化公园建设的总体规划研究

在总体规划建设的研究中，发现研究者们的观点集中于以下几点：一是规划先行、顶层设计；二是文化引领、遗产保护；三是统筹协调、重视特性；四是文旅融合、产业发展。

1. 规划先行、顶层设计

冷志明提出，建设国家文化公园要坚持规划先行，突出顶层设计，结合"十四五"经济社会发展规划和各类专项规划，科学编制国家文化公园建设保护规划，沿线各省区市也要结合实际制订具体实施方案，确保步调统一、上下一致、统筹推进。① 范周指出，自 2017 年首次提出"建设国家文化公园"，从中央到地方，围绕国家文化公园的规划建设工作便已展开。相关省区市在指导下编制了具体建设方案和规划纲要，推动试点建设

---

① 参见冷志明《国家文化公园：线性文化遗产保护传承利用的创新性探索》，《中国旅游报》2021 年 6 月 2 日。

和项目落地,加快国家文化公园立法进程,建立健全建设标准体系,合理规划、设计和建设管控保护区,做好项目开发的前期调研工作,强化生态环境治理监督与评估。以大运河国家文化公园建设为例,大运河国家文化公园基本完成了顶层设计,构建了中央统筹、省负总责、分级管理、分段负责的工作格局。①李树信认为,国家文化公园规划建设要通过规划树立整体意识,明确各地不同的功能定位,发挥各自比较优势。②

2. 文化引领、遗产保护

范周认为,建设国家文化公园发力点是多途径挖掘文化价值,打造中华文化重要标志。他提出,国家文化公园建设应进一步系统梳理文化遗产资源,深度挖掘中华优秀文化价值,塑造中华民族的文化认同。③一要加快统计、分类、评估与定级,编制文化遗产资源保护利用名录,建立权威、统一、动态的国家文化公园文化遗产数据库。二要进一步凝练和挖掘其所承载的历史文化价值和时代内涵,因地制宜建设一批研学基地、博物馆、纪念馆,使其成为中华文化及精神研究、学习和传播的重要基地。三要建立国家文化公园融媒体传播体系,建设具有国家文化公园特色的系统化、标准化、联动化的视觉识别系统,推动中华文化传承传播。李树信强调,国家文化公园建设必须将文化遗产的保护、发掘和研究、阐发放在首位,坚持保护优先、抢救性与预防性保护并重,充分运用现代科技手段加强文化遗产和遗产环境的保护。④冷志明表示,建设国家文化公园要突出文化引领,强化保护传承,严格落实"保护为主、抢救第一、合理利用、

---

① 参见范周《高质量推进国家文化公园建设》,《时事报告》2021年第3期。
② 参见李树信《国家文化公园的功能、价值及实现途径》,《中国经贸导刊(中)》2021年第3期。
③ 参见范周《高质量推进国家文化公园建设》,《时事报告》2021年第3期。
④ 参见李树信《国家文化公园的功能、价值及实现途径》,《中国经贸导刊(中)》2021年第3期。

加强管理"的方针，真实完整保护传承文物和非物质文化遗产，要深化对长城、大运河、长征、黄河沿线文物和文化资源保护的法律问题研究和立法建议论证，为国家文化公园建设提供法律保护。①

3. 统筹协调、重视特性

李树信提出，建设国家文化公园要注重统筹协调、系统整合，国家文化公园建设涉及国家、省、市、县四级政府，宣传、文旅、文物、发改、自然资源等多个部门，需要建立多方协同的国家文化公园建设统筹机制，还要试点示范，有序推进。② 同时，要把握好国家文化公园的共性，注重核心价值体系的整体性和完整性，还要充分考虑国家文化公园的地域广泛性和公园内各区域文化多样性、资源差异性。王克岭的研究聚焦建设国家文化公园中的特性，他认为建设国家文化公园，要发挥好国家主体的主导作用和社会主体的独特价值，要激发社会主体的参与热情，显示他们的独特价值。他认为，要重视文化资源价值及功能等内容的分类研究与规划，对国家文化公园文化资源保护传承与开发利用工作分类施策，聚焦对本地居民、国内游客、国际游客等客体的主导需求研究。③

吴殿廷提出国家文化公园建设可参考我国河道管理中的"河长制"，即由各级党政主要负责人担任"河长"，负责组织领导相应河湖的管理和保护工作，国家文化公园建设可在国家层面设立领导协调机构的基础上，各文化公园涉及的省、市、县中设置相应的"段长制"办公室，负责组织领导国家文化公园各区段的建设工作。同时，要紧扣主题，突出重点，长

---

① 冷志明：《国家文化公园：线性文化遗产保护传承利用的创新性探索》，《中国旅游报》2021 年 6 月 2 日。
② 李树信：《国家文化公园的功能、价值及实现途径》，《中国经贸导刊（中）》2021 年第 3 期。
③ 王克岭：《国家文化公园的理论探索与实践思考》，《企业经济》2021 年第 4 期。

城国家文化公园建设注重爱国主义教育，大运河国家文化公园建设凸显"南北融通、巧夺天工"的文化内涵，长征国家文化公园建设突出中国共产党人艰苦卓绝和必胜信念。并且，建设国家文化公园要在空间形态、建设内容、运营管理上注重虚实结合、有序推进，着重展示和传承优秀文化及精神。

4. 文旅融合、产业发展

冷志明提出，要将长城、大运河、长征、黄河文化融入当代经济社会发展和人们对美好生活的追求中，以旅游驱动沿线经济社会高质量发展，一体化开发长城沿线塞上风光生态文化游、大运河沿线水上观光和滨水休闲游、长征沿线深度体验游和红色研学旅行、黄河沿线寻根溯源之旅和农耕文明体验之旅。①范周指出，建设国家文化公园要深化文旅融合，满足人们美好生活需要，从文化产业和旅游产业、地方产业共融共建的角度做了阐述："一要打造特色文化和旅游产业。鼓励各地区持续整合优势文化旅游资源，将文化内涵与旅游体验深度融合，开发特色化、多样化、立体化的文化资源利用新模式，实现文化资源与旅游休闲、动漫影视、文艺作品等载体有机融合，构建文化旅游现代产业体系。二要抓住'新基建'发展机遇，与5G、沉浸式体验、大数据技术、人工智能等新兴前沿科技结合，加强国家文化公园数字基础设施建设，依托数字再现等基础工程创新文化展示、体验和消费方式，满足数字化时代民众对多元化、智能化的文化产品与服务的需要。三要推动文旅产业与地方特色产业、城镇建设、现代农业、传统工业、体育健身等业态

---

① 冷志明：《国家文化公园：线性文化遗产保护传承利用的创新性探索》，《中国旅游报》2021年6月2日。

融合发展，发挥文化和旅游产业对当地产业升级及周边乡村振兴的引领带动作用，形成区域发展新模式。"①

（二）国家文化公园具体建设方案研究

1. 针对黄河、长城、大运河、长征国家文化公园的建设方案研究

第一，关于黄河国家文化公园建设方案的研究。王利伟提出黄河国家文化公园建设保护需要处理好五个关系：国家标准与地方特色的关系，长期目标与短期成效的关系，政府引导与市场主导的关系，传统保护与现代运营的关系，公园建设与黄河战略的关系。他提出，高水平推进黄河国家文化公园建设保护，一是建立统分结合、协调有序的国家公园管理体制；二是制定长短结合、面向实施的系统建设保护路径，按照一年谋划、三年建设、十年成型的时间表，制定黄河国家文化公园建设保护路线图，构建长短结合、面向实施的系统性建设保护路径；三是健全政府引导、市场主导的现代公园运营体系；四是构建全域全链、保障有力的多元要素支撑系统。②

除此之外，其他研究者对黄河文化公园的建设研究偏重于文化资源的保护、传承、利用。任慧表示，如何界定、纳入、展示以及与民共享黄河国家文化公园的文物和文化资源，是黄河国家文化公园建设必须首要解决的基础问题。她提出，面对国家文化公园这一创新性理念，应该突破原有思路，整合文化资源，包括文物，传统音乐、舞蹈、戏曲、美术、民俗等

---

① 范周：《高质量推进国家文化公园建设》，《时事报告》2021年第3期。
② 参见王利伟《高水平推进黄河国家文化公园建设保护》，《中国经贸导刊》2021年第13期。

非物质文化资源，自然保护区、世界遗产区、历史文化名城名镇名村、文化生态保护区、传统村落等区域性文化资源，以及红色经典曲（剧）目、雕塑、美术等创作性的文化艺术资源。这些以不同的形式呈现和传播、传承的黄河流域文化资源，可以按照物质文化资源、非物质文化资源、文化遗产资源（农业、工业、红色文化等）和创作性文化资源进行分类，从黄河国家文化公园视野下再审视能够纳入这一体系的重要文化资源，尽早梳理核查，明确定性定位。任慧强调，深刻理解文化内涵、精准辨析文化资源是国家文化公园建设的基础。① 任慧对黄河国家文化公园文化属性的创新性转化的思考具有参考价值。

戴有山认为要用"黄河文化"筑牢黄河文化旅游发展之魂，打造黄河特色文旅品牌，用"黄河故事""黄河艺术"② 推动文化旅游高质量发展。张凌云提出，黄河国家文化公园应该成为黄河文化的集大成者及研究交流中心，在展陈手段和内容上要有所突破，改变目前枯燥乏味的刻板讲解。他强调，黄河国家文化公园系统是集文化遗产（遗址）保护、科学研究、科学普及、文化教育、娱乐游憩、文化创意、文化传播等于一体的新型文旅产业综合体。③

第二，关于长城国家文化公园建设方案的研究。一部分研究者们的思考注重长城的特殊性，集中于长城国家文化公园的创新性建设。李大伟指出，长城国家文化公园的建设应打破传统的博物馆参观和旅游思路，创新展示形式。可以依托长城沿线丰富的文化和自然资源，建设国家北方步

---

① 参见任慧《高质量推进黄河国家文化公园建设》，《中国社会科学报》2021年9月2日。
② 戴有山：《以黄河国家文化公园建设为契机 加快推动黄河城市群高质量发展》，《人民周刊》2021年第9期。
③ 参见张凌云《黄河国家文化公园创建的几点思考》，《中国文化报》2021年7月20日。

道。① 范周表示，长城资源保护中尤为重要的一点，是游客的文物保护意识亟待加强。在长城刻字、野炊等损害古迹的行为，以及之前被叫停的夜宿长城旅游项目等，都反映了游客文物保护意识的薄弱。他以哈德良长城保护为例，提出针对这类问题，可以通过讲解、线上访问等传播方式为游客提供精神层面的参与机制，以亲身参与促进人们更好地珍视长城遗产。② 长城国家文化公园相较于其他国家文化公园更具有实体性，范周对加强长城国家文化公园游客文物保护意识的思考，具有参考价值。刘素杰、吴星表示，长城国家文化公园建设是新时代文化建设的一项崭新举措，要创新形式为社会提供丰富的文化产品，把握特色，构建生动的长城阐释展示体系。③

另一部分研究者则把眼光投向了长城国家文化公园与沿线区域产业发展的关系上。董耀会指出，建设长城国家文化公园，既是一种经济外延式扩张的发展模式，更是要通过促进文化旅游和其他产业整体发展，要做到经济外延和文化内涵全面增长。④ 熊海峰提出，建设长城国家文化公园，要在保护优先的基础上利用好长城文化资源，打造世界级旅游景区和现象级文创精品，不断增强长城文化的时代风采与品牌魅力。⑤

第三，关于大运河国家文化公园建设方案的研究。王健认为，建设好大运河国家文化公园中需要协调文化公园建设与运河文化带建设，运河传

---

① 参见李婷等《长城国家文化公园怎么建》，《光明日报》2019年10月9日。
② 参见李婷等《长城国家文化公园怎么建》，《光明日报》2019年10月9日。
③ 参见刘素杰、吴星《建设国家文化公园，促进长城沿线区域绿色发展——以京津冀长城保护与传承利用研究为例》，《河北地质大学学报》2020年第5期。
④ 参见董耀会《临洮长城国家文化公园与扶贫及经济发展关系的思考》，《河北地质大学学报》2020年第5期。
⑤ 参见熊海峰《一体化推进长城国家文化公园建设》，《中国旅游报》2020年12月22日。

统文化与革命文化、社会主义先进文化，大运河自然生态保护与文化生态保护，重点建设与一般建设，国家公园模式的世界经验与中国具体实践的五种关系。除此之外，王健强调，建设好大运河国家文化公园还要努力实现四大转换：一是从地理空间到文化空间的转换；二是从自然生态到人文精神的转换；三是从线型遗产到园带展示的转换；四是从生产生活到文化旅游的转换。①

龚良提出，建设国家文化公园要理解国家文化公园内涵。如建设大运河国家文化公园，需要将运河文物、运河沿岸的文化遗产和公园有机结合起来，创造出新的文化景观，服务于人民的美好生活。同时，坚持统筹规划与试点实践相结合，大运河国家文化公园建设是一个系统性的工作，不仅要高站位统筹规划，更要注重实践和总结试点经验。此外，还要运用创新形式重塑运河文化，既要具备文化景观要素的灵魂，也要塑造文化给予大众生活的美感，并且要做到从点做起生动展现。②

田林从景观建构的视角，提出了大运河国家文化公园景观构建的三个原则："大运河遗产周边景观营造应避免城市景观园林化"，"景观营造应基于对文化遗产的深度认知，景观设计应彰显遗产历史文化"，"需要遵循分类营造的原则"。田林还阐述了大运河遗产景观环境营造的主要方法，包括残缺修补法、微地形营造法、景观写仿复原法。对于大运河遗产周边景观营造实施，田林认为要注重整体景观提升和重要节点营造，他指出："我国大运河国家文化公园景观建构应体现对遗产地域文化内涵的承载作用，同时应为广大民众提供重要的文化休闲场所，这在当前形势下具有重

---

① 参见王健、彭安玉《大运河国家文化公园建设的四大转换》，《唯实》2019 年第 12 期。
② 龚良：《大运河：从文化景观遗产到国家文化公园》，《群众》2019 年第 24 期。

要的现实意义。"①

第四，关于长征国家文化公园建设方案的研究。不同于黄河、长城、大运河国家文化公园均有可依托的物质实体，长征国家文化公园更多的是体现红色精神和长征历史事件蕴含的意义。研究者们纷纷注意到这一特性，围绕精神性和历史事件提出长征国家文化公园建设的方案。邹统钎等提出，长征国家文化公园建设要把握长征精神的保护与发扬的关系，坚持以保护长征精神为首要前提，持续发扬长征的时代精神，同时要把握长征文化产品的思政性与休闲性的关系，坚持长征国家文化公园的思政性，适当发展长征国家文化公园的休闲性功能。② 长征精神的红色基因底色容易使长征国家文化公园具有较强的思政性而忽视了休闲性，从而影响民众对长征精神的吸收理解。

基于长征历史事件，王甫园等提出了长征事件片区的建设逻辑。他们提出，事件片区的概念不仅是一种文化和历史空间，而且是一种规划的体验空间，有利于提升长征国家文化公园的游客体验价值，加强其建设保护的管控和跨界合作。通过该概念的落地和不断修正，有望使长征国家文化公园建设保护的组织体系完善和成熟，使其像国家公园的概念一样站住脚、能推广，成为国家宣教体系、文化和旅游体制机制改革的重要组成部分。③

刘禄山在对长征国家文化公园四川段建设的条件基础和存在问题的分

---

① 田林：《大运河国家文化公园景观的建构方法》，《雕塑》2021年第2期。
② 邹统钎、黄鑫、陈歆瑜：《长征国家文化公园建设发展要把握的五对关系》，《中国旅游报》2019年12月31日。
③ 参见王甫园、刘纯、邓昭明《长征国家文化公园事件片区规划构想》，《中国旅游报》2020年9月23日。

析之上，提出了对长征国家文化公园建设的路径思考。他认为，建设长征国家文化公园要全面统筹联动，高起点统一规划布局，保护利用并重，高标准打造文化品牌，加速文旅融合，全方位开发旅游产业，加强组织协调，高质量有序推进建设。①

2. 立足不同学科理论角度的具体建设方案的研究

胡一峰从文艺学的角度提出，国家文化公园建设要注意把握物质形态和精神形态的关系、历史传承与艺术再现的关系、现实生活与网络空间的关系。他表示，国家文化公园建设是一个重温我们民族辉煌历史的传承过程，更是一个聆听前贤先烈感人故事的艺术再现过程，必须综合运用文学、影视、舞台、造型等多样化的艺术手法，讲好长城故事、大运河故事、长征故事，实现文化资源的艺术再现。同时，充分发挥网络文化的互动性、浸入式特征，以网络游戏、互动小说等新的艺术样式，开发长城、大运河和长征主题的文化产品，让受众以身临其境的方式品味长城、大运河、长征的独特文化魅力。②胡一峰对国家文化公园建设的思考注重文化内涵的创新性转化，对呈现和传播、传承国家文化公园的文化艺术资源具有参考价值。

杨莽华以叙事学视角阐述了国家文化公园历史空间的叙事结构的"结构叙事的时间性与空间性"，从语言叙事向空间叙事，从场所记忆到历史空间的三个维度。他提出，国家文化公园一个基本动因在于通过空间的综合划分，为国家重要的文化资源保护利用辟出专属领地，以保护一个或多

---

① 参见刘禄山、王强《关于长征国家文化公园建设路径的思考——以长征国家文化公园四川段建设为例》，《毛泽东思想研究》2021年第1期。
② 参见胡一峰《充分发掘三大国家文化公园建设的艺术价值和精神内涵》，《中国艺术报》2019年12月9日。

个文化生态系统的原真性、完整性。而以叙事学视角看待这个系统，并非各项文化遗产甚至无形文化遗产的罗列总和，国家文化公园是在建立实施国土空间规划体系同步进行的，空间规划体系要构建的是空间治理和空间结构优化的体系，以主体功能区为基础，跨现有行政区划定包括文化生态空间在内的生态保护区。他强调，研究国家文化公园叙事结构的意义是要探寻文化生态系统的各要素之间形成的结构和网络关系，找到语言叙事和空间叙事中的秩序感、认同感，而对于文化生态系统中结构关系的认知和保护比保护遗产要素个体更为重要，因为结构的消亡意味着系统整体破坏。[1]杨莽华从叙事学视角思考国家文化公园建设，对国家文化公园建立自身的话语叙事体系、空间叙事体系、整体叙事秩序感，建立民众对国家文化公园的认同感具有理论参考价值。

王克岭从营销宣传角度提出，在国家文化公园宣传推介方面，既要发挥大众传媒的主渠道作用，又要发挥新兴媒体和公共外交的独特功能，开展常态化宣传和推介活动。[2]范周提出，将公共文化服务贯彻到国家文化公园建设中的设想，以建立起社会主义公共文化服务新的标识系统。[3]

国家文化公园是一个全方位的文化生态系统，期待更多的研究者从不同的学科背景出发，作出更多跨学科的交叉研究。

3. 在国家文化公园的建设方案中探索文化遗产的保护传承利用

彭兆荣将文化公园作为线路遗产实践的一种模式，认为文化公园的布局建设需要与国家公园、线路遗产、文化生态保护实验区等国际通行体系进行区分比较，厘清概念，确定价值。他阐述了"公园"作为遗产实践的

---

[1] 参见杨莽华《国家文化公园历史空间的叙事结构》，《雕塑》2021年第2期。
[2] 参见王克岭《国家文化公园的理论探索与实践思考》，《企业经济》2021年第4期。
[3] 参见范周《国家文化公园建设塑造公共文化服务新标识》，《中国文化报》2018年6月26日。

模式、线路遗产的空间格局、红色线路遗产的"国家反哺",探讨了文化及生态保护理念。他提出,"文化公园"并不仅仅是修建"公园","而是包含着一系列相关的重要价值:一是'文化复振'战略的具体性实践;二是在国际、国内文化遗产的基础上的'本土化'实验;三是'一带一路'的内向化作业;四是以长征为红色线路的'反哺';五是以四个遗产为基础的'点—线—面'整体布局"①。

龚良从文化遗产的角度思考了大运河江苏段的建设问题,认为要保护恢复大运河文化景观遗产。通过实施遗产保护工程,加大对运河生态环境和人文环境的整治,同时在保护中积极改善环境、恢复大运河文化景观,提出要坚持将运河遗产保护与延续运河功能、城镇发展建设、历史文化展示相结合。②贺云翱、陈思妙通过对"文化线路"概念的产生、遗产案例、保护现状等几个方面的阐释,探析了文化线路遗产的保护和利用措施,提出中国"文化线路"所包含的兼具普遍性和特殊性的个体身份信息,建构了人群、种族间的统一性与多样性并存的文化特征。③

国家文化公园建设一方面要不断探索建设路径,另一方面也需认识到应该规避的问题,不乏有学者把研究目光聚焦于此。吴殿廷提出诸如"国家文化公园是一个独立封闭的空间单元,主要依靠国家建设,需进行大保护、大开发、大建设"等观点在国家文化公园建设中都应避免,国家文化公园建设应由中央负责宏观统筹、资金补助和监督推进,由地方承担内部协调、具体建设和运营管理任务。同时,他认为国家文化公园建设应重视

---

① 彭兆荣:《文化公园:一种工具理性的实践与实验》,《民族艺术》2021年第3期。
② 参见龚良《大运河:从文化景观遗产到国家文化公园》,《群众》2019年第24期。
③ 参见贺云翱、陈思妙《中国"文化线路"遗产有关问题初探》,《交通运输部管理干部学院学报》2020年第4期。

保护重要文物和文化资源，并通过灵活多样的形式对资源合理利用，实现对遗产的开放共享。此外，他还强调国家文化公园建设不能忽视现实情况，强制性进行大开发、大建设，国家文化公园作为一个文化生态系统，具有时空连续、虚实相生的特点，应在保护文化生态系统原真性和完整性的基础上，适度发展文化旅游、休闲娱乐等产业。

四、国家文化公园的管理体制机制的研究

九曲黄河、万里长城、二万五千里长征沿着不同的纬度向度横贯华夏东西，1797千米的大运河沿着经度向度纵贯中华南北。黄河国家文化公园、长城国家文化公园、大运河国家文化公园、长征国家文化公园，三横一竖像如椽大笔一般，在中华大地上书写出一个大大的"国"字，如此大手笔、大体量、大尺度彰显出以习近平同志为核心的党中央在实现中华民族伟大复兴的历史时刻的大格局、大胸襟、大气魄。国家文化公园的管理无疑是一项庞大冗杂的系统工程，对其管理体制机制问题，研究者们从不同角度、视域进行了探索。

张凌云认为，黄河国家文化公园从管理体制机制和手段方法上应该作为一个开放系统——黄河国家文化公园系统（Yellow River National Cultural Park System，YRNCPS）来进行管理。此外，张凌云还强调"充分发挥黄河国家文化公园联席会议制度的作用，在现有体制框架内，构建在文化和旅游部领导下的各省级政府文旅部门为主体的省际横向协调机制，省内各地市则以垂直纵向管理为主"①。张凌云提出把黄河国家文化公园作为一个

---

① 张凌云：《黄河国家文化公园创建的几点思考》，《中国文化报》2021年7月20日。

"黄河国家文化公园系统"来进行管理，具有构建中华文化命运共同体的意识，结合现代信息技术，提出了一系列具有实践价值的路径措施。

白翠玲等从管理体系、运营体制、保护规划、相关法律法规这几方面全面分析了典型国家文化公园管理体制，最终提出长城国家文化公园（河北段）管理体制构建建议：一是建立中央＋地方＋市级区段＋保护点（景区）的四级管理体制；二是编制专项保护规划和管理规划；三是加大政府投入，逐步建立国家公园建设资金增长机制；四是规范国家文化公园的经营，实行管理权与经营权相分离的经营机制；五是适时出台专项法规，完善管理法律法规体系和标准体系；六是广泛宣传引导，强化政策督促落实。[1]

王健等从四个方面提出建立多方协同、高效直接的大运河国家文化公园建设统筹机制：建立统筹管理机制，建立科学评价机制，建立数字化信息管理机制，建立多主体广泛参与的协同管理机制。[2] 刘晓峰等以江苏省大运河国家文化公园建设为范例，探索建构江苏省大运河国家文化公园省域管理体制的对策建议。文章从管理机构、参与主体、运行体制三个方面提出对策建议：一是尽快组建实体管理机构；二是明确多元主体权责；三是完善管理运行体制。[3] 上述思考具有落地性、操作性，对国家文化公园在各级政府落实管理方面具有实践价值。

---

[1] 参见白翠玲、武笑玺、牟丽君、李开霁《长城国家文化公园（河北段）管理体制研究》，《河北地质大学学报》2021年第2期。

[2] 参见王健、王明德、孙煜《大运河国家文化公园建设的理论与实践》，《江南大学学报（人文社会科学版）》2019年第5期。

[3] 参见刘晓峰、邓宇琦、孙静《大运河国家文化公园省域管理体制探略》，《南京艺术学院学报（美术与设计）》2021年第3期。

五、结语

通过对国家文化公园研究的相关文献整理发现，2019年至今，国内有关国家文化公园研究情况具有以下特点：（1）从研究时间上看，时间短、成果多。在中国知网检索到，2018年12月之前相关论文有13篇，从2019年5月至2019年12月相关论文有24篇，从2020年1月至12月相关论文有57篇，从2021年1月至2021年8月30日相关论文有81篇，从2019年至2021年，每年发表文章逐年增多，越来越多的研究者开始关注国家文化公园的研究，其中不乏思想内涵深度的高质量研究成果。（2）从研究主题上来看，内涵丰富，兼收并蓄。线性文化遗产保护传承利用、文旅融合、红色旅游、园林景观、数字化建设等主题都被关注，极大地丰富了研究的主题内涵。（3）从研究视域上看，内观自省、放眼环球。研究者们不仅从中华民族文化内观与中国本土实践中思考探寻国家文化公园具有中国特色的国家文化公园理论体系，并且观照借鉴相关国际经验。

国家文化公园作为全新理念，近两年来成果显著，同时也存在一些不足和遗憾：（1）从研究角度上看，缺乏对文化资源的挖掘和研究。现有的研究者专业和学术角度主要集中于旅游产业、遗产保护、公园设计规划等，但是国家文化公园不同于"国家公园""国家遗址公园""国家文化遗产公园"之处就在其特有的文化属性，应紧紧围绕"文化"做文章，研究者们需要在文学、历史学、艺术学、人类学、社会学、民俗学等学科领域的基础上进行跨学科、跨领域、跨维度的交叉研究，加强对国家文化公园文化资源的挖掘、释放、转换的研究。（2）从文献来源上看，存在刊发刊物层次不高、文章学术深度不足等现象。在现存的约200篇的研究成果中，有将近一半的文章是报纸刊发，核心期刊数量占比不足十分之一，刊物层次和文章学术深度有待提高，期待在更高层次的学术刊物上刊发出更多更具深度的学术成果。（3）从研究机构上看，地方高校及省市级研究机构参与研究较多，重点高校及国家级研究机构对国家文化公园的研究关注较少。（4）从具体研究领域上看，截至2021年8月30日，在中国知网上检索到黄河国家文化公园相关论文约8篇，研究成果数量最少。黄河历史悠久，文化内涵深刻，沿线文化文物资源丰富，关于黄河文化的研究已有不少研究成果，期待更多研究者聚焦黄河国家文化公园的研究。长城国家文化公园相关论文约46篇，但集中于整体建设研究，长城纵横15个省（自治区、直辖市），具体分省、分区的长城段建设研究缺乏，现存成果中涉及地方长城段研究的集中于河北段，有6篇相关成果，其他省区需要加强研究。大运河国家文化公园相关论文约44篇，对大运河国家文化公园具体文化资源保护利用、创新性发展的研究不够深入。长征国家文化公园相关成果约45篇，多地方省区段的研究，缺乏整体建设规划的系统研究。

国家文化公园是新时代文化建设的全新探索，彰显了以习近平同志为核心的党中央对实现中华民族伟大复兴高瞻远瞩的文化站位，凸显了中华民族五千多年光辉灿烂文明和中国强大的文化软实力。建设国家文化公园要保护传承传统文化、研究发掘文化艺术内涵、加强文旅融合步伐、推进数字再现系统建设，实现文物和文化资源保护传承利用与协调推进，推动和繁荣中国特色社会主义学术体系、理论体系和话语体系建设。

目 录

第一辑 国家文化公园的主题阐释研究

003 国家文化公园：线性文化遗产保护传承利用的创新性探索　冷志明

010 深入把握"国家文化公园"的内涵与功能　王学斌

015 论国家文化公园：逻辑、源流、意蕴　李　飞　邹统钎

044 国家文化公园的理论探索与实践思考　王克岭

062 国家文化公园的功能、价值及实现途径　李树信

075 中国国家文化公园价值研究：实现过程与评估框架　赵　云　赵　荣

091 国家文化公园概念的缘起与特质解读　龚道德

第二辑 国家文化公园的文化内涵研究

111 黄河：一部中华民族的伟大史诗　韩子勇

128 黄河文化论纲　任　慧　李　静　肖怀德　鲁太光

163 长城文化论纲　王　玉　王　谷　卿　刘先福

191 大运河文化论纲　唐　嘉　杨　秀　李修建

214　长征精神论纲　　　杨　娟　李　静　秦兰珺　鲁太光

243　地缘、文缘、情缘：国家文化公园的时空凝结　　　高佳彬

248　黄河文化的脉络结构和开发利用
　　　　——以甘肃黄河文化开发为例　　　彭岚嘉　王兴文

第三辑　国家文化公园的规划建设研究

273　国家文化公园建设中的现实误区及改进途径　　　吴殿廷　刘宏红　王　彬

291　高水平推进黄河国家文化公园建设保护　　　王利伟

298　高质量推进国家文化公园建设　　　范　周

302　临洮长城国家文化公园与扶贫及经济发展关系的思考　　　董耀会

314　中国"文化线路"遗产有关问题初探　　　贺云翱　陈思妙

324　国家文化公园历史空间的叙事结构　　　杨莽华

332　大运河国家文化公园景观的建构方法　　　田　林

338　国家公园游憩策略及其实现途径　　　张玉钧

345　大运河：从文化景观遗产到国家文化公园　　　龚　良

350　大运河国家文化公园建设的四大转换　　　王　健　彭安玉

360　文化公园：一种工具理性的实践与实验　　　彭兆荣

381　长征国家文化公园建设发展要把握的五对关系
　　　　邹统钎　黄　鑫　陈歆瑜

第四辑　国家文化公园的管理体制机制研究

391　以黄河国家文化公园建设为契机　加快推动黄河城市群高质量发展
　　　戴有山

399　问题与思考：黄河国家文化公园创建探索与对策研究　　张凌云

417　大运河国家文化公园建设的理论与实践　王　健　王明德　孙　煜

444　编后记

第一辑　国家文化公园的主题阐释研究

国家文化公园：
线性文化遗产保护传承利用的创新性探索

冷志明

建设国家文化公园，是以习近平同志为核心的党中央作出的重大决策部署，是推动新时代文化繁荣发展的重大文化工程。习近平总书记高度重视国家文化公园建设，2019年7月24日，总书记主持召开中央深改委第九次会议，审议《长城、大运河、长征国家文化公园建设方案》；2020年1月3日，总书记主持召开中央财经委第六次会议，明确要求谋划建设黄河国家文化公园。党的十九届五中全会对"十四五"时期文化建设作出战略部署，明确提出"建设长城、大运河、长征、黄河等国家文化公园"，这为在实现中华民族伟大复兴中国梦的历史新时期，传承弘扬中华文化、拓展文化发展空间提供了新的思路和载体。

一、国家文化公园的性质

国家文化公园是一个全新的概念，第一次出自2017年《关于实施中华优秀传统文化传承发展工程的意见》。国家文化公园是国家推进实施的重大文化工程，旨在通过整合具有突出意义、重要影响、重大主题的文物和文化资源，实施公园化管理运营，实现保护传承利用、文化教育、公共服务、旅游观光、休闲娱乐、科学研究等功能，形成具有特定开放空间的公共文化载体，集中打造中华文化重要标志，以进一步坚定文化自信，充分彰显中华优秀传统文化持久影响力、社会主义先进文化强大生命力，其具有以下主要性质。

一是"国家性"。首先，国家文化公园建设的指导思想是，以习近平新时代中国特色社会主义思想为指导，全面贯彻党的十九大精神，以长城、大运河、长征、黄河沿线一系列主题明确、内涵清晰、影响突出的文物和文化资源为主干，生动呈现中华文化的独特创造、价值理念和鲜明特色，促进科学保护、世代传承、合理利用，积极拓展思路、创新方法、完善机制，做大做强中华文化重要标志。其次，国家文化公园的管理体制是，构建"中央统筹、省负总责、市县落实"的工作格局。强化顶层设计、跨区域统筹协调，健全工作协同与信息共享机制，在政策、资金等方面为地方创造条件。诸如国家对于建设、保护规划编制的管理和监督，中央财政的支持，国家的"垂直管理"与地方管理相结合等，这些都体现了国家文化公园建设中的"国家在场"和"国家性"建构，体现国家意志和国家行为，凸显国家文化公园的"国家象征"。

二是"文化性"。建设国家文化公园遵循文化引领、彰显特色原则，坚持社会主义先进文化发展方向，深入挖掘文物和文化资源的精神内涵。一方面，国家文化公园有别于国家森林公园、国家地质公园等，长城的巍峨、大运河的壮美、长征的伟大、黄河的厚重，皆是中华文明的精髓所在，承载着中华文化的内涵。建设国家文化公园，其最鲜明的特色在于文化特色，其最突出的功能在于文化功能。另一方面，建设国家文化公园不是大搞重复建设、大建楼堂馆所和贪大求洋，而是要深入挖掘"万里长城""千年运河""两万五千里长征""九曲黄河"的文化内涵、历史意义和时代价值，充分体现中华民族伟大创造精神、伟大奋斗精神、伟大团结精神、伟大梦想精神，通过文化引领，在价值观和文化内涵等方面传播"国家品味"和"国家意味"。

三是"公园性"。国家文化公园实施公园化管理运营，使公众成为积极参与者和主要受益者。一方面，坚持"开放性"，反映全民参与度，调动公众参与国家文化公园保护传承的积极性，赋予社会公众知情权和监管权，提高国家文化公园的管理水平和运行效率。另一方面，体现"公益性"，为公众提供公共文化产品，实现保护传承、文化教育、公共服务、旅游观光、休闲娱乐、科学研究功能，为公众提供游憩、观赏和教育的场所，让全体公民享受国家文化公园的福利，使民众感受自然人文之美，接受自然、生态、历史、文化教育，通过国家文化公园走向大众，与大众的精神文化生活深度融合，提升国民的文化自信和民族自豪感，培养国民的爱国情怀，最终实现"国家认同"。

二、建设国家文化公园的难点

建设好国家文化公园，保护传承利用好文物和文化资源是关键。根据国家文化公园建设方案的要求，建设国家文化公园，必须坚持保护优先，强化传承。严格落实保护为主、抢救第一、合理利用、加强管理的方针，真实完整保护传承文物和非物质文化遗产，突出活化传承和合理利用，与人民群众精神文化生活深度融合、开放共享。不同于其他国家公园和主题公园等，长城、大运河、长征、黄河等国家文化公园文化遗产的特点是线性文化遗产，该类文化遗产大多是跨区域、跨文化、跨古今的文化遗产，是包罗了文化遗产、自然遗产和非物质文化遗产的文化遗产聚落，探索该类文化遗产的保护传承利用，有许多难点需要克服，在理论与实践上都是全新的挑战。

一是基础研究弱。目前，线性文化遗产研究主要集中在三个方面。其一是遗产研究，包括线性文化遗产价值论证与保护策略；二是旅游研究，包括线性文化遗产旅游产品开发、品牌形象塑造、旅游消费行为及旅游评价指标体系研究；三是空间研究，包括线性文化遗产空间特征、空间构建及空间信息技术运用等。而在一些基础研究方面还很薄弱，如线性文化遗产的整体保护与传承，统筹做好文化遗产、生态环境、名城名镇等保护修复工作，增强文化自信和民族认同、加强区域合作和协调区域经济发展等。基础研究弱，对线性文化遗产的认识肤浅，在文化遗产保护传承利用中容易造成顾此失彼、定位不清、目标不明。

二是整体保护难。国家文化公园涵盖的文物和文化遗产与历史文化街区、村镇、古城遗址等文化遗产区域相比，其整体保护难度大。其一是跨区域。长城和长征分别穿越 15 个省区市，大运河途经 8 个省市，黄河流经 9 个省区，跨越了多个行政区域，这对遗产的整体保护造成了很大的困难。其二是跨世纪。国家文化公园所涵盖的文物和文化遗产时间跨度大多是几千年，尽管长征文物和文化遗产时间最短，也跨越了近一个世纪、八十多年，一些长征中的战斗遗址已受到毁坏，一些长征故事只能依靠查阅相关回忆录。其历史悠久、时间跨度大，给确保文化遗产的原真性增加了难度。其三是跨文化。国家文化公园相关文化遗产不仅跨区域、跨世纪，而且跨文化。如长城始建于春秋，距今两千多年，最早的长城是齐长城、楚长城，因国家之间频繁的战事而修建。其后，历经战国、秦汉、南北朝、隋、唐、五代、宋、辽、西夏、金和明等的修建，最终呈现如今的规模。这项人间奇迹，东起大海，穿越森林、草原、沙漠，横卧平原、山脉、高原，是世界上延续时间最长、分布范围最广、军防体系最复杂、规模最庞大的文化遗产，受多方面影响，要保护文化遗产的完整性难度很大，不仅长城文化遗产如此，大运河、长征、黄河文化遗产的完整性保护也面临艰难的挑战。

三是统筹保护传承利用难。建设国家文化公园，保护是基础，传承是方向，利用是动能，要科学处理好文化遗产保护传承利用的辩证关系。习近平总书记指出："大运河是祖先留给我们的宝贵遗产，是流动的文化，要统筹保护好、传承好、利用好。"在国家文化公园建设中，既要保护好文化遗产，杜绝拆真建假、拆旧建新、破坏环境等现象，也要不断强化地方对国家文化公园的内涵认知，读懂国家文化公园的文化含义，凝聚发展共识，推进价值共创，深入挖掘好文化遗产的当代价值，传承好中华优秀文化，增强民族自信心与自豪感，赋能国家文化公园沿线城乡建设和经济社会发展，更好地满足人民群众对美好生活的需要，这是社会对建设国家文化公园的期待，也是国家文化公园建设中的重点难点问题。

三、建设国家文化公园的举措

建设国家文化公园，是具有开创性意义的举措，必须深入贯彻落实习近平总书记关于保护好、发掘好、利用好丰富文物和文化资源，让文物说话、让历史说话、让文化说话，推动中华优秀传统文化创造性转化和创新性发展、传承革命文化、发展社会主义先进文化等一系列重要指示精神，深刻理解和把握国家文化公园的内涵及线性文化遗产保护传承利用的重点和难点,以长城、大运河、长征、黄河沿线一系列主题明确、内涵清晰、影响突出的文物和文化资源为主干,生动呈现中华文化的独特创造、价值理念和鲜明特色。

一是要坚持规划先行。坚持规划先行,突出顶层设计,结合"十四五"经济社会发展规划和各类专项规划,科学编制国家文化公园建设保护规划,沿线各省区市也要结合实际制定具体实施方案,确保步调统一、上下一致、统筹推进。要按照保护文化遗产的真实性和完整性的原则,科学规划和建设好管控保护、主题展示、文旅融合、传统利用四大主体功能区,让文化遗产得到科学保护和有效利用。要准确把握国家文化公园的特性,坚持全民共建共享,优化城乡文化资源配置,加大文化惠民力度,使国家文化公园建设与巩固提升脱贫攻坚成果、实施乡村振兴战略,以及人民群众精神文化生活深度融合、开放共享。

二是要强化保护传承。严格落实"保护为主、抢救第一、合理利用、加强管理"的方针,真实完整保护传承文物和非物质文化遗产。突出活化传承和合理利用,与人民群众精神文化生活深度融合、开放共享。当前,要深化对长城、大运河、长征、黄河沿线文物和文化资源保护的法律问题研究和立法建议论证,推动保护、传承、利用理念入法入规,修订完善长城保护条例,制定大运河保护条例、长征文物保护条例、黄河保护法,相关省份也要修订制定配套法律法规,为国家文化公园建设提供法律保护。

三是要突出文化引领。要坚持社会主义先进文化发展方向,深入挖掘文物和文化资源精神内涵,充分体现中华民族伟大创造精神、伟大奋斗精神、伟大团结精神、伟大梦想精神。要将长城、大运河、长征、黄河文化融入当代经济社会发展和人们对美好生活的追求中,以旅游驱动沿线经济社会高质量发展,一体化开发长城沿线塞上风光生态文化游、大运河沿线水上观光和滨水休闲游、长征沿线深度体验游和红色研学旅行、黄河沿线寻根溯源之旅和农耕文明体验之旅，使国家文化公园成为"近者悦、远者来"的魅力空间。要对涉及长城、大运河、长征、黄河等多个国家文化公园建设的地区，既整体推进，又特色发展，既关注"多元"，也关注"一体"，确保各地各类国家文化公园"各美其美，美美与共"。要利用现代科技和现代传播手段，讲述好中国故事、传播好中国声音、展示好中国形象。

四是要创新体制机制。建设长城、大运河、长征、黄河国家文化公园，是一项复杂的系统工程，覆盖地域广、时空跨度大、涉及部门多、建设要求高，需要一整套制度机制安排。要强化顶层设计，建立健全"中央统筹、省负总责、市县落实"工作体系，加强跨地区跨部门的协同协商，形成上下联动、整体推进的工作合力。要健全完善专家委员会制度、第三方评估制度，加强对长城、大运河、长征、黄河沿线文物和文化资源保护利用、管理绩效等方面的科学评估，实现建设与运营并重、文化与旅游融合、事业与产业协同，最大限度发挥国家文化公园的社会效益、文化效益、生态效益、经济效益。要创新"有统有分、有主有次，分级管理、地方为主"的工作机制，构建分省管理区、区域协调协商等制度，加强资源整合和信息共享，在政策、资金等方面为地方创造条件，形成一批可复制可推广的成果经验，为全面推进国家文化公园建设创造良好条件。

（原载《中国旅游报》2021 年 6 月 2 日）

深入把握"国家文化公园"的内涵与功能

王学斌

2017年5月,中共中央办公厅、国务院办公厅印发的《国家"十三五"时期文化发展改革规划纲要》中明确提出,规划建设一批国家文化公园,形成中华文化的重要标识。党的十九届五中全会审议通过了《中共中央关于制定国民经济和社会发展第十四个五年规划和二〇三五年远景目标的建议》明确提出,建设黄河、长城、大运河、长征等国家文化公园。毫无疑问,这是国家深入推进文化保护与建设的重大工程。国家文化公园作为承载国家或国际意义文化资源的重要载体,是传播传承文化、展现文化自信的重要媒介,是筑牢自然或文化生态的重要屏障。

"国家文化公园"是一个全新的提法,其立意十分高远。当今世界,全球化乃大势所趋且愈加深入。此浪潮会伴随世界范围的商品大流通、贸易大繁荣、投资大便利、技术大发展、人员大流动、信息大传播而超越国家和民族界限,从而在一定程度上消解国家的功能、权威和文化认同。国家文化公园的建设,正是国家依托深厚的历史积淀、磅礴的文化载体和不屈的民族精神,着力构建和强化中国国家象征,对内强调民族化和本土化,服务于中华民族伟大复兴;对外适应国际化和普遍化,促进世界异文化之间的交往和文化多样性的保有与存续。

客观而言，时至今日，学界对于究竟如何界定此概念尚无确论，可见循名责实地深入探讨"国家文化公园"的内涵与功能，依然十分必要。

立足概念本身，"国家文化公园"至少涵括三个层面的内容：首先强调整合一系列文化遗产后所反映的整体性国家意义；其次由国民高度认同、能够代表国家形象和中华民族独特精神标识、独一无二的文物和文化资源组成；再次是具有社会公益性，为公众提供了解、体验、感知中国历史和中华文化以及作为社会福利的游憩空间，同时鼓励公众参与其中进行保护和创造。申言之，黄河、长城、大运河、长征，无一不具备"国家""文化"和"公园"三重属性。

"中国"是国家文化公园的鲜明底色。在2021年5月31日中央政治局第三十次集体学习时，习近平总书记强调"要围绕中国精神、中国价值、中国力量，从政治、经济、文化、社会、生态文明等多个视角进行深入研究"。可见中国立场是我们进行文化建设的基本宗旨。因此国家文化公园要永葆"国家"底色，始终立足国家高度。从制度层面来看，习近平总书记亲自谋划、推动，中央相继印发了《国家"十三五"时期文化发展改革规划纲要》《长城、大运河、长征国家文化公园建设方案》，这体现了党中央、国务院对其高度重视。国字号的定位将得到国家中央经费的支持，有了国家经费的支持，遗产保护和修复工程、民生工程、基础设施建设、科研投入、对外传播等方面将主要由政府出资，以确保总体上的公益性基调。

从形象选取而言，国家文化公园要整合具有突出意义、重要影响、重大主题的文物和文化资源。这些文化资源必须含有中华文化深刻内涵和重要文化特征，具有国家代表性，能够代表国家形象、彰显中华文明，且具有"国民认同度高"等特点。九曲黄河,奔腾向前,以百折不挠的磅礴气势塑造了中华民族自强不息的民族品格,是中国当之无愧的"母亲河";长城凝聚了中华民族自强不息的奋斗精神和众志成城、坚韧不屈的爱国情怀,已经成为中华民族的代表性符号和中华文明的重要象征;大运河是祖先留给我们的宝贵遗产,纵横三千里、绵延两千年,沟通京津、燕赵、齐鲁、中原、淮扬及吴越区域,连接大江与大海,贯穿域内和域外,是流动的文化,平衡了东西,调和了南北,兼济了天下,维系了中华民族的恒久气运;伟大长征,实现了中国共产党和中国革命事业从顿挫走向辉煌的伟大转折,翻开了中华民族伟大复兴历史进程的崭新篇章,已升格为中华民族的不朽史诗。

"文化"是国家文化公园的内在灵魂。文化是一个国家、一个民族的灵魂。文化兴国运兴,文化强民族强。没有高度的文化自信,没有文化的繁荣兴盛,就没有中华民族伟大复兴。国家文化公园的创建,清晰体现了党中央对自身国家文化特质的尊重。首先,无论是黄河、长城,抑或大运河、长征,都是中华民族独一无二的承载着最深层文化记忆的符号。文化符号是人类特有的文化表达方式,依靠符号媒介,某种文化意义得到集中的表达和传播。国家文化公园建设,为不同的地域性文化认同圈提供了一个统一而宏大的文化符号,具有强大的文化感召力和包容性,将沿线众多文化子系统中的文化符号有机地联结起来。说起黄河文化,很自然便想到它是中华民族的根和魂,由天上而来的黄河水不容分说地冲击出一个"几"字形的辽阔地域,也为中华文明拓展开一条文化路线,将沿岸各地的人与物涵濡浸润成紧密的有机体。言及长城文化,古人一首首类似"黄河远上白云间,一片孤城万仞山"的诗句,蕴含着他们厚重乃至沉重的长城记忆,展现了当年诸多王朝的无限荣光与民族悲凉;近代以降,《义勇军进行曲》里的"把我们的血肉，筑成我们新的长城"则以昂扬激越的旋律，将长城视作自强不息、坚韧不拔、前赴后继、众志成城的伟大民族象征。提到大运河文化，基于中国传统文化中"上善若水"的深喻，人们常将运河经行之地所形成的会通天下、广济八方的"水道"、通衢百业、雅俗并存的"商道"和兼容并蓄、多彩荟萃的"世道"融汇于一条巨流当中。形容长征文化，它依托自然和人文地理媒介，共同凝铸成一套地理符号系统，用空间性、地域性的文化符号语言，赋予了这场党史事件以历久弥新、不断重塑的精神意义。其次，国家文化公园更蕴含着中华民族千百年来存亡绝续的文化基因和精神密码。中华文明在漫长的历史演进过程中，孕育了灿烂深厚的中华文化。这些源远流长的中华文化，是中华民族最深层次精神追求的文化基因，是中华民族独特的精神标识，更是维系民族情感的重要精神纽带。中华民族的精神深深埋藏于绵延的历史之中。浩荡黄河一定与多元一体、勤劳勇敢密切相关，雄壮长城一定与家国情怀、团结抗争有机关联，不竭大运河一定与包容运化、人定胜天若合符节，伟大长征一定与理想信念、实事求是合为一脉。

"公园"是国家文化公园的基本定位。既然国家文化公园代表着"国家"的顶层设计，意在展示宏观格局；"文化"体现了本质属性，贵在强化情感关联；那么"公园"则是权属表达和空间限定，拥有不可替代的复合功能。第一，它是文化资源的宝库与中华民族的精神家园。对于诸如黄河、长城、大运河、长征这般具有突出意义、重大主题、重要影响的文物和文化资源，必须实施公园化管理运营，对文物本体及环境实施严格保护和管控，对濒危文物实施封闭管理，对文化生态系统进行整体保护，并以此为基础，从国家意义和国家形象层面提炼国家文化公园的精神文化 IP，以期凝聚中国精神、中国价值、中国力量。第二，它是文化交流与展示的平台。文化本是"活态的",自然要"活起来"。国家文化公园将"文化"继续激活,将其具象化,以看得见、摸得着的形式展现出来,以便在人们的赏析、休闲、体验、健身、旅游过程中,增强文化的存在感、传播力及影响力。第三,它是文化与旅游深度融合发展的舞台。文旅融合是国家文化公园活化利用资源的重要路径。国家文化公园纵横众多地域,文化类型多元,具有半封闭半开放性,与周边城镇、乡村聚落联系紧密,因此单靠中央和各级政府长期"输血式"保护并不现实。它必将参与到周边城镇经济、社会发展的大潮中来,具备自我"造血功能"。

一个国家、一个民族的强盛,总是以文化兴盛为支撑的,中华民族伟大复兴需要以中华文化发展繁荣为条件。国家文化公园的构建,无疑是在民族复兴、文化强国、旅游发展的三重时代背景下展开的,是从"国家""文化""公园"三个词语意义脉络中进行的话题建构,有着塑造国家象征、促进全民族文化认同、建设多功能公益项目的内在逻辑联系,势必关乎未来中国文化建设和文明复兴的大局。

论国家文化公园：逻辑、源流、意蕴*

李 飞 邹统钎

引 言

"国家文化公园"概念的提出是中国遗产话语在国际化交往和本土化实践过程中的创新性成果，也是中国在遗产保护领域对国际社会做出的重要贡献①。19世纪后期，为对抗现代主义对传统文化的破坏②，欧洲国家开始将遗产保护对象由艺术品扩展到建筑物，旨为寻找在工业发展和新城市建设中所失去的"民族身份"，延续文化血脉。两次世

---

* 本研究受国家社会科学基金重大项目"国家文化公园政策的国际比较研究"（项目编号：20ZD02）、北京市自然科学基金项目"'绿色北京'背景下城市绿道系统空间布局与功能优化研究"（项目编号：9182005）、教育部人文社科项目"'一带一路'战略下民族地区跨境廊道遗产价值与功能研究"（项目编号：17YJCZH080）、国家自然科学基金项目"基于地格视角的旅游目的地品牌基因选择研究"（项目编号：71673015/G031031）和北京联合大学人才强校优选计划（项目编号：BPHR2019CS06）共同资助。

① 国际三大英文文献数据库（Springer Link/ScienceDirect/EBSCO）和Google学术搜索引擎均无"国家文化公园"（National Culture Park）词条。

② 第二次工业革命以后，由于对古迹价值和历史环境保护缺乏认识，西欧国家众多古建筑在现代主义建筑思潮影响下遭到毁灭性拆除。

界大战后,人们警醒于无数的历史和艺术纪念物、建筑、古老城镇及艺术珍品被摧毁的残酷事实,为重塑民族精神、寻求国家身份认同,各国对自身的国家遗产和民族遗产倍加珍视,遗产保护空间范围也从单体建筑向集群式遗产、大遗址、文化街区、历史城镇、文化线路逐步扩大。近年,随着欧洲文化线路(cultural route)和美国遗产廊道(heritage corridor)保护理念的引入,我国跨区域、跨文化、跨古今的大型线性遗产研究关注度快速提升,且线性文化遗产的多元化功能亦愈发强势地得以表现。如国家"一带一路"倡议的文化基底正是陆上丝绸之路和海上丝绸之路这两条线性文化遗产,该倡议已成为习近平新时代中国大国外交思想的精神指向;又如京杭大运河与丝绸之路于2014年同时入选《世界遗产名录》,其对不同地域的文化联结、民族情感的追忆与焕发、区域经济的平衡发展、国民身份认同与国际友好交往均体现出强大的正向功用。

在民族复兴、文化强国、旅游发展的复调背景下,2017年1月,中共中央办公厅和国务院办公厅发布的《关于实施中华优秀传统文化传承发展工程的意见》中明确提出,"规划建设一批国家文化公园,成为中华文化重要标识";同年5月,《国家"十三五"时期文化发展改革规划纲要》再次提及上述内容。经过两年多的研究甄选,2019年7月,中央全面深化改革委员会第九次会议审议通过了《长城、大运河、长征国家文化公园建设方案》,从此,国家文化公园建设正式展开。2020年10月,党的十九届五中全会后,黄河加入国家文化公园建设行列。[①] 文

---

① 2020年10月,党的十九届五中全会通过了《中共中央关于制定国民经济和社会发展第十四个五年规划和二〇三五年远景目标的建议》,第33条明确提出:建设长城、大运河、长征、黄河等国家文化公园。

化旅游领域学者对国家这一战略行动及时研究跟进，从国家文化公园建设和管理角度提出诸多有益观点。但目前研究成果尚未涉及国家文化公园的若干深层问题：为什么要提出国家文化公园概念，其逻辑根源是什么？不同逻辑力量如何相互作用、协同演进？国家文化公园的理论源流是什么，它们各自对国家文化公园有何理论贡献？国家文化公园有着怎样的价值意蕴、伦理意蕴和时空意蕴，意蕴之间如何关联？国家文化公园的本质属性是什么，它与相关概念（如国家公园）如何区别？未来国家文化公园是否会建立更广泛的概念体系，其下是否会有若干分类？这些问题是国家文化公园建设、管理、效能发挥的基础，只有明晰才能理解国家文化公园的定名初衷，并为当下建设和后期管理提供学理依据，国家文化公园（体制）也才能真正成为中国向世界输出的大型文化遗产保护与管理新模式。

一、逻辑

国家文化公园由国家、文化和公园三个词语组成。国家代表着顶层设计，展示宏观格局（政治根源）；文化体现了本质属性，强化情感关联（文化根源）；公园则是权属表达和空间限定，拥有复合功能（组织管理根源）。在概念解构的基础上，可从以上三方面探究国家文化公园的逻辑根源。

全球化超越国家和民族界限，产生区域性或世界性的超国家主义意识，消解了国家的功能和权威，构成了国家政治治理的合法性危机，欧盟国家表现得尤为明显。现代主权国家需要利用国家资源使公民对国家产生依赖感、认同感和归属感，这里所言及的国家资源是指历史文化资源和自然资源（今多表现为旅游资源），而非政治强制力。在这一政治逻辑影响下，通过文化建设推动国家资源向"国家象征"转化，国家文化公园正是我国政府依托深厚的历史积淀、磅礴的文化载体和不屈的民族精神构建的新的中国国家象征，对内作为国家认同的重要媒介，对外成为中国印象的重要代表者，通过外交途径塑造中国积极正面的国家形象。面对全球化发展，国家文化公园体现两层立意：其一，民族化和本土化，服务于中华民族复兴和中国梦的实现；其二，国际化和普世化，探索建立大型文化遗产保护利用模式，促进世界异文化之间的交往和文化多样性的保有与存续。

两层立意殊途同归于文化认同，即引发对国家文化公园的文化逻辑根源的思考。文化认同的前提与基础是文化自觉，文化自觉是人们对民族文化基因的认识，文化基因又需要文化符号为载体以使其表现和传递，或内化于人的内心之中需要唤醒和觉悟。依此逻辑逆推，人们对文化符号的认可度越高，文化符号的感召力越强，最终形成的文化认同程度就越高，圈层就越广，国家和民族的凝聚力就越强。为使抽象逻辑具象化，辅以图示（图1）。

在国家文化公园提出以前（第Ⅰ阶段），不论长城、大运河，还是长征故道和黄河，其沿线分布着众多名称各异的文化遗产和不同民族、不同习俗，甚至不同族群信仰的人。个体的人作为文化主体，其内在的文化基因与当地被文化符号所包裹的文化基因通常具有高度一致性，这是由文化的地缘性所决定的，因为文化符号作为地缘文化的显性表征，通常是当地人世代的文化杰作。从这一点来说，当地人文化自觉过程就是通过外在的物化符号唤醒自身对本地文化的认同感。当越来越多的当地人认同自身文化并发现他们所具有的文化一致性后，便会产生地域认同或族群认同，从而形成地域性的文化认同圈。从历史发展来看,这些分散的文化认同圈大多时候不会主动地相互融合,甚至还可能产生对立和冲突。

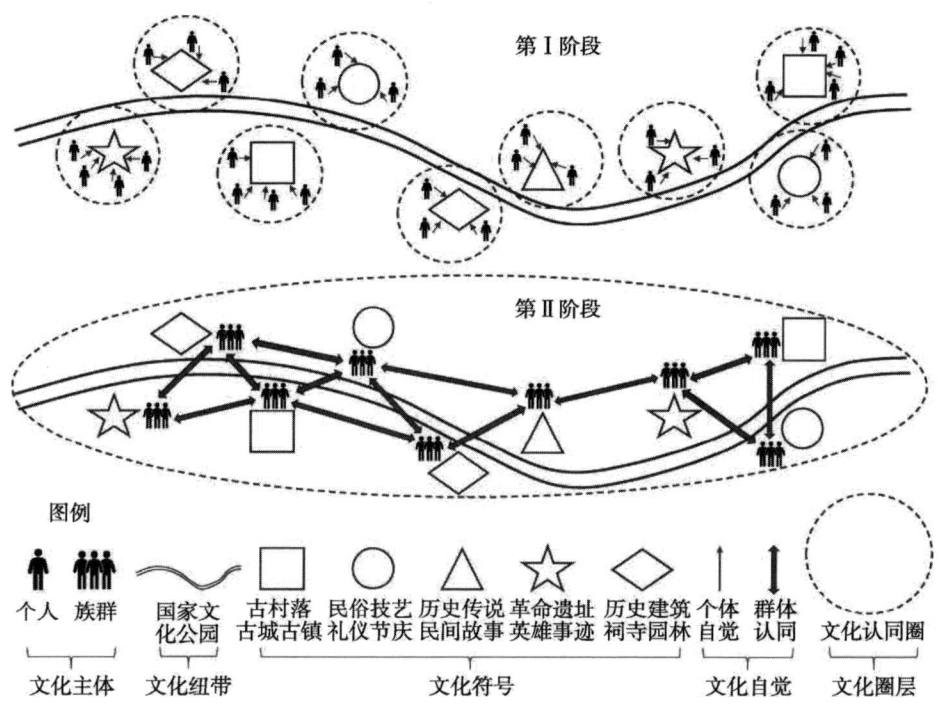

图1 国家文化公园的文化根源逻辑示意

国家文化公园的提出和建设(第Ⅱ阶段)为不同的地域性文化认同圈提供了一个统一而宏大的文化符号,它具有强大的文化感召力和包容性,将沿线众多文化子系统中的文化符号(即文化遗产,包括物质文化遗产和非物质文化遗产)有机地联结起来,使地域性文化符号在不改变其文化特色(文化基因)的前提下被纳入国家文化公园这一文化遗产体系之中。在这一过程中,相邻或相近族群之间会最先产生文化关联,形成文化谅解（如果先前有分歧）和认同。随着线性空间内文化交流日益广泛，当地族群与远方族群之间也会产生文化关联，其分为间接关联和直接关联。间接关联是由空间视角下的中间族群作为文化桥梁促成的；而直接关联则是因国家文化公园的建设打造出全民族一致认同的文化符号（系统），成为联结各地方、各族群人民文化血脉的纽带，从而最终形成全民族的文化认同。

在这样的文化逻辑下，国家文化公园的建设和发展一方面需要国家层面统一协调与谋划（承接政治逻辑），另一方面也需要更加清晰的权属表达和空间限定，"公园"二字应获得深入解读（导出组织管理逻辑）。公园的演化有两条线索：一者，其字面上对应于中国古代的私家园林，"公园"一词最早出现在《魏书·任城王传》，其中有云，"（元澄）又明黜陟赏罚之法，表减公园之地以给无业贫口"。二者，从功能来看，公园缘起于欧洲近代园林艺术的进步、景观民主化浪潮和欧美现代城市建设的合流之中。当前，人们普遍将公园理解为：城市公共绿地的一种类型，由政府或公共团体建设经营，供公众游憩、观赏、娱乐等的园林。显然，中西方对公园的传统界定都不符合国家文化公园的空间范畴和功能期待，那么我们又将如何看待国家文化"公园"呢？

在此无法避开国家公园概念（后文详论）。荒野是美国文化的基本元素，在美国文化中占有重要地位。19世纪后期美国开始关注荒野保护，其中一项措施便是建立国家公园（national park）[①]。基于荒野的自然属性，美国国家公园成为民族主义者塑造国家认同、彰显与欧洲不同的

---

① 美国国家公园有广义和狭义之分：狭义单指国家公园；广义是指国家公园体系，除国家公园外，还包括国家战场公园、国家纪念地、国家历史公园、国家保护区、国家河流、国家军事公园等二十多个类别。此处所指为狭义的国家公园。

独特精神价值的重要媒介。在空间上，美国国家公园覆盖广阔的荒野地带；属性方面，它强调公益性和全民所有；功能方面，它在保护原生荒野的同时，重点开展环境教育和观光旅游活动。如今，世界上很多国家和地区都借鉴美国的国家公园管理模式对本土的自然环境和生物多样性进行保护与利用（我国在进行 10 个国家公园试点建设的同时，于 2017 年提出建立中国国家公园体制）。国家文化公园在大尺度空间观方面与国家公园是一致的，两者都大大突破了传统公园所指的私家园林和城市绿地的空间局限。然而，国家文化公园又与国家公园不同，它寻求公园内部的文化关联性和主题一致性，从目前第一批 3 个国家文化公园试点来看，它们具有明显的线性空间特征，且都是我国优秀的线性文化遗产。"公园空间"被认为是神圣、宏大、宁静的空间，是被国家"编排和设定"的空间，土地属国家所有，只有国家政府才能对跨行政区的大尺度空间进行有效规划与管理。此外，文化所具有的大众属性和公园所具有的全民属性相叠加，强化了国家文化公园的公益性，它与营利性景区、公园相区别，是人们可自由进入的民族优秀文化的弘扬之地、国家主流价值观的呈现之所和全民休闲审美的公共空间，这也体现了国家文化公园所具有的复合功能。

由图 2 可知，政治、文化和组织管理三股逻辑根源协同演进，在塑造国家象征、促进全民族文化认同、建设多功能/公益性/大尺度线性空间的目标指向下，共同构成了国家文化公园提出的逻辑成因，最终使其概念得以确立。

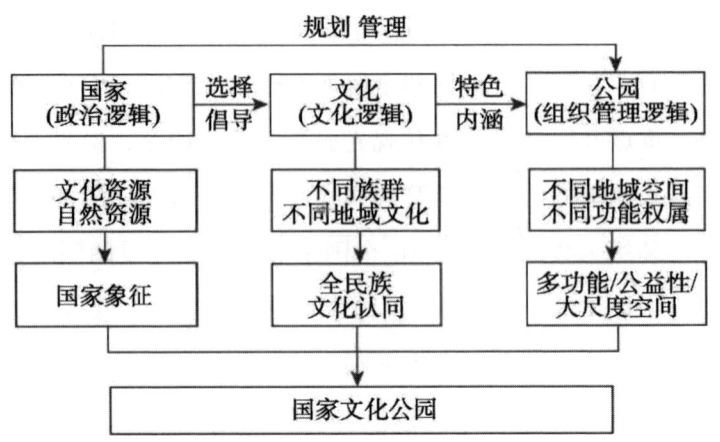

图 2　国家文化公园的逻辑根源与演进

二、源流

　　国家文化公园是根植于我国政治、文化、社会现实环境的大型遗产保护与利用的创新思想，发端于三条理论源流（欧洲的文化线路、美国的遗产廊道和中国的线性文化遗产），并在建设实践中逐步完善，向普世性的文化遗产保护与管理模式转化。从国家颁布的《长城、大运河、长征国家文化公园建设方案》来看，既体现出理论源流的形制和脉理（如选择三个具有典型"线性"特征的国家文化公园作为建设试点，强调"呈现中华文化的独特创造"，同时没有忽略"人居环境、自然条件"，并提出"整体布局"和"跨区域统筹协调"的要求），又体现了对现有理论的创新和更为宏大的愿景（如重点建设四类主体功能区、系统推进五大基础工程[①]，将

[①]《长城、大运河、长征国家文化公园建设方案》明确指出：重点建设管控保护、主题展示、文旅融合、传统利用四类主体功能区……系统推进保护传承、研究发掘、环境配套、文旅融合、数字再现等重点基础工程建设。

国家文化公园打造成为中华文化的重要标志）。为更深入地理解国家文化公园的概念由来、特征属性、现实功能及未来愿景，需对其三条理论源流进行分析与比较。

在文化线路的理论发展过程中，有三个关键性历史节点：一是1987年欧洲委员会正式宣布实施"欧洲文化线路计划"（Cultural Routes of the Council of Europe Programme）；二是1998年在国际古迹遗址理事会（International Council on Monuments and Sites，ICOMOS）框架下成立文化线路国际科学委员会（International Scientific Committee on Cultural Routes，CIIC），专门负责文化线路类遗产的研究和管理，这标志着文化线路作为新型遗产得到国际文化遗产界的认同；三是2010年欧洲委员会通过了《文化线路扩大部分协定》（The Enlarged Partial Agreement on Cultural Routes），使文化线路参与者更加多元化，内容更加丰富。

在初始阶段（1987—1998），文化线路伴随着意识形态分歧和欧洲一体化发展[①]表现出明显的政治和文化诉求。欧洲委员会提议恢复一条在欧洲统一进程中具有高度象征意义的文化线路——圣地亚哥·德·孔波斯特拉之路（Routes of Santiago de Compostela），希望通过这条承载着集体记忆、跨越边界和语言障碍的文化线路为欧洲不同国家、不同民族寻求文化认同，以此推动政治经济一体化发展。这一阶段从组织形式到管理体制虽不成熟，但是圣地亚哥·德·孔波斯特拉朝圣之路作为世界上第一条入选《世界遗产名录》的文化线路遗产吸引了大量游客，获得了欧洲天主教信众的情感依附，为之后欧洲文化线路的理论发展和实践奠定了基础。在发展阶段（1998—2010），文化线路的概念内涵、功能标准得到

---

① 1989—1992年间，东欧剧变。1991年12月，苏联解体，欧洲共同体通过《欧洲联盟条约》。

不断丰富。CIIC 伊比扎会议（1999）第一次明确提出，任何文化线路都有其依赖的自然地理环境和（物质与非物质）构成要素；国际古迹遗址理事会受世界遗产委员会委托修订《实施〈保护世界文化与自然遗产公约〉操作指南》（2005）（*Operational Guidelines for the Implementation of the World Heritage Convention*），简称《操作指南》，对文化线路的定义、标准进行了明确规定，并将文化线路列为四种分类遗产之一；而后，《文化线路宪章》（2008）阐述了文化线路的理论内涵和作为遗产类型进行保护的意义与价值。这一阶段除强调欧洲共同价值观和区域共识以外，还认为文化线路应当是文化旅游和文化可持续发展的引领者，线路主题要有利于旅行社开发旅游产品，此时文化线路带有明显的经济功能。进入成熟阶段（2010—2020）后，文化线路被视为具有文化和教育特征的遗产与旅游联合框架，为欧洲以外的国家（如地中海周围国家）开启了合作的可能性，但仍然侧重于对欧洲统一具有象征意义的主题、历史和文化的挖掘，通过主题化的旅游线路和文化项目，保护多种类型遗产的同时发展旅游经济。文化线路的理论研究在这一时期也进入高潮，集中于分类研究（如铁路、运河、朝圣线路等）和旅游相关研究（如经济促进、生态保护、可持续发展）。

遗产廊道与文化线路不同的是，它根植于美国广袤的自然环境中，是美国荒野保护、绿道运动、国家公园功能扩展、地方性文化自觉等多重因素作用的产物。遗产廊道没有关于国家或国际层面的"统一""认同"等政治诉求，也没有"国家象征"的意味，而更多地表现为拥有特殊文化资源集合的线性景观，通常带有明显的经济中心、蓬勃发展的旅游、老建筑的适应性再利用、娱乐及环境改善等特征。由于美国历史较短、文化积淀相对浅，难以形成大空间跨度的线路型文化遗产（除 66 号公路外），而单体遗产和具有历史意义的纪念物此时就显得尤为珍贵，所以，政府愿意划出大量的自然空间用于串联和保护这些拥有一定文化内涵的遗产和文物。

遗产廊道是国家遗产区域（national heritage areas）中的子类，从属于美国国家公园体系[①]。相对于狭义的国家公园而言，遗产廊道强调对廊道历史文化价值的整体认识，利用遗产实现经济复兴，并解决景观雷同、社区认同感消失和经济衰退等问题。这表明遗产廊道的核心目标是帮助沿线地区经济发展，实现目标的途径是遗产保护，该做法的溢出效应是美化自然环境、丰富人文景观和形成社区认同。从1984年美国国会指定第一条国家遗产廊道（伊利诺伊和密歇根运河国家遗产廊道）以来，三十多年中遗产廊道的保护和关注对象在悄然发生改变，从对景物和实体空间的保护，逐渐转移到关注人的生存和发展，尤其对地方少数族群和民族文化给予了更多的关注，同时特别强调遗产教育和遗产旅游对于地方发展的重要意义。嘎勒·吉奇文化遗产廊道（Gullah Geechee Cultural Heritage Corridor）成为国家遗产区域的时间较短，它跨越北卡罗来纳、南卡罗来纳、佐治亚和佛罗里达四个州的沿海地带，有较为明确的边界，并由地方非政府组织进行管理。管理者通过与学校、图书馆、文化遗址、博物馆和社区团体合作，开发教育和展示项目（如举办有关嘎勒·吉奇历史和文化的演出），免费向游客开放。此外，其还建立旅游网站（visitgullahgeechee.com）为潜在游客提供遗产廊道沿线所有遗产点和民族传统节日的旅游信息。由此可见，遗产廊道不仅完全继承了其"家族体系"的"公园"属性，扮演着旅游目的地的角色，而且通过对沿线文化元素的保护使得本身

[①] 截至2020年4月，美国共有55处国家遗产区域，分布于34个州，其中，以"遗产廊道"（heritage corridor）命名的有6处，另外有2处以"运河"（canal）和"线路"（route）命名。数据来源于美国国家公园官网 www.nps.gov/subjects/heritageareas。

原不属于"遗产"的线性空间越来越具有文化气息。① 这种情况也反映在学术研究层面,遗产廊道研究已经从早期的景观生态学拓展开来,成为文化遗产和旅游研究的重要内容,当然,这与遗产廊道理论的世界性传播关系密切。

近年来,在我国的线性文化遗产研究中,遗产廊道和文化线路是重要的理论借鉴。研究者一方面引入西方概念与理论进行分析解读,尝试与本土化实践相结合,另一方面也将众多线性文化遗产本土概念进行拓展性研究和理论挖掘,共同成就了如今线性文化遗产研究的火热局面。其主要原因有二:第一,我国线性文化遗产众多,它们形成于不同时代、囊括各种类型,而且各具特色,代表了中国灿烂的文明,是我国文化遗产中的精华,对其研究具有重要的历史文化价值和作为旅游吸引物的当代现实功能;第二,随着我国经济发展和国际影响力提升,在文化和精神层面寻求与世界大国地位相匹配的系统化文化符号已成为中华民族复兴过程中的特殊诉求,文物和单体遗产已不足以承担如此宏伟的历史使命。因此,拥有庞大体量和多时空维度的大型线性文化遗产自然成为中国社会关注的焦点。

除源于欧美的"文化线路"和"遗产廊道"两个概念以外,我国线性文化遗产还多以线路遗产、廊道遗产、文化走廊、文化廊道等出现在研究中②,还有相当一部分研究直接以线性文化遗产的本名出现,如丝绸之路、

---

① "家族体系"指的是国家公园系统。"本身不属于'遗产'"是指遗产廊道本身不是遗产,而是人为划定的线性空间区域,其功能之一是沿线遗产保护。从遗产属性方面看,遗产廊道与文化线路、线性文化遗产是有本质区别。

② 在中国知网进行篇名精确搜索得到:文化走廊68篇、线路遗产46篇、文化廊道16篇和廊道遗产13篇。搜索日期:2020年3月28日。

(京杭)大运河、长城、茶马古道、长江三峡、滇越铁路、藏彝走廊、剑门蜀道、徽杭古道、唐蕃古道、川盐古道、百越古道、川黔驿道、浮梁茶道、岭南走廊、长征线路、北京城中轴线等,其中,长城、大运河和长征线路已成为国家文化公园建设试点,其他或可作为未来备选。线性文化遗产主要研究内容有四个方面。第一,线路走向与空间结构研究。这是线性文化遗产研究的基础性工作,是从历史地理学视角为线性文化遗产进行时空界定的过程,很多历史学者、民族学者和文化学者在这方面做出了贡献。第二,功能与价值研究。交通线路、军事工程、水利工程与重大历史事件在中华五千年文明发展过程中对中国经济、社会、文化的发展起到了至关重要的作用。第三,民族交往与文化传播研究。线性文化遗产的跨区域分布特征使之成为民族交往的通道和文化交流的纽带,随着人在线性空间的移动和交往实现文化扩散与交流。第四,遗产保护与旅游研究。其具体包括对线性文化遗产本身以及沿线各种类型遗产进行统一保护与联合开发,通过发展旅游业促进文化遗产的传承和当地经济发展。这些国内成果为国家文化公园提供了最直接的研究参考,推动了国家文化公园的概念创新,为其建设发展做了充分的理论准备和路径探索。

综上,文化线路、遗产廊道、线性文化遗产作为国家文化公园的三条理论源流,它们各自生发的政治、经济、文化、社会和环境不同,所以三者对国家文化公园的概念形成及理论体系构建的贡献点也各有侧重。(图3)我国有着与欧洲同等厚重的文化积淀和多样的民族文化,同时有着略大于美国的统一辽阔疆域,欧美关于大尺度空间下的遗产保护利用理论、管理运行模式,与我国本土化的理论探索和实践相结合,共同构成国家文化公园的重要理论基础。诚然,尽管目前四个国家文化公园均是线性文化遗产,但是国家文化公园的概念似乎更加广泛,那么在概念辨识层面,未来一定不限于线性文化遗产。因此，国家文化公园理论源流将在实践中被逐步丰富，并在未来研究中得到更为精准的解读。

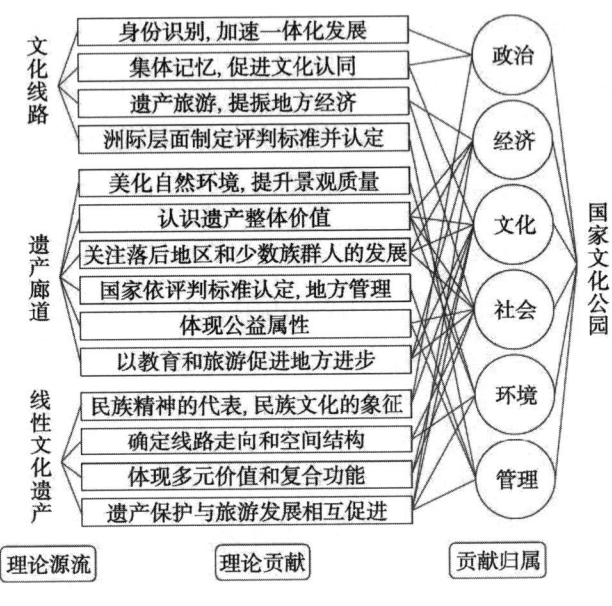

图 3　国家文化公园的理论源流与归属

三、意蕴

立足中华文化之根基、借鉴西方管理之经验，恰好体现了国家文化公园蕴含的中国智慧和世界情怀。国家文化公园将本土化与世界性相融通，将传统文化与现代文明相联结，将单体遗产和地方性文化纳入拥有统一主题的国家遗产体系之中，其中蕴含着丰富的价值意蕴、伦理意蕴和空间意蕴，对此解读有利于深刻理解国家文化公园的价值和内涵。

国家文化公园是党的新一代领导集体"共同体思想"在文化和旅游领域的创新和实践。从国际层面来说，全人类有着价值共识，应谋求世界各国发展的最大公约数，构建全人类的命运共同体。推演至国内层面可如此表达：中国人民有着共同的价值共识，应谋求全国各族人民发展的共同利益，构建中华民族命运共同体。"共同体"是马克思主义的一个重要研究范畴，具有多重意蕴，它既是一种"生活共同体"，又是一种"价值共同体"，更是一种"命运共同体"。国家文化公园在"生活共同体"（地域性文化圈）基础上，依靠线性文化遗产的文化联通性，凝聚不同地域或不同族群的价值共识，形成"价值共同体"，再通过遗产教育和遗产旅游实现价值引领和价值共享，在遗产命运、民族命运与国家命运之间建立密切关联。由此可见，国家文化公园的提出使得线性文化遗产从原先意象式的松散集合转向功能性的有机整体，即从"抽象的共同体"走向"真正的共同体"[①]，并彰显出社会主义核心价值观的两种品格——体现人文精神的时代特征和赢得社会中大多数人的认同。这仅是从"社会—文化"角度而言，此外，国家文化公园还从"人—自然—文化"角度诠释了"生命共同体"思想。"生命共同体"以人与自然的关系为逻辑起点，内在蕴含人与自然相互依赖、相互作用且相互影响的辩证关系，"两山论"[②]完好表达了这组辩证关系，现已成为各地旅游发展和生态保护的指导思想。自然环境作为国家文化公园的强大"背景板"

---

① 马克思在《评一个普鲁士人的〈普鲁士国王和社会改革〉一文》中第一次提出了"真正的共同体"，并将其视为人的本质。

② "两山论"起源于2005年8月15日习近平同志在浙江余村的讲话："绿水青山就是金山银山"；2015年5月正式被写进中共中央、国务院《关于加快推进生态文明建设的意见》；2017年10月同时写入"党的十九大报告"和新党章。

和重要的遗产组成部分不可忽略。从国家文化公园的"人—自然—文化"机理来说，长城、大运河、长征线路、黄河这些宝贵的线性文化遗产既是中国人民勤劳智慧和不屈精神的文化象征，同时也是人面对严酷的自然环境（或地形复杂或漫长跨度或极端气候）不断改造、不断与之调和的产物。所以，"人与自然是生命共同体，人类必须尊重自然、顺应自然、保护自然"，国家文化公园正是人与自然相生相伴、和谐共处的大型遗产公共空间。

为了更清晰地说明国家文化公园人与自然的关系，这里引入生态伦理思想。在这方面国家文化公园与国家公园具有一致性，两者都可被视为"人与自然签订的契约"。这个"契约"是在协调人类游憩利用与自然保护之间的平衡，既保证了人拥有走近自然、观赏自然、亲近自然的权利，也保证了自然环境受到良好管理而免遭不当人类活动的破坏。除生态伦理外，国家文化公园与国家公园不同的是，国家文化公园还蕴含着个人与自身、个人与他人/群体、个人与社会多重伦理关系。第一层个体伦理——个人与自身——追求道德与正义。作为伦理主体的人可能是当地人也有可能是旅游者（即人类学研究中的"我者"和"他者"）。当地人在国家文化公园宏观文化格局中，通过不断搜寻自身的文化记忆，提升文化自觉，经过群体认同和整体融入过程实现对国家文化公园所代表的整条线性文化遗产体系的认同感和归属感，并在优秀文化的浸润中修身立德。旅游者或因对国家文化公园所蕴含文化的热爱，或因对当地自然环境的向往，或因对民风民俗的探究心理而产生旅游活动，旅游活动将"赋予其精神世界的启发和慰藉，体验到个体的生命力并促进德性的激发和培养"。第二层人（群）际伦理——个人与他人/群体——追求平等与仁爱。首先，继续上面"我者"和"他者"的讨论，作为国家文化公园地缘意义上的主人，当地人会怀着文化自豪感（并非强势文化的优越感）礼貌而友善地面对旅游者的到访，受到热情礼遇的旅游者也须尊重当地人的文化和生活方式，做善行旅游者和负责任的旅游者，双方平等交往。其次，人（群）际伦理还体现在国家文化公园框架下不同地域、不同文化圈层之间的关系。国家文化公园容纳众多子文化或在空间上分为若干区段（如大运河江苏段可分为楚汉文化、淮扬文化、金陵文化和吴文化四个风格不同的区段），这些子文化或空间区段不是孤立绝缘的，它们都从属于一个庞大的遗产体系，有着共同的文化形象和统一的名称（京杭大运河），所以，国家文化公园是子文化或不同地域之间平等交流、共生共存的基础与纽带。第三层社会伦理——个人与社会——追求责任与秩序。现代社会伦理构建应该在个性自由与社会规范之间寻求辩证统一。对于国家文化公园来说，既保护地方文化的多样性、尊重当地居民生存与发展权利，地方和个人也应在文化认同和价值共识的基础上与国家文化公园形成"命运共同体"。通过个体责任的履行达到和谐的社会秩序。良好的社会秩序又会保障个人和地方利益的实现，进而形成良性循环局面。国家文化公园的全民属性和公益性充分体现了对于优秀文化的制度安排，是现代社会为文化遗产保护与旅游活动营造的良好秩序，个人和地方文化在这一社会秩序下也将得到更多的关注和公平发展机会。

上面所提到的"社会"是涉及人、文化和制度等相关范畴并可能无限延展的空间，与中国传统文化思想中的"天下"有着相似的表征意义，与其说"天下"是"社会"更具开放性和包容性的变体，不如将其视为中国传统文化中朴素的空间哲学。中国传统的"天下观"包含着古代中国人对地理空间和权力空间的世界想象，也影响着现代国家治理在各个领域的制度决策。国家文化公园作为遗产保护模式和文化展示方式的创新，向人们传递了它的宏大空间意象①。它串联起众多的行政区、民族聚居区、地方文化系统以及各种类型的自然资源，可谓一幅"生动呈现中华文化独特创造、价值理念和鲜明特色"的大型实景画卷。相较于传统旅游目的地和文化遗产地（风景名胜区、世界文化遗产、古城古镇等）的地方性格局而言，国家文化公园正在为我们营造一种"天下"意境，让国民意识到中华文化在形式上"多元一体""和而不同"，在气度上"汲古慧今""兼收并蓄"。随着国家文化公园未来走向制度化、标准化，这些不同时期、不同文化内涵、不同线路走向和空间结构的线性文化遗产会越来越多地被纳入国家文化公园系统（如前文列举），从而形成中国国家文化公园网络化空间格局。在国际舞台上，中国国家文化公园一方面传递"中国印象"，传播中国文化，向世人展示中华民族软实力，吸引国外潜在旅游者；另一方面为其他国家先行探索并适时输出一种全新的大型遗产发展模式，普惠于世，在中华国力与日俱增的时代履行"达则兼济天下"的大国使命，从而真正让国家文化公园所蕴含的"天下观"空间意蕴与"命运共同体"价值意蕴、"正义—平等—秩序"伦理意蕴，实现"三位一体"式发展。（图4）

---

① 三大国家文化公园建设范围：长城国家文化公园涉及15个省区市，大运河国家文化公园涉及8个省市，长征国家文化公园涉及15个省区市。数据来源：中央有关部门负责人就《长城、大运河、长征国家文化公园建设方案》答记者问，新华社2020年11月26日，http://www.gov.cn/zhengce/2019-12/05/content_5458886.htm。

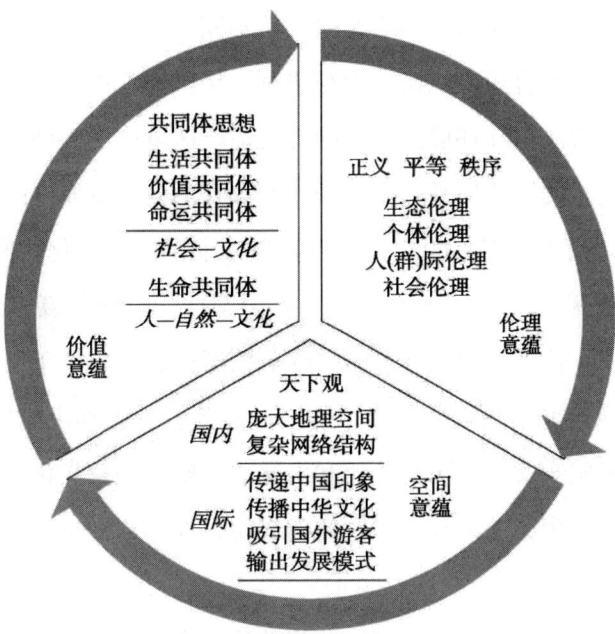

图 4　国家文化公园的价值 / 伦理 / 空间意蕴

四、结论与讨论

民族复兴、文化强国、旅游发展是国家文化公园提出的三个重要的时代背景,它们从"国家""文化"和"公园"三个词语脉络进行概念建构,其逻辑根源分别表现于政治、文化和组织管理方面。在塑造国家象征、促进全民族文化认同、建设多功能／公益性／大尺度线性空间的目标指向下,三股逻辑力量协同演进,最终使国家文化公园概念得以正式确立。国家文化公园概念的理论源流主要有三条,其各自的理论贡献又分别有所侧重。欧洲文化线路理论重点强调了身份识别和文化认同对于政治统一的意义，跨越不同民族国家的大型线路遗产是不同地域间的联系纽带，对其认定和管理由欧洲联合权力机构负责与协调。美国遗产廊道从属于国家公园体系，重视景观质量和环境保护，同时对遗产区域内的人和文化要素给予关注，拥有完整的评价体系，是美国政府重要的公益事业。线性文化遗产是我国本土化概念，多年的研究成果直接推动了国家文化公园概念创新，为其建设发展做了充分的理论储备。在国家文化公园创新概念中还内化着多重意蕴——体现"共同体思想"的价值意蕴、体现"正义—平等—秩序"的伦理意蕴和体现"天下观"的空间意蕴，三者相生相融，"三位一体"地诠释了国家文化公园的价值和内涵。在阐述国家文化公园逻辑、源流和意蕴的过程中，还有几个问题悬而未明，在此略做讨论，一并为研究展望。

第一，属性问题。名称和理论源流都透露出国家文化公园具有多重属性，比如，缘于国家顶层设计和全民所有的公共物品属性，依托大型线性遗产文化基底打造的文化属性，基于国家形象展示和文化软实力提升的政治属性，以精神传承和文化保护为目的的遗产属性，以环境为背景倡导人与自然和谐的自然属性，以大众休闲和旅游活动为形式的游憩属性等。这些是国家文化公园从不同角度体现出的属性，可被归入政治、经济、文化、自然等总属之中。那么它的本质属性是什么？这个问题之所以关键，是因为它将决定国家文化公园的建设导向和未来的功能发挥。本文认为，国家文化公园本质属性是大众性。"国家""文化"和"公园"所引发的三股逻辑均体现了大众性，并最终交汇、归结为大众性。理由有三：其一，国家是站在全体人民的立场上为国家文化公园定名并倡导其建设的，这是"以人民为中心"执政理念的体现；其二，文化是属于大众的，无论是地方性的文化，还是全民族文化，都属于人民大众，文化共识和价值共识的主体也是人民大众;其三,公园是公共空间,为全民所有,具有全民属性。因此,只有从大众性出发理解、建设和管理国家文化公园,才符合国家文化公园的初衷,才能使其功能得到最大化的发挥。

第二,与国家公园的关系问题。从国家文化公园这一概念提出开始,这个问题就一直存在,而且还将继续存在下去,因为两者关系随着人们认识的进步、科学化管理水平的提高,以及人、自然、社会之间主要矛盾的变化而不断调整。总的来说,两者的关系是既有联系,又有区别(文中多处提到),在此对两者差异做几点说明。首先,两者起源不同。国家公园概念缘起于美国对"荒野"的保护;国家文化公园概念是中国首先提出的(截至目前国际英文文献中没有此项词条记录,如 National Culture Park 或 National Cultural Park),缘起于中华民族文化自觉和建设文化强国的愿景。其次,两者基因与目标不同。国家公园无论后来如何发展、如何被别国借鉴,始终坚持"自然"的基因,保护自然生态是国家公园的首要目标,我国国家公园体制也是借鉴他国经验并在这一理念下运行的;国家文化公园依托的载体是大型文化遗产,目标是通过遗产教育和文化旅游实现文化认同和文化传承,其拥有强大的"文化"基因。再次,两者并非包含关系。国家文化公园和国家公园是两套独立运行的管理系统(或体制),目前都处于试点建设和理论探索阶段。后者由于国际经验较完备且国内实践略早,所以其初始形态与未来走向相对明确。而对于前者来说,我国是发起者和引领者,虽有相关理论经验,但如何在大时空跨度的文化遗产基础上进行富有"公园"形制和意义的建设,还需要更多的理论论证和实践摸索。

第三,未来如何?这是一个展望式话题,具有预测性质。基于前文对国家文化公园概念成因的分析,以及对其价值和功能的阐述,我们希望国家文化公园在科学论证和深度文化挖掘的前提下，尽早尽好地建成并发挥其应有功能。就其发展走向来说，存在几方面的可能性。首先，未来国家文化公园的本底选择应会突破线性文化遗产，那些对中华文明和民族精神有重大价值的文化遗产（如大遗址类，包括现有的国家遗址公园）均可能被纳入国家文化公园体系。其次，在建设过程中，虽然各地依据不同文化特色和历史事件打造不同主题的景观和相关文化产品，但具有共识性的标识系统会将大尺度空间的形象统一起来，形成国家文化公园整体IP，使相对同质化的资源从竞争走向联合。再次，通过理论探索与实践逐渐形成我国国家文化公园体制，制定科学、公平、严格的遴选标准和认定程序，建立监督机制，提高服务和管理水平，在国际化交流与推广过程中不断完善。最后，国家文化公园还要避免某些历史问题再现，比如将其作为政绩工程一味求大求全，因准入过宽导致名称泛滥，借金字招牌大搞商业开发，多头管理造成无序竞争与资源浪费等。这又涉及国家文化公园的另一组话题，即象征、制度、建构——基于文化象征性的国家文化公园概念扩展问题、基于科学制度的国家文化公园管理和游憩利用问题、基于体系建构的国家文化公园空间组织和功能发挥问题。

望业内同仁多多投入国家文化公园的研究中，共促其发展壮大，谨以此文抛砖引玉。

参考文献

[1] 李伟、俞孔坚：《世界遗产保护的新动向——文化线路》，《城市问题》2005年第4期。

[2] 王志芳、孙鹏：《遗产廊道——一种较新的遗产保护方法》，《中国园林》2001年第5期。

［3］邹统钎：《国家文化公园管理模式的国际经验借鉴》，《中国旅游报》2019 年 11 月 5 日。

［4］邹统钎：《国家文化公园建设与管理初探》，《中国旅游报》2019 年 12 月 3 日。

［5］吴丽云：《国家文化公园建设要突出"四个统一"》，《中国旅游报》2019 年 10 月 23 日。

［6］吴丽云：《长城国家文化公园建设应强化五项内容》，《中国旅游报》2020 年 1 月 13 日。

［7］郭丽双、付畅一：《消解与重塑：超国家主义、文化共同体、民族身份认同对国家身份认同的挑战》，《国外社会科学》2016 年第 4 期。

［8］殷冬水：《国家认同建构的文化逻辑——基于国家象征视角的政治学分析》，《学习与探索》2016 年第 8 期。

［9］李飞：《论旅游外交：层次、属性和功能》，《旅游学刊》2019 年第 3 期。

［10］姚文帅：《文化基因：国家认同价值生成的逻辑》，《学术界》2016 年第 9 期。

［11］《魏书》，中华书局 1997 年版。

［12］高科：《荒野观念的转变与美国国家公园的起源》，《美国研究》2019 年第 3 期。

［13］于友先：《中国大百科全书》，中国大百科全书出版社 2009 年版。

［14］NASH R., *Wilderness and American Mind*（the 4th Edition）, New Haven: Yale University Press, 2001.

［15］向微：《法国国家公园建构的起源》，《旅游科学》2017 年第 3 期。

［16］Council of Europe, *The Santiago de Compostela Declaration*, 2020-12-19, https://rm.coe.int/16806f57d61987-10-23.

［17］张春彦、张一、林志宏：《欧洲文化线路发展概述》，《中国文化遗产》2016年第5期。

［18］王丽萍：《文化线路：理论演进、内容体系与研究意义》，《人文地理》2011年第5期。

［19］UNESCO, *Operational Guidelines for the Implementation of the World Heritage Convention 2005*, 2020-11-26, http://whc.unesco.org/en/news/108.

［20］王吉美、李飞：《国内外线性遗产文献综述》，《东南文化》2016年第1期。

［21］Committee of Ministers of the Council of Europe, *Enlarged Partial Agreement on Cultural Routes 2010*, 2020-11-26, https://www.coe.int/en/web/culture-andheritage/cultural-routes.

［22］Council of Europe, *Cultural Routes Management: From Theory to Practice*, *Strasbourg: Council of Europe Publishing*, London：London Scientific, 2019.

［23］ERKAN Y.K., "Railway Heritage of Istanbul and the Marmaray Project", *International Journal of Architectural Heritage*, No.1, 2012.

［24］DONOHOE H.M., "Sustainable Heritage Tourism Marketing and Canada's Rideau Canal World Heritage Site", *Journal of Sustainable Tourism*, No.1, 2012.

［25］SYLVIE G.A., "Walking Through World Heritage Forest in Japan: The Kumano Pilgrimage", *Journal of Heritage Tourism*, No.4, 2011.

［26］SNOWBALL J.D., Courtney S, "Cultural Heritage Routes in South Africa: Effective Tools for Heritage Conservation and Local Economic Development", *Development Southern Africa*, No.4, 2010.

［27］KUIPER E., BRYN A., "Forest Regrowth and Cultural Heritage Sites in Norway and along the Norwegian St Olav Pilgrim Routes", *International Journal of Biodiversity Science, Ecosystem Services & Management*, No.1, 2013.

［28］MELL I.C., JOHN S., "Sustainable Urban Development in Tightly Constrained Areas: A Case Study of Darjeeling, India", *International Journal of Urban Sustainable Development*, No.1, 2014.

［29］BRÁS J.M., COSTA C., DIMITRIOS, "Network Analysis and Wine Routes: The Case of the Bairrada Wine Route", *The Service Industries Journal*, No.10, 2010.

［30］FLINK C.A., SEARNS R.M., *Greenways*, Washington: Island Press, 1993.

［31］EUGSTER J., "Evolution of the Heritage Areas Movement", *The George Wright Forum*, Vol.20, No.2, 2003.

［32］邹统钎、万志勇、郑春晖：《中国线性文化遗产开发与保护模式初探》,《世界遗产》2010年第12期。

［33］师守祥：《丝绸之路旅游：多面挑战与突破口》,《旅游学刊》2017年第6期。

［34］李如意、李骊明：《数字旅游在大线路旅游开发中的应用——兼论丝绸之路信息驿站建设的意义》,《人文地理》2015年第3期。

［35］王会战等：《丝绸之路旅游合作国内研究述评》,《旅游科学》2015年第2期。

［36］朱晗、赵荣、郗桐笛：《基于文化线路视野的大运河线性文化遗产保护研究——以安徽段隋唐大运河为例》,《人文地理》2013年第3期。

［37］张飞等：《大运河文化带游憩空间范围及层次研究》,《地域研究与开发》2019年第6期。

［38］孙久文、易淑昶：《大运河文化带建设与中国区域空间格局重塑》,《南京社会科学》2019年第1期。

［39］苏明明、Geoffrey Wall：《遗产旅游与社区参与——以北京慕田峪长城为例》,《旅游学刊》2012年第7期。

［40］王长松、张然：《文化遗产阐释体系研究——以北京明长城为评价案例》，《首都师范大学学报（社会科学版）》2020 第 1 期。

［41］李飞、马继刚：《我国廊道遗产保护与旅游开发研究——以滇、藏、川茶马古道为例》，《西南民族大学学报（人文社科版）》2016 年第 2 期。

［42］王丽萍：《遗产廊道视域中滇藏茶马古道价值认识》，《云南民族大学学报（哲学社会科学版）》2012 年第 4 期。

［43］赵明：《茶马古道与"一带一路"建设》，《理论视野》2015 年第 12 期。

［44］陈学梅、胡大江、牟红：《长江三峡旅游区域合作动力研究》，《现代管理科学》2011 年第 9 期。

［45］刘名俭、黄猛：《旅游目的地空间结构体系构建研究——以长江三峡为例》，《经济地理》2005 年第 4 期。

［46］詹培民：《长江三峡国际旅游黄金带生产力布局研究》，《西南大学学报（社会科学版）》2008 年第 4 期。

［47］李芳、李庆雷、李亮亮：《论交通遗产的旅游开发——以滇越铁路为例》，《城市发展研究》2015 年第 10 期。

［48］吴兴帜：《作为集体记忆与自我延续的物质文化研究——以滇越铁路为例》，《青海民族研究》2012 年第 3 期。

［49］张梅：《滇越铁路保护和利用价值探析》，《思想战线》2013 年第 S2 期。

［50］杨华军：《藏彝走廊研究：统一国家意识的塑造》，《西藏研究》2016 年第 3 期。

［51］马尚林：《论藏彝走廊回、藏民族的和谐社会关系》，《西南民族大学学报（人文社科版）》2017 年第 7 期。

［52］李锦：《藏彝走廊北端山地居民的政治与文化选择》，《云南社会科学》2019 年第 3 期。

［53］王晶晶：《广元剑门蜀道文化旅游资源的保护与开发》，《宜宾学院学报》2012年第5期。

［54］陈韵羽：《古蜀道基于线性文化遗产的"三位一体"保护模式再探——以剑门蜀道为中心》，《中华文化论坛》2014年第2期。

［55］鄢方卫等：《乡村旅游地人居环境演变过程与机制研究——以徽杭古道为例》，《旅游学刊》2019年第10期。

［56］朱璇、江泓源：《移动性范式下的徒步体验研究——以徽杭古道为例》，《旅游科学》2019年第2期。

［57］余小洪、席琳：《唐蕃古道路网结构的考古发现与重构》，《西藏民族大学学报（哲学社会科学版）》2017年第6期。

［58］席岳婷：《基于线性文化遗产概念下唐蕃古道（青海段）保护与开发策略的思考》，《青海社会科学》2012年第1期。

［59］罗进、魏登云：《仁岸川盐入黔路线及其作用研究》，《安徽农业科学》2012年第5期。

［60］陈一榕：《百越古道的历史文化考察》，《广西民族研究》2012年第1期。

［61］郑超雄：《百越古道的文化遗存和文化线路》，《百色学院学报》2012年第1期。

［62］吴晓秋：《邮驿文化线路不可移动文物遗存现状调查研究——以川黔驿道贵州段为例》，《贵州师范大学学报（社会科学版）》2012年第4期。

［63］崔鹏：《试论茶马古道对浮梁茶文化线路构建的意义》，《农业考古》2011年第2期。

［64］黄雪晖：《岭南走廊文化线路遗产保护初探》，《韶关学院学报》2011年第7期。

［65］陈俊：《贵州省长征线路遗址遗迹保护存在的问题与对策研究》，《重庆第二

师范学院学报》2019年第2期。

［66］钟灵芳、郑生：《线性文化遗产的保护研究——以红军长征路线为例》，《中外建筑》2018年第12期。

［67］王吉美、李飞：《北京城中轴线时空演化与旅游发展研究——基于廊道遗产视角》，《干旱区资源与环境》2016年第2期。

［68］王岗：《北京中轴线的历史文化内涵与当代政治意义》，《北京联合大学学报（人文社会科学版）》2015年第2期。

［69］张宝秀、张妙弟、李欣雅：《北京中轴线的文化空间格局及其重构》，《北京联合大学学报（人文社会科学版）》2015年第2期。

［70］俞孔坚等：《中国国家线性文化遗产网络构建》，《人文地理》2009年第3期。

［71］习近平：《携手构建合作共赢新伙伴同心打造人类命运共同体》，《人民日报》2015年9月29日。

［72］李宏：《人类命运共同体的价值意蕴与世界意义》，《理论导刊》2020年第2期。

［73］陈新汉：《社会主义核心价值体系价值论研究》，上海人民出版社2008年版。

［74］罗红杰：《习近平"生命共同体"理念的生成机理、精神实质及价值意蕴》，《中州学刊》2019年第11期。

［75］习近平：《决胜全面建成小康社会夺取新时代中国特色社会主义伟大胜利——在中国共产党第十九次全国代表大会上的报告》，人民出版社2017年版。

［76］［美］斯科特·福瑞斯克斯：《原始荒野的双重神秘性：非情境性语言对荒野法案的误读》，孙越译，《南京林业大学学报（人文社会科学版）》2010年第4期。

［77］冯艳滨、杨桂华：《国家公园空间体系的生态伦理观》，《旅游学刊》2017

年第 4 期。

［78］肖群忠、姚楠：《论行旅活动的伦理意蕴》，《伦理学研究》2018 年第 3 期。

［79］黄云明：《习近平人类命运共同体理念的哲学底蕴和伦理意蕴》，《社会科学家》2018 年第 5 期。

［80］周洁：《"一带一路"历史文化观再思考——兼谈丝路文化遗产的价值发现与开发传承》，《中华文化论坛》2017 年第 11 期。

（原载《旅游学刊》2021 年第 1 期）

国家文化公园的理论探索与实践思考*

王克岭

一、引言

习近平总书记指出，长城、长江、黄河等都是中华民族的重要象征，是中华民族精神的重要标志。2019年7月24日，中央全面深化改革委员会第九次会议审议通过了《长城、大运河、长征国家文化公园建设方案》，会议指出：建设长城、大运河、长征国家文化公园，对坚定文化自信，彰显中华优秀传统文化的持久影响力、革命文化的强大感召力具有重要意义；要结合国土空间规划，坚持保护第一、传承优先，对各类文物本体及环境实施严格保护和管控，合理保存传统文化生态，适度发展文化旅游、特色生态产业。党的十九届五中全会审议通过了《中共中央关于制定国民经济和社会发展第十四个五年规划和二〇三五年远景目标的建议》，其明确提出建设长城、大运河、长征、黄河等国家文化公园。

---

* 国家社会科学基金重点项目"滇藏茶马古道文化资源整合与旅游活化路径研究"（项目编号：20AJY017）。

国家文化公园的概念源于 2017 年《关于实施中华优秀传统文化传承发展工程的意见》，其明确提出"规划建设一批国家文化公园，成为中华文化重要标识"。国家文化公园与国家公园存在差异且属于新生概念[①]，但在各国建设国家公园的实践中，文化型国家公园已渐次出现。作为国家深入推进的重大文化工程，国家文化公园是承载国家或国际意义文化资源的重要载体，是传播传承文化、展现文化自信的重要媒介，是筑牢自然或文化生态的重要屏障。基于此，本文首先解读、辨析国家文化公园的概念，聚焦于回答"中国应该塑造什么样的国家文化公园"；其次，梳理和审视垂直型、自治型、综合型国家公园体系中文化型国家公园的建设理念和实践探索；最后，从主体、内容、客体和渠道视角，对我国国家文化公园建设和运营的相关决策提供一些建议。

二、国家文化公园概念阐释

（一）国家文化公园概念的抽象化阐释

在大众认知中，建立国家公园的目的或使命是保护自然景观或生态环境，但事实上，美国国家公园肇基伊始就包含着"文化动机"。审视美国历史，自由主义是北美殖民地独立和新国家建立的基本依据，若没有相对一致的个人主义观念，由殖民地组成的美利坚合众国便失去了立国之本。崇尚自由、个人主义和基层自治是美国的主流观念，其具象化的荒野及其

[①] 新生概念：之前没有，首次出现的概念。参见陈霞、罗晨希、张立波、罗铁坚《一种分析学科演化的模型及方法》，《工程研究——跨学科视野中的工程》2018 年第 2 期。

拓荒行动直接塑造了美国人的国家认同感和民族性格，立足荒野建立黄石等国家公园的动机，绝大部分源于文化和审美的自觉，因此国家公园在美国兼具自然生态保护和国家文化符号保护双重意义。

严国泰认为，中国国家公园可基于联合国教科文组织发布的世界遗产类型进行归类，归集为自然型、文化型和文化景观型国家公园。该分类不仅有利于中国国家公园管理与世界国家公园管理接轨，而且有利于与我国相关职能部门颁布的多种专类公园对接。具体而言，国家森林公园、国家地质公园、国家湿地公园、国家级自然保护区和自然遗产地可归集为自然型国家公园；各类遗址地、纪念园、文物保护单位和文化遗产地可归集为文化型国家公园；人与自然共同创设的风景名胜区、水利名胜区和旅游景区、世界文化与自然双遗产、文化景观世界遗产可归集为文化景观型国家公园。与之对应的顶层设计归口为：自然型国家公园所属的各专类公园的规划运营遵循自然型国家公园规划规范的指引；文化型国家公园所属的各专类公园规划运营遵循文化型国家公园规划规范的指引；文化景观型国家公园所属的各专类公园规划运营遵循文化景观型国家公园规划规范的指引。将上述三类国家公园规划规范进行归类，是以各类公园都能得到规划规范的指导、以国家公园规划规范更具有针对性并有利于国家公园资源保护与总体发展及管理为宗旨的。

基于国家质量监督检验检疫总局 2003 年 2 月发布的《旅游资源分类国家标准》，结合严国泰的观点，本文认为：国家文化公园是依托"遗址遗迹"和"建筑与设施"等人文旅游资源，具有代表性、延展性、非日常性主题，由国家主导生产的主客共享的国际化公共产品。需要指出的是，作为主客共享的国际化公共产品，我国首倡的"国家文化公园"是讲清楚中国的历史传统、文化积淀、基本国情和发展道路，是讲清楚中国人民的精神追求和国家发展目标的精神空间，也是将中国人民的命运和世界人民的命运联系起来，让中国特色社会主义核心价值观更具有认同感的精神空间。

（二）国家文化公园概念的具象化阐释

华夏大地上丰富灿烂的文化遗产给我国的综合、可持续发展增添活力，激发强大的精神力量，这其中，遗产保护利用不仅和经济发展密不可分，而且推动了经济发展，两者相互依存，相得益彰。国家文化公园建设不是简单的遗产统筹保护、主题公园的重复再现，而是要从世界维度、历史尺度和国家高度来阐释华夏文明的独特性，使华夏大地上代表中华文明源远流长的文化符号、炎黄子孙团结凝聚的精神纽带、中华民族生生不息的民族象征的有形或无形事象的保护传承和开发利用达到动态平衡，使中华文明在未来世界文明的整合和发展过程中发挥其独特作用。因此，要基于全球视野、中国高度、时代眼光，从中国整体发展的角度，以对未来负责的态度阐释和解读国家文化公园，旨在为国家文化公园建设的制度设计与机制推进提供理论依据和战略思想。基于上述认知，本文以长城为例，尝试性地阐释和解读中国应该塑造什么样的国家文化公园，使国家文化公园的概念更具象化。

1. 长城国家文化公园建设的首要问题是什么

长城文化遗产资源呈线性分布，跨越了15个省（自治区、直辖市）、404个县域，总长度达两万多千米，这其中，近1/3的长城资源分布于内蒙古，其次是河北、山西、甘肃、辽宁、陕西、北京等地，占比分别为18.89%、9.74%、8.79%、6.86%、6.66%、5.38%（国家文物局，2018）。随着国家文化公园建设的全面启动，作为文化资源富集带、生态屏障保护带、游憩空间生产带的长城，将成为沿线人民的小康线、幸福线。这其中，在立足于尊重文化遗产价值，突出普遍价值及真实性、完整性的前提下，如何以文化遗产保护、生态环境保护和可持续发展为原则，彰显长城沿线的文化资源特色，将现有文物景区、遗产公园等植入国家元素、文化元素，使主题展示区与生态环境整治、区域发展、城市建设和居民生活改善有机结合起来，统筹考虑人类命运共同体视阈下国家文化公园建设与治理，成为长城国家文化公园建设必须思考和解决的首要问题。

2. 代表性、延展性、非日常性主题

主题作为文化公园的灵魂，要对一定地域的历史、文化背景或生活方式具有代表性；要具有较强的可提炼性、可塑性和丰富的内涵，便于二次创作和升华，以生产出新的文化创意；主题要蕴含独一无二的内容（即核心价值观），具有排他性和明显的非日常性，即具有时空距离、文化差异或超出传统范畴，以契合现代旅游"本地生活的异地化"或"他者生活的体验化"需求。

长城是古代中国在不同时期为抵御塞北游牧部落联盟侵袭而修筑的规模浩大的军事工程的统称。1575年，西班牙使节拉达来华，曾赞誉道："中国北边是一道雄伟的边城，这是世界上著名的建筑工程之一。"长城是全世界体积最大的古代建筑，因以中国保有最多，故中国被称为长城之国。长城因此与天安门、兵马俑一同被世人视为中国象征和文化标志。[1]时至今日，绵延万里的长城，虽失去了其原本的军事价值，但它仍不仅是一座荟萃了中国古代劳动人民智慧和汗水的宏伟建筑，还是中国人民献给

---

[1] 1987年，中国万里长城（The Great Wall）与英国哈德良长城（Hadrian's Wall）同时被列入《世界遗产名录》。

世界的一个伟大奇迹，向世界讲述着古代中国的政治、经济、建筑等多方面的发展历程和成就，有极高的科学价值、历史价值和文化价值。即便聚焦于长城本身，其所蕴含的材料、结构和构造方法等建筑信息亦是其遗产价值的重要组成部分，反映了长城的科学价值和历史价值，而其整体形象和细部做法体现了长城的艺术或文化价值。

（1）科学价值：作为地标性建筑中特别突出的代表和中华文明象征的历史文化遗产，长城的修建、运维和保护无不凝聚着前人对事物本质规律的认识和利用。此外，长城是沿线各地重要的生态涵养区，发挥着水土涵养、气候调节、动物栖息、植物繁衍等自然生态功能。现存的长城遗址不仅是中华文化珍贵的第一手资料，反映了当时社会条件下生产力发展水平、科学技术水平和人们的创造能力，具有极大的科学研究价值，而且因其所具有的自然生态维护功能，长期担负着荫佑沿线民众的使命。

（2）历史价值：长城是一项杰出的历史文化遗产，长城的修建史是农耕文明与游牧文明共同发展的历史，在中华文明史和世界文明史中占有重要的地位。作为完整的军事防御体系，长城遗址及其周边遗存（包括物质和非物质遗产）是当时自然、社会、政治、经济、军事、文化的历史见证，因此具有独特的重大历史价值。

（3）文化价值：长城蕴含着团结统一、众志成城的爱国精神，坚韧不屈、自强不息的民族精神，守望和平、开放包容的时代精神，历经岁月锤炼，已深深融入中华民族的血脉之中，成为实现中华民族伟大复兴的强大精神力量。同时，因其在中华文化的传承与发展中具有不可替代的作用，长城具有重要的文化生态功能，一旦消散将造成中华文化生态系统的失衡。

3. 由国家主导生产的公共产品

基于极高的科学价值、历史价值和文化价值，国家以"国家文化公园"模式建设长城、大运河、长征、黄河文化公园，其初衷是要让文化遗产的保护传承走近公众，实现文化遗产"共享"与"活化"。"遗产活化"的概念是中国台湾学者首先提出的，遗产（包括物质遗产、非物质遗产）具有丰富的文化内涵。但是，大多数景区并未将文化遗产的"原真性"和"场所精神"有效地外显化，而仅仅是以"静态"展示供公众参观，这种方式显然已经不能满足游憩体验的需求。因此，基于类型、价值维度，对长城沿线文化资源分类（静态型、动态型、重塑型）、分级（静态型——国保、省保、市保、不详；动态型——国家、省、市、县）进行排查，由国家主导生产主客共享的公共产品（长城精神空间）就显得必要且紧迫。

就精神空间而言，精神、价值理念是空间生产的核心，也是物质遗产得以存在的支撑。长城凝聚了中华民族的奋斗精神和爱国情怀，是中华民族的代表性符号和中华文明的重要象征，具有超越古今的持久影响力。要坚持国家站位，突出国家标准，从政治、经济、社会视角来挖掘和阐发其精神和情怀。①政治层面：安全与和平。②经济层面：产业合作。③社会层面：民族团结、吃苦耐劳。因此，建设长城国家文化公园的价值可从关键意义、战略诉求和空间生产等维度来考量。关键意义：古老、悲壮、伟大、壮丽、坚固、自强。战略诉求：维护世界和平，构建人类命运共同体。空间生产转变：以前是自然景区、文物景区、风景名胜区各自为政，是进行空间中的生产；现在要突出代表性和广泛性，将空间中的生产转变为空间生产。

三、文化型国家公园的实践案例

国际上,国家公园体系发育日臻成熟,这其中,以美国为代表的美洲自上而下垂直型国家公园体系,以德国为代表的欧洲地方自治型国家公园体系,以日、韩为代表的亚洲综合管理型国家公园体系,在管理体制、财政体制、文化遗产保护机制方面进行了有益的探索。在这些国家公园体系中,文化型国家公园是其重要组成部分,且和其他类型的国家公园在统一管控下有相同的管理体制、财政体制,可为我国国家文化公园的建设及运营提供一定的借鉴。

(一)垂直型国家公园体系的典范——梅萨维德国家公园

1. 概况

1906年建立的梅萨维德国家公园,也称"梅萨维德印第安遗址"(以下简称"梅萨维德"),坐落于美国西部的科罗拉多高原上,是美国基于考古价值而开辟的第一座文化型国家公园。公园海拔2600米,占地201平方千米,园内保存了美洲最古老的文明之一——古普韦布洛印第安人建于6—12世纪的包括四千多处的建筑遗址,该遗址的核心景点包括绝壁宫殿(沿崖壁而建、布局紧凑的两百多个房间)、云杉树屋(以云杉构成,长203米,宽84米,三层楼,合计114间住房和8间祭祀室)和悬崖宫殿。1979年,其作为文化遗产被列入《世界遗产名录》。

2. 管理体制

根据美国国会的相关法案,国家公园负有保护、教育、研究和公共休闲使命。为了更好地管理国家公园,美国相继颁布了《黄石公园法》《组织法》《历史纪念地保护法》《野生动植物保护法》《特许经营法》《公园志愿者法》等。

美国国家公园实行独立于各州管辖的垂直管理体制，设立联邦机构、地区分局、公园三级垂直领导机构，与各州、市无直接隶属关系。美国国家公园管理局是管理国家公园的联邦机构，下设7个地区分局，包括阿拉斯加区域、山间区域、中西部区域、首都区域、东北区域、西太平洋区域和东南区域，分片管理分布于全美各地的62座国家公园。与其他联邦土地管理机构不同，国家公园管理局在野生动物或类似事务的管控上不受州法律的规制。

3. 财政体制

国家公园运营资金有三大来源：国会财政拨款、国家公园收入、捐赠资金。

（1）国会财政拨款。财政拨款在运营资金中的占比超过90%，通常2/3用于工资开支，剩余的用于建设和运维，拨款在保障梅萨维德获得稳定资金来源的同时，使其保持了公益性机构的本色。

（2）国家公园收入，包括门票收入和商业活动收入。门票价格低廉（旺季15美元，淡季10美元），门票收入在梅萨维德预算中的占比较低；商业活动收入主要是指在公园内开展的商业性活动，如摄影、电影拍摄、录音及特许经营活动等收取的费用。80%的公园收入留给梅萨维德自主支配，其余20%上缴用于支持整个国家公园系统的运行。

（3）捐赠资金，包括来自私人、非政府组织和公司等的捐赠。捐赠主体中非政府组织数量较多，其中知名度较高的有国家公园基金会和塞拉俱乐部，它们以出售图书等方式筹措资金。

4. 遗产保护机制

梅萨维德被纳入国家公园体系，归联邦政府所有和运维，不仅提供最高级别的保护，而且确保高水准的解说和公共通道畅通。梅萨维德有总体管理计划（1979），承载能力和访客影响受到严格监控，并制定了限制影响的政策。梅萨维德的工作人员定期为公众就解释性材料、考古资源研究和保护提供咨询，并为26个文化上隶属且传统上联系的美国原住民部落及其代表提供建设计划的相关建议。例如，管理损害或可能损害文化资源的入侵植物，并确保文化遗存附近的任何开发项目均不会对该遗存的价值、真实性和完整性造成负面影响。

（二）地方自治型国家公园体系的典范——哈茨国家公园

1. 概况

位于下萨克森州和萨克森-安哈尔特毗邻区域的哈茨国家公园，是德国最大的文化型国家公园之一。哈茨国家公园是2006年由两个较老的公园（霍赫兹公园和哈茨公园）合并而成，占地近250平方千米。作为哈茨国家公园的主峰，布洛肯峰是一座极具人文特色的山峰，这里有布洛肯峰小火车，有女巫的传说，有哈茨山猫，有歌德的咏叹和足迹，有Oberharz Wasseregal（Oberharz Wasseregal是一套由人工池塘、小通道、隧道及地下排水渠组成的复杂且关联性强的水动力采矿系统，是借助水力开展采选矿作业，其开发使用历史长达800余年，因其是全世界最著名的在工业化前期已形成的矿山水利工程系统和体现西方矿冶技术发展史的重要遗址，于1992年入选世界文化遗产名录）。基于上述丰富的人文及自然资源，哈茨国家公园向公众推荐7个远足项目，旨在提供差异化视觉景观游憩体验，包括全景视图、森林视图、封闭视图、聚焦视图、环形视图和水视图。

2. 管理体制——国家指导，地方自治

哈茨国家公园在州环境部的指导下，由下萨克森州国家公园管理办公室负责管理，其体制属于典型的地方自治型，具体表现如下：联邦政府仅对国家公园的建设提出指导性框架意见，由各州通过具体法律法规予以规制和保护，即哈茨国家公园的管理事务，包括国家公园的认定、法律法规和管理政策的制定、公园规划等，由地方相关职能部门负责。这种地方自治型管理体制在充分考虑地区发展差异的基础上，因地制宜地开展管理与运营，但可能存在管理失效或低效的风险。

3. 财政体制——政府为主，营收为辅

包括哈茨国家公园在内的德国各类型国家公园的资金来源渠道包括州政府财政拨款、社会公众捐助、公园有形无形资源开发利用所带来的收入，其中，州政府财政拨款为主要来源。各类型国家公园的运营开支被纳入州公共财政中予以统一安排与管理，用于国家公园的设施建设和其他保护事务的开支。

4. 遗产保护机制——回归大众，保护原真

德国是世界上对遗产保护所作法律规定较严格的国家之一，在法规建设方面先后出台了《风景保护法》《森林法》《环境赔偿责任法》等。其在世界遗产保护的立法思路上坚持自然保护目标，强调保护工作不是独立的而是多方联系和制约的体系，涉及制度、管理、资金等环节，如行政管理体系、资金保障体系、监督体系、公众参与体系等都是以法律法规的形式明确下来的，这为遗产保护工作的有序开展夯实了制度基础。哈茨国家公园保有大量历史文物及遗迹，受益于德国严格的遗产保护法律法规体系，公园历史文物及遗迹的原真性得到良好的保护。此外，德国公众参与体系中的系统培训（诸如志愿护林员活动等）既可以为那些愿意贡

献自身时间和精力的人们提升服务技能和经验,又可以实现国家公园在教育公众、保护自然方面的使命。因此,德国整个自然文化遗产保护工作具有较强的融合政府和民间力量的体制机制。

(三)综合型国家公园体系的典范——日光国立公园

1. 概况

肇基于1934年12月的日光国立公园是日本著名的宗教和文化型国立公园,位于栃木县、群马县和福岛县,占地1148.18平方千米,主要景点包括鬼怒沼泽、男体山、奥日光湿原、汤原温泉、中禅寺湖/华严瀑布、濑户合峡、日光社寺、鬼怒川、那须山等。

2. 管理体制

日本于1931年、1950年、1972年渐次颁布了《国立公园法》《自然公园法》《自然环境保护法》。在完备的法规体系规制下,确立了由国立公园、国定公园及都道府县立自然公园构成的公园体系。同时,组织机构的发展主线明确、清晰:1927年,日本民间率先成立国立公园协会;1929年,内务省成立国立公园委员会,推动自下而上的管理;1948年,厚生省设立了国立公园部,1964年转设为国立公园局,是一次从兼管到专职的转换;1971年,国立公园管理权由厚生省转移至环境省,实现了由分散管理到综合管理的过渡。

3. 财政体制——政府主导,淡化与激活并举

包括文化型国立公园在内的日本国家公园体系实行统一的财政体制,其运营资金主要来源于国家拨款和地方政府筹款,禁止公园管理部门制定经济创收计划,国家公园中除部分世界文化遗产和历史文化古迹等景点实行收费制以外,其余皆不收门票,充足的资金投入和对逐利性动机的约束

推动了日本国立公园经济功能的淡化。同时,公园内部的停车、特定景点的进入、专门的导游服务、餐饮、住宿等均需付费,有效地带动了周边的餐饮、住宿、购物、导游等行业发展,旅游收入较为可观。仅以 2016 年为例,访日外国游客在日本的消费总额达 3 万亿日元,折合人民币为 1787.73 亿元[①]。

4. 遗产保护机制——遗产活化,全民参与

日本对文化遗产的保护肇始于 1868 年,是亚洲最早建立国立公园的国家,其在保护理念、活化保护和全民共识方面卓有建树:

(1)提出了无形文化遗产理念。1950 年颁布的《文化遗产保护法》中采用二分法将文化遗产分为有形文化遗产和无形文化遗产,强调文化遗产保护不仅要保护其建筑和自然形态,而且要保护遗产的非物质成分。

(2)重视非物质文化遗产的活化保护。强调非遗保护中"人"的因素,制定了规范的登录制度、特殊传承人保护机制、非遗传承的社区载体保护机制(如造乡运动、造街运动等),旨在重视对当地文化环境及自然环境的整体性保护。

(3)培养全社会对文化遗产保护的共识。日本文化遗产领域的综合施策使其文化遗产保护传承和活化利用步入了一个良性循环。

四、促进我国国家文化公园建设的建议

国家文化公园是以保护、传承和弘扬具有国家或国际意义的文化资源、精神或价值观为目的,兼具爱国教育、科研实践、娱乐游憩和国际交

---

① 2016 年 12 月 30 日人民币汇率中间价为 100 日元兑人民币 5.9591 元。

流等文化服务功能，经国家有关部门认定、建立、扶持和监督管理的特定区域。作为国家文化建设的专项举措，建设国家文化公园对于保护传承和弘扬利用我国重要文化资源、精神和价值观具有重大战略意义。

基于现代服务是一种线上线下融合，集供给主体、内容、消费客体和推介渠道共融互通而构建的人货场一体化产业生态的认知，立足对美、德、日在文化型国家公园建设及运营方面的做法与实践的总结，就我国国家文化公园建设和运营提出如下启示与建议。

（一）发挥好国家主体的主导作用和社会主体的独特价值

主体是指国家文化公园建设和运营的实施者，通常可以划分为国家主体与社会主体两大类型。在百年未有之大变局的今天，建设象征国家精神、传播中华优秀文化和强大革命文化的国家文化公园必须坚持国家站位、突出国家标准。同时，还需要激发社会主体的参与热情，显示他们的独特价值。具体而言，须做好以下三方面工作：

（1）让当地民众作为文化代言人，鼓励引导他们将语言、服饰、餐饮、歌舞、祭祀、非遗等文化资源付诸生活化或生产化利用，并能将其传给下一代；

（2）让环保等社会组织（包括研究、教育机构等）积极参与到保护自然资源和文化资源的行动中，发挥其在宣传、技术、学习、人员及立法等领域的支持作用，有效降低环境和文化退化态势；

（3）让其他社会组织（包括市场渠道机构、社会渠道机构、旅游企业、媒体等）基于市场机制的作用在资金缺口、可持续引流等方面自觉发挥基础性作用。

（二）重视文化资源价值及功能等内容的分类研究与规划

内容不仅要关注国家文化公园所蕴含的文化精神、价值观能否被清晰地表达出来，而且要关注客体的理解与感受。因此，在国家文化公园建设中必须高度重视文化资源价值及功能的分类研究与规划，具体而言，须做好以下三方面工作。

（1）立足静态型文化资源（价值分级——国保、省保、市保、不详）、动态型文化资源（价值分级——国家、省、市、县）、重塑型文化资源对国家文化公园的文化资源，进行基于 GIS 的空间特征分析及功能定位，对国家文化公园文化资源保护传承与开发利用工作分类施策，绝不能用一个模式包打天下。

（2）对于科学保护主导型文化资源，重点梳理其保护理念及模式，在强调历史价值核心地位的同时，兼顾艺术或审美价值。

（3）对于开发利用主导型文化资源，重点聚焦文化资源的保护与利用经验，包括三类文化资源保护和利用的得失反思：①静态型文化资源，基于对静态型文化资源保护和利用平衡绩效的评估，提炼静态型文化资源保护开发经验；②动态型文化资源，选取开发利用绩效好、受众认可度高的文旅产品，审视其产品创意、生产、传播及消费的产业链模式，提炼适宜于舞台化的动态型文化资源艺术呈现经验；③重塑型文化资源，梳理重塑型文化资源开发利用的主要做法，提炼其迁移经验，如体验化场景设计、建筑形制模拟、特色演出创意等。

（三）聚焦对本地居民、国内游客、国际游客等客体的主导需求研究

客体是指国家文化公园服务的对象，包括本地居民、国内游客与国际游客等。与本地居民、国内游客不同，国际游客来自世界各地，拥有复杂多样的文化背景、价值观念、思维方式和心理特征。因此，在关乎国家文化公园"空间生产"和"空间中的生产"的相关决策中，要重视并研究游客对现状公园的总体满意度及其结构状况，发现共性的问题及不足，分析产生问题的原因，进而甄别出游客的主导需求。在统筹国家文化公园拟打造的文化主题与消费主导需求的基础上，提炼出国家文化公园"应该供给什么"的体系化内容，为旅游核心产品（包括在地产品、在场产品和在线产品）及其要素的供给提供来自需求侧的信息支撑。

（四）统筹大众传媒的主渠道作用和新兴媒体及公共外交的独特功能，开展常态化宣传和推介活动

渠道是指国家文化公园宣传推介的途径，是内容与客体相互链接的桥梁。在国家文化公园宣传推介方面，既要发挥大众传媒的主渠道作用，又要发挥新兴媒体和公共外交的独特功能，开展常态化宣传和推介活动，不断增强国家文化公园的影响力和感召力。具体而言，须做好以下三方面工作：①充分利用杂志、报纸、广播、电视等传统媒体，体现它们强大的内容生产力和较强的影响力、公信力优势；②积极运用网络电视、网络广播、数字电影、数字报纸、手机网络等新兴媒体平台，发挥其低成本、广覆盖的优势；③通过公共外交途径，利用外交活动及有组织的国际活动、援助/护航/慈善等公共产品供给、社会各行业和专业的国际合作等多种

途径，润物细无声地传播国家文化公园衍生出的具象化文化产品，特别是以空间生产、文化扩散为主的在线产品（如影视文学作品等），提升国家文化公园所蕴含的主流价值观对外传播的效能。

概言之，在我国处于近代以来最好的发展时期，世界处于百年未有之大变局，两者同步交织、相互激荡的时代背景下，国家应统筹擘画，分类施策，通过建设并运营好国家文化公园，促进国家公园快速发展，显著放大国家文化遗产功能，推动旅游结构调整与升级，树立民族精神并坚定文化自信，最终实现多重效益。

参考文献

［1］王薪宇：《我们为什么要建国家文化公园？》，http//www.lvjie.com.cn，2019-12-13。

［2］杨春龙：《自由主义与美国国家认同》，《江海学刊》2018 年第 6 期。

［3］严国泰、沈豪：《中国国家公园系列规划体系研究》，《中国园林》2015 年第 2 期。

［4］王心源等：《"一带一路"沿线文化遗产保护与利用的观察与认知》，《中国科学院院刊》2016 年第 5 期。

［5］吴必虎、余青：《中国民族文化旅游开发研究综述》，《民族研究》2000 年第 4 期。

［6］王克岭等：《从"目的""途径"到"结果"：演旅融合研究的再审视》，《文化产业研究》2018 年第 1 期。

［7］王克岭，董俊敏：《旅游需求新趋势的理论探索及其对旅游业转型升级的启示》，《思想战线》2020 年第 2 期。

［8］宋存洋编著：《长城》，黄山书社 2012 年版。

[9]景爱：《中国长城史》，上海人民出版社 2006 年版。

[10]沈旸、相睿、常军富：《明代夯土长城的建造技术特征及其保护——以大同镇段为例》，《建筑学报》2018 年第 2 期。

[11]喻学才：《遗产活化：保护与利用的双赢之路》，《建筑与文化》2010 年第 6 期。

[12]朴松爱、樊友猛：《文化空间理论与大遗址旅游资源保护开发——以曲阜片区大遗址为例》，《旅游学刊》2012 年第 4 期。

[13]黄坤明：《弘扬民族精神坚定文化自信高质量推进国家文化公园建设》，《人民日报》2020 年 11 月 26 日。

[14] Floyd M.L., William H.R., Hanna D.D., "Fire History and Vegetation Pattern in Mesa Verde National Park, Colorado, USA", *Ecological Applications*, Vol.10, No.6, 2000.

[15] Hellenbroich T., *The Designation of National Parks in German Nature Conservation Law*, Berlin: Springer Group, 2005.

[16]邹统钎、常梦倩、赖梦丽：《国家文化公园管理模式的国际经验借鉴》，《中国旅游报》2019 年 11 月 5 日。

[17] Bremer S., Graeff P., "Volunteer Management in German National Parks-From Random Action Toward a Volunteer Program", *Human Ecology*, Vol.35, No.4, 2007.

[18] Jimura T., "The Impact of World Heritage Site Designation on Local Communities-A Case Study of Ogimachi, Shirakawa-mura, Japan", *Tourism Management*, Vol.32, No.2, 2011.

[19]杨保军、黄晶涛、彭礼孝：《国家文化公园黄帝陵：传承·共识·未来》，中国建筑工业出版社 2019 年版。

（原载《企业经济》2021 年第 4 期）

国家文化公园的功能、价值及实现途径 *

李树信

2017年《国家"十三五"时期文化发展改革规划纲要》首次正式提出"规划建设一批国家文化公园,形成中华文化重要标识"。2019年12月,国家印发了《长城、大运河、长征国家文化公园建设方案》。国家文化公园与国家公园有相通之处,都由能够代表国家形象的资源构成,都具有全民公益性,对资源的保护都强调原真性和完整性。当前设立的长城、大运河、长征国家文化公园,从空间结构上看,总体上都是线性的。本文认为,国外在国家公园、线性文化遗产的资源保护、管理体制、开发利用等方面做出的有益探索,可以为当前我国国家文化公园的研究和实践提供新的思路。

---

* 本文系国家社科基金艺术学项目"长征主题国家文化公园概念、功能与文旅融合产业链构建研究"(项目编号:19BH157)阶段性成果。

一、国家公园概念与发展特点

国家公园是国际公认的一种成功的自然保护模式。世界自然保护联盟（IUCN）建立的国家公园与保护区管理类别体系是国际上应用最广泛的遗产管理体系，目前全球已有一百多个国家应用该体系或根据该体系修正了本国遗产的类别体系，并在此基础上，根据本国国情对世界自然保护联盟的国家公园标准进行了部分调整，形成了具有本国自身特点的国家公园管理模式。

（一）概念及管理目标

根据世界自然保护联盟的定义，国家公园是指主要用于生态系统保护及游憩活动的天然的陆地或海洋，指定用于：为当代和后代保护一个或多个生态系统的完整性；排除任何形式的有损于该保护区管理目的的开发和占有行为；为民众提供精神、科学、教育、娱乐和游览的基地，成为生态系统保护及娱乐活动的保护区。世界自然保护联盟确定的国家公园的主要管理目标是：保护具有国家和国际重要意义的自然和文化资源；保证具有代表性的典型地理区域的生态稳定性和多样性，并使其中的生物种群、物种和基因资源得到持续发展；在尽可能维持自然状态条件下，为游客提供精神的、教育的、文化的和娱乐的机会；摒除并阻止一切和建立国家公园目的相违背的开发和占有行为；在不违背其他管理目标的同时，充分考虑当地社区的需求。

（二）发展模式

由于国情不同，不同国家的国家公园在保护地域、所有制、公园功能设置等方面存在一定的差异。

从公园面积来看，北美的美国、加拿大和大洋洲的澳大利亚由于地广人稀，设立的国家公园面积辽阔；欧洲大陆由于国家众多、人口密集，设立的国家公园大多面积较小（1万公顷以下）。

从管理机制来看，有以美国为代表的中央集权型管理模式，美国国家内政部下设国家公园管理局负责统筹所有国家公园的大小事务；有以德国、澳大利亚为代表的地方自治型管理模式，德国国家公园由各州政府或地区政府自主管理；有以英国、法国、日本为代表的综合型管理模式，英国国家公园由国家公园管理局与国家公园内所有的土地所有者共同合作进行管理。

从功能分区来看，美国国家公园强调生态环境保护和为公众提供娱乐、旅游体验的场所，按照资源保护程度和可开发利用程度，划分为原始自然保护区、文化遗址区、公园发展区和特殊使用区；韩国国家公园根据资源保护、公众游憩和教育以及居民生活的需要，划分为自然保存区、自然环境区、居住地区、公园服务区。

（三）特点总结

总体而言，无论是世界自然保护联盟的国家公园理论体系，还是世界各国的国家公园发展模式，都有以下共同特点。

（1）国家公园是本国或本地区重要的遗产管理体系类型之一，主要是保护本国或本地区重要的自然生态资源和人文景观资源。

（2）坚持保护第一和公益性原则。各国都将保护资源和提供公益服务作为国家公园的主要使命，要求保持资源的原真性、完整性，同时强调在限定的区域范围内为大众提供科研、教育和游憩等公益性服务。经营开发只是为完成国家公园使命而采用的手段，并不以创收为目的。

（3）有完善的法律法规和规范的管理机构。为保障国家公园管理目标的实现，各国在保护范围、规划体系、功能分区管理等方面构建了较完善的法律法规和制度。无论是中央垂直管理还是以地方为主的管理，国家公园都有规范的管理机构进行综合管理。

（4）经营机制是管经分离、政企分开。国家公园管理机构主要负责保护资源和提供公共服务，营利性商业服务通过特许经营的方式由市场供给。

（5）社会参与国家公园管理。国家公园建设资金以政府财政投入为主，社会捐助和经营收入为辅，强调社区和公众参与的多方监督。

二、线性文化遗产的保护利用

国外对线性文化遗产的研究主要集中于文化线路（Cultural Route）和遗产廊道（Heritage Corridors）两个概念，这两个概念都强调遗产形态的线状特征，强调各个遗产节点共同构成的文化功能和价值以及至今对人类社会经济产生的影响，但在理论基础、遗产内容和管理实践上又各有不同、各有侧重。

（一）文化线路

1. 概念与特征

国际古迹遗址理事会在2008年通过的《文化线路宪章》中对"文化线路"的定义是：无论是陆地上、海上或其他形式的交流线路，只要是有明确界限，有自己独特的动态和历史功能，服务的目标特殊、确定，并且满足以下条件的线路都可称为"文化线路"。一是必须产生于，也反映了人类的互动，和跨越较长历史时期的民族、国家、地区或大陆间的货物、思想、知识和价值观的多维度持续交流；二是必须在时空上促进其所影响的文化间的交流融合，并通过物质和非物质遗产反映出来；三是必须将相关联的历史关系与文化遗产有机融入一个动力系统中。目前，世界上已经有 13 项文化线路列入《世界遗产名录》。文化线路概念具有如下特征：一是强调长时期的、持续的、跨区域的、不同文化群体之间的交流对话、相互影响和融合；二是强调线路整体的价值要大于其各部分的价值之和，线路正是通过整体而获得它的文化重要性；三是强调线路用途、价值和内涵的多元性、多层次性。

2. 管理实践

文化线路遗产的管理制度与所在国的文化遗产管理制度基本一致，通过规划、法规对文化线路遗产进行严格的建设引导和管理控制，注重宣传展示与可持续利用。如法国米迪运河，其保护和开发由国家和地区两级机构进行管理：国家层面上，由法国国家航道管理局和国土设施交通整治部下属的水道管理机构两方共同管理；地区层面上，由国家航道管理局下属的图卢兹水运行政部进行管理。在《法国公共水域及运河条例》中针对米迪运河管理设置了专门章节，出台了《米迪运河遗产管理手册》等，以规范遗产管理。再如西班牙圣地亚哥·德·孔波斯特拉朝圣之路在展示利用中，建立了专门的网站，公众可以在网站上便捷地找到与线路有关的旅游体验项目，并了解该项目的地理位置、天气、住宿、餐饮，以及自行车租赁等详尽的信息；举办与线路文化主题相关的展览、庆典、电影、会议等特别项目，提供深度文化体验。

（二）遗产廊道

1. 概念与特征

遗产廊道是美国针对较大尺度文化景观保护的一种战略方法。遗产廊道是"拥有特殊文化资源集合的线性景观。通常带有明显的经济中心、蓬勃发展的旅游及老建筑的适应性再利用、娱乐及环境改善等功能"。遗产廊道是一种线性的遗产区域，内部可以包括多种不同的遗产；它强调对廊道遗产价值的整体认识和整体保护；不仅强调遗产保护的文化意义，而且强调其经济、旅游及生态价值。

2. 管理实践

自1984年建立第一条国家遗产廊道至今，美国已有八条国家遗产廊道。美国国家遗产廊道的管理主体是联邦政府授权的遗产廊道委员会，委员会由国家公园管理局、州和地方政府、非营利组织，以及其他利益相关团体、个人组成。遗产廊道的主要管理目标包括：保护传承历史文化，可持续利用自然资源，开发多样化的游憩功能；通过解说与教育让居民和游客认同遗产保护价值并给予支持；大力发展地方经济，实现区域全面振兴。美国众多法律规范都有关于国家遗产廊道管理的规定。除了针对国家历史遗产保护、环境保护的《国家历史保护法》和《国家环境政策法》外，还专门针对国家遗产廊道管理和保护进行了立法，包括针对遗产廊道总体性问题的立法，如《国家遗产区域政策法》，以及为某个具体的遗产廊道所立的法，如《伊利诺伊和密歇根运河国家遗产廊道法》。美国遗产廊道保护规划注重整体性，主要从绿色廊道、游步道、遗产、解说系统四个方面入手，保护遗产廊道边界内所有的自然和文化资源并增加娱乐和经济发展的机会。

三、国家文化公园概念界定

（一）定义

参考国外关于"国家公园""文化线路""遗产廊道"的定义，结合我国当前关于国家公园、国家文化公园建设的政策要求和具体实践，本文认为，国家文化公园是由国家批准设立并主导管理，以保护具有国家代表性的文物和文化资源，传承、弘扬中华民族文化精神、文化信仰和价值观为主要目的，实施公园化管理经营的特定区域。国家文化公园具有以下特点：一是强调整合一系列文化遗产后所反映的整体性文化意义；二是由国民高度认同、能够代表国家形象和中华民族独特精神标识、独一无二的文物和文化资源组成；三是具有社会公益性，为公众提供了解、体验、感知历史和中华传统文化以及作为国民福利的游憩机会，同时鼓励公众参与。

（二）功能与价值

1. 功能

国家文化公园具有保护传承功能、宣传教育功能、科研功能、游憩功能和社区发展功能。

保护传承功能是国家文化公园的基本功能。国家文化公园内的文化遗产是中华民族的重要象征、精神家园和中华文明的典型代表，是独一无二、不可再生的珍贵资源，对其进行保护和传承是建设国家文化公园的首要目的。唯有将文化遗产保护好、传承好，国家文化公园方能得到可持续性发展，公园的其他功能才能够得以发挥。

宣传教育功能是国家文化公园的核心功能。国家文化公园作为直观的、形象的实物遗存，具有巨大的感染力和说服力，是中华文明的宣传阵地，是开展中华优秀文化传统教育、爱国主义教育、社会主义教育和革命传统教育的重要基地。

科学研究功能是国家文化公园的重要功能。国家文化公园作为具有国家代表性的文化遗产保护区域，能够依托公园内部丰富的文物和非物质文化遗产资源及生存环境资源为科研提供服务。同时，围绕公园的开发、建设、管理等也需要开展相应的研究工作。

游憩功能是国家文化公园的价值体现。国家文化公园划分为管控保护区、主题展示区、文旅融合区、传统利用区四类主体功能区，其中后三类区域均可开展参观游览和文化体验活动。

社区发展功能是国家文化公园可持续发展的基础。公园范围内、周边或多或少都分布有社区。公园在发展过程中，会在经济发展、基础设施建设、文化教育等方面带动社区的发展。社区在参与公园建设、管理中，在日常生活中延续传统文化，将赋予传统文化新的时代内涵。

2. 价值

国家文化公园的价值可以分为本体价值和衍生价值，本体价值包括历史文化价值、科学价值、艺术价值，衍生价值包括社会价值、经济价值、文化价值、环境价值。

（1）历史文化价值。历史文化价值是国家文化公园的核心和灵魂，也是公园其他价值的基础。国家文化公园内的文化遗产作为历史的产物，真实反映了某一历史时期的自然生态状况和社会、政治、经济、科技、军事、文化等状况，具有较高的历史文化价值。

（2）科学价值。国家文化公园内的文化遗产反映了其产生时代人们认识自然、利用自然的程度，是当时社会条件下生产力发展水平、科学技术水平和人们创造能力的代表；有的文化遗产本身就具有相当高的科学含量或丰富的科学内容；文化遗产也为现代科技的发展提供了参考和借鉴的资料。

（3）艺术价值。艺术价值反映在国家文化公园内人类与自然共同创造的文化景观上，包括建筑、绘画、雕塑工艺和非物质文化遗产技艺等多个方面。

（4）社会价值。国家文化公园内的文化遗产可以反映国家的历史起源、民族精神与国家价值观的渗透。作为中华民族的精神标识，建设国家文化公园能够为彰显民族身份、促进文化认同提供精神支持。

（5）经济价值。国家文化公园的经济价值体现为直接利用公园内的文化遗产发展文化、教育、旅游等产业产生的直接经济收益，以及公园内和周边社区因为文化遗产保护产生的就业扩大、收入增加、相关产业发展、生活质量改善、社会发展等间接经济收益。

（6）文化价值。国家文化公园的文化价值指公园内文化遗产所蕴含的价值特性和属性对现代文化的充实、完善、借鉴及对现代文化思潮的社会影响。

（7）环境价值。文化遗产周边环境是遗产存在的基础、背景和条件，如果文化遗产周边环境被破坏，其内在价值和社会价值等都将大打折扣。保护、恢复、改造国家文化公园内及周边的环境，有利于美化公园环境、提升公园形象。

四、国家文化公园建设路径

（一）规划先行，法规保障

国家文化公园跨越多个省区市，公园内文化遗产类型丰富、数量庞大、分布分散、权属复杂、保存状况和利用条件不一，而且各地地理环境和社会经济发展条件各不相同，还涉及多个部门、多个行业、众多社区居民和相关利益群体，因此需要加强顶层设计。通过规划，树立整体意识，形成全国一盘棋；明确各地不同的功能定位，发挥各自比较优势，形成发展合力；强化文化遗产保护传承利用的各自建设重点和管控要求，促进科学保护与合理利用。同时，强化文物保护法等相关法规的实施，制定、修订特色类型或地域性文化遗产保护法规，提升文化遗产保护红线意识，并将其作为文化遗产保护和利用工作的基础。

（二）文化引领，文旅融合

国家文化公园建设必须将文化遗产的保护、发掘和研究、阐发放在首位，坚持保护优先、抢救性与预防性保护并重，充分运用现代科技手段加强文化遗产和遗产环境的保护；强化理论研究，深度挖掘文化内涵；通过数字化技术手段和新媒体、自媒体、短视频等传播方式，促进文化展示和传播。合理利用是对文化遗产最好的保护，发展旅游是最有效的利用方式。要建设既有文化内涵又有旅游吸引力和竞争力的国家文化公园，就要尊重文化创造和文化传播的规律，针对细分旅游客源市场，设计便利化、多样化、可参与的文化旅游项目及活动；传承经典的同时融合现代元素，打造文旅 IP，延伸文旅产业链。

（三）突出整体主题，彰显地域特色

虽然国家文化公园由不同历史时期和不同地区的文化遗产组成，但每个部分都具备共同的特征和价值体系，每个部分既具有鲜明的个性，又是整体不可分割的一部分。因此需要把握好国家文化公园的共性，注重核心价值体系的整体性和完整性。与此同时，也要充分考虑国家文化公园的地域广泛性和公园内各区域文化多样性、资源差异性，在尊重文化整体性的前提下，求同存异，重点讲述地方文化故事，因地制宜地展现地方特色文化，避免国家文化公园建设同质化。

（四）统筹协调，系统整合

国家文化公园建设涉及国家、省、市、县四级政府，宣传、文旅、文物、发改、自然资源等多个部门，为避免多头管理、各自为政，需要建立多方协同的国家文化公园建设统筹机制，组织各相关部门配合形成合力。强调公园相关省份的主体责任，加强公园顶层设计与重大项目规划，形成中央统筹、省负总责、分级管理、分段负责的工作格局。在统筹各部门、各地政府资源和力量的同时，鼓励、引导社区、企业、社会团体、志愿者队伍等参与国家文化公园建设运营，建立常态化、多主体广泛参与的交流合作机制，最大限度调动各方积极性，实现共建共治共享。

（五）试点示范，有序推进

国家文化公园建设是一项跨省域、跨部门、复杂浩大的系统工程，为避免文化遗产的价值得不到完整、应有的体现，或过度商业化、娱乐化以致破坏文化遗产，需要既着眼长远又立足当前，实行分类实施、分步推

进，综合文化资源、文旅产业基础、社会经济条件等多方面因素选择基础条件较好的地方进行先行先试，有重点、有选择地推进，因地制宜寻求合适的发展模式和发展路径，然后以点串线、从线到面，整体提升国家文化公园建设水平。

参考文献

[1] 中共中央办公厅、国务院办公厅：《国家"十三五"时期文化发展改革规划纲要》，http://www.xinhuanet.com/politics/2017-05/07/c_1120931794.htm。

[2]《探索新时代文物和文化资源保护传承利用新路——中央有关部门负责人就〈长城、大运河、长征国家文化公园建设方案〉答记者问》，http://www.xinhuanet.com//politics/2019-12/05/c_1125313523.htm？baike。

[3] 大自然保护协会：《国家公园保护问答》，2009年。

[4] 吴承照：《保护地与国家公园的全球共识——2014IUCN世界公园大会综述》，《中国园林》2015年第11期。

[5] 蔚东英：《国家公园管理体制的国别比较研究——以美国、加拿大、德国、英国、新西兰、南非、法国、俄罗斯、韩国、日本10个国家为例》，《南京林业大学学报（人文社会科学版）》2017年第3期。

[6] 哈秀芳、徐宁：《欧美国家公园管理模式对中国西藏国家公园体制建设的思考》，《西藏科技》2018年第7期。

[7] 虞虎等：《钱江源国家公园体制试点区功能分区研究》，《资源科学》2017年第1期。

[8] 单霁翔：《大型线性文化遗产保护初论：突破与压力》，《南方文物》2006年第3期。

[9] 丁援：《国际古迹遗址理事会（ICOMOS）文化线路宪章》，《中国名城》

2009年第5期。

［10］刘科彬、沈山：《世界文化线路遗产特征与价值研究》，《世界地理研究》2017年第6期。

［11］王建波、阮仪三：《作为遗产类型的文化线路——〈文化线路宪章〉解读》，《城市规划学刊》2009年第4期。

［12］万婷婷、王元：《法国米迪运河遗产保护管理解析——兼论中国大运河申遗与保护管理的几点建议》，《中国名城》2011年第7期。

［13］杨浩祥：《欧洲文化线路展示与利用初探》，《建筑与文化》2015年第4期。

［14］王志芳、孙鹏：《遗产廊道——一种较新的遗产保护方法》，《中国园林》2001年第5期。

［15］李伟等：《遗产廊道与大运河整体保护的理论框架》，《城市问题》2004年第1期。

［16］龚道德等：《美国运河国家遗产廊道模式运作机理剖析及其对我国大型线性文化遗产保护与发展的启示》，《城市发展研究》2016年第1期。

［17］刘庆余：《国外线性文化遗产保护与利用经验借鉴》，《东南文化》2013年第2期。

［18］陶中怡：《美国运河国家遗产廊道立法及其启示》，《淮阴师范学院学报（哲学社会科学版）》2019年第6期。

（原载《中国经贸导刊（中）》2021年第3期）

中国国家文化公园价值研究：
实现过程与评估框架[*]

赵云 赵荣

作为一个创新命题，我国的国家文化公园建设实践正在全面展开，理论体系和话语体系也正在建构过程中。目前，广受关注的主要问题有：国家文化公园核心遗产的选择问题、国家文化公园范围设定问题、国家文化公园建设成效的评价问题。这三个问题虽属于实践领域，但其实都与理论层面尚未形成"国家文化公园"的价值共识密切相关。

价值研究是国家文化公园基础理论研究中最紧迫且具有全局性的学术问题。本文通过概念界定、价值实现过程分析，构建国家文化公园价值评估体系，探讨达到"中华文化重要标志"这一理想状态的价值创造机制，为国家文化公园建设和运营实践提供理论支持。

---

[*] 教育部哲学社会科学重大课题攻关项目"中国海洋遗产研究"（项目编号：19JZD056）。

一、价值认定的文化基础

国家文化公园的核心概念是文化。文化有广义、狭义之分,广义的文化包括物质文化、制度文化、精神文化。联合国教科文组织文化统计框架(FCS-2009,图1)中包含的文化领域和相关领域有:文化和自然遗产、艺术表演和节庆活动、可视艺术和手工艺、书籍和出版、视听与互动媒体、设计和创意服务这六个单独领域;非物质文化遗产、教育和培训、归档和保存、装备和支持材料四个横向领域;旅游、体育和休闲两个相关领域。我国的《文化及相关产业分类》标准借鉴了 FCS-2009 的分类方法,在定义和覆盖范围上与其衔接。因此,本文亦采用 FCS-2009 建立的领域和活动框架来界定文化,从而与全球战略、全球和国别统计融通,并加强评估实践中的可操作性。

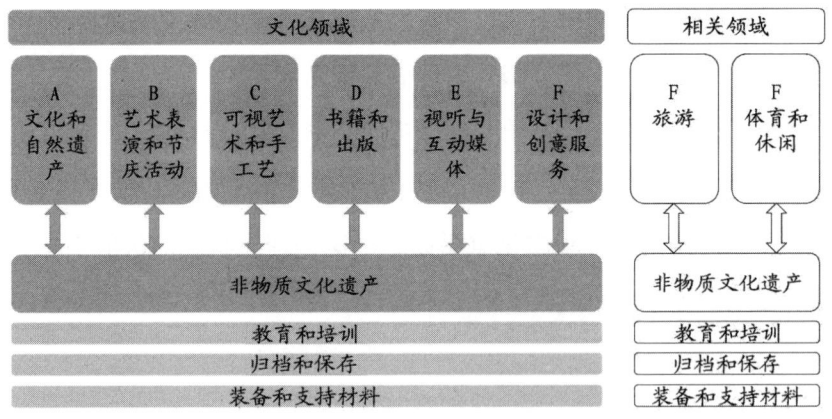

图1 FCS-2009 中的文化领域和活动框架[①]

---

① UNESCO, *The 2009 UNESCO Framework for Cultural Statistics*, http://uis.unesco.org/sites/default/files/documents/unesco-frame-work-for-cultural-statistics-2009-en_0.pdf.

"国家"对"文化"进行了限定,既表明国家文化公园是由国家设立的、因其价值之高而必须由国家守护,也意味着我国的国家文化公园之"文化"是由中华民族普遍共享的、传承着中华文明基因的文化。"公园"作为守护、共享、传承"文化"的形式,显示了当今社会对文化的选择和阐释。

作为中国连续性文明的见证、民族精神的纽带,文化遗产为国家文化公园提供扎实厚重的物质和精神基础。因此,依托重要文化遗产资源建设国家文化公园,既是文化遗产保护利用的优先选择,也是必由之路。正如第一批国家文化公园是以长城、大运河等具有突出、不可替代的品质的物质文化遗产为核心遗产,才获得不言自明的列入资质。

但这并不意味着国家文化公园的价值就等同于核心遗产的价值。正如上文对文化的界定,公园区域内的其他物质文化遗产、非物质文化遗产,以及许多已成为习俗的或仍在不断创造中的文化活动和生产,都可能成为国家文化公园的价值载体。这正是公园区域功能与文物保护单位保护区划功能的区别所在,从某种意义上说,也将是国家文化公园的创新所在。

二、价值实现的学理分析

对于中国国家文化公园这一创新命题,需采取过程性的视角,从本质过程、基本要求和理想状态各方面来考察其价值实现机制。

（一）国家文化公园价值实现的本质过程——公园区域的文化整合

核心遗产与公园区域内的其他文化特质通过资源整合发挥最大整体价值，是国家文化公园价值实现的本质过程。本文称这个过程为"公园区域的文化整合"。

文化整合是文化社会学、文化地理学所关注的一种人类历史上的普遍现象。"一个文化系统内，各层次的文化特质在功能上形成协调，这就是该文化系统实现了文化整合。"[①] 文化整合促进文化系统的迅速发展，极大地提高其内部的凝聚力，有利于增强该文化系统的扩散力。

理论上，由于核心遗产的重要性，在历史上会存在一个以其为中心的形式文化区。例如大运河沿线的许多城镇都随着运河的修建和漕运而形成、兴盛，并在一定范围内形成以运河文化为特征并具有当地特色的文化区。形式文化区的边界很可能是模糊的、不断变化的，却有着共同的文化基因和共享的价值观念。但由于后期的荒废或者其实用功能在当今社会被弱化，起初的文化中心在系统中的主导作用减弱，造成区域内文化结构的无序和文化特质之间的冲突。例如，许多不再通航的或成为遗址的大运河河段，现在都与周边区域的其他文化特质失去功能上或意义上的关联。再如，浙江乌镇重建的西栅承担了"世界互联网大会"等重要经济、社会功能，比作为文化遗产的东栅更具有文化影响力和认知度，就是由于新的文化特质占据了文化系统中的主导地位。

与文化中心在自然状态下扩散形成的、边界模糊的形式文化区不同，

---

① 赵荣、王恩涌等编著：《人文地理学》，高等教育出版社 2006 年版，第 32 页。

国家文化公园是通过人为的规划设计、直接建设、间接引导而形成的具有明确区域边界的功能文化区，以核心遗产为中心，协调和指导整个公园区域的文化资源的保护、利用、传承功能。

因此，国家文化公园需要通过文化整合，实现从形式文化区到功能文化区的统一。通过规划和建设，能够发挥人的主体能动性，为公园区域内各种文化特质提供整合动力，但也存在制约整合程度和效果的客观因素。

首先，作为建立公园的基础，核心遗产的价值决定公园的文化基因和风格，这就要求加强或重塑核心遗产在公园文化系统中的主导地位，修复或建立它与其他文化特质的价值联系。公园区域内的其他文化遗产与核心遗产的整合程度主要取决于历史，人为干预、歪曲解读会造成遗产真实性损害。公园区域内已形成习俗、传统的文化活动和生产虽然受历史因素的制约，但仍然具有不断发展的特性，所以与核心遗产整合的可能性相对较大。公园区域内当前仍在不断创造的文化活动和生产因相对灵活性最大，所以与核心遗产整合的可能性也最大。

其次，成功的文化整合应能促进新的文化特质产生。国家文化公园产生的新文化特质，应该既符合核心遗产价值演化的历史性机制，也符合当今社会的现行利益与价值观，将历史遗产与当前的活态文化恰当地联系起来，给当代人和后代人一个符合逻辑的理解框架，才经得起时间的检验。

（二）国家文化公园价值实现的基本要求——文化遗产的有效保护

依据"保护第一、传承优先"原则，公园区域内的文化遗产得到有效保护是国家文化公园价值实现的基本要求。

经济学领域对文化遗产的外部性进行过很多研究。文化遗产的正外部性主要体现在遗产保护对于人们共享遗产价值的作用和对环境经济社会发展的贡献。负外部性主要体现在遗产保护政策对受限制区域的经济发展的负外部性影响；同时，地方政府和企业对遗产环境的不合理开发行为也对文化遗产造成负外部性影响。遗产监测报告表明，目前我国遗产保护中较为突出的负面影响因素来自开发建设压力，因此，解决负外部性问题是满足文化遗产有效保护需求的主要思路。

常用的解决文化遗产负外部性问题的措施包括增加转移支付、明确产权、强化国家层面管理等。从我国属地管理的实际来看，由于追求利益最大化是地方政府的理性选择，当用于文化遗产保护的转移支付额度低于开发收益时，文化遗产保护的激励效果就难以保证，文化遗产保护水平实际上取决于地方主政者的才德。明确产权作为消除负外部性问题的理想手段，只有在能够测量所有可能发生的收益和损害的情况下才有效，但我国文化遗产及其依存土地的所有权往往相互分离，相关利益错综复杂，因此预计在相当长一段时间内很难实现。再者，根据世界遗产领域对已有保护地问题的经验和反思，国家层面管理应注重法治和机制设计，而非国家直接进行封闭式管理（除非针对极其脆弱的遗产），因为这样往往促使当地社区与遗产的疏离，并造成遗产地贫困。

由此可见，国家文化公园除了采取上述常用措施外，还需要探索其他的解决方案。通过建设国家文化公园的文旅融合区和传统利用区、激励文化遗产保护利益相关者改变行为策略，从而消除或减少负外部性是最可行的方法。为此，文旅融合区和传统利用区应是位于保护区划之外、且邻近区划界线的区域，是文化遗产正外部性的主要受益者，并能在政策引导下实现资源要素合理流动，形成与遗产保护需求相符的产业集聚。国家文化公园的产业集聚应改变单纯追求产值或是打造产业链的"生存集群"模式，主要通过互动，特别是知识的互动来促进创新。例如，在文旅融合区发展"创意集群"，侧重文化创意产业，强调集体创造力；在传统利用区发展"创新性集群"，侧重传统产业，关注工艺的创新和渠道的建立。

结合地域功能进一步分析，可知只有在主体功能为文物和文化资源的保护传承利用，且政府辖区全部属于国家文化公园时，才能出现"帕累托最优"（Pareto Optimality），即公园区域的资源配置和收益分配相对最合理的状态。因此，依照县级及以上行政界线（特别设置的管委会可能具有同样行政职能）确定国家文化公园界线，且将该区的主体功能确定为文物和文化资源的保护传承利用，是使国家文化公园内文化遗产得到有效保护的最优策略。显然，根据我国的主体功能战略，被确定为重点开发区域的县、市是不适合建设国家文化公园的。

（三）国家文化公园价值实现的理想状态——品牌价值的创建与实现

作为"中华文化重要标志"的品牌价值的实现是国家文化公园价值实现的理想状态。

品牌是在产品的基础上经过高度抽象和提炼后的关于企业和产品的信息集合的符号系统和功能系统，它通过表达产品属性和承诺产品价值而寄托消费者的利益和情感追求，进而完成自身使命和实现自我价值。品牌的价值可按照其作用主体不同分为资产价值、功能价值和文化价值，其中资产价值和功能价值分别对应于生产者和消费者，文化价值由生产者和消费者共享，但主要通过消费环节实现。

从核心遗产到国家文化公园，符合品牌延伸的概念：使用某个产品类别的品牌向市场引进在总体上与原产品类别不同的新产品类别。例如，从长城、大运河、长征等文物和文化品牌，延伸到长城、大运河、长征国家文化公园品牌。

根据品牌价值和品牌延伸理论，品牌价值既与生产者特殊劳动投入的数量和质量有关，也与社会和市场的认可程度有关。当今的品牌研究越来越关注消费者重心，即传播者本位至受传者本位的转变。品牌可分为高文化品牌和高技术品牌，高文化品牌的价值特点主要体现在它带给消费者的归属感、历史感、信赖感、尊重感以及品牌人格化。品牌延伸的风险在于，不成功的延伸会稀释原品牌个性，导致新产品加速死亡。为了减少品牌延伸失败的风险，可以强调发挥象征性价值的正面作用，并且，由于象征性价值是外在的、他人导向的价值，所以需要特别关注、促使延伸品牌产品在公开场合的使用。

对于国家文化公园建设而言，品牌价值不仅是结果，而且是导向。顾客价值理论揭示了品牌价值构成的二维尺度，连接精英文化和大众文化，实现了以人民为中心的价值观，并提供了高文化品牌价值的评估要点。品牌延伸理论表明了国家文化公园品牌建设存在风险，通过充分挖掘核心遗产的文化意义，并将其与国家文化公园的"中华文化重要标志"象征性价值对接起来，能够降低建设和运营风险。此外，为了促进象征性价值发挥作用，需在公园建设和运营初期加强对主题展示区、文旅融合区这类开放区域的建设，并激励公园区域内的企业多生产在公开场合使用的产品，如艺术表演、影视节目等文旅融合产品，以及服饰、礼品、交通工具、会议用品等普通消费品。

三、价值评估的内容框架

价值实现过程和机制分析表明,核心遗产价值、公园整体价值、品牌价值是国家文化公园价值的题中之义。与之相应,需建立一个涵盖建设和运营阶段全流程、动态的国家文化公园价值评估的内容框架(图2)。

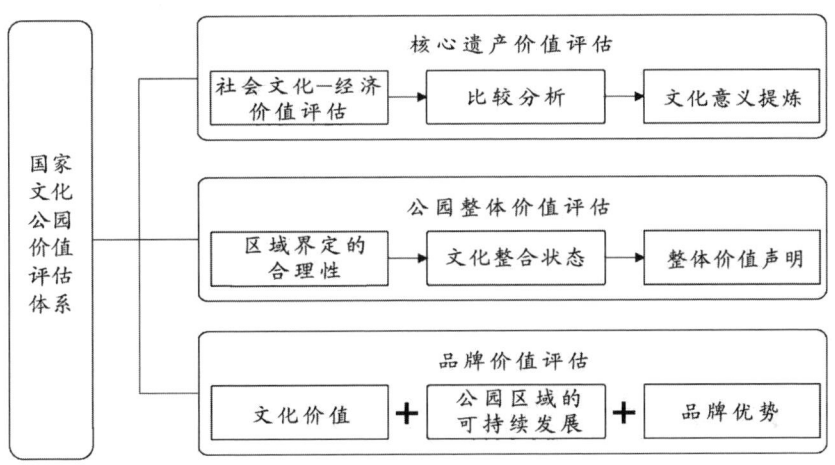

图 2 国家文化公园价值评估的内容框架

(一)核心遗产价值评估

作为历史的遗存,核心遗产的许多重要价值来自过去的人们和时间共同的创造、生产和积淀,是公园区域中最稳定的价值源泉,因此,核心遗产价值评估是国家文化公园价值评估的基点。与常规遗产价值评估不同的是,国家文化公园核心遗产价值评估需涵盖经济价值,强调资质性考察,显示当今社会的文化选择,从而包含社会文化—经济价值评估、比较分析、文化意义提炼三个依次递进的评估环节。

1. 社会文化—经济价值评估

关于遗产价值评估,国际和国内都已有很多成熟的体系,都可为核心遗产的文化价值评估提供类型框架。从涵盖经济价值的需求考虑,比较适用的是美国盖蒂保护研究所(The Getty Conservation Institute)在 2002 年出版的研究报告《评估文化遗产的价值》(*Assessing the Values of Cultural Heritage*)中提出的社会文化—经济两分式框架。其中,社会文化价值包括历史、文化/象征、社会、精神/宗教、审美价值,经济价值(指通常从经济维度测量的价值)包括使用价值(市场价值)和非使用价值(非市场价值)。文化价值和经济价值并非离散、非此即彼的,事实上它们经常重合。

2. 比较分析

所有文化遗产无疑都具有价值,但并非都具有成为国家文化公园核心遗产的资质。因此有必要将国内常用的陈述、统计式的价值评估转变为资质性考察。借鉴世界遗产申报和评估要求,在核心遗产价值评估中设立"比较分析"环节,用于针对核心遗产的各方面价值,从特征上或体现方式上在全国范围内进行比较,分析并证实该遗产价值的代表性是否达到国家或全球层次。

3. 文化意义提炼

根据前文中关于文化整合和品牌延伸的分析,国家文化公园的意义取决于核心遗产的文化意义,即该遗产所内含或孕育的哲学思想、人文精神和道德理念。基于国家文化公园的定位,文化意义提炼旨在满足两层需求:其一,展现中华文化的独特创造、价值理念和鲜明特色,并兼容民族性与世界性；其二，强化与当今社会的联系，分析并证明核心遗产文化意义与我国当前国家和人民价值观念的传承关系和符合程度。

（二）公园整体价值评估

公园整体价值依赖于区域界定的合理性和文化整合状态。明确的区域边界是国家文化公园建设科学性、运营可持续性的基础。当公园区域内存在多种竞争性的开发方式时，需要评估其主体功能为文物和文化资源的保护传承利用时，是否比其他功能更能够达到社会（文化）、生态、经济综合发展状态人均水平值最高，更有利于有效配置公共服务设施，实现平均成本最低、保护传承利用效益最大化。对于设定的公园区域，国家文化公园价值的载体在空间、时间维度上都并非均质分布，而是普遍受到核心遗产价值的标记和导向影响。通过文化整合评估可以反映这种文化结构对于国家文化公园整体价值的支撑状况。因此，公园整体价值评估包含区域界定的合理性、文化整合状态、整体价值声明三个递进的评估流程。

1. 区域界定的合理性

理想的国家文化公园的边界划定需符合三个条件：（1）核心遗产价值的完整性，即该区域至少包含法定的保护范围和建设控制地带，如果是世界遗产，还需包含遗产区和缓冲区；（2）区域主体功能的适合性，即该区域内不存在与文物和文化资源保护利用传承冲突，且目前无法调整的功能，该区域在主体功能规划（国土空间规划）中并非重点开发区；（3）可操作性，该区域与行政区划界线一致，或者当与行政区划界线不符时需具备确定的有效措施解决外部性问题。

2. 文化整合状态

在整体维度上考察国家文化公园价值，各种文化特质的价值贡献可分为正向贡献、负向贡献和零贡献。在此并非指某个文化特质的价值本身为负或零，而是表示其价值对国家文化公园整体价值的贡献程度和质量。基于给定的核心遗产和区域范围，从两个方面对文化整合程度进行评估。（1）其他文物和非物质文化遗产的整合。与核心遗产的历史年代为同时期的或对核心遗产的文化意义有共同阐发作用的文物和非物质文化遗产为正向贡献；其他为零贡献。（2）文化活动和生产的整合。有利于核心遗产的保护传承利用的文化活动和生产为正向贡献；不利于核心遗产的保护传承利用的文化活动和生产并无法在公园建设期内调整的为负向贡献；其他为零贡献。将上述评估结果与地理信息综合，可为进一步划分管控保护、主题展示、文旅融合、传统利用等次级主体功能分区提供依据。

3. 整体价值声明

无论从记录或传播的需求来说，国家文化公园都需要一份作为"中华文化重要标志"的专有文本，即"整体价值声明"。核心遗产价值评估中提炼的文化意义无疑是国家文化公园整体价值声明的主体内容，但也可能会根据文化整合状态进行修正。

（三）品牌价值评估

品牌价值评估需要持续开展，从而发挥对国家文化公园建设和运营的导向作用。一套科学完善的通用指标体系既为公园区域绩效考核提供依据，也可指示国家文化公园价值实现的现状与理想状态的差距。根据国家文化公园的价值内涵，结合当前常用的企业、产品品牌价值评估模型，建立文化价值、公园区域的可持续发展、品牌优势三方面并行的评估体系。

1. 文化价值

从顾客感知的角度，评估国家文化公园带给人们的归属感、历史感、信赖感、尊重感以及对"中华文化重要标志"的认同程度。根据国家文化公园的功能分区，按照八个区域划分顾客群体：（1）管控保护区（除主题展示区外的部分）；（2）主题展示区；（3）文旅融合区（除主题展示区外的部分）；（4）传统利用区；（5）当国家文化公园与本级行政区界线不一致时，本级行政区（除国家文化公园的区域）；（6）当国家文化公园与本级行政区界线一致时，上一级行政区（除国家文化公园的区域）；（7）国内其他区域；（8）其他国家。以上顾客群体都不包括国家文化公园的建设单位、管理单位的人员。

2. 公园区域的可持续发展

从社会认可的角度，评估国家文化公园区域的可持续发展程度。根据本文对国家文化公园之"文化"的界定，采用联合国《2030年可持续发展议程》的指标体系。《2030年可持续发展议程》共确定了17项可持续发展目标和169个具体目标，其中与国家文化公园主体功能相关的有7项：可持续的城市（目标11），健康和福祉（目标3），体面工作（目标8），负责任的消费和生产（目标12），减少不平等（目标10），气候行动（目标13），伙伴关系（目标17）。

3. 品牌优势

通过与无品牌区域相对比，评估国家文化公园生产、流通和消费过程中获得的认可度和忠诚度，包括财政经费支持水平、社会资本投入水平、公园区域内文化整合程度的变化情况、公园区域内各类社会生产的超额价值。

四、结语

以国家文化公园价值评估内容框架为核心，综合前文已探讨过的各主题，可归纳出一个国家文化公园建设和运营过程相对应的机制分析、价值评估、价值导向过程，如图3所示，从整体上展示为一种价值主导的方法。

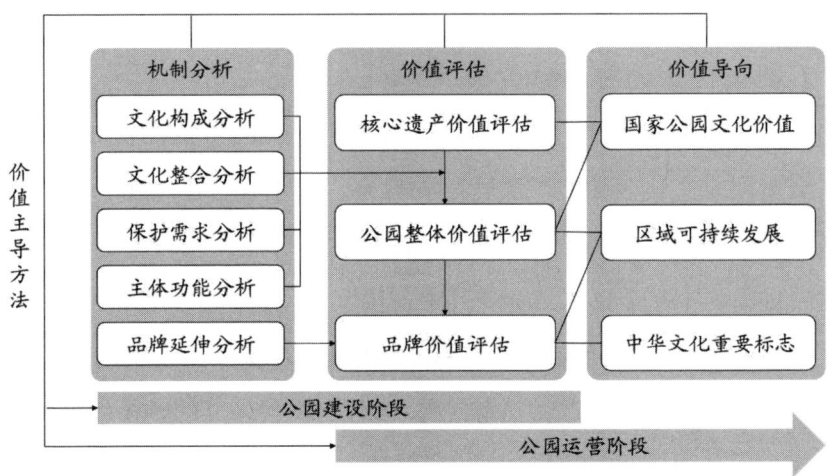

图3 价值主导方法应用于国家文化公园建设与运营阶段

正如我们对国家文化公园的研究，通过机制分析，揭示出创造国家文化公园价值的主体是多元的，因而要实现自上而下的价值与自下而上的价值整合；国家文化公园价值是过程性的，因而要以实践来解读，要为创新提供合适的评估和充分的激励。通过价值评估，体现了核心遗产选择、公园区域界定对国家文化公园建设成败的制约作用，品牌价值目标对国家文化公园的建设和运营的导向作用。通过价值导向，展示了民族性与全球性兼容的价值观，表达了国家文化公园建设和运营的意义所在。对于我国第一批国家文化公园——长城、大运河、长征国家文化公园而言，因各自的核心遗产均已确定，公园区域和品牌价值目标就成为最关键的影响因素。从各国家文化公园建设保护规划编制实践来看，公园区域界定问题正是各规划较为关注的问题之一，往往采用地理信息系统针对文化整合状态进行分析，取得了诸多成果。但有关品牌价值目标的规划研究还很不足，有必要给予充分重视。此外，尽管本文是以一处预设的国家文化公园为研究对象，但对于今后的扩展研究也具有基础理论意义。例如，在国家层面进行全局性的核心遗产价值评估，可通过强化比较分析和文化意义提炼，构建起支撑中华优秀传统文化的国家文化公园预备项目体系；在省、市层面进行综合的公园整体价值评估和品牌价值评估，可统筹文化整合和区域主体功能，创设基于多个核心遗产共同建设国家文化公园的模式，或衔接区域统筹发展，共建跨省、市的国家文化公园。

总之，本文通过价值实现过程与建设、运营过程对接，采用贯穿整个过程的价值主导方法，针对国家文化公园这一创新命题建立起合规律性与合目的性统一的分析框架，梳理了各对矛盾的辩证统一关系，建立起国家文化公园价值评估的理论基础，不仅为我国的国家文化公园建设与运营实践提供理论支持，也可为全球文化遗产的可持续发展理念提供一种原创性、前沿性的视角。

参考文献

［1］UNESCO, *The 2009 UNESCO Framework for Cultural Sta-tistics*, http://uis.unesco.org/sites/default/files/documents/unesco- frame-work-for-cultural-statistics-2009-en_0.pdf.

［2］国家统计局：《文化及相关产业分类（2018）》，http://www.stats.gov.cn/tjsj/

tjbz/201805/t20180509_1598314.html。

［3］R. Williams, *Keywords*, London：Fontana，1883.

［4］赵荣、王恩涌等编著：《人文地理学》，高等教育出版社2006年版。

［5］赵宇鸣：《城市大遗址保护中外部性治理的理论与实证研究》，博士学位论文，西北大学，2006年。

［6］余洁：《遗产保护区的非均衡性发展与区域政策研究》，中国经济出版社2012年版。

［7］罗颖、王芳、宋晓微：《我国世界文化遗产保护管理状况及趋势分析——中国世界文化遗产2018年度总报告》，《中国文化遗产》2019年第6期。

［8］联合国教科文组织、国际文物保护与修复中心等编著，中国古迹遗址保护协会译：《世界文化遗产管理》，联合国教科文组织驻华代表处，2015年。

［9］王缉慈：《创新集群三十年探索之旅》，科学出版社2016年版。

［10］孙习祥、兰肇华：《品牌延伸的影响因子分析及评估模型》，《武汉理工大学学报》2010年第7期。

［11］王成荣：《品牌价值的评价与管理研究》，博士学位论文，华中科技大学，2005年。

［12］李颢：《基于顾客价值及社会情境视角的品牌延伸研究》，博士学位论文，清华大学，2009年。

［13］R. Mason, "Assessing Values in Conservation Planning：Methodological Issues and Choices", *Assessing the Values of Cultural Heritage*, The Getty Conservation Institute, 2002.

（原载《东南文化》2020年第4期）

国家文化公园概念的缘起与特质解读[*]

龚道德

2017年5月，中共中央办公厅、国务院办公厅印发的《国家"十三五"时期文化发展改革规划纲要》中明确提出，规划建设一批国家文化公园，形成中华文化的重要标识。时至今日，在党中央、国务院的高度重视下，短短的两年时间内，国家文化公园完成了从概念构想到试点项目的规划编制、项目落地，各项工作正在紧锣密鼓地开展过程中。显然，当前政府的推动力度很大，然而对相关问题却没有深入、具体的阐述。

对于学界而言，这更是一个全新的话题，至于国家文化公园究竟是什么，它与国外国家历史公园有何区别，等等，一系列问题目前尚没有确实可信的解答。笔者环顾国际上一些国家公园体系相对完善的国家，发现国外依托文化遗产资源建立的国家公园，通常叫"国家历史公园""国家历史遗址（公园）"等，而没有"国家文化公园"这一概念。

---

[*] 南京林业大学江苏高校优势学科建设工程项目（项目编号：PAPD）。

一、国外国家公园系统概况

（一）概况梳理

带着上述疑问，笔者首先查询了相关国家的主管部门网站，对其国家公园系统建设情况进行了梳理，发现国家公园系统的创立者美国，也当仁不让地是国家公园系统的最好实践者。截至目前，美国国家公园系统里共包含20余种类型、419个成员。其中，国家历史公园、国家战场、国家战场公园、国家战场遗址、国家军事公园、国家历史遗址、国家纪念地、国家纪念碑以及4个直接以国家公园命名者，共计286个成员是依托文化遗产而设立，属于文化遗产类国家公园。欧洲相关国家一般没有单列出文化史迹类国家公园，名称上一般统称为"国家公园"。从大洋洲来看，澳大利亚是世界上启动国家公园模式较早的国家之一（1879），且它有一些国家公园的历史文化资源也很有特色[1]，但它的国家公园系统强调以保护自然生态系统为主，没有单列出史迹类国家公园，名称亦统称为"国家公园"。亚洲的日本与韩国都有主要依托文化资源建立的国立公园，一般统称为"某某国立公园"[2]。以上这些地区均没有"国家历史公园""国家遗址公园"或者"国家文化公园"的称谓。

---

[1] 如卡卡杜国家公园，其岩画、石刻和考古遗址记载了从史前时代到现代仍然居住在这里的土著居民的生活方式，被联合国教科文组织列入世界文化自然双重遗产名录。

[2] 如日本的日光国立公园（宗教和文化型）、富士箱根伊豆国立公园（日本民族精神象征型）。目前韩国唯一的文化资源类国家公园，名为"庆州国立公园"，属于文化遗址类国家公园。

（二）主题词检索

为了彻底弄清国外有无"国家文化公园"这一称谓，笔者还以"National Cultural Park"为主题词进行了检索，发现国外确无国家文化公园的概念。（表1）

表1 国际研究的检索结果

来源数据库	检索式	命中的检索结果
Web of Knowledge	TS="National Cultural Park*"	0
Scopus	TS="National Cultural Park*"	0
PQDT	TS="National Cultural Park*"	0

二、国家文化公园概念的缘起

要理清国家文化公园概念的缘起问题，笔者认为有必要先从国家公园制度建设、发展的角度，剖析历史、文化类国家公园产生的原因，然后再从中西对比的角度，进一步探讨我国选择"文化视角"而非"史迹视角"的原因。

（一）历史、文化类国家公园的产生

1872年，美国成立了世界上第一座国家公园——黄石国家公园，标志着国家公园模式的诞生。事实上，美国在建立国家公园制度之初就饱含着强烈的"文化动机"。作为新大陆，美国独立后，在接续欧洲旧大陆文化的同时，知识分子群体迫切希望文化独立，拥有自己的文化身份与价值标准。因此，美国人在建国初期就曾极力寻找并塑造属于这个新兴国家的文化符号，强调文化符号对美国的象征意义和巨大影响，以增加国家的认同感和凝聚力。美国有什么能与欧洲的古建筑、庄园等显著的艺术和人文遗产相媲美？美国人环顾自己的国度，最终发现了西部辽阔的荒野，并将其确立为民族精神的象征。其实，当时还没有现代旅游业，也没有系统的生态环境保护理论，保护荒野的动机一方面出于朦胧的自然生态环境保护意识，另一方面则出于文化和审美的自觉，以致有意塑造和保护国家的文化符号。

在美国建立国家公园制度之后，逐渐掀起了一场世界范围的国家公园建设热潮。迄今为止，已先后有两百多个国家参考美国的国家公园制度，建立了本国特色的国家公园制度，虽然具体制度上各有差异，有的国家将历史、文化类国家公园单列出来，有的国家没有单列，但自然生态和文化两方面的国家重要性和代表性一直是各国考虑的重要因素。

相比之下，中国目前的国家公园，如三江源、祁连山、东北虎豹保护基地、大熊猫保护基地、湖北神农架等，主要是保护自然生态和动植物多样性[1]，不能代表文化方面的重要资源，无法体现中华民族精神。因此，我们有必要在现行国家公园制度之外，另建一套国家文化公园制度，该制度的推出并不是空穴来风、异想天开的，它是完善我国国家公园体系的一项重要举措。

（二）中西方对于历史、文化遗产资源的不同审视角度

在为历史、文化类国家公园的出现找到了依据之后，紧接着的下一个问题就是我国为何选择文化的视角，称"国家文化公园"，而西方则选择

---

[1] 2019年6月，中共中央办公厅、国务院办公厅印发了《关于建立以国家公园为主体的自然保护地体系的指导意见》，进一步明确将国家公园定义为我国自然保护地体系的主体成分。

"史迹的视角"呢?

事实上,在西方国家,某些依托"文化资源"建立的国家公园亦更倾向于称"历史公园",而非"文化公园",如美国的"查科文化国家历史公园"(Chaco Culture National Historical Park)。相反,在我国即使不是活态的文化,亦会称"文化遗址公园",在名称上仍然会凸显其文化的视角。显然,中西方对于文化遗产的观照角度有很大不同。

中西方为何要选择两种迥异的审视角度呢?笔者认为,一方面,是由于中西方的哲学观念不同,造成了二者保护价值观的不同;另一方面,是由于二者文化遗产特性本身的差异。

下面,笔者尝试从中西对比的角度,探析"国家文化公园"与"国家史迹类公园"观照角度分歧产生的深层动因。

1. 中西哲学基本观念不同

(1)西方的主客二分

西方是主客二分的哲学观念,表现在认知方法上,其最大的特点是主客体的截然分开,将包括作为认知主体的人在内的一切都对象化(客体化)。在研究客体时,反对主体的投入与参与。这种思维范式的典型特征就是"物本—物化—对象化"。这种以物为本的认知角度,强调以自然为最直接的研究对象,渴望探求自然的内在规律,意欲征服和改造自然。

西方这种求真的思维模式逐渐演化为纯粹思辨与演绎推理的行为方式,追求对象的客观性、规律的确定性,并将其上升、抽象为一个普遍概念。

(2)中国的"天人合一"

"天人合一"是中华民族最基本的天人观念,也是中华民族价值观的核心所在。这一观念把人看作与自然一体相通,且将人作为客观世界判断的基本标准。因此,与西方文化不同,中国哲学思辨、天人之问关注的重点不是客观世界的求真问题，而是天、地、人的关系问题，思考的起点在于"人"本身，认为"心融万物"。其探知世界的方式是由内而外的，即用"心"去感知世界万物，也就是说它的哲学思辨方式是"心证"而非"实证"，有时还会表现为由己及物、物我不分、主客混同的状态，如辛弃疾《贺新郎》里的词句"我见青山多妩媚，料青山见我应如是"。

我国的这种哲学观念体现在美学思想上，是以神似为美，追求的是"心"与"物"的交融，表现在绘画上，则是以不求形似的写意风格为主。与西方绘画不同，我们不止于自然景象真实特征的描摹，而是借景抒情，着意于画者内心精神图式的表达。

2. 中西文化遗产特性以及保护观念的差异

中西文化遗产种类繁多、名目浩繁，下面拟从物质文化的重要载体——文物建筑、非物质文化遗产、景观遗产三个层面对中西文化遗产特性做个简要的对比。

（1）文物建筑层面

西方传统建筑是石构体系，保护对象以宗教建筑为主，追求永恒性。如前文所述，西方哲学是一种主客二分的思维模式，精神与物质相分离，因此研究物质遗产时在物言物，惯于从静止的角度进行历史的考辨，探究建筑遗产本身各细部历史信息的真实性、可读性，并将其作为遗产价值判断的重要依据。因此，在实际操作中西方注重对遗产实体元素的保存，以尽量延续其生命，在保护行为实施的过程中，最大限度地降低人为干预对文物本身产生的影响。

中国传统建筑属于典型的木构体系。由于中国传统哲学观念里主客不分，认为宇宙是一个动态的有机整体，造成了我国更加关注物质遗产承载的社会、文化、精神意义，看重其与社会主流价值观的关系（与相关的历史事件、历史人物的关系），主张从动态中对其风格、空间意蕴、象征意义、文化精神的整体把握，而不过分苛求细部的真实。在保护实践中，中国常追求保持对象的"原状"，追求物在、神在，以维系人们与过往之间的情感纽带，且有意识地从中提取出某些有价值的文化元素，将其作为保护和延续的对象，以便对当今社会的文化风尚和精神生活进行正向的引导。

（2）非物质文化遗产层面

在西方，保护非物质文化遗产的要求来自西方社会对现代化进程中人的"异化"和"物化"的反思。而我国由于传统的天人合一、主客不分的哲学观念，传统文化里"物质"与"精神"二者是紧密联系着的，这就导致物质通常并非单纯的物质，即所有物质遗产都或多或少地伴生着相应的非物质、精神、文化类遗产。因此要把握中国的文化遗产特质，非物质文化遗产是其一个重要部分，也是其特色所在。

（3）景观遗产层面

从景观层面看，西方人将景观分为两类：一种为自然景观，即没有人类痕迹的景观；另一种为文化景观，即人与自然共同创造的景观。不同的是，在亚洲国家的东方意识形态下，所有的景观本身就是带有"文化性"的，于是将文化和景观绑定在一起形成的"文化景观"概念就是重复的。因为中国的千年文化长期积淀于自然中，大自然的一草一木在中国人的眼里不仅是一个单纯的自然物，它们已被赋予了太多的哲学和美学含义，蕴含了太多的诗情画意，正如佛家所云"青青翠竹尽是法身，郁郁黄花无非般若"[1]。近年来，随着文化的不断交流与碰撞，部分西方学

---

[1] 《卍续藏经》第113册，台湾新文丰出版公司1993年版，第149页。

者也逐渐认识到亚洲文化景观普遍包括了非物质文化价值。

通过以上对中西方哲学、遗产保护价值观,以及遗产特性的对比分析,可以清楚地看出我国采用"国家文化公园"这一概念,是从具体国情出发,对西方国家公园制度的衍生和创造。

三、国家文化公园特质解读

如前文所述,"国家文化公园"是一个国外没有、国内全新的概念,那么它拥有怎样的特质呢?下面笔者试从"国家""文化""公园"三个方面对其进行解读。

(一)"国家"两字蕴藏三层含义

1. 由国家批准设立并主导建设

从制度产生上来看,中央相继印发了《国家"十三五"时期文化发展改革规划纲要》《长城、大运河、长征国家文化公园建设方案》,并且此项工作目前已进入实质性操作阶段,这体现了党中央、国务院的高度重视。

2. 管理的资源具有国家重要性、代表性

国家文化公园是要整合具有突出意义、重要影响、重大主题的文物和文化资源,实施公园化管理运营。这些文化资源必须含有中华文化深刻内涵和重要文化特征,具有国家代表性,能够代表国家形象、彰显中华文明,且具有"国民认同度高"等特点。

3. 可以得到国家经费的支持

国字号的头衔意味着国家文化公园将得到国家财政经费的大力支持,有了国家经费的支持,遗产保护和修复工程、民生工程、基础设施建设、科研投入、对外传播等方面工作将主要由政府出资,以确保总体上的公益性基调。

(二)"文化"两字体现两方面特质

1. 体现了对国家特质的尊重

为何中华文明古国历经磨难,经历了数次朝代的更迭,但中华文明却绵延五千多年不绝,在世界四大古代文明中,成为唯一没有中断的文明。以至于一些西方学者提出中国是一个"文明国家"或"文明型国家"的论断。这是由于中华文明在漫长的历史演进过程中,孕育了灿烂的中华文化。这些源远流长的中华文化,是中华民族最深层次精神追求的积淀,是中华民族独特的精神标识,更是维系民族情感的重要精神纽带。古代中国王朝,正是依赖中华文化中的道德教化和意识形态来进行维系和统治的,明显不同于西方国家依靠权力契约与制度化治理的模式,正如我国近现代著名史学家钱穆先生所说,与西方"权力的""工具的"国家不同,中国是"文化的""道德的"国家。中国历史上,历朝历代的统治者都很重视文化建设,将文化作为治国理政的重要工具。在当今中国,党和国家更是将文化建设与国家的团结、安全、和平稳定紧密相连。习近平总书记更是在多个重要场合都提出了"用中华优秀传统文化治国"的理念。显然,国家文化公园也正是其文化治国重要理念的一部分。

2. 体现了对本国文化遗产特色的尊重

如前文所述,西方国家对历史、文化类遗产的保护习惯用"国家历史公园""国家遗址公园""国家纪念碑",多从史迹的角度加以审视,而不用"文化"两字,从字面上看似乎区别不大。钱穆先生也认为历史和文化有同一性。他说,历史与文化"实际是一而二,二而一的"[①]。他认为历史结构及其内容和文化结构及其内容是相互关联的,只是角度有所不同而已。笔者赞同其观点,同时笔者也发现历史与文化这两个概念的差异性。

一方面,通常我们所说的历史,有狭义和广义之分。狭义上,历史是指人类社会过去的事件和活动,以及对这些事件行为有系统的记录、研究和诠释。广义上,历史是指客观世界运动发展的过程,可分为自然史和人类社会史两方面。显然,上文中钱穆先生所指的历史主要指人类社会史,即狭义的历史。相应地,文化的概念也有狭义与广义之分。狭义的文化是人类社会相对于经济、政治而言的精神活动及其产物,分为物质文化和非物质文化。广义的文化包括哲学、宗教、科学、技术、文学、艺术、社会心理、风俗习惯等。具体到遗产保护领域,西方一般采用的是广义的历史概念,即历史遗产可以分为"自然历史遗产"和"文化历史遗产"[②],简称"自然遗产""文化遗产"。此处的"文化"是与"自然"相对称的,是一个狭义的概念,专指人文部分。因此,在西方"历史遗产"与"文化遗产"所指代的对象是有一定区别的。

具体到"国家历史公园""国家遗址公园"与我国的"国家文化公园"层面,虽然管理的都是文化遗产类资源,但是由于探究的角度的不同,管理的核心价值目标也有所不同。按照文化结构的三层次理论,文化可以分为物质文化、制度文化、精神文化三个层面(图1)。"国家历史公园""国家遗址公园"更多的是从物质、制度层面出发,开展考古学、人类学的研

---

① 钱穆:《历史与文化论丛》,台湾东大图书有限公司1990年版,第123页。
② 美国国家公园管理局1972年发布的《美国国家公园体系规划》中即分为"文化历史遗产"(History)和"自然历史遗产(Natural History)两部分。

究和保护，而"国家文化公园"是以物质、制度层面的文化资源为载体，着重于文化的内核——精神层面，以文化精神和价值理念提取、传承与发扬为旨归。

图1 文化结构的三层次

另一方面，从研究方法来看，尽管历史的研究过程中通常不乏推论的成分和历史书写者个人情感的融入，但是历史学研究的本质是为了"求真"，正如李大钊所言："凡学都所以求真，而历史为尤然。"[①] 因此，历史研究更为关注那些相对重要的、可靠的历史人物、事件和时间节点，强调断裂与差异，那些缺乏变化的时段常常被一笔带过，或者直接隐去了。相反，文化研究则更加关注相似与连续的特征与性状。

因此，西方常出现"国家历史公园""国家历史遗址"的保护地类型，从史迹的角度探究，是源于其追求科学精神、求真务实的本性。与西方不同，中国文化以"人"为一切行为价值的中心，一开始就选择了情感的道路，拒绝向纯粹理性方向发展，因此中国选择从"文化"角度对自己的历史文化遗产加以审视，是对自身文化遗产特性的尊重，也是对东方文化特

---

① 李大钊:《史学要论》，商务印书馆1999年版，第132页。

色的彰显。

(三)"公园"两字预示了四种基本功能

1. 文化资源的宝库,华夏儿女的精神家园

国家文化公园通常是选择诸如大运河、长城、长征那些具有突出意义、重大主题、重要影响的文物和文化资源,实施公园化管理运营。在实际操作中,对文物本体及环境实施严格保护和管控,对濒危文物实施封闭管理,对文化生态系统进行整体保护,并以此为基础,从国家意义和国家形象层面提炼国家文化公园的精神文化IP,凝聚中国精神、中国价值、中国力量,打造华夏儿女的共有精神家园。因此,它既是一个保护第一、传承优先的半封闭半开敞的文化资源库,又是我们华夏儿女的精神家园。

2. 文化交流与展示的平台

国家文化公园是要将"文化"整理出来,将其具象化,以看得见、摸得着的形式展现出来,以便在人们的赏析、休闲、体验、健身、旅游过程中,增强文化的存在感、传播力及影响力。因此,国家文化公园也是传承中华精神、传播中国故事的重要平台,增强国家文化软实力和中华文化的国际影响力、展示国家文化形象的生动载体。

3. 文化与旅游深度融合发展的舞台

文旅融合是国家文化公园活化利用资源的重要路径。国家文化公园一般具有大尺度、半封闭半开放性的特点,与周边城镇、乡村聚落关系密切,决定了它不可能成为玻璃柜下的展品。各级政府也无法为其长期提供"输血"式的保护,它必将参与到周边城镇经济、社会发展的大潮中来,必须具备"造血功能"。国家文化公园必须以文化、生态资源保护为前提,利用文物和文化资源外溢辐射效应,适度发展旅游业,通过文旅融合(图

2），实现共建、共享，促进区域经济、社会和生态建设协调发展。

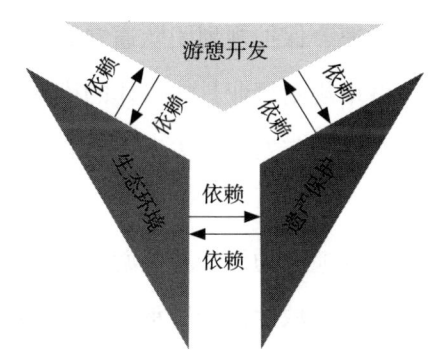

图 2　生态环境、遗产保护、游憩开发三者关系

4. 活态文化基因的载体，传统生活方式体验的窗口

国家文化公园建设不同于一般的工程项目，是一个赓续历史、拥抱当下、开启未来的"传世工程"。在园内的管控保护区、主题展示区和文旅融合区内依然涉及传统生活生产的部分，具体包括当地居民适度开展传统生产的区域、当地居民集中居住的区域，以及当地居民生产生活所必需的公共管理与公共服务用地、特殊用地和交通运输用地。这些区域既是活态文化基因的载体，又是传统生活方式体验的窗口，将根据管控的不同级别，对生产、生活进行适当的控制，对不符合建设规划要求的设施、项目进行逐步疏导。

四、国家文化公园建设的意义

基于前文对国家文化公园缘起与特质的解读，笔者总结出国家文化公园建设的三点意义，前两点立足于国家层面，第三点立足于国际层面。

1. 是我国文化遗产管理理念更新的一次重要尝试

过去，我们的区域性遗产保护规划团队通常采用文物部门牵头，其他相关部门响应，建筑、城市规划行业具体操作的模式，研究的主要精力还是放在其构成单体上。在保护与发展的关系上，有时管得过死，有时又过度开发。

近年来，我们对区域性遗产的保护和旅游开发方面虽有所涉猎，但从整体性、全方位出发对这些区域性遗产所承载的精神意义、多维度内涵的提炼和传播明显不足。

如今，国家文化公园建设将文化遗产保护提高到了国家战略层面，将文化资源和公园有机结合起来，实施保护与发展目标的整合，符合当前区域性文化资源保护利用的客观规律，是我国文化遗产管理理念更新的一次重要尝试。

2. 是我国文化管理体制的一项重要创新

我国的国家文化公园不同于欧洲那些富含文物及历史遗迹的综合性国家公园，与日韩的某些着眼于宗教精神、民族文化精神的文化型国家公园相似，但又有所不同。我国旗帜鲜明地提出要建"国家文化公园"，有意区别于国家公园体系内的其他类型，专门从文化的角度出发，另辟蹊径，并采取相应的管理机制。因此，其是我国国家公园管理体制的一项重要创新。

3. 是推动文化遗产东方话语体系建构的一次重大跨越

众所周知，近代国际奉行的文化遗产保护体系是基于西方文化价值观建立起来的，相关宣章和公约明显充斥着西方文化的思维惯式，体现了西方启蒙运动以来的现代历史观和思维逻辑。中国在参与世界遗产评价的过程中，为了争得国际舞台上的一席之地，被动依照西方游戏规则来审视自己的遗产，以至于我国一些富含东方特色的遗产项目未能入选。

近年来，在国际交流与文化碰撞过程中，东方国家不再沉默，纷纷从本国的立场出发，对西方中心主义的强势话语体系做出了回应。经过东方国家的不懈努力，当前遗产保护领域正在发生着悄然变化，由原来以"物"为中心，逐渐转向关注"人"的因素；从对物质遗产本体特征的研究转向对物质遗产承载精神的探索。我国的国家文化公园建设正是在推动文化遗产东方话语体系建构这一努力方向上实现的一次重要跨越。

五、结论与建议

国家文化公园与西方的史迹类国家公园的观照角度明显不同，追求的核心价值亦存在着显著差异。目前，国家文化公园模式虽为我国所独有，但其并不是空穴来风、大胆臆造的，而是在吸收了国外国家公园、区域性遗产等相关经验的基础上，依据我国具体国情，在国家公园体系、制度上的大胆衍生和发展。一方面，它是我国文化遗产管理理念更新的一次重要尝试，是我国文化管理体制的一项重要创新，对推动文化遗产东方话语体系建构具有划时代意义；另一方面，该制度在国外没有现成的经验可以复制，国内虽然是在党和国家领导人高度重视的情况下，经过了较为周密的顶层设计，但是从酝酿到第一批的三大国家文化公园[①]建设完成，时间紧、任务重，在具体的实施过程中必然会遇到这样或那样的问题。

此处，笔者结合自己的解读，从国家、文化、公园三个层面给出以下三点建议。

---

① 长城、大运河、长征国家文化公园。

（1）国家文化公园要永葆"国家"本色，始终立足国家高度，坚持全民公益性。在建设、运行初期要充分发挥政府的主导作用，主要依靠国家经费的支持，待国家文化公园走上正轨之后，要积极拓展融资渠道，如探索社会捐赠、发行国家文化公园债券、建立国家文化公园基金等保障其平稳、可持续发展，国家的角色逐渐由台前走向幕后，主要负责监管和提供技术支持。

（2）国家文化公园要始终坚持文化精神的传承与保护，不可沦为商业的婢女。中华文明历经数千载，绵延不绝，就是缘于我们一以贯之的民族文化精神的延续。在今后甄选国家文化公园拟议项目时，一定要以富含中华民族精神、体现集体意志为基本标准，既要争取做到各种文化类型的全面覆盖，又不能多建滥建，造成国家文化公园品牌含金量下降、国家资源浪费。

（3）国家文化公园要注重保护与发展之间的平衡，既不能管得太死，失去了公园应有的活力，限制了周边社区的发展，又不能打着发展的幌子，成为地方经济的摇钱树，应当将保护与发展整合起来，将眼前利益与长远利益联系起来，进行通盘考虑、全局思维。

参考文献

[1] National Park Service, *National Park System*, https://www.nps.gov/aboutus/national-park-system.htm.

[2] National Park of Korea, *About National Parks*, http://english.knps.or.kr.

[3] National Park of Japan, *Overview of National Parks of Japan*, http://www.env.go.jp/park.

[4] 王薪宇：《我们为什么要建国家文化公园》，http://www.lvjie.com.cn/destination/

2019/1213/15260.html。

［5］National Park Service, *Chaco Culture National Historical Park in New Mexico*, https://www.nps.gov/chcu/planyourvisit/chetro-ketl.htm.

［6］樊浩：《科学精神与人文精神的合璧：中国文化现代化的必由之路》,《社会科学战线》1993年第2期。

［7］戴廉：《非物质文化遗产保护的困惑》,《瞭望新闻周刊》2005年第30期。

［8］Taylor K., "From Landscape as History and Physical Determinant to Cultural Construct: Shifting Discourses in Reading Ideology", *Proceedings of Fifteenth Annual Conference of the Society of Architectural Historians Australia and New Zealand*, University of Melbourne, 1998.

［9］麦琪·罗撰文, 韩锋、徐青编译：《〈欧洲风景公约〉：关于"文化景观"的一场思想革命》,《中国园林》2007年第11期。

［10］易红：《中国文化景观遗产的保护研究》, 硕士学位论文, 西北农林科技大学, 2009。

［11］《卍续藏经》, 台湾新文丰出版公司1993年版。

［12］Taylor K., "Cultural Landscapes and Asia: Reconciling International and Southeast Asian Regional Values", *Landscape Research*, Vol.34, No.1, 2009.

［13］谢冶凤、吴必虎、张玉钧：《东西方自然保护地文化特征比较研究》,《风景园林》2020年第3期。

［14］钱穆：《中国历史精神》, 九州出版社2016年版。

［15］钱穆：《历史与文化论丛》, 台湾东大图书有限公司1990年版。

［16］吴泽主编：《史学概论》, 安徽教育出版社1985年版。

［17］中国大百科全书总编辑委员会《社会学》编辑委员会、中国大百科全书出版社编辑部编：《中国大百科全书·社会学》, 中国大百科全书出版社1991年版。

[18]李守常:《史学要论》,商务印书馆1999年版。

[19]郑先兴:《历史认识的性质与历史学的科学性》,《南都学坛》2002年第2期。

[20]博雅方略研究院:《建设国家文化公园 彰显中华文化自信》,《中国旅游报》2020年1月3日。

[21]邹统钎、韩全:《国家文化公园建设与管理初探》,《中国旅游报》2019年12月3日。

[22]安蓓:《将大运河打造成展示中华文明的亮丽名片:解读〈大运河文化保护传承利用规划纲要〉》,http://www.xinhuanet.com/local/2019-05/22/c_1124528007.htm。

(原载《中国园林》2021年第6期)

第二辑　国家文化公园的文化内涵研究

黄河：一部中华民族的伟大史诗

韩子勇

作为中华文明温床的黄河

"观乎天文，以察时变；观乎人文，以化成天下。"人是自然之子，自然地理是人类活动的基础。天人关系，在中国文化中是起点也是终极的主题。人类傍水而生、沿河而居，大河文明是文明古国共有的故事模式。但大河不同的特征和个性，又使文明的故事和命运截然不同，需要作一番山河判断。

黄河是中华文明的温床，是中华民族的母亲河。她孕育、流淌的，是一个伟大文明的命运。观察这条河，要放在整个东方文明的大背景下。从采集到农耕、从狩猎到游牧，是早期人类发展的基本线索。在渔猎、采集、游牧向农耕定居的过渡中隐约可见一种转化模式，往往出现在资源条件相对多样的丘陵与平原的交界区域。在中国，这个区域便是黄河冲出的第二级阶梯边缘——晋陕豫交汇之处，亦即黄河中上游平原、丘陵、浅山、崩塬之地。

黄河两岸的先民仿佛跟随着奔涌河水，夺路而出鱼跃龙门，冲出中华大地的第二级阶梯，登场亮相。他们"因陵丘堀穴而处"，筑穴而居，躲风避雨，其所处地理空间逶迤曲折，进退有据，左右逢源，顺势而生。随着原始农业在黄河水滋养的黄土地上稳步发展，先民们逐渐走向宽阔平坦之地，"（黄河水）时至而去，则填淤肥美，民耕田之。或久无害，稍筑室宅，遂成聚落"。人类第一次革命是农业革命，农业革命使"游荡的人"变成"聚落的人"、弱小分散不稳定的群变成集中稳定较大的群，发展出定居模式和复杂社会。哪些地方最适合开辟和拓展农业革命？是河流泛滥所形成的冲积扇平原。早期的刀耕火种，更适合这些节理疏松、易于耕耘的土质。在漫长的地质年代，黄河曾夺淮入海，不断泛滥改道，开合冲撞，源源不断地喷洒沉淀重浊的泥水，塑造了地球上北温带最大的冲积扇平原。这浑朴莽莽的大场域，为农业革命创造了得天独厚的条件。

黄河为什么有如此之大的塑造力？这要感谢黄土高原。黄土高原曾经是一片汪洋，西起青海日月山，东到河南洛阳，南至陕西秦岭，北到陕北长城，湖面辽阔，面积有如今的 6 个渤海之大，可称其为黄土原湖。大约 1500 万年前，地壳运动使湖盆推升陷落，渐渐形成黄土高原如今的样貌。黄土高原的黄土层厚度普遍达到 50—80 米，最厚处可达 250 米以上。这么厚的黄土是怎么来的？研究界比较一致的观点是"风成说"。"大风从西北起，云气赤黄，四塞天下。"在距今 300 万至 200 万年前的第四纪冰期，气候干冷，不息的西北长风掳掠黄土高原以西广阔沙漠和戈壁地区的黄土，吹向东南，飘至这片地区，风力减弱，尘埃落定，年复一年，最终形成黄土高原。

"天地玄黄，宇宙洪荒。"这首千古传诵的《千字文》起首一句，潜意识里表露了黄河流域先民们基因深处的集体心理积淀。类似的传说，还有女娲抟黄土造人和黄帝、炎帝在这一带的活动。这一切，就好像是黄河中上游的先民们天眼初开，面对天地，懵懵懂懂，目之所见正是迷蒙一片的降尘景象：青黑色的天、黄色的风、黄色的土、黄色的风土，于是在旷垠高峁，面朝黄河，唱出这句刻骨铭心的话语。

黄河中上游流域的先民们，最早的时空秩序和底层逻辑是"五行"观念，把天下、把周遭环境、把脚下之地作为观察、沉思、推演的中心与起点。"金、木、水、火、土"的"土"，所对应的首先是黄河中上游区域，是黄土，是天地之中的黄土。这黄土，天地通，正对着天穹中群星拱之的北极星，从而协调四方，璇玑玉衡。"五行说"出手即是顶天立地的大文章，取象喻理、逡巡天下、思无际涯，最大限度地概括了中华故园的时间、方位、尺度、材料、颜色、结构和样貌。五行相生相克，循序渐进，求中建极，把中国之"中"、天下之中，留给黄色、黄土、黄河中上游这片区域。"宅兹中国"，中原、中庸、中和、大一统……中华先民为自己确定了一个地理和心理的精神原点、坐标及演化的渊薮，萌发衍生出中华民族的多元一体，形成休戚与共的凝聚力、向心力和命运共同体，成为悬升在中国人心灵世界的"万有引力虹"，成为群己合一、家国同构、和谐团结、爱国主义的深沉基础。

"黄河之水天上来，奔流到海不复回。"中国大地西高东低的三级阶梯，为中华民族登高行远、为黄河母亲提供巨大势能。咆哮不息的黄河流过黄土高原，深深切入黄土高原表层疏松的土质，携带的大量泥沙使黄河成为一条泥河，一条世界大河中含沙量最多的河，这也可以看作大河文明中最为猛烈的受孕。黄河有着世界大河中最伟大的塑造平原的能力，也是世界大河中性格最为复杂的河，行迹无束，泥水两性，至刚至柔，阴阳合体，集严父慈母于一身。以质朴辽阔的胸怀，繁衍无限、庇佑广大、绝无偏私地穿行于农耕和游牧两翼，养育了最多的农耕和游牧的子嗣。也如有着众多子女、无暇细顾的母亲那样,绝不溺爱娇惯自己的儿女。黄河是温驯早慧的农耕大河,也是率真野性的游牧大河,以雄浑不羁的冲决涤荡,疾声厉色,挥舞戒尺,考验、锤炼、磨砺,培养儿女们向死而生的勇气、胆识和意志,开放、包容、创新的品质,还有勤劳节俭、从不懈怠的忧患意识。

在黄河身上,中华先民们学到的最早、最多,体悟的最深、最透。奔腾不息的黄河,凝滞如塑的黄河,给我们以最初的胎教,也是万世叮咛的老师。中华民族从蒙昧进入文明,茫茫禹迹,画为九州。夏、商、周三代的第一个王,即是"理水"的大禹。大禹是最先读懂黄河的那个人。法国哲学家笛卡儿有句名言——"我思故我在"。最早的中国之思在哪里?在黄河中上游的烟波里。最早的中国之思是什么?是"河图洛书",是《易经》。"易"字上"日"下"月",是日月合体、阴阳交泰,是载舟覆舟、危机生机,是生生不息的交往交流交融、文明天下。《易经》是阐述天地人世、万象变化的古老经典,上古之人游目骋怀,仰观天文、俯察地理、细览品类之盛,近取诸身、远取诸物,究天人之际、通古今之变,以符号和文字总结上古之思。《易经》是中国古代思想的第一缕曙光,也是中国观念的最早范式,塑造了中国人的思维方式,体现了中国人最初的价值选择。

《易经》仿佛是黄河浓缩的影印本,黄色的泥水斑驳漫漶,古奥难析又曲径通幽。没有哪一条大河,比黄河更像《易经》演绎的玄牝之门,万古江河亦是人文巨流。《易经》讲交流变化,一个重要的价值选择和自我设计,就是在双方、多方、全方位的交流中,作为己方的"我",如何自处、如何相依为命?应处在什么位置、遵守什么原则、采取什么行动?"子在川上曰:逝者如斯夫,不舍昼夜。"中国人从黄河水中看见自己,

"上善若水",以水为师,从水的柔弱、活泼、包容、自洁,处其下、乘其势、浩浩汤汤的自然物性中,生发无穷智慧。老子说:"知其雄,守其雌,为天下溪。"这样的思想,滋养着中国人爱好和平、谦逊好学、平等待人的品格。

"九曲黄河万里沙,浪淘风簸自天涯。"在中国古人的观念中,"风水""气数""时运"这些词,是上自帝王、下至黎庶,埋于心底、挂在嘴边的一个词。中国大地的三级台阶所带来的伟大势能、不息的西北季风和地球板块撞击所创造的黄土高原,从天而降、永不言败,莽莽写出一笔"几"字的黄河——是风、水、土的杰作,是天作地合,如阴阳、如父母,如伟大的受孕、化育和成长,为中华文明的诞生、壮大,提供了大河文明农业革命的最大场域。

以黄河为轴线,向西是丝绸之路,是绿洲、沙漠、雪山、高原、喀喇昆仑,向北是长城、漠北、游牧社会、无尽寒林和冻土带,向南是后来居上、日益富庶的江南和亚热带,向东是纵贯南北的大运河和大海的万顷波涛——这个四围如屏,形势完整,内部广袤多样、融会贯通的广大场域,为多元一体的大结构、大体量奠定了自然基础。

历史的温度与精神的结晶

《大唐西域记》描述亚欧所在的赡部洲娑婆世界,西为"宝主"、北为"马主"、南为"象主"、东为"人主","南象主则暑湿宜象,西宝主临海盈宝,北马主寒劲宜马,东人主和畅多人"。它认为"人主之地,风俗机惠,仁义照明,冠带右衽,车服有序,安土重迁,务资有类。三主之俗,东方为上。其居室则东辟其户,旦日则东向以拜。人主之地,南面为尊。

方俗殊风，斯其大概。至于君臣上下之礼，宪章文轨之仪，人主之地无以加也"。在这个"四主"结构中，"人主"之国凿空西域，纳西域文化，开丝绸之路和海上丝绸之路，以通中亚、西亚、地中海、东非，连通"宝主"之国，滋染商业文明、海洋文明；又去天竺取"象主"之经，解"清心释累之训，出离生死之教"，铸儒释道于一体，遂有补全功能、自洽心意之大成。至于"毳张穹庐，鸟居逐牧"的北方"马主"，以黄河为媒，与"人主"相接相贴，交流、碰撞、融合最烈。秦以后渐有"马秦"之称，与"人主""马主"为表里结构、生死相依，确为一体。

其实，"人主"之国的文明、历史和民族，也如同一个5000年生生不息的东方巨人，是有机活体，也有两个心室、两片肺叶、两个肾脏以及不断生长的骨骼、血肉和经络；有它深藏远设的肾气、吐纳呼吸的节奏、喷涌跳动的脉搏；有它聚变裂变、火力最旺、燃烧最早最久最多最激烈的核心区域；有它冶炼、结晶、成型、壮大，秘不示人的原点和坩埚。黄河、黄河文明，就是这样的燧石、光焰和坩埚，最能体现多元一体。

大场域必有大结构，大结构必生大功能，大功能必成大命运。如同太阳，它的引力会俘获一系列行星，它不竭燃烧的高温高热，穿透黑暗、散播光明。多元走向一体，一体吸纳多元。这个多元一体的"体"，是历时形成的，但从地理环境的规定来看，又是先天的共时结构——它从一个诞生于黄河中上游的胚胎，慢慢发育成什么样子，最终能长多大，反复不断地朝哪些方向生长、折断又修复再生，最终出落成形神完备的大模样，则有一种自然而然的、宿命般的共时性。从河西走廊打通、立足到漫漫西域的归于一统，从黄河、长江的溯流而上的"双肾"之源，到一揽青藏于怀中，从南北结构的力量模式到漠北、东北和华南、海南，以及明以后愈益兴盛的海上丝绸之路所串联起的台湾、南海、南沙……"天命玄鸟，降而生商，宅殷土芒芒"。中华文明是"天命玄鸟"的"卵生"，之所以一次次凤凰涅槃般不断新生，绵延不绝，是因为在她的东西南北有一道道天然屏障，如天造地设的护卫性"蛋壳"，在文明诞生、发展、壮大中起到保护作用。

历史力量的方位、节奏和力道，文明结构的布局、功能和机制，价值体系的开放、创新和熔铸，一次次升华跃进，大道直行，九曲回肠，质朴刚贞，缠绵悱恻，行行复行行，好一曲中华民族多元一体、青春永驻的不朽旋律。重重复重重，多元拱一体。这个多元一体的结构、功能、命运，是重瓣花朵、加量加倍、成双入对，是一遍遍工笔重彩的鸿图华构。我们的农耕文明系统，不仅有万里长城王冠般镶嵌其上的黄河流域，还有华滋繁盛的长江流域、珠江流域；我们的游牧文明系统，不仅有漠南、漠北，还有东胡、西胡；我们不仅有纵贯南北，串起黄河、长江的大运之河，还有凿空西域、横亘东西的玉石之路、丝绸之路、草原之路、茶马古道……它们纵到底、横到边，通其变、成其数，乃是成天地之文、定天下之象的榫卯结构。

文明如水，百川汇流。倔强的黄河，不容分说地冲出几字形的辽阔地域，进入深广稀薄的游牧世界，犹如长弓巨矢，蓄满势能、绷直震荡，一次次发出文明变革的鸣镝。中华文明从一开始就是多元一体的碰撞、交流与竞合。这个多元，可以细列无数，但最重要的历史力量，是农耕集团和游牧集团。中国，包括整个亚欧大陆，一个基本的历史模式就是农耕文明与游牧文明的碰撞、交流与融合。这一点在中国最为明显和突出。这是因为黄河不仅源于游牧的青藏高原，她在一路东流中，南北相顾，沿鄂尔多斯高原，兜了个大圈，串起六盘山、贺兰山、阴山等历史上经典的游牧地带，使南耕北牧更加犬牙交错、毗邻相接。黄河不仅流淌着农耕的血脉，还流淌着游牧的血。她是一条混血的河，一条基因复杂的河。她把欧亚大陆东部最成熟、最典型，规模、体量、尺度最庞大的农耕集团和游牧集团，牢牢地焊接成一体，从而使这对性格迥异的夫妻，打打闹闹、亲亲爱爱，再也无法分离。

农耕文明和游牧文明的分野，由自然地理规定的生产方式决定。在中国，以400毫米等降水量线为分界线，大致区分了湿润和干旱两个区域，形成农耕生活和游牧生活。黄河毅然决然的几字臂，如同母亲，同时养育了农耕与游牧一双儿女。从此，农耕与游牧相生相随、相争相成、"相忘相化，而亦不易以别识之矣"。一部分万里长城大致就在这条400毫米等降水量线上。农耕文明和游牧文明的撞击、交流和融合，使黄河、长城、丝绸之路成为中国历史的"高温区"，成为中国历史大熔炉里火力最旺、受热最多、变化最烈的坩埚的锅底。

中国历史基本的力量结构，与黄河、长城垂直相交，呈现南北方向。也因为这一点，古代中国历朝历代的都城，多在黄河一线。"天子守国门"，犹如一杆巨秤的秤砣，似乎只有押上中央王朝的最核心的分量，才能最大限度地集中资源、树立决心、应对挑战，从而取得统一、平衡和稳定。大运河的应运而生，正是延长的砣绳、加量的砣重。如果没有后来居上的长江流域农耕力量，这杆巨秤就会倾覆。如果它一时倾覆，退守长江流域，农耕的种子就再次向南播撒，积蓄翻盘和再次平衡的力量。因此，我们看到，正是在黄河、长城、丝绸之路一线，堆垒出中华民族、中华文化的大融合中那些最先、最快、最结实、最美妙的结晶体。

万里长城既是农耕文明的产物，本质上也是由农耕与游牧两种力量共同筑就的。自构筑的那天起，它就成为中华民族大一统的象征。2000多年来，任何人都不可能从认识上割裂万里长城，因而也就无法割裂中华民族。长城对中国人来说,是意志、勇气和力量的标志,象征着中华民族伟大的精神。在近代,西方列强从海上而来,"三千年未有之大变局"使中国的命运跌入谷底。历史力量在沿海一线,开始呈东西方向展开。在这时,黄河、长城一跃而起,瞬间放大为中国人精神的共相。这长河与巨石的两座纪念碑,燃烧出民族精神的最强光焰,《黄河大合唱》《义勇军进行曲》从此成为中华民族的不朽心曲。

如果说农耕和游牧是搅动历史的两条旋臂,丝绸之路则不失时机地为这架轰隆隆的搅拌机增添了一条长臂。这三条旋臂牢牢焊在黄河轴心上,使它的转动更加平稳、均匀和细腻。黄河和丝绸之路、和西域,注定难解难分地融合在一起。黄河从何而来?"昆仑之丘……河水出焉。"昆仑是农耕游牧共有的地理和心理的坐标。"河出昆仑",昆仑之地虚虚实实、云绕雾罩、神行千里、出没不定,一直在草蛇灰线地向西推移。在陆权时代,中华民族的目光是向西的。昆仑地望之谜,不是一般的"地名搬家",而是观念、信仰、族群、制度、精神、想象,以山为器的成长与远行。黄河和昆仑,这一山一河,成为天下、山河、江山的重重隐喻。昆仑始终保持着与黄河的黏合力,天命所归,它们必须连在一起,有着精神上的息息相通。张骞凿空西域,开拓了中原对西域的认识,再次把昆仑向西推,推至葱岭,同时念兹在兹,不忘把昆仑和黄河连在一起。《史记·大宛列传》记载:"汉使穷河源,河源出于阗,其山多玉石,采来,天子案古图书,名河所出山曰昆仑云。"汉武帝时,"河出昆仑"与深信不疑的天命观相一致。《汉书·西域传》记载:"河有两源,一出葱岭山,一出于阗。于阗在南山下,其河北流,与葱岭河合,东注蒲昌海。蒲昌海,一名盐泽者也,去玉门、阳关三百余里,广袤三百里。其水亭居,冬夏不增减,皆以为潜行地下,南出于积石,为中国河云。"在这里,黄河与塔里木河、罗布泊，以及西域的族群和文化连在一起。公元前 60 年，西汉王朝设西域都护府，将西域正式纳入中央王朝的管辖。历朝历代关于昆仑、关于黄河源的探寻、记载、想象和叙述，同天圆地方，同中心化的空间建构，同天命观、大一统，有着文化上的一致性，拓展着中华文明的尺度，把西域文明纳入一体之中，并通过丝绸之路建构起与世界的联系。穹宇茫茫，河汉渺渺。数千年来，这巨大的、多向度的旋臂，在漫长的历史岁月里，日夜不息，旋转、吸附、搅动、融合成星云般灿烂的文明体。

从三皇五帝到夏商周，又经历春秋战国，在农耕文明内部、在汉民族的内部，这个中心化组织结构不断升级换代，由血缘组织起来的封建万邦到归于一统的郡县制，最终在秦汉之际形成稳定的中央集权大一统的天下观，使中国成为世界上最早确立文官制度的国家。正是经历五胡十六国、南北朝的民族和文化的大融合，才有隋唐之际的农耕文明、游牧文明、西域文明、儒释道合为一炉的升华熔铸。胡化、汉化的反复搅拌与发酵，重重累累，不分彼此，汉族天子从身体到文化上的混血，也成为游牧民族的"天可汗"。元朝和清朝，则更进一步整合着这样的秩序。在近代，中华民族、中华文化面临前所未有之大危机，一时之间，也曾手忙脚乱，连最能代表文脉的汉字亦生存废之议。正是中国共产党人，盗天火以照前路，引来马克思主义中国化的源头活水，结合中国实际，不忘初心，砥砺前行，创造性转化与创新性发展，走出一条具有中国特色的革命和建设之路、改革开放和社会主义现代化之路、中华民族伟大复兴之路，中国人的精神世界不断扩容升级、精神面貌愈发焕然一新。

中华文明自身的生机、气象和景观，给我们以智慧，给我们以力量。中华文明是大河文明，是黄河、长江一北一南并辔而行、交替驱动，是空间和时间上的大尺度的文明。文明、文化的生发、演化和壮大，从点滴到汪洋，从涓涓细流到浩浩汤汤，从来不是一成不变、墨守成规的，而是在不舍昼夜、汇聚百川千流和九曲十八弯时的吞纳、容受、净化中的奔流。其间，有"潮平两岸阔"的舒缓从容、静水流深，也有"飞流直下三千尺"的纵身一跃、决绝孤行。因此，才有"大道之行也，天下为公"，才有"老吾老以及人之老，幼吾幼以及人之幼"，才有"己所不欲，勿施于人"，才有"日月之行，若出其中。星汉灿烂，若出其里"的沧海洪波、英雄本色。

在这个过程中，中华文明之所以气韵悠长、连绵不绝，也是由于这个文明的尺度、场域、体量、结构和功能，给她以强大的生命力，使她在各种危难和挑战中拥有足够的韧性，使她很难被扳倒、打败，使她始终保有一口绵绵不绝的元气，向死而生、反败为胜，渡过重重劫难。中华文明之所以青春永驻、长生不老，也是因为这个巨型文明的尺度、场域、体量、结构和功能，使她始终处在内部和外部能量的交换当中，多元多样、风云激荡、相辅相成……大海生巨鲸，高天起鲲鹏。这大尺度、大场域、大体量、大结构、大功能，带来云蒸霞蔚、气象万千的文明大景象。

多民族的大一统，各民族多元一体，是老祖宗留给我们的一笔重要财富，也是我们国家的一个重要优势。可以说，维系统一是中华民族的精神基因，56个民族共同构成了你中有我、我中有你、谁也离不开谁的中华民族命运共同体。

抒写中华民族新史诗

黄河文化、长城文化、丝绸之路文化、大运河文化、长江文化、长征精神……这是我们最醒目的文化足迹。辽阔的土地上，悠久的岁月里，这巨大、辉煌、纵横交错的足迹，构成一个大大的"国"字。这是我们民族的标识和徽记，是我们家园的门楣和梁柱，是我们文明结晶的大块堆垒，是我们纵到底、横到边、引以为傲的灿烂文脉、鸿图华构……从北到南，自东至西，横平、竖直、弯折钩，每一笔都光彩万里，每一画都写在血脉灵魂里。

黄河流淌出中华文明最初的身形与气象。在中华文明的发展过程中，黄河流域居于轴心地位。正如习近平总书记指出，"在我国5000多年文明史上，黄河流域有3000多年是全国政治、经济、文化中心"。黄河流域的文明在唐宋之前一直处于相对先进的领跑者地位。正是在黄河这个巨大的时空场域之中，文明发展、观念演进、分合治乱、民族融合，波澜壮阔的历史运动造就了不断成熟的文明体，也孕育出伟大的民族精神。

民族精神是一个民族赖以生存与发展的精神支撑。进入新时代，习近平总书记高度概括和科学阐释了中华民族伟大精神，即伟大创造精神、伟大奋斗精神、伟大团结精神、伟大梦想精神，这对于实现中华民族伟大复兴意义重大。

今年是中国共产党的百年华诞。"中国产生了共产党，这是开天辟地的大事变"，改变了近代以来中国面临列强瓜分、国破家亡、跌入谷底的悲惨命运。中国共产党以前所未有的远大眼光观察历史与现实，重新发现中国、激活中国，为中国发展找到了空前宽广的战略空间，为扭转近代以来连续沉降的历史轨迹开发出无尽的上升势能。

在近现代中国史上，平静、内向、保守、贫瘠的西北曾经与开放、活跃、进取、富庶的东南形成鲜明对比。东南往往是各种政治力量的首选之地。伟大的先行者孙中山领导的民主革命，主要以南方特别是广州为中心。蒋介石违背孙中山遗志，破坏国共合作，背叛革命，以江浙财阀、官僚买办资产阶级为支撑，建立起南京国民政府。可以说，近代以来，广袤的中国西北处于漫长的沉潜期。中国共产党的成立，打破了这一历史的沉寂。第二次国内革命战争时期，毛泽东就从国际国内形势出发，确立了工农联盟、武装割据、"农村包围城市"、在国民党反对派统治力量比较薄弱的边缘区域建立根据地的思想，走出一条中国革命的独特道路。长征中，我们党领导红军纵横捭阖，从东南到西北，从长江流域到黄河流域，一路播撒革命的火种。这条革命红飘带，把广袤的中国串联起来，"一道道山来一道道水，咱们中央红军到陕北"。黄河岸边、陕北高原成为中国革命的转折点，成为中国革命、民族精神和先进文化的高地，吸引着世界的目光。"千里的雷声，万里的闪。"无数进步青年和文化人，突破国民党的重重封锁，跋山涉水来到这里，追求光明，燃烧生命。这片贫瘠、沉寂、压抑的土地，这条凝滞、沉重、呜咽的大河，迎来她从未有过的新生，焕发出前所未有的璀璨光华。中国革命战略主场的转换，使中国的革命和思想文化，在一个更大更完整的时空中展开。"解放区的天是明朗的天，解放区的人民好喜欢。"古老的黄河迎来新主人，奔涌流淌出中国革命精神的青春力量和先进文化的强盛基因。

伟大的实践创造伟大的文化，伟大的文化催生伟大的实践。《毛泽东选集》四卷共收录159篇文章，有90多篇写于黄土高原的延安窑洞，占总数的近58%。毛泽东之所以将执笔著述作为这一时期的核心工作，是因为他和全党不仅面对着抗日战争全面爆发的新局势新任务，而且还在于他下定决心要总结中国共产党自成立以来的经验教训，探索中国革命的正道。正是在这双重动力下，毛泽东殚精竭虑，以如椽之笔，写下中国革命史上最辉煌的系列篇章。这一时期，他写下了《论反对日本帝国主义的策略》《中国革命战争的战略问题》《论持久战》等军事著作，分析战争规律，谋定革命战略，为民族民主革命擘画蓝图。这一时期，他写下了《中国共产党在民族战争中的地位》《统一战线中的独立自主问题》等剖析天下大势的理论杰作，阐明了统一战线思想，为民族民主革命引路导航。这一时期，他写下了《五四运动》《〈共产党人〉发刊词》《在延安文艺座谈会上的讲话》等思想文化名篇，指明革命文艺前途和青年运动方向，激发出了革命文艺的高潮。这一时期，他写下了《新民主主义论》《论联合政府》等系统阐述新民主主义政治、经济、文化的集大成之作，规划革命道路，指引革命航船。这一时期，他写下了《纪念白求恩》《为人民服务》《愚公移山》等悼人纪事的有情之文，生动地传达了共产党人的初心使命，展露了共产党人的襟怀抱负。这一时期，他写下了《改造我们的学习》《整顿党的作风》《反对党八股》等整风文献，改造了党风、文风、学风，使我们党风清气正、蓬勃向上。尤其在这一时期，他更是写下了马克思主义中国化的哲学名篇《矛盾论》《实践论》，抓住"方法论"这个牛鼻子，从根本上解决了中国革命的道路难题。

正是在黄河岸边，在黄土高原，在延安，全党最终确立了毛泽东思想的指导地位，确立了实事求是的辩证唯物主义思想路线，使干部在思想上大大地提高一步，使我们党达到空前的团结，为革命胜利奠定了坚实的组织基础。其间所产生的抗大精神、白求恩精神、南泥湾精神、张思德精神、劳模精神等，汇聚成光照千秋的延安精神。在延安精神的照耀下，中国道路浮出地表，中国命运豁然开朗。难怪黄炎培等民主人士在延安看到了跳出"其兴也勃焉，其亡也忽焉"的历史周期律的希望；难怪南洋华侨领袖陈嘉庚经历延安之行后禁不住感慨万千，发出"中国的希望在延安"的肺腑之言；难怪毛泽东在重庆谈判期间，不无自豪地写下"重庆有官皆墨吏，延安无土不黄金"的诗词金句。正是从这个意义上，我们说黄河两岸的山沟里孕育出了中国的马克思主义，陕北土窑洞里的灯光照亮了中国革命的前程。也正是从这个意义上，我们说中国革命为殖民地半殖民地人民的解放运动提供了典范案例。

历史是有深意的。恰恰是在九曲黄河突破关山桎梏、一跃千里的陕北，毛泽东思想走向成熟，中国革命文化创造了自己的高峰。可以说，正是由于延安精神的形成，使得中国的革命精神和革命文化以谱系的方式存在，中国的革命精神和革命文化也如黄河一样，上下贯通，奔涌不已，吐故纳新，开创新境。也恰恰是由于革命精神、革命文化的谱系性存在，特别是由于其灿烂辉煌、生生不已的成果，赋予了黄河文化以新的品格、新的生命。黄河流域文脉深厚，经由延安精神交接、融贯，红船精神、井冈山精神、长征精神等交汇成为滚滚巨流，壮大、涤荡、升华了黄河文化。随着社会主义革命、建设次第展开，在黄河中游的河南兰考，"县委书记的好榜样"焦裕禄用自己的实践阐释了全心全意为人民服务的真谛，用生命书写了"焦裕禄精神"；在黄河下游的山东，一代代沂蒙人通过不懈的牺牲和努力，在党的精神谱系中，续写出"沂蒙精神"的新篇章。

文艺走过的，是时代之路。历史上，黄河是一部打开的大书，以黄河为书脊，以万里长城、丝绸之路为页面，形成了中国古典文艺史中，主题、题材、形式、作品质量和社会影响等方面最早、最多、最大、持续时间最长也最为辉煌的富集区，书写了最为华美深刻的不朽篇章。这有一个重要的启示，真正伟大的文艺作品，总是更多更好地诞生于历史温度最高、精神结晶最美的"第一现场"，总是与历史文化的基因、与当下的时代精神同频共振。

革命文化是在苦难辉煌的历程中诞生的，因此不仅具有独特的精神内涵，而且具有独特的美学底色。刚健是其重要的美学风格，这种风格在社会主义文艺中表现得淋漓尽致。自中国共产党立足陕北,开创中国革命新境,革命文艺井喷般涌现,其代表首推《黄河大合唱》。历史上吟咏黄河的文艺作品数不胜数,名篇众多,但由于《黄河大合唱》吸纳、提升了包括前辈诗人在内的中华儿女追求独立、民主、自由、富强的心声与意志,因而展现出千古未见之刚健风骨与阔大气象。在这样的歌声和曲调中,我们感受到的不再是哀怨、悲凉,而是奋发振作和斗争崛起。我们感受到的,不再是沉重凝滞的黄河水,而是翻滚而来的钢筋铁骨,一切阻挡的障碍都被击为齑粉。我们仿佛也变成其中的一朵浪花,与整体紧抱在一起,向前、向前。

这种文化浸透着质朴黄土,是人民之诗。在星星之火可以燎原的井冈山上,在二万五千里长征中,在黄土高原创建革命根据地的岁月里……中国共产党扎根人民,吸收蕴藏于大众中的朴素精神,树立人民立场,创造人民文化。大概这也是毛泽东不赞成一般地说城市进步、农村落后的原因,这也是他要文艺工作者深入生活、转变情感的原因,这还是他看了京剧《逼上梁山》后给主创者的信中表扬他们做了很好的工作,把被统治阶级颠倒了的历史重新颠倒过来的原因。正是人民立场,使历史上不被重视的民歌、木刻、民谣、秧歌、曲艺等朴素的民间文艺形式成为新文艺的重要组成部分,同时也使西方舶来的话剧、歌剧、芭蕾、交响乐等,能迅速为我所用、落地生根、转化创新,出手即不凡,一举奠定中国风格、中国特色、中国气派。《东方红》《兄妹开荒》《白毛女》《小二黑结婚》《黄河大合唱》以及《长征组歌》《创业史》《平凡的世界》……这些震撼灵魂的作品,竟然具有这么朴素的形式。更重要的,是这种革命的新文艺使创造了历史却又曾被历史屏蔽的劳动人民,走上舞台中心成为主角。

"实践没有止境,理论创新也没有止境。"以黄河为主题和题材的文艺创作，要想具有史诗品质，还必须架起通往新时代的长桥。习近平总书记指出，"我国作家艺术家应该成为时代风气的先觉者、先行者、先倡者，通过更多有筋骨、有道德、有温度的文艺作品，书写和记录人民的伟大实践、时代的进步要求，彰显信仰之美、崇高之美，弘扬中国精神、凝聚中国力量，鼓舞全国各族人民朝气蓬勃迈向未来"。与以往相比，我们当今所处的时代生活，是在一个更快、更大、更深、更复杂、更辽阔、更激动人心的尺度上展开的，要想从整体上认识、理解她，用全部的心灵情感去体验她，用完美的艺术形式去表现她，有一个更加艰辛的创造过程。当今的文艺工作者，特别是专业文艺工作者，其工作和生活的范围、人生经历和心灵体验，因为专业、行业的局限，与辽阔的社会生活、浩荡的时代洪流多少有点距离。只有横下心、不浮躁，深入生活、扎根人民，不断丰富和提高自己的脚力、眼力、脑力、笔力，板凳甘坐十年冷，扎扎实实架起通往现实和时代的长桥，才能为作品注入强大的时代力量。

打造中华民族新史诗，更是一条从"高原"向"高峰"冲刺的艰难之路。美是艰难的，少走一步，都可能会半途而废。历史上，以黄河为中心的区域，包括长城和丝绸之路，是民族、文明和历史的"高温区"，文化的结晶、民族精神的结晶、文艺作品的结晶最多、最集中。也就是说，在古典时代，这个区域文化和文艺的"高峰"最多。如今，所有想要冲击文艺"高峰"的人们，必须栏杆拍遍，站在前人的肩头，披沥俯察波澜壮阔的现实生活，才能捧出配得上黄河这条伟大河流的精品之作，才能捧出配得上中华民族伟大复兴这一历史进程的心血之作。

（原载《光明日报》2019年12月13日，后经修改增补刊于《中国民族》2021年第4期）

黄河文化论纲

任 慧 李 静 肖怀德 鲁太光

一、黄河：中华民族的母亲河

人是自然之子，自然地理是人类活动的基础。黄河是中华民族的母亲河。她孕育流动出一个伟大的文明。在漫长的地质年代，黄河频繁的泛滥和改道，形成了北温带最大的冲积扇平原，为农业的产生发展提供了得天独厚的条件。黄河的"几"字形大弯，串起深广稀薄的游牧社会。沿长城一线，两种生产生活方式的交流碰撞，波澜壮阔，激起中华民族、中华文明交流融合的浪花。"凿空"西域和丝绸之路的开通，打开向西之路，把亚欧大陆的文明联系在一起。在南方，长江流域的农业开发后来居上，大运河的开凿把黄河流域和长江流域串联起来，推动大一统王朝的政治、经济、文化和社会均衡发展。

以黄河为轴线，向西是丝绸之路，是绿洲、沙漠、雪山、高原；向北是长城、漠北、牧场、冻土带；向南是愈益富庶的江南和岭南地区；向东是纵贯南北的大运河和万顷波涛的大海。这个四围如屏，形态完整，内部广袤多样的广阔场域，为中华文明"多元一体"的大结构、大体量奠定了自然基础。

黄土高原形成于第四纪华北原地台的古陆上。伴随燕山运动和山西高原的抬升，中国大陆西高东低的三级台地逐渐形成。新生代的喜马拉雅造山运动，不仅塑造西南、西北的高原山脉，也促使西北沙漠和戈壁开始形成。

今天看来，由系列褶皱断块山岭与陷落盆地组成的黄土高原，曾经是一片汪洋，可称其为黄土原湖。1500万年前的地壳运动，使湖区内部有推升、有沉降，形成了今天黄土高原的地貌，俯瞰着华北平原。黄土高原是地球上黄土分布最集中、面积最大、最深厚的区域，平均厚度在50—100米之间，部分地区厚达二三百米。如此厚的黄土层是如何形成的？比较一致的观点是"风成说"。

天地玄黄，宇宙洪荒。"大风从西北起，云气赤黄，四塞天下。"[①] 黄河中上游的先民，初见并惊异的天地之色是"玄黄"，这独特、强烈的视觉经验，似乎也暗合了风成地貌之说。距今200万至300万年前的"第四纪大冰期"，青藏高原的抬升挡住了印度洋温暖季风的北上，蒙古高压气团随之增强，形成干燥寒冷的西北气流。黄土高原以西的广阔地区，植被稀疏，沙漠和戈壁广布，经年不息的强劲西北气流裹挟地表泥土，吹向东南，到了黄土高原地区，风力减弱，尘埃落定，最终形成被泥土层层覆盖的黄土高原。

"黄河之水天上来，奔流到海不复回。"（李白《将进酒·君不见》）黄河的涓涓细流，从巴颜喀拉山脉北麓的约古宗列盆地流出，一路向东，横跨青藏高原、内蒙古高原、黄土高原、华北平原等四大地貌单元，流经中

---

① （东汉）班固撰，（唐）颜师古注：《汉书》（卷二十七），中华书局1962年版，第1449页。

国的三级台地,不断地接纳渭水、泾水、汾水、涑水、沁水、洛水、漳水等数百条支流,形成庞大的水系,奔流入海。

"西北土性松浮,湍急之水,即随波而行,于是河水遂黄也。"① 西高东低的台地,为黄河提供了强大的冲击势能。本原清澈的黄河,流经黄土高原时,切入疏松的土壤,大量泥沙的注入,使黄河成为一条泥河——世界大河中含沙量最高的河。在世界大河中,黄河有最为强大的平原塑造能力。"九曲黄河万里沙,浪淘风簸自天涯。"(刘禹锡《浪淘沙·九曲黄河万里沙》)黄河是风、水、土的合力巨作,是天作地合,如阴阳,如父母,如伟大的受孕、化育和成长,为中华文明的诞生铺就天然的产床。西起高原,东至大海,北达朔方,南通淮河,这片世界上最大的农耕文明区域,见证的正是至柔又至刚的黄河母亲的伟大。

"当尧之时,天下犹未平,洪水横流,泛滥于天下"②,大禹"治水"成"五帝"美名。一个"治"字,从水从台(胎),上善若水,以水为师。治水的需要与早期国家的形成连在一起,这条时而安详温驯、时而游荡不羁的大河,复杂而深奥,如无言的教诲,始终启迪、考验、锤炼着中华文明。

人类由渔猎、采集、游牧走向农耕,几乎是诸文明的一般叙事。中华民族则更为典型。"神农因天之时,分地之利,制耒耜,教民农作。"③ 距今180万年前的西侯度人,已经学会将石头磨制成适用于刮削木棒、割剥兽皮、砍伐树木和挖掘植物的形状。距今1万年前的新石器时代,农业生

---

① 张霭生:《河防述言》,载黄河水利委员会黄河志总编辑室编《历代治黄文选》(下册),河南人民出版社1988年版,第230页。
② (清)阮元校刻:《十三经注疏·孟子注疏》,中华书局1980年版,第2705页。
③ (清)陈立撰,吴则虞点校:《白虎通疏证》,中华书局1994年版,第51页。

产从刀耕火种进入耜（铲）耕阶段。远古的黄河儿女已经掌握了粟等农作物的种植经验，在疏松肥沃的冲积扇平原，先民用石斧、石锛砍伐树木，开垦荒地；磨制锋利的石铲，翻地松土，准备耕作；使用锯齿形的石镰收割成熟的谷物，再用石磨盘和磨棒加工，去除糠皮，将其储藏，成为一年安居乐业的主要食物来源。先民们从此告别了"毳帐穹庐、鸟居逐牧"①的生活方式，在黄河母亲的怀抱中安定下来。

在渔猎、采集、游牧向农耕定居的过渡中，隐约可见的一种转化模式，往往出现在丘陵和平原的交界区域。在中国，此区域位于黄河冲出第二台地边缘——豫陕晋交汇之处，亦即黄河中上游的平原、丘陵、浅山、崩塬之地。先民们"因陵丘挖穴而处"②，筑穴而居，躲风避雨。随着原始农业在黄河水滋养的黄土地上稳步发展，先民们逐渐走向宽阔平坦之地，黄河水"时至而去，则填淤肥美，民耕田之。或久无害，稍筑室宅，遂成聚落"③。前仰韶文化阶段，人们居住的房屋大多由穴居变为半穴居建筑，位置渐趋靠近方便耕种的区域。仰韶文化时期，地面建筑开始出现，主要选址在河流交汇处沿岸的台地上，聚落形态初具。在晋南临汾陶寺遗址，陶寺中期聚落中已出现集中分布的宫殿建筑区，多层次的墓葬等级，初步具备早期国家的特征。雄踞黄土高原的陕西神木石峁城址，则具有比陶寺更加恢宏的气势，内外两道石砌城墙，8万余平方米的"皇城台"，多处城门、墩台、角楼等结构复杂的建筑，以及大量精美玉器，表明石峁很可能是上承陶寺、下接二里头的具有早期国家雏形的都邑性聚落。

中华文明自始就是多元一体的，这个"多元"，最初便包括农耕与游

---

① （唐）玄奘、辩机著，季羡林等校注：《大唐西域记校注》，中华书局1985年版，第43页。
② （清）孙诒让撰，孙启治点校：《墨子间诂》，中华书局2001年版，第168页。
③ （东汉）班固撰，（唐）颜师古注：《汉书》（卷二十九），中华书局1962年版，第1692页。

牧两种基本的力量。陶寺所在的临汾盆地处于中原核心区和北方游牧圈的交界处，不同生产生活方式和不同社会集团间的短兵相接、互动竞争，促成了陶寺"国家"的诞生。在中国，与人类历史上最大的农耕集团毗邻相接的，正是贯穿亚洲草原带的游牧力量，农耕与游牧两大力量相生相争、相辅相成，"相忘相化，而亦不易以别识之也"①。以黄河为轴线，长城和丝绸之路上下相随，这三条线横贯中国北方广大区域，是早期历史的高温区，最先融汇了中华文明、中华民族的崇高结晶。

中华文明所处的地理空间、生产生活方式、社会结构和文化观念等，决定了文明体的场域、结构、维度、规模、体量和性质。早在甲骨卜辞中，黄河先民已用文字表达清晰的中心化结构和四方观念，以及与之相应的四时、四象、四灵等传统文化观念。"苍龙、白虎、朱雀、玄武，天之四灵，以正四方。"②有四方必有中央，"王者京师必即土中"③。古人很早就相信，占据了中心就可以协调四方，"顺天之和，而同四方之统也"④。他们也这样想象和安排天的秩序，北极在天之中，日月星辰环绕它运行，仿佛被"璇玑玉衡"（《尚书·舜典》）所指挥一样。

中国之中心，早期就位于黄河流域的中上游区域，在黄土高原和冲积扇平原的交汇处，"黄，土之正色也。土居天地之中，又得离明之正"⑤。中华文明的地理空间是一个不断加强、巩固和拓展的中心化结构。唐宋之

---

① （明）丘濬：《内夏外夷之限》，载（明）陈子龙等选辑《明经世文编》（卷七三）影印本，中华书局1962年版，第615页。
② 何清谷：《三辅黄图校释》，中华书局2005年版，第160页。
③ （清）陈立撰，吴则虞点校：《白虎通疏证》，中华书局1994年版，第157页。
④ （宋）李昉等撰，夏剑钦、王巽斋等校点：《太平御览》（第二卷），引谯固《法训》，河北教育出版社1994年版，第484页。
⑤ （元）陈应润：《周易爻变易缊》，上海古籍出版社1990年版，第102页。

后，经济中心南移长江流域，但作为政治中心和文明交汇的锋面，黄河流域依然处于结构的中心。"天地开辟，未有人民"，于是在黄河之滨，"女娲抟黄土作人"①。"黄帝以姬水成，炎帝以姜水成"②，炎帝、黄帝同样是在黄河流域发展壮大。

  回首历史，唯有黄河在历史上独享"河"之美名，同时还被称为"百川之首"和"四渎之宗"："中国川原以百数，莫著于四渎，而河为宗。"③如此"宗""首"，从何而来？"昆仑之丘……河水出焉。"④张骞"凿空"西域，开拓了对西域的认识。《史记·大宛列传》记载："汉使穷河源，河源出于阗，其山多玉石，采来，天子案古图书，名河所出山曰昆仑云。"⑤汉武帝时，"河出昆仑"与深信不疑的天命观相一致。《汉书·西域传》记载："河有两原，一出葱岭山，一出于阗。于阗在南山下，其河北流，与葱岭河合，东注蒲昌海。蒲昌海，一名盐泽者也，去玉门、阳关三百余里，广袤三百里。其水亭居，冬夏不增减，皆以为潜行地下，南出于积石，为中国河云。"⑥历朝历代，关于昆仑，关于黄河源的探寻、记载、想象和叙述，与"天圆地方"、中心化的空间建构、天命观、"大一统"观念，有着文化上的一致性，拓展着中华文明的维度，把西域文明纳入一体之中，并通过丝绸之路，建构起与世界的联系。

---

① （宋）李昉（等）编纂，夏剑钦、王巽斋等校点：《太平御览》（第一卷），引《风俗通》，河北教育出版社1994年版，第672页。
② 徐元诰撰，王树民、沈长云点校：《国语集解》，中华书局2002年版，第337页。
③ （东汉）班固撰，（唐）颜师古注：《汉书》（卷二十九），中华书局1962年版，第1698页。
④ 方韬译注：《山海经》，中华书局2011年版，第48页。
⑤ （西汉）司马迁：《史记》（卷一百二十三），中华书局1959年版，第3173页。
⑥ （东汉）班固撰，（唐）颜师古注：《汉书》（卷九十六），中华书局1962年版，第3871页。

二、黄河：中华文明的发祥地

中华文明的成长步履，也如九曲黄河，冲决跌宕。天地之间，黄河咆哮而来；天涯尽头，黄土四面散开。黄河如强壮血脉，黄土如丰腴肌体，二者交缠，结出庞大丰饶的母体，翘首等待文明"婴孩"的第一声啼鸣。终于，黄河沿岸出现了先民的足迹，西侯度人、蓝田人、丁村人、大荔人、河套人、山顶洞人、仰韶人……代代先民繁衍生息、劳动创造，印刻出中华文明的成长轨迹。如此看来，地理与人文互相成就，万古江河亦是人文巨流。

文明"婴孩"的成长之旅，蒙昧暗夜被逐渐照亮，文明的里程碑渐次落成。其中，火的使用是起点性的时刻。作为异物的火焰，最初令人心生恐惧。渐渐地，人们才发现火是不可缺少的生存伴侣，可以烤制食物、驱寒照明、抵御野兽，让人更好地适应环境。从利用自然火，到人工取火，先民对火的管理和使用，开创了刀耕火种的原始农业，促进了制陶等手工业的发展。

在不断适应与改造环境的过程中，新工具不断涌现。冲积扇疏松的黄土，是容易引发农业革命的区域。原生态的石头工具已不能满足需要，先民们根据自己的使用目的研磨和重塑它们。在收获果实的时候，更顺手、更具目的性的石器应运而生。蒸煮谷物与储存食物时，钵、鬲等陶器也开始流行，它们还被绘上美丽的花纹，实用性与艺术性从起源时便难分彼此。

据考古发掘统计，黄河流域留下了高密度的、连续的、同时期最为先进的史前文化遗存，仅旧石器时代的考古遗址，就有七成分布在黄河流域，强有力地证明了黄河作为"文明坩埚"的地位。在成千上万年的漫长岁月里，早期文明迤逦而行：旧石器、新石器、陶器、青铜器、铁器，出土的器物被拂去尘土，焕然如新，讲述着文明迭代升级的历程，同时也奠定下中华文明精于工艺、善于创造的基因。

在石器时代，心灵手巧的中华先民，留下两项突出的创造：一是玉。古人言："玉有五德，温润而泽，有似于智；锐而不害，有似于仁；抑而不挠，有似于义；有瑕于内，必见于外，有似于信；垂之如坠，有似于礼。"（刘向《五经通义》）《诗经·秦风·小戎》曰："言念君子，温其如玉。"二为稍晚出现的瓷，光彩闪耀三千年，瓷器甚至成了欧洲想象"中国"的代名词。

与工具升级相伴的，是农耕文明的日益发展。关中民谣唱道："泾水一石，其泥数斗，且溉且粪，长我禾黍。"早在仰韶、龙山文化时期，黄河流域的农业就已十分发达，并兼有畜牧业。甲骨卜辞、《诗经》中多次出现粮食的名字，目前也已挖掘出土各式农业生产工具。双槐树遗址出土的牙雕家蚕，仿佛正在吐出闪亮的丝，与附近的青台、汪沟遗址共同见证农桑之起源，为日后开辟通往世界的丝绸之路埋下前因。

农耕是更为复杂的人类劳动。"江山社稷"，"社"为土神，"稷"为谷神，昭示中国农耕社会之早熟。以农业为主体，手工业、畜牧业共同发展的生产方式，孕育了先民的自然观、时间观、宇宙观乃至伦理观。"上知天文，下知地理，中晓人和"，他们与天文地理相知相守，在变动和循环中寻求稳定；他们精耕细作，积累交换，合力治水，从中感知"群"的重要，凝聚和合之伟力；他们因应时变，对晨昏、四季、节令有着敏锐感知，稳重之余亦有灵动，养成了中庸通透的处世之道。

生产发展，人口增加，物质与精神的双重交流变得迫切。交流碰撞加速着聚集，而聚集又带来更大规模的交流碰撞，催生文字的出现。上古仓颉造字,"天雨粟,鬼夜哭"(《淮南子·本经训》)。这最先的"立言",确立了史前诸文明交流、竞争、成长的胜出者。陶器上仰韶文化的刻画符号、半坡文化上的鱼形纹样,表达了先民的需求和意愿。"后世尚文,渐更笔画,以便于书"(吕大临《考古图》),文字一点点摆脱图形的拘束,接近于我们熟悉的样貌。甲骨文已是商朝后期的文字,数量达四千余个,已具备汉字造字象形、指示、会意、形声、转注、假借的"六书"原则,文法也已渐成习惯和规律。《尚书·多士》云:"惟尔知,惟殷先人,有册有典,殷革夏命。"甲骨文是成熟的文字系统,记录了政治、经济、社会与精神信仰等各方面信息,标记了殷商文化的复杂程度。透过甲骨卜辞,可以了解殷商设立的祖先崇拜的宗庙制度,感知其中"敬天法祖"的精神气质。

同样由于生产的发展,盈余与交换变得普遍,社会分化随之出现。黄河流域的恢宏体量所带来的面积、人口及其巨大的物质、精神交换需求,召唤着适宜的社会组织方式与高效的政权组织方式的出现,这无疑又是对先民智慧的一次考验。夏朝一改禅让制,始创世袭制,成为中国历史上最初的朝代。"天命玄鸟,降而生商,宅殷土芒芒"(《诗经·商颂·玄鸟》),继之而起的殷商乃是中华文明的一次飞跃。"殷土"的核心区域,集中在河南、河北、山东等地,尤其是黄河两岸的河南北部全域。殷商拥有发达的青铜器、甲骨文和规模可观的城市,足以与世界上其他早期文明形态相匹敌。殷商一改夏代的部落联合制,发展出了初步的国家机能。风云际会,殷周交替,周代朝着制度化、规模化、文教化的方向挺进,子曰:"周监于二代,郁郁乎文哉!吾从周。"(《论语·八佾》)

"周革殷命",其完备发达的诸种制度——井田制、封建制(分封制)、宗法制均脱胎于殷商,文明愈加充实光辉。从商代到西周前期,井田制既是土地的规划和分配方式，也是以血缘为基础的社会组织方式。周代推行的封建制也与宗法制有关，正所谓"封建亲戚，以藩屏周"（《左传·僖公二十四年》）。封建制将政权组织编织为亲戚网络，推崇敦睦亲戚的孝道，讲究君统与宗统相结合，政治伦理与亲族伦理同构，以此将"东土"和"西土"合而为一。在政治实践中则采用一套礼仪，包括分封、朝聘、祭礼、婚姻等。家国同构的政治构造乃是中华文明的突出特征，"修身、齐家、治国、平天下"的运转机制，具有很强的政治认同感、凝聚力和稳定性。"天、地、君、亲、师"乃是最核心的信仰，中国人按照大的秩序结构、伦理规范安顿自己，形成中国独特的群己观念。

宗法制、井田制和分封制三位一体，彰显了周代"礼乐文化"（制度化、道德化）之本色。周文化所追求的理想境界，便是人际亲睦、协和万邦。这也从根本上奠定了中华文明的特质，即和平、包容、协商，致力于用道德和伦理来约束人，而非依靠战争与武力。试想，如果没有周族对于殷族的涵纳、尊重与创造性转换，文明的进步也不会如此顺利。儒家继承和发扬了礼乐文化，由此熔铸为中华文明的精髓。

黄河流域在文明的初生阶段，结下了丰硕的思想文化与科学技术成果。西周时，学在官府，文化为贵族专有。东周后出现私学，诸侯分立，对士的需求增加，各诸侯国大行尊贤礼士之风，而且对各家学说采取"兼而礼之"的态度。儒、墨、道、法、兵等诸家代表人物大多出生和活动于黄河流域，因此正是在黄河流域出现"百家争鸣"的盛况，达到早期文明的思想巅峰。汉代以后，随着佛教的传入，儒、释、道的观念互动、竞合、渗透，形成多元平衡、转化互补的精神结构。

百家争鸣中，涌现出许多中华文明的奠基之作，其中尤以《周易》《论语》《诗经》为代表。《周易》将中华民族关于自然、社会和人生的智慧体系化、哲学化，它的整体思维和辩证思想对中国文化起到深远影响。《论语》《诗经》不仅是中国思想与文学的重要源头，更广泛影响了政治生活、民族性格、文明教化等各方面。此外，在自然科学方面，黄河流域的农学、天文历法、地理、数学、医药等均为后世打下根基，表现出很强的经验性、实用性、通俗性，这也是中华文明与西方文明的迥异之处。"日月出矣，而爝火不息"(《庄子·内篇·逍遥游》)，文明之光初耀时，就已然注定它将流布四方，光芒万丈。

文明如水，百川汇流，中华文明在流播与互动中生生不息。黄河之水天上来，它是倔强的，不容分说冲出"几"字形的辽阔地界。它一开始就是长弓巨矢，大幅度地蓄满势能，不断绷直、震荡，一次次发出文明变革的鸣镝。它吸纳无数的支流，丰富、壮大、延展自己的生命。黄河文明从不是僵化板结、封闭静止、唯我独尊的，相反，它在不断交换、流布中保存和壮大自己，犹如一张呼吸吐纳的巨网，不断扩展自身的容量。黄河九曲，夭矫如龙，幅员辽阔，其内部由多元的地理、人文格局而组成——关陇之地、表里山河、风雨中州和齐鲁平川，统统被包纳进黄河的巨大母体之中。它们是黄河文化的多副面孔，没有这种多元与多样，就没有所谓的黄河文化。文明的火光在它们之间传递、奔腾、延烧，蔚然大观，震古烁今。

这样的融合，除去在其内部涌动，也发生于黄河与长江之间，乃至更为广义的南北之间。比如南方的良渚文化与北方的大汶口文化互动密切，在大汶口文化中发现了良渚文化的精美玉器；再比如楚文化对汉文化产生了巨大影响，《楚辞》与巫文化本来就是中华文明的重要维度之一。而黄河文化对于南方的影响更为巨大。秦汉时期，黄河文化传入岭南地区，中原与岭南之间建立"新道"，岭南地区得以开发；郡县制在西南的设置，极大地促进了西南与中原的文化交流。从魏晋南北朝开始,中国进入了民族大迁徙、大融合时期,匈奴、鲜卑、羯、氐、羌等少数民族迁入中原,以华为师,逐渐华化。西晋末年之后,黄河流域的人口和先进文化大量向江南、辽东、辽西、河西走廊、巴蜀、云贵等地迁徙、散播。这种民族大融合直至隋唐形成了空前规模,而隋唐王朝,本就是魏晋以来民族大融合的产物。中华文明的大一统,在动态中形成,因而更为颠扑不破,更具绵长的生命力。

黄河连接了长城内外、东西之间,农耕文明和游牧文明、汉文化和少数民族文化,都在此交汇、竞争乃至融合。"中州万古英雄气,也到阴山敕勒川"(元好问《论诗三十首·其七》),长城内外,皆是故乡。以长安和洛阳为中心的黄河文化,一步步向边疆地区辐射和延伸,推动着少数民族文化的发展,同时也不断从少数民族文化中汲取营养。彼此的交流,具体通过战争、迁徙、互市、和亲等方式深入展开。

其中,张骞两次出使西域,乃是文明交流与发展中的一曲华章。漫漫丝绸之路,犹如丝绸本身的经经纬纬、密密织织,闪烁着柔软、坚韧、不绝如缕、和谐个性的辉泽,编织出中华文明的内质和美意,贯通中国与世界。丝绸之路穿过灰褐色的亚洲腹地,中华文明、印度文明、阿拉伯文明、波斯文明和欧洲文明彼此吸引和交融。沿着先人的步履,东起长安,出陇西高原,经由河西走廊至敦煌,由敦煌向西分南北两道,通往大夏、大月氏、安息,一直通往地中海和埃及。葡萄、苜蓿、石榴、核桃、芝麻,这些今习以为常饮馔,无不自西域踏马而来;琵琶、胡角、胡笛的悠扬乐音,沿着丝绸之路的迷人曲线,婉转入耳。就连文学创作方面,黄河流域也受到北方诸族的影响,形成迥异于江南的文风,"词义贞刚,重乎气质"(《隋书·文学传序》),造就了中国文学的大格局与大视野。

反过来，黄河文化也传遍了西域。丝绸、桃、杏、铜镜、漆器等物品以及冶铁、井渠、缫丝、造纸等技术也被传到西域。汉语言文字在西域通行后，中原的典章制度、政治架构、古代典籍以及医药、历算、宗教等书籍也传入西域。《梁书·诸夷列传》载，高昌"国人言语与中国略同，有《五经》、历代史、诸子集"，《毛诗》《论语》《孝经》成为学官弟子的案头书。日后在中原建立政权的少数民族，诸如十六国政权，无不服膺于中原的典章制度和风俗习惯。文化的涵濡浸润之功，使得中华文明牢牢地融合为一个有机体。

借用梁启超的中国历史分期法——"中国之中国""亚洲之中国""世界之中国"，也可以说黄河不仅是中国之黄河，也是亚洲之黄河、世界之黄河。黄河文化很早就经由陆路和海路向东亚、东南亚等地传播。尤其是朝鲜、日本和越南，深受汉文化影响，形成了传承至今的"东亚文化圈"。丝绸之路的开通，带动了中西文化间的深度交流。这里只需回望一下最为绚丽多彩的盛唐文明：风光无限的国际都市长安城，汉胡杂处，既有蕃胡华化，亦有华人胡化；唐代的音乐舞蹈艺术深受中亚和印度的影响，其乐府伶工大多来自中亚；唐代画坛流行的晕染法，源自印度，经由西域传至中土。当我们潜心欣赏敦煌壁画的飞天曼舞时，应晓得其中镶嵌着一条条文明传播的"金线"；唐代的金银器不仅吸收了传统元素，其形制与纹饰不乏波斯萨珊工艺元素；铜镜也吸收了中亚和西亚的艺术元素，它所映照出的是不同肤色的脸孔；在科学技术上，唐代天文学的进步与印度天文学的成就分不开，侨居长安的印度众僧积极参与唐代的天文观测和历法制订工作。印度的数学，阿拉伯、拜占庭的医药学也在唐代传入中国，"药王"孙思邈的医书上便载有印度、阿拉伯和拜占庭的药方；更不必说从中亚、西亚传入的基督教、景教、摩尼教、祆教和伊斯兰教……今天习以为常的许多文化内容，都是多元文明交流互动的结果。你中有我，我中有你，互动往还，犹如无穷延展的根茎，虽有各自的方向，却又彼此交缠，互为支撑，共同为中华文明的"巨树"提供养分。得益于此，不同文明才可以突破各自局限，不断刷新人类文明的新高度。

文明交汇的点点滴滴，展现了多元互动对文明发展壮大所起的关键作用，同时也揭示出黄河文明在其中的枢纽地位。上述文明互动、民族融合是以黄河文化为中心的，而黄河文化也正是在多元互动中，不断焕发出青春永驻的生命力。黄河在中华民族形成的过程中，起到了熔炉的作用。中华民族正是在一次次的交融和重组中，形成了越来越强的认同趋势。黄河流域犹如"重瓣花朵"的花心，又如熔铸精华的坩埚，如饥似渴地从各个方面吸收先进因素，最早迈进了成熟文明的殿堂。

在中华文明的发展过程中，黄河流域居于轴心地位。正如习近平总书记所指出："在我国5000多年文明史上，黄河流域有3000多年是全国政治、经济、文化中心。"[①]黄河流域的文明在唐宋之前一直都处于相对先进的领跑者地位。穹宇茫茫，河汉渺渺。这巨大的、多向度的旋臂，在漫长的历史岁月里，日夜不息，旋转、吸附、搅动、融合成星云般灿烂的文明体。

黄河是中华文明的发祥地，其源也远，其流也深，其容也巨，其变也新。中华文明的底色正如不舍昼夜的黄河之水，含纳百川、生生不息。文明"婴孩"的初生时刻，已经奠定了不同文化融汇交流、物品互通有无、人民迁徙交往乃至纵横捭阖的基本样貌。黄河文明的包容性、稳定性、凝

---

① 习近平：《在黄河流域生态保护和高质量发展座谈会上的讲话》，《求是》2019年第20期。

聚力及其所具有的礼乐文化、伦理本位等特征，使其呈现出不同于世界其他文明的独特气质。

在交流日益便捷，文明高度发达的当代世界，文明互鉴、求同存异、合作共赢成为宝贵的能力，是铸就人类命运、人类文明共同体的青天大道。所有这些，早已沉淀为中华文明的底色，融入中华民族的血脉深处，造就了我们民族的根与魂。

三、黄河：中华民族的根与魂

黄河流淌出中华文明最初的身形与气象。数千年来，正是在黄河这个巨大的时空场域之中，文明发展、观念演进、分合治乱、民族融合，波澜壮阔的历史运动造就了不断成熟的文明体，也孕育出伟大的民族精神。

民族精神深深植根于中华民族5000多年的文化积累和历史沉淀，是中华民族赖以生存与发展的精神支撑，是中华民族之所以熔铸一体的根与魂。中华民族精神是以爱国主义为核心的团结统一、爱好和平、勤劳勇敢、自强不息的伟大民族精神。

以爱国主义为核心的团结统一精神，源于黄河先民们生于斯、长于斯的空间观念。先民们所理解的世界是一个阴阳相生、循环演化、生生不息、休戚与共的整体。《周易·系辞上》云："一阴一阳之谓道。"正是在这种整体的、阴阳的宇宙观念下，所谓"四方之中"的重要性才被凸显出来。中原地处北纬30至40度之间，其常见的天象之一便是北斗星围绕北极星旋转。上古流传下来的河图、洛书，被认为是阴阳五行术数之源，其结构同样标示了中心与四方的关系。

先民们仰观天象，获取启示，意欲在大地上建立一种与之相应的、四方环绕中央的社会结构。地之"中"与四方的距离相等，居中之位自是从事社会管理的最优选择。正如《吕氏春秋·审分览·慎势》所言："古之王者，择天下之中而立国，择国之中而立宫，择宫之中而立庙"，体现了"择中建都"的思想和对"中"的至高推崇。

黄河流域的中游便是"中"的具体所在，周人将嵩山称作"天室"，认定中原为"天下之中"。陕西宝鸡出土的西周青铜器"何尊"，刻有铭文"宅兹中国"，这是目前出土的关于"中国"的最早文字记载。所谓"宅兹中国"，意为在"中国"——洛阳及其周边地区营造都城。正是由于居"天下之中"，中原文化得以不断吸纳周边文化，与四周互动融合，推动了中华民族多元一体格局的形成，中华民族的向心力与凝聚力也由此生成。

《诗经·小雅·北山》曰："溥天之下，莫非王土；率土之滨，莫非王臣。"中心化的空间秩序，从根本上形塑了中华民族的心理秩序，塑造了中国人的天下观念。"天下"不仅是地理概念，更是地理、心理与社会制度三者合一的空间概念。而且，"中"不仅是空间意义上的中心，更是文化意义上的正统。每逢分裂、乱世之际，各代君王无不以"逐鹿中原"为根本路径，以实现大一统为最终功业。即便是入主中原的少数民族政权，也必须占据"中"这个文化制高点，持守中华文明的正统。纵观中华民族分合治乱的历史逻辑，分裂时期是通向中华民族大一统的阶段性过程，而团结、统一、和合才是主流的、支配性的文化线索与价值取向。

中华民族的大一统格局、团结统一的民族精神，随着时间演进与朝代更迭而不断得以巩固升级。自春秋战国诸侯割据、百家争鸣之后，秦汉时期完成统一大业。魏晋南北朝时间虽然较短，却促成了中华大地的民族大融合、文化大融合。隋唐乃至元明清时期，在大一统格局下对各种不同的文化、族群，特别是对游牧民族呈现出开放、包容的姿态，积累了多民族共同发展的宝贵历史经验。近代以来，面对西方列强入侵的千年未有之大变局，中华民族团结一致、共御外侮、奋起反抗，激发出前所未有的强大凝聚力与向心力。

在团结统一的历史主旋律下，家国同构的思维方式、爱国主义的精神情怀，都在黄河流域孕育而生。从黄帝起，历经颛顼、帝喾、尧、舜五代圣王，通过修德振兵，逐渐巩固了在黄河流域"和合万国"的大一统地位。此乃"国"之逐渐形成。据传，在"国"的内部，颛顼是黄帝的孙子，帝喾是黄帝的重孙，尧、舜也是黄帝的后裔，由此构筑了五帝乃一系之血脉的历史图景，乃至于夏、商、周、秦也可以归入黄帝血脉。

发源于黄河流域的周代封建和宗法制度，逐渐培育出独特持久的血亲宗法社会，也孕化出中国人在处理自我和他者、个体与集体关系时的群己关怀、伦理秩序。商代以前，社会组织形态以亲族为共同体特征；西周统一中原，封建诸侯，以藩屏周，其分封制度即是以皇族血亲为基础不断延伸、扩展的伦理秩序。家是小国，国是大家，家以人为本，国以家为本，一切更广泛的社会秩序都是基于家庭秩序的向外拓展。

中国人的集体是一个由家庭扩大而成的类亲缘共同体。在这种基于差序格局的群己关系中，己与群并非对立关系，而是统一关系，己依群存、相依为命。个人在群体之中生存，面对个人利益与群体利益的选择关头，则要突出集体人格、大局观念，并由此发展出"天下为公"的理念。公是超出个人的利益和价值：个人是私，家庭、家族是公；家庭、家族是私，国家和社会是公。正是在集体主义观念的浸润下，中国人尊崇推己及人的原则，发展出"己欲立而立人，己欲达而达人"（《论语·雍也》）的思想，利己与利人互为因果、彼此转化、辩证统一。

这种家国同构的思想，承载着中国人心中的家园意识和同胞意识，即使身处异国他乡，血脉情谊也无法割舍。正如《论语·颜渊》中所说的"四海之内皆兄弟"，同胞之情犹如血亲，家园始终是中华儿女魂牵梦绕的故乡，永远是海外游子的心灵安顿之所。尤其当近代面对西方现代文明冲击并遭受屈辱之际，这片家园又成为中华儿女走向现代文明的起点和动力。历经5000多年的兴衰更迭、风流云散，贯穿中国历史的大逻辑是多民族国家追求团结统一的向心力。

除了以爱国主义为核心的团结统一精神，中华民族精神的另一个重要内容是勤劳勇敢，这与黄河流域的农耕生产与生活方式分不开。黄河流域是中国最早且最为典型的农耕生产区域。这里的农业生产以长周期生产为特征，一年一熟，遵守着春种、夏长、秋收、冬藏的时令规律，因此必须持续地、勤勉地投入劳动。一分耕耘，一分收获，精耕细作，才有可能获取最基本的生存物资。"艰难困苦，玉汝于成"（《西铭》），"忧劳可以兴国，逸豫可以亡身"（《伶官传序》），这正是中国人民发自内心对于勤劳的赞颂、对于安逸的警惕，并以此作为对自己的勉励。

在靠天吃饭的年代里，一旦遇到自然灾害或人为灾害，每每劳而无获。这样的生产、生存条件，培养了黄河流域先民们的耐心与韧性，同时他们也必须养成勤俭节约的生活习惯。"谁知盘中餐，粒粒皆辛苦"（《悯农》），中国人往往将勤劳与节俭联系在一起，感恩土地的馈赠，珍惜一餐一食，以节俭、节流的方式来谋划未来。中国人的勤劳品性正是在长期的自然驯化与平衡人地矛盾之间逐渐养成和塑造的。

千百年来，中国人与这片广袤黄土长相厮守，安贫乐道、任劳任怨。他们对土地充满了深情，感恩天地的馈赠，在与天地万物的相处中发展出天人合一的农耕智慧，形成了一种朴实乐观、忠厚安分、顺天应人的民风,在有限的条件下奋力追求美好生活。他们有着一份"日出而作,日入而息。凿井而饮,耕田而食。帝力于我何有哉"(《击壤歌》)的悠然自得,也满怀着耕读传家的生活理想。同时,中华民族的农耕传统也体现在重农抑商的价值取向上,从精英文化到民间文化,农为国之本的观念都深入人心。以黄河流域为基点,中国的农耕文明发育得极为成熟完善。

基于有限的资源而培养起来的韧性和刚毅,形成了中华民族内敛勇敢的民族特性。黄河流域的先民性格内敛温和,他们表现出一种"老实人的血性",以忍让、容受为先,不主动惹事或进攻,知雄守雌、先礼后兵。在日常行为中,以礼仪之邦为标尺,注重谦谦君子的人格养成。但他们的退让并非没有底线,一旦底线被突破,也会后发制人,"君子不忧不惧"(《论语·颜渊》),"好谋而成"(《论语·述而》)。尤其是在与游牧民族的交融互动中,更增添了开疆辟土、包纳四方的勇者之心。需要特别强调的是,中国人的勇敢,不是匹夫之勇,更不是侵略之勇,而是血气之勇与义理之勇的结合。

商鞅变法后,秦人勇于公战,怯于私斗;《孟子》中所褒扬的"舍生取义",皆说明中国人的"勇"往往与"义"相连。中国人的"勇"往往表现在面对道义与原则时,毫不退缩,明辨是非,追求义理。理想的人格境界是有理直气壮之势,养一身浩然之气,生理智无畏之勇。

这也就决定了中华民族精神的又一重要内容是爱好和平。黄河为中华民族注入了内敛友善的心灵底色。中华民族多元一体格局的形成过程,既是历时的,也是共时的。中华文明出场、演化、发展的空间地理格局的一体性,生产生活方式的多元多样性,特别是农耕与游牧两种文明相生相激、角逐竞合,犹如历史的碾盘和巨锤,濡养和铸造了中华文明和中华民族多元一体、开放包容的共同体意识。

中华民族的大一统格局与中央集权的治理体系，主要来自黄河流域早期王朝的孕育萌芽并经由秦汉两代奠定根基，这种治理体系的形成受到黄河流域地理地貌和自然条件的深刻影响。建基于黄土高原的西周，以封建的方式制定了一种合乎当时农业发展形态的治理模式，又以宗法制度保障其封建统治趋于稳固。秦灭六国，废除封建制，建立中央集权和郡县制度。这种中央集权的治理体系，对于人口众多、幅员辽阔的大文明体而言，具有内在的、制度上的合理性与先进性。总之，中华民族对外充满包容性，对内则形成了精细的制度设计与治理方式，因而带来了对外的非破坏性与对内的稳定性，为中华民族爱好和平的基因奠定了制度性的基础。

黄河流域的先民们在农耕生活中安土重迁，养成了防御性而非扩张性的人格特质。黄河流域的农耕生活方式，有很强的内倾性，"父母在，不远游，游必有方"（《论语·里仁》），不主动扩张，不远征，注重稳定性、保守性，这与逐水草而居的游牧文明和窥测广博大海的商业文明的外向性、进攻性和冒险性，在文明特质上有显著的不同。中华民族的辽阔疆域，并非主观意愿上的扩张行为所得，往往是在外来压力之下绝地反击的结果，初心与旨归不外乎保护自身的生存与安全。在农耕生活中与自然相处的智慧，也是孕育中华民族和合思想的丰厚源泉。先民们在这片土地上耕耘，根据自然时节、气候变化来安排自己的生活，他们对于土地、自然的态度从来都是呵护、哺育、浇灌，不是促逼、压榨、征服。他们视自然万物为有情的生命，对于自然不是以主客二分态度看待，而是将人置于自然万物之中，化生万物，彼此交融，追求温润如玉的人格境界。中医学的阴阳调和观念，"内外调和，邪不能害""阴阳离决，精气乃绝"（《黄帝内经·素问》），强调人的身体是一个整体，不仅仅是器官的机械组合。人体健康的前提是身体内部的气血平衡以及人与自然的协调。这样的自然观、生命观使得中国人养成了追求和谐、呵护他者、友善相处的性格特征，从根本上决定了其具有爱好和平的民族气质。

黄河流域孕育了中国人追求天地人和谐共处的和合思想。黄河流域先民在最早的星象观测、农耕生产中敬天法地、敬畏天命，经三代之治、三朝更迭、春秋诸子争鸣以及后来的儒释道交流融合，形成了中国人基于人与自然、人与人、人与内心的关系逻辑的和合思想。"和谐"往往用来表达人与自然的状态，"和睦"用来表达人与人的状态，"平和"用来表达人的内心状态。中国人追求通过内在超越化解冲突：道家思想中蕴含着人与自然和谐相处的智慧；儒家的"仁者爱人""己所不欲勿施于人"的思想中，蕴含着人与人的和谐共处之道；佛家的"性空""轮回"思想中蕴藏着内心的和谐、安宁。《国语·郑语》云："和实生物，同则不继。"《论语·学而》曰："礼之用，和为贵。"求同存异、以和为贵、和谐统一的和合思想是中华文化思想的普遍理想，塑造了我们的思维方式和价值取向。

黄河流域的历代王朝践行以和为贵、协和外邦的外交之道。在黄河流域兴起和壮大的中原王朝，往往在对外交往中，践行礼仪之邦的原则和承诺，实行靠典章文化的先进性来以理服人、以文化人，不求穷兵黩武，不依靠军事征服他者。即使是在国力强大的时期，也坚持"以武止戈"，使用武力的目的不是对外扩张，而是谋求一种和平共处的方式。墨子创立墨家学说，带领墨家学团奔赴各地游说，制止战争，宣扬"兼爱""非攻"思想；《孙子兵法》中，"不战而屈人之兵"是其思想内核，强调攻心为上、以礼服人；源于公元前3世纪的以中原王朝为核心的朝贡体系，强调"厚往薄来"，不依靠拳头征服；中原王朝与少数民族王朝之间的和亲制度，通过财务交换和结亲联盟，以和为贵，以和为上，推行感化政策。总之，中华民族一直以来坚持在分合之中取"合"，在治乱之中取"治"，反对争强好胜，期望通过治世实现盛世，避免乱世，以谦虚的心态化解矛盾冲突，达致求同存异。因此，中华文明的发展是一种聚变式而非裂变式的反应过程，并逐渐培育出中华民族注重内省、内敛防御、和平友善、协和万邦的文化气质。

和平与发展才是当今时代的主题。习近平总书记站在谋求人类文明可持续发展的战略高度，提出人类命运共同体、人类文明交流与互鉴的主张，以开放包容的姿态协和万邦，这是新时代对中华民族爱好和平的民族精神的传承发展与当代诠释。

自强不息的民族精神也与黄河的养育密不可分。黄河的和缓温驯犹如慈母的臂弯怀抱，黄河的不羁冲决则如同严父的训导呵斥，慈母严父共同培育出黄河两岸儿女自强不息、坚韧不拔的精神特质。

上古时代，先民们在天地万物、日月星辰、江河四季的运行中体悟生生不息的变化之道。精卫填海、女娲补天、夸父逐日，先民们正是借由这些神话故事，萌生出对世界的最初想象。这些神话故事中蕴藏着中国先民不屈服于外在环境，不屈服于命运的意识。"天行健，君子以自强不息""地势坤，君子以厚德载物"（《周易·上经》），正是在这种民族精神的支撑下，中华儿女在机遇面前只争朝夕，在挫折面前奋斗不息，在命运面前坚毅抗争。

黄河孕育了中华民族居安思危、未雨绸缪的忧患意识。作为中华民族文化源头之一的《周易》，是黄河流域上古先祖仰观俯察、知应变化而生成的"群经之首"。它在动乱不堪、民不聊生的殷周之际得以成书，其中《系辞》部分有云："危者，安其位者也；亡者，保其存者也；乱者，有其治者也。是故君子安而不忘危，存而不忘亡，治而不忘乱，是以身安而国家可保也。"其中讲述的正是"居安思危""因穷而通"的忧患意识。黄河流域的农耕生活是先民们必须按照周期运转合理分配时间的一种生活方式，如若错失耕耘时节，就将颗粒无收，食不果腹。因此，必须按照时令节气合理安排每个环节，这种生活节奏，培育了先民们的耐心与韧劲，养成了生活的目标性与计划性，也带来了强烈的忧患意识。

《黄帝内经·素问·四气调神大论》云："圣人不治已病治未病，不治已乱治未乱。"《孟子·告天下》中也认为："生于忧患，死于安乐。"中国人往往把困难想在前面，防患于未然，不仅忧自身、忧群体，更忧社稷、忧天下。范仲淹在《岳阳楼记》中慨然长叹："先天下之忧而忧，后天下之乐而乐。"林则徐受谪贬后风骨依然："苟利国家生死以，岂因祸福避趋之。"中华民族的忧患意识得到不断的传承与发展，成为中华民族爱国主义民族精神的传神写照。

黄河锻造了中华儿女直面苦难、不屈不挠的坚韧意志。黄河的历史也是一部中华民族的灾难史。黄河水患，同样塑造了中华民族防范在先、治不忘乱的忧患意识。在上古时代，治理黄河是治理者的头等大事。舜命大禹治水，大禹因势利导、改堵为疏，胼手胝足，三过家门而不入。历史上黄河屡屡泛滥成灾，《孟子》一书提到黄河流域发生的饥荒达17次之多。[①] 面对一次次灾难，人们并没有失去生活的勇气，而是不断与水患展开斗争，培养出中华民族直面苦难、生生不息的顽强耐力。

黄河锤炼了中华儿女不畏命运、敢于斗争的抗争精神。中华民族的历史演进绝非一帆风顺，而是不断遭受外族入侵、内部动乱，虽屡遭磨难却越挫越勇。中华民族一次次经历外族的侵扰，最终用强大的文化同化力延续了中华民族的传统和血脉。特别是近代以来，中华民族面临亡国灭种危

---

① 参见黄仁宇《中国大历史》，生活·读书·新知三联书店2007年版，第26页。

机之时，同样是以强大的韧性逐渐从低谷中走出，重新站立起来，迎来中华民族伟大复兴的曙光。

大浪淘沙，历史最终选择了中国共产党人。中国共产党人带领各族人民开展了艰苦卓绝的斗争，历经千难万险的万里长征，将黄河岸边的延安建设成为决战中国命运的革命圣地，为古老的黄河文化注入了强大的时代基因，继续谱写新的伟大史诗。

四、黄河：中华民族的伟大史诗

黄河流过千山万水，流过五千多年历史时光。在这不息的奔流中，它见证了历史的悲剧喜剧，也见证了朝代的更迭；见证了物阜民丰，也见证了流离失所；见证了中华儿女的光荣与梦想，也见证了他们所经历的苦难艰辛。然而，它却从未想过有一个时期，会像近代以来那样，中华儿女遭遇那么沉重的失败，那么深重的苦难，那么悲惨的命运。落后就要挨打。近代以来，中华民族前进的历史巨轮不仅遭遇残暴的帝国主义的阻力，遭遇腐败的封建主义的阻力，遭遇贪婪的官僚资本主义的阻力，还遭遇了它们纠结在一起所产生的更加野蛮、反动、疯狂的阻力。

随着资本主义在欧洲的产生、在世界范围的扩张，中国被卷入铁血竞逐的世界潮流中，被裹挟进帝国主义的硝烟炮火中。自1840年英帝国轰开中国大门开始，半个多世纪以来，几乎所有资本主义、帝国主义国家都参与了对中国的掠夺。在他们的武力胁迫下，中国的政治、经济、文化主权一步步沦陷，一头跌入半封建半殖民地的黑暗渊薮。在这沉沦中，黄河——中华民族的母亲河，成了哀伤的河、悲泣的河。

历史是残酷的，但又是公平的。在辩证唯物主义的视野中，巨大的磨难往往也意味着意义深远的警醒与砥砺，最终以历史的阔步前进为补偿。在帝国主义、封建主义、官僚资本主义三座大山的重压下，中国陷入无边的黑暗，但这也是中华民族优秀儿女上下求索、开创新路的历史时期。诚如马克思所言："鸦片没有起催眠作用，反而起了惊醒作用。"① 从鸦片战争开始，中国人民为反抗内外压制和变革中国，进行了长期英勇顽强的斗争，仅自1841年至1849年的9年间，就爆发了110多次农民起义，汇成一股惊心动魄的革命潮流。② 意义更为深远的是，随着民族资本主义的萌芽与发展，在近代中国出现了两个新的阶级——资产阶级和无产阶级，他们为中国的社会运动赋予了崭新内涵。首先登上历史舞台的是民族资产阶级。以孙中山为领导的资产阶级革命派发动的辛亥革命，不仅推翻了清王朝的封建统治，宣告统治了中国几千年的封建专制制度的灭亡，而且在中国大地上树立起民主共和的大旗，使民主共和思想天下流传。但由于资产阶级的软弱性和政治上的不成熟，也由于反动势力的力量异常强大，辛亥革命的胜利果实很快就被北洋军阀窃取，辛亥革命给长夜漫漫的中国带来的光明也转瞬即逝。

辛亥革命的失败，给中国的先进分子带来极大的痛苦，使其中的一部分人陷入苦闷彷徨，但也促使更多的人痛定思痛，呐喊求索。新文化运动就是在这样的历史背景下发生的，其倡导者以文学革命为突破口，高举民主、科学大旗，高扬立人哲学，对旧文化、旧礼教进行了扫荡式的批判，

---

① ［德］马克思：《中国纪事》，中共中央马克思恩格斯列宁斯大林著作编译局编译《马克思恩格斯全集》第15卷，人民出版社2016年版，第545页。

② 参见中共中央党史研究室编著《中国共产党历史》第1卷（上册），中共党史出版社2010年版，第11页。

为进步思想传入中国开辟了空间。特别关键的是，五四运动中，马克思主义传入中国。五四运动以其反帝反封建的革命彻底性、追求救国救民真理的进步性、各阶层民众积极参与的代表性，使中国的革命斗争超越旧民主主义阶段，进入新民主主义阶段。

这一切都表明，经历了近代以来中国社会剧变的磨砺，经历了反帝反封建斗争的锤炼，经历了马克思列宁主义同中国工人运动结合的实践检验，成立中国共产党已成为中国社会发展的必然要求，也成为最热切的时代呼声。1921年7月23日，中国共产党第一次全国代表大会在上海召开，7月30日转到浙江嘉兴南湖的一只游船上举行，大会正式宣告中国共产党成立。一个以马克思主义为指导、勇担民族复兴历史大任、必将带领中国人民创造人间奇迹的马克思主义政党——中国共产党应运而生，黄河母亲即将迎来和拥抱她最优秀的儿女，中国历史就要进入开天辟地的新阶段。

中国共产党第一次全国代表大会召开时，共有13名代表，代表着各地的50多名共产党员。毋庸讳言，这是一个很小的组织，而且由于当时党的活动处于秘密状态，这次大会几乎没有引起什么反响。然而，就是这次大会使死水微澜的中国开始活跃、跳荡、奔腾起来。因为中国共产党一成立，就明确将马克思主义写到自己的旗帜上，中国反帝反封建的革命事业由此有了科学的理论指导，有了明确的前进方向，并与世界进步潮流齐头并进。因为中国共产党一成立，就树立了共产主义的最高理想和社会革命的根本目标，亮出了自己的初心使命，成为中国社会前进方向的代表。因为中国共产党一成立，就下定决心深入底层，到占中国人口绝大多数的劳苦大众中去，中国反帝反封建的革命运动获得了广泛的代表性和源源不断的动力。因为中国共产党一成立，就按照马克思列宁主义的建党原则，用共同的理想、严明的纪律、严密的组织把自己建设成为中国革命的先锋队，灾难深重的中国有了可以信赖的组织者和领导者，近代以来一盘散沙的中国社会终于找到了期盼已久的向心力、凝聚力。正所谓"其作始也简，其将毕也必巨"（《庄子·内篇·人世间》），中国共产党的成立，恰如黄河之水，自其源头看，不过涓涓细流；但由于居于历史高峰，蓄积着无比强大的势能，因而自其萌发，就显示出"黄河之水天上来，奔流到海不复回"的远大前途。

中国共产党成立后，以前所未有的深度和广度唤醒了中国人的民族意识，使民族自觉达到空前高度，实现了中华民族的涅槃。在千年未有之大变局、大危机中，中华民族共同体意识加倍熔炼、升华与结晶。在这一过程中，中国社会各阶层的先进分子都作出了自己独特的贡献，但只有当中国共产党把马克思主义的民族观引入中国，并以之指南处理民族问题后，才真正打破、消解了各民族间沉积千年的阻隔，融通万民，将中华民族熔铸为一个强大的命运共同体。在万里长征中，红军就已经将民族平等、团结的种子播撒在革命的征途中；在抗日战争中，中国共产党团结御侮的正确主张进一步激发了中国人民的民族自觉意识；中华人民共和国成立后，中国共产党更是将民族区域自治作为一项基本政治制度确立下来，牢固地树立起中华民族共同体意识，使中国各民族像石榴籽那样紧紧抱在一起。在中华民族共同体意识形成过程中，作为中华民族先民繁衍生息之地的黄河流域发挥了不可替代的作用，黄河文化犹如一条无声的大河，在悄然却绵长有力的涌流中，贯通了中华儿女的血脉。

中国共产党成立后，以前所未有的远大眼光观察历史与现实，重新发现中国、激活中国，为中国发展找到了空前宽广的战略空间，为扭转近代以来连续沉降的历史轨迹开发出无尽的上升势能。在近现代中国历史上，平静、内向、保守、贫瘠的北方与开放、活跃、进取、富庶的南方形成鲜明对比。南方往往是各种政治力量的首选之地，孙中山领导的国民党就以南方为中心发动国民革命；蒋介石更是以江浙财阀为支撑，建立起南京国民政府。可以说，近代以来，广袤的北中国一直处于漫长的沉潜期。中国共产党的成立，打破了历史的沉寂。第二次国内革命战争时期，毛泽东就从国际国内形势出发，确立了武装革命，以及在国民党统治力量比较薄弱的边缘、区域建立根据地的思想。在长征中，中国共产党领导红军纵横捭阖，从南方到北方，像一条红飘带一样把广袤的中国串联起来，最后在黄河上游的陕北高原扎根，建立了中国革命、民族精神和先进文化的高地，吸引着中国和世界的目光。无数进步青年突破国民党的重重封锁，跋山涉水，来到这里追求光明，燃烧生命，这片贫瘠、沉寂、压抑的土地，这条凝滞、沉重、呜咽的大河，迎来新生，焕发出前所未有的璀璨光华。中国革命主场的转换，使得中国的革命和思想文化在一个更广大、更完整的时空中展开。

中国共产党成立后，团结和带领中国人民胜利完成从"站起来"到"富起来"的历史使命；现在，又团结和带领中国人民向着实现中华民族伟大复兴的目标前进。像黄河和黄河文化那样，一往无前，独立自主，走自己的路，中国共产党不忘本来、吸收外来、面向未来，在中国革命和建设时期、在改革开放的社会主义现代化浪潮中，走出了一条具有中国特色的革命、建设和社会主义现代化之路。

伟大的实践创造伟大的文化，伟大的文化催生伟大的实践。中国共产党在领导中国人民进行社会主义革命、建设以及改革开放时，不仅全力改造物质世界，而且倾心改造精神世界；不仅推动中华优秀传统文化创造性转化、创新性发展，而且在社会主义革命和建设中创造了辉煌的革命文化和社会主义先进文化，滋育中国心、塑造民族魂。中国共产党在成立之初，就致力于革命文化的创生。在铁血革命中，更是以"我以我血荐轩辕"的豪情，萃取革命精神，汇聚革命文脉。在经历了长征这场人类历史上旷古未有的军事远征和精神远行，扼住命运的咽喉，立足陕北的高天厚土后，随着毛泽东思想走向成熟，党的建设、军队建设、社会建设都达到新高度，革命文化更是蔚为大观，臻于化境。

《毛泽东选集》四卷共收录159篇文章，有90多篇写于延安的窑洞中，占总数的近58%。毛泽东之所以将执笔著述作为这一时期的核心工作，不仅因为他和全党正面对抗日战争全面爆发的新局势、新任务，更因为他下定决心要总结中国共产党自成立以来的经验教训，探索中国革命的正道。正是在这双重动力下，毛泽东殚精竭虑，以如椽之笔写下了中国革命史上最辉煌的系列篇章。在这一时期，他写下了《论反对日本帝国主义的策略》《中国革命战争的战略问题》《论持久战》等军事著作，分析战争规律，揭橥革命战略，为民族民主革命擘画蓝图。在这一时期，他写下了《中国共产党在民族战争中的地位》《统一战线中的独立自主问题》等剖析天下大势的理论杰作，阐明了统一战线思想，为民族民主革命引路导航。在这一时期，他写下了《五四运动》《〈共产党人〉发刊词》《在延安文艺座谈会上的讲话》等思想文化名篇，指明革命文艺前途和青年运动方向，激发出了革命文艺的高潮。在这一时期，他写下了《新民主主义论》《论联合政府》等系统阐述新民主主义政治、经济、文化的集大成之作，规划革命道路，指引革命航船。在这一时期，他写下了《纪念白求恩》《为人民服务》《愚公移山》等悼人纪事的有情之文，生动传达了共产党人的初心使命，展露了共产党人的襟怀抱负。在这一时期，他写下了《改造我们的学习》《整顿党的作风》《反对党八股》等整风文献，改造了党风、文风、学风，使我们党风清气正，蓬勃向上。在这一时期，他还写下了马克思主义中国化的哲学名篇《矛盾论》《实践论》，抓住"方法论"这个牛鼻子，从根本上解决了中国革命的道路难题。

在这些经典文献指引下，延安和各根据地的革命实践欣欣向荣、别开生面。经过延安整风，全党确立了实事求是的辩证唯物主义思想路线，使干部在思想上获得提高，使全党实现空前的团结，为革命胜利奠定了坚实的组织基础。经过延安文艺座谈会，文艺为工农兵服务、为政治服务的观念深入人心，文艺工作者自觉深入生活，创作出一大批优秀作品，使文艺成为战胜敌人的必不可少的"武器"。经过"大生产运动"，不仅达到了自己动手、丰衣足食的目的，缓解了军民供需的重大矛盾，打破了国民党顽固派封锁和扼杀中国共产党革命力量的企图，而且弘扬了中华民族自力更生、艰苦奋斗的传统……在这些实践中，革命文化集束式爆发，产生了抗大精神、白求恩精神、南泥湾精神、张思德精神、劳模精神等，汇聚成光照千秋的延安精神。

在延安精神的照耀下，中国道路展现出来，中国命运豁然开朗。难怪黄炎培等民主人士在延安看到了跳出"其兴也勃焉，其亡也忽焉"《(左传·庄公十一年)》的历史周期律的希望；难怪南洋华侨领袖陈嘉庚在延安之行后禁不住感慨万千，发出"中国的希望在延安"的肺腑之言；难怪毛泽东在重庆谈判期间，不无自豪地写下了"重庆有官皆墨吏，延安无土不黄金"《七律·重庆谈判》的诗词金句；难怪"解放区的天是晴朗的天"成为一时名唱。正是在这个意义上，我们说陕北的山沟里孕育出了中国的马克思主义，延安土窑洞里的灯光照亮了中国革命的前程；也正是在这个意义上，我们说中国革命为殖民地半殖民地人民的解放运动提供了典范案例。

历史是有深意的。恰恰是在九曲黄河突破关山桎梏、一跃千里的延安，毛泽东思想走向成熟，中国革命文化创造了自己的高峰。可以说，正是由于延安精神的形成，中国的革命精神和革命文化方能以谱系的方式存在；中国的革命精神和革命文化也才如黄河一样，上下贯通，奔涌不已，吐故纳新，开创新境。也恰恰是由于革命精神、革命文化的谱系性存在，特别是其灿烂辉煌、生生不已的成果，赋予了黄河文化新的品格、新的精神、新的生命。黄河流域文脉深厚，孕育了一系列特色鲜明的地域文化，是中华文明之源、民族图腾象征。又经由延安精神交接、融贯，红船精神、井冈山精神、长征精神汇入黄河文化的巨流，壮大、涤荡、升华了黄河文化，使黄河文化成为人民文化、社会主义文化的鲜明表征。而且，随着社会主义革命、建设次第展开，升华了的黄河文化，成为人民文化、社会主义文化的鲜明表征。而且，随着社会主义革命、建设次第展开，升华了的黄河文化，还在持续催生革命文化、先进文化，使之在中国大地绚烂绽放。在黄河中游的河南兰考，"县委书记的好榜样"焦裕禄用自己的实践阐释了全心全意为人民服务的真谛，用生命书写了"焦裕禄精神"。在黄河下游的山东，一代代沂蒙人通过不懈的努力，在党的精神谱系中，写下了"沂蒙精神"的新篇章。

革命文化是在中华民族救亡图存、苦难而辉煌的历程中诞生的，它不仅具有独特的精神内涵，而且具有独特的美学底色。刚健是其重要的美学风格，这种风格在社会主义文艺中表现得淋漓尽致。自中国共产党立足延安，开创中国革命新境后，革命文艺井喷般涌现，杰作也是屡见不鲜，其代表首推《黄河大合唱》。历史上吟咏黄河的文艺作品成百上千，名篇众多，但由于《黄河大合唱》吸纳、提升了历代中华儿女追求独立、民主、自由、富强的心声与意志，因而展现出了千古未见之刚健风骨与阔大气象,独领风骚。这样的歌声,让我们感受到的不再是哀怨、空旷,不再是悠远、悲凉,而是奋发振作和斗争崛起。我们感受到的,仿佛不再是奔涌滞重的黄河水,而是滚滚而来的钢筋铁骨,一切阻挡它前进的障碍,都必将被冲为齑粉,裹挟而去。每个人都仿佛变成其中的一朵浪花,与整体紧抱在一起,为了共同的命运、共同的未来,向前向前。这种文化又是质朴的。在艰苦的革命进程中,在星星之火可以燎原的井冈山,在穿越无数民族地区的二万五千里长征中,在黄土高原建设边区政府、发展革命根据地时,在与各民族人民交流交往中,中国共产党一定发现了蕴藏于人民大众中的朴素主义精神,一定为这种朴素主义精神所吸引,一定意识到了这种精神的宝贵,兼收并蓄,创造了一种现代新文化。大概这也是毛泽东不赞成笼统地说城市进步、农村落后的原因,这也是他要文艺工作者深入生活、转变情感的原因;是他看了延安平剧研究院创作演出的《逼上梁山》后,在给主要创作者的信中表扬他们做了很好的工作、把被统治阶级颠倒了的历史重新颠倒过来的原因。

正是由于这种新创,社会主义文艺的面貌才焕然一新,不仅历史上不被重视的木刻、民谣、秧歌等朴素的文艺形式成了文艺的重要组成部分,而且释放出了巨大的艺术能量,令人很难相信。那些震撼灵魂的作品竟然只有这么朴素的形式,竟然是用如此简单质朴的方法创作出来的!更重要的是,经由这种形式革新,创造历史却又被历史屏蔽了的劳动人民终于走上舞台,成为主角。正是由于这种新创,使得接触这种新文艺的人,一下子就被其所吸引,使得中国共产党天下归心。乔羽作词的歌曲《一条大河》可谓其中的代表作,这首歌没有华词丽句,没有奇技异巧,但就是这首平实质朴的歌,这些家常话般的唱词,却打动了无数听众,使他们想起祖国的辽阔土地、明媚风光,想起家乡的美丽富饶、淳朴风情,想起祖国健美的男子、俊秀的女儿，想起了黄河长江这些滚滚巨流和家乡的小桥流水。

这种新文化是传统黄河精神的现代升华。质朴而雄浑的黄河文化精神以大气磅礴的汉唐意象为代表，不同于南宋以来形成于江南，以婉约、细腻、幽雅见长的文人文化。中国共产党人正是黄河文化的现代继承和发扬者。这先进的文化必然激励我们拥抱未来，走向远方。

文艺是历史的缩影。历史上，以黄河区域为中线，以万里长城和丝绸之路为两翼，形成了中国古典文艺史中在主题、题材、形式、质量和影响力等方面，最早、最多、最大、持续时间最长，也最为辉煌的作品富集区。黄河就是一部打开的书，上面书写了中国古典文艺最为华美深刻的不朽篇章。在其中，我们看到了中华民族交往融合的大历史，也看到了这一过程中人民的苦乐悲欢。自近代以来，随着民族国家意识的觉醒，随着中华民族命运共同体的构建，以黄河为对象、为象征，中国的文艺达到了一个空前的高峰。在历史温度最高、精神结晶最美的"第一现场"，一批史诗之作喷薄而出；在这样的歌唱和书写中，一个崭新的现代中国正脱颖而出，一条人间正道正徐徐展开。

沿着这条道路，中国共产党领导各族人民取得了中国革命的胜利；沿着这条道路，中国共产党领导各族人民取得了社会主义建设和改革开放的胜利。在所有这些时刻，以文艺为载体，黄河文化都发出了最为澎湃的声音，成为凝聚民族共识、传达人民心声最强有力的存在。

进入新时代，也应同样如此。在党的十九大报告中，习近平总书记指出"中国特色社会主义进入新时代，意味着近代以来久经磨难的中华民族迎来了从站起来、富起来到强起来的伟大飞跃，迎来了实现中华民族伟大复兴的光明前景"，然而，"中华民族伟大复兴，绝不是轻轻松松、敲锣打鼓就能实现的。全党必须准备付出更为艰巨、更为艰苦的努力"。① 这就是说，中华民族到了又一个转型升级的关键时刻。

习近平总书记在黄河流域生态保护和高质量发展座谈会上指出："黄河流域在我国经济社会发展和生态安全方面具有十分重要的地位。""在我国 5000 多年文明史上，黄河流域有 3000 多年是全国政治、经济、文化中心。""九曲黄河，奔腾向前，以百折不挠的磅礴气势塑造了中华民族自强不息的民族品格，是中华民族坚定文化自信的重要根基。"② 这告诉我们，中华民族伟大复兴离不开黄河流域的全面振兴，尤其离不开黄河文化的再次复兴，应该孕育出新时代的文艺"高峰"。因此，习近平总书记特意提到黄河文化，指出"黄河文化是中华文明的重要组成部分，是中华民族的根和魂"，鼓励广大作家、艺术家"要深入挖掘黄河文化蕴含的时代价值，讲好'黄河故事'，延续历史文脉，坚定文化自信，为实现中华民族伟大复兴的中国梦凝聚精神力量"③。这为作家、艺术家创作出无愧于伟大时代、伟大人民的优秀作品，讲好"中国故事""黄河故事"指明了方向，意义深远。

与以往相比，我们今天的时代生活，在一个更快、更大、更深、更复杂、更辽阔、更激动人心的维度上展开，要想从整体上认识理解它，用全部的心灵情感去体验它，用完美的艺术形式去表现它，是一个更加艰辛的

---

① 习近平：《决胜全面建成小康社会，夺取新时代中国特色社会主义伟大胜利》，载《习近平谈治国理政》第三卷，外文出版社 2020 年版，第 8、12 页。
② 习近平：《在黄河流域生态保护和高质量发展座谈会上的讲话》，《求是》2019 年第 20 期。
③ 习近平：《在黄河流域生态保护和高质量发展座谈会上的讲话》，《求是》2019 年第 20 期。

过程。打造中华民族新史诗，更是一条从"高原"向"高峰"冲刺的艰难之路。历史上，以黄河为中心的区域，文化和文艺"高峰"最多。今天，所有想冲击文艺"高峰"的作家、艺术家，必须回望黄河，栏杆拍遍，站在前人的肩头，披沥俯察波澜壮阔的现实生活，才能捧出配得上中华民族伟大复兴这一历史进程的心血之作。

（原载《艺术学研究》2021年第1期）

长城文化论纲

王玉玊 谷 卿 刘先福

引 言

长城，作为人类文明史上的建筑奇迹，横亘在中国的北方，地跨15个省、自治区、直辖市，经历了自春秋时期以来2000余年的修筑，总长度达21196.18千米，自东向西贯穿了中原与大漠，连接着中国的东端与西部。

公元前7世纪，在诸侯割据的春秋时期，楚国为御敌而修筑的方城，是有历史记载的最早长城。[①] 方城由列城发展而来，一系列具有军事功能的小城依地势排开，或依天险，或以城墙连接，便成为长城最初的形态。春秋战国时期，各诸侯国纷纷修建长城，短者数百里，长者数千里，至秦始皇横扫六合，乃"使蒙恬将三十万众北逐戎狄，收河南，筑长城，因地形，用制险塞，起临洮，至辽东，延袤万余里"（《史记·蒙恬列传》），自此有了"万里长城"的说法。秦始皇修万里长城，西段修缮秦昭王时旧长

[①] 参见罗哲文《长城》，北京出版社1982年版，第10—12页。

城,东段、北段沿用燕、赵旧长城,再向东,直抵辽东,历时9年。与书同文、车同轨、统一度量衡一样,筑长城也是秦帝国为适应和巩固国家统一而采取的政治措施。自此以后,万里长城就成为中原地区历代政权统一与强盛的象征。

自汉至明,也包括北魏、北齐、辽、金、元等少数民族政权。几乎都留下了修筑、修缮、利用长城的历史记载,清代虽不再兴筑边墙,却并未停止对长城的修缮和使用。

明代特别重视北方防务,长城的修筑工程殊为浩大,技术水平也有了极大发展,前后历经200余年,完成了东起鸭绿江,西至嘉峪关,全长12700余里的长城修筑工程,并形成九边十三镇的防御格局。在绵延的边墙两边,是星罗棋布的军堡城池,烽火台与驿路两套通信系统连接着明朝的边疆与腹地,驻军、屯田、沿边商贸都极大促进了长城沿线地带的人口集聚与经济开发,明代九边重镇的所在地,如宁夏银川、山西大同等,至今仍是重要的中心城市。

长城的修筑技术在2000余年间不断发展进步。遵循"因地形,用制险塞"的原则,长城屹立处,往往是高山深谷、戈壁草原,中国古代劳动人民凭借他们的勤劳与智慧,因地制宜,克服重重困难,代代相继,共同创造出长城这样一个伟大的建筑奇观,在人类建筑史上留下浓墨重彩的一笔。不同时代、不同地域修筑长城,会采用不同的建筑材料与建筑工艺。春秋战国至秦代,长城墙体修筑往往采用夯土版筑工艺,在石料丰富的山地,工匠们也会将石片错缝叠压垒砌成墙,再在两面干垒石墙间填充石块或夯土,形成的墙体既坚固又耐侵蚀。汉代长城遗址中则可看到采用土坯砌墙的墙体。到了明代,越来越多的长城选择采用坚固的砖石材料修筑,这种转变与制砖技术的发展关系密切。砖砌的墙面内部填以夯土或石块,就形成包砖结构,这也是明代长城最典型的建筑结构。砖块质硬,结构稳定又便于搬运和垒砌,但烧制成本较高,即使在明代,高成本的通体包砖长城也不多见。九镇之中,这些建造精良的包砖长城往往出现在靠近京师的蓟镇等区域,比如今天河北省境内的金山岭长城,就是一段通体包砖长城。①

除了砖、石、土等常规材料外,不同地区的长城也会根据本地物产情况,选用不同的长城建筑材料和建筑工艺。辽宁省东部山区发现的木柞墙明长城遗址,便以当地盛产的柞木为主材修建而成;西北戈壁地区则会用芦苇、红柳、梭梭木等本地耐旱植物加固松散的沙土,形成芦苇、红柳、梭梭木夹沙长城。

长城的修建还常常借地势之险,或沿山崖陡峭处略加修整形成山险墙,或将缓坡挖成断壁形成劈山墙等。除山险外,江河水域亦能成为天然屏障,九门口长城便是建于水上的长城,集城、桥、关于一体,形成了"城在水上走,水在城中流"的雄奇景观。金代长城最初建于平缓的草原地带,难借天险,因而形成了由壕堑、壕墙等组成的界壕,是长城的一种特殊形态。

作为物质实体的长城不是一线孤立而绵延的墙,还包括骑跨在城墙上的敌台、用于传递军情的烽火台、作为边境出入口的关隘等组成部分,长城沿线内外还有驻军和住民的城堡、城障,许多关口也会建筑关城,甚至发展为边贸往来与文化交流的场所。关隘、敌台、烽燧、城堡相互呼应,联动成完整的军事工事和建筑群。多种复合的建筑单元构成了御敌系统、

---

① 参见罗哲文《长城》,北京出版社1982年版,第69—74页。

烽传系统和兵备系统，实现了进攻退守的纵深空间。[①] 明长城的空心敌台是抗倭名将戚继光的发明。《明史·戚继光传》提到戚继光曾"议建敌台"："请跨墙为台，睥睨四达。台高五丈，虚中为三层，台宿百人，铠仗糗粮具备。"戚继光还在《练兵实纪》中对敌台的修筑方式与使用方法进行了详细说明。仅蓟镇所辖长城便有空心敌台上千座，骑跨在城墙上的敌台有效消除了对敌时的射击死角，增强了长城的防御能力，在今天则成为长城上的标志性景观。

尽管长城在建造时更强调实用性，但仍旧形成了自身宏阔雄壮、质朴刚健的独特美学风格，无论是沿着山势曲折延伸的城墙，还是错落有致、庄重挺拔的敌台，或者威严大气的关城城楼，都会让每一个目睹它的人，被它吞吐山河的气魄震撼。从细节处着眼，则无论敌台拱券门或穹顶上的雕花，还是形式各异的射孔，都能在粗豪中见细腻，体现出中国古代建筑雕刻艺术的独特韵味。

长城不仅是单纯的物质实体，还是一套不断演进的军事防御体系与政治管理方式，是农耕民族与游牧民族实现军事、经济、文化碰撞交流的界面与窗口。以长城为中心的独特文化带，见证并参与了中华民族多元一体格局的形成、发展过程。从人类文明史的角度看，长城诞生于亚欧大陆最强盛的农耕民族与最强盛的游牧民族交汇的地带，两种不同的生产生活方式既相互冲突又相互依存。在 2000 余年的漫长历史中，农耕文明为抵抗游牧文明的压力而不断修建长城，从某种意义上说，长城成为农耕民族与游牧民族共同成就的文明奇迹。对于中国人来说，长城还是心中的精神寄托，是民族向心力与凝聚力的精神构筑物。在近代以来中华民族共同抵御

[①] 参见汤羽扬主编《中国长城志·建筑》，江苏凤凰科学技术出版社 2016 年版，第 1—28 页。

外辱的过程中,在《义勇军进行曲》"把我们的血肉,铸成我们新的长城"的激昂旋律中,长城成为自强不息、坚不可摧的中华民族的象征,成为前赴后继、众志成城的爱国情怀的象征,成为艰难困苦、玉汝于成的伟大中国的象征。在新的时代,长城也不断被赋予新的意义与文化内涵,成为当代中国的重要文化地标,既与中国人的日常生活息息相关,又体现着兼具悠久深厚的文化底蕴、与时俱进的发展活力的当代中国独具特色的风格、气派与风采。

一、民族融合的历史见证

如前所述,自长城出现的那一刻起,就既是一道防御工事,又在相当长的历史时期作为一条民族融合的纽带,见证着不同民族和文明之间的碰撞和交流,深度参与了推进多民族统一国家形成和发展过程。

(一)重构"天下",巩固新的政治秩序

秦统一六国后,调动巨量的人力物力投入建筑长城这项浩大的工程之中,并非仅为自我封固,甚至恰恰相反,万里长城的建造反映出秦帝国的视野极为广阔。秦始皇不愿重蹈周天子面对"其外侯服夷服,诸侯或朝或否"而"不能制"(《史记·秦始皇本纪》)的覆辙,因此努力让可见的"周边"成为帝国控制的区域。公元前214年,秦始皇在取得富饶的河套地区之后,命令大军继续北进,在与匈奴交界处设置了九原郡,这里也是黄河流经区域的最北端,郡治九原城正处在长城和黄河之间。不久,秦始皇又沿长城西段所经之处,自榆中直到阴山东部设立44个县,傍河建筑县城以成要塞,后更以"拜爵一级"的奖励政策"迁北河、榆中三万家"

(《史记·秦始皇本纪》），完成了一次大规模的移民实边。秦人在陇西的长城内外屯垦生产，显著地促进了这一地区的开发和民族融合。不论是九原郡还是陇西郡，都处于北部边疆的区域。由于存在很多少数民族，在这些地域设置的管理机构与内地并不完全相同，所谓县"有蛮夷曰道"（《汉书·百官公卿表》）①，如陇西郡的狄道等即是。为了便于管理，秦王朝还特设管理民族事务的机构"属邦"②，政府在相当长的一段时期内允许所属少数民族政权在遵守秦法的前提下享有自治和一定的轻罪赎除之权。一些学者指出，秦对少数民族实行的优待政策体现了多民族国家思想，正是在这一思想的影响下，对于"华夏"及其范围的划定，决定性的影响因素逐渐从民族与血缘的区隔，转向了治权与地域的考量。而所谓地域的标准，实际上最终都着眼于文化的异同。③随着西北和西南地区郡县化和编户化的推进，这些区域逐渐被纳入国家秩序，文化改造、民族融合的进程也在加速，长城内外的"夷夏之辨"逐渐模糊。

长城作为一种防御性的工事，它构成了"保障"的基础，"保障"使一切变得更加"有序"。经过重构的政治秩序，是这种"有序"的高层级体现。当秦帝国疆域内文化差异不断淡化，一个稳定的"中国"开始显现出共同体的性质，这一共同体的文化向外辐射，使得长城内外的关系也发生了变化：先秦时期，列国长城主要标明两侧国家间的敌对攻防关系；到

---

① 曹学群在《县"有蛮夷曰道"质疑》一文中对班固的说法提出疑义，参见《求索》1996年第1期。但不能否认的是，"道"的设立与少数民族治理之间有着密切关系，参见杨建《略论秦汉道制的演变》，《中国历史地理论丛》2001年第4期。
② 有关属邦职能在秦统一前后的变化及其与"臣邦"和"道"的关系，参见邹水杰《秦代属邦与民族地区的郡县化》，《历史研究》2020年第2期。
③ 参见[日]王柯《从"天下"国家到民族国家：历史中国的认知与实践》，上海人民出版社2020年版，第74页。

了秦汉时期，长城内外虽仍然时有紧张对立，但周边少数民族及其政权多数时候被看作中原政治秩序的组成部分，这也对应着汉代儒家心中"多重型天下"的理想形态。① 此后，人们开始通过反思长城及其防卫功能来考虑民族关系，推求理想的天下秩序。在汉代对外政策调整和完善过程中，长城的象征和参考意义颇为多元：一方面，汉武帝时代新修筑的如漠南长城等"外长城"是昭示帝国实力、军事胜利和君主伟略的丰碑；另一方面，秦长城犹在而秦帝国二世即亡的教训也提示统治者注重"德"与"仁政"，在处理与少数民族的关系时，应更加强调"山河之固""在德不在险"（《史记·孙子吴起列传》），即"仁义为阻，道德为塞，贤人为兵，圣人为守"（《盐铁论》）的观念。在战与和、通与断的两极之间，在汉王朝与北方游牧民族整体政治格局的动态调整过程中，农耕与游牧这两种不同的文化形态既彼此对抗，又相互依存，在持续而深刻的互相影响中共同发展。

（二）界分农牧，见证两种文明互动融合

观察长城之实迹，很多学者指出它是农耕文明和游牧文明的分界线。严格地说，长城是一个混合着游牧和农耕的过渡地带，并未造成两者的隔绝，事实上长城在相当长时段内反而促成了沿线不同文明间的互动、聚集与融合。

即使从犬戎攻入镐京致使西周灭亡开始算起，农耕民族和游牧民族的冲突史也已足够漫长。游牧民族不时迁徙、抢掠，给定居族群带来动乱和

---

① 王柯提出，秦汉帝国建立的"多重型天下"体制模式为后世提供了榜样，从地理上看，在北方起到区分"内""外"作用的，就是万里长城。参见［日］王柯《从"天下"国家到民族国家：历史中国的认知与实践》，上海人民出版社2020年版，第98页。

恐慌，为确保稳定的生产、生活秩序，定居族群将一段段修建于不同时间和地点的城墙连接为"长城"。长城在混合地带的竞争过程中产生，它在护卫资源的同时保障了中华文明核心部分的延续，有效降低了农牧之间冲突的激烈程度，使二者的交往融合能有序进行，并在此后对其内、外部的社会、经济、政治、文化施以影响。

公元前302年，锐意改革的赵武灵王带头"易胡服""习骑射"(《史记·赵世家》)，并在全境推广，使"贵族服其教，黎元化其俗"[①]。他通过招募胡人骑兵和培养本国骑兵相结合的方式建立起自己的庞大精锐部队，赵国不仅因此军事实力空前壮大，更使周边游牧民族和有戎狄背景的外族大臣对之产生强烈的文化认同和归依心理。对内而言，随着"唯夏"意识的松动，民族融合进一步加强，游牧经济和文化在赵国获得更大范围的普及，以此为契机，以邯郸和代郡为代表的两种文化和政治势力形成的南北分裂困局也得以解决；对外而言，与始建赵国南长城有效防御邻国入侵的父亲赵肃侯相比，赵武灵王致力修筑赵国北长城体现出更为开拓进取的政治意图。正如狄宇宙(Nicola Di Cosmo)所观察到的，包括赵国北长城在内的建立在游牧区的长城，是中原政权"怀着军事进攻和领土扩张的意图"[②]修筑的。随着农耕技术和生产力的快速发展，在君主集权体制的保障下，农耕民族不仅能够对抗游牧民族的侵扰，更开始了一种以守为攻的扩进。

游牧民族"逐水草而居"的生活方式与不能全然自足的经济模式，决定了它们势必同毗邻而居的定居族群发生经济互动，以补足生计——与农

---

① 参见彗广《黄帝以后第一伟人赵武灵王传》，《新民丛报》1903年11月3日。
② ［美］狄宇宙：《古代中国与其强邻：东亚历史上游牧力量的兴起》，贺严、高书文译，中国社会科学出版社2010年版，第172页。

耕民族的贸易和战争，正是"互动"的两种表现形式。汉王朝建立前后，匈奴势力渐强，"白登之围"的危机及其解除方式仿佛后世汉匈关系的预演，战争间歇，常常可见和亲与通使、互市与贡赐。贡赐常被认为是另一种形式的贸易，一方进贡，一方赏赐，其功能主要在于双方社会上层通过物资交换和分配来对各自的政治体系加以巩固。匈奴依靠这一制度和体系收获颇丰，即使政治地位有所下降，成为汉的"外臣"，但却有效地控制着长城以北的领土。官方贸易之外，边境的私人贸易也在两个民族间不时进行，据《后汉书》记载，1世纪后半叶，北匈奴多次主动要求与汉人进行贸易交换，甚至不惜为此引发冲突和战争。

起于北方草原的鲜卑人建立政权后，越来越依赖农耕经济，汉化的进程也同时开启。胡人统治者将建立中华王朝视为目标和使命，积极起用汉人士族，虽然也在短暂的时间内实行"胡汉分治"，但民族意识已相对薄弱。494年，北魏孝文帝将国都从平城迁往黄河以南的洛阳，以便更好地控制中原地区，民族融合程度因此进一步加深，社会结构中的"血缘"纽带逐渐让位于"地缘"联系。在此前后的70余年间，北魏的数位国君花费了不少精力分别修建、加固了泰常八年长城、畿上塞围、六镇长城与太和长堑，其目的是防御北方的柔然，对移民垦殖和管理边民也多有助益，他们希望凭借这道可视的城墙以及文化政治上的改革，彻底摆脱游牧民族的"纠缠"。即使面对从之前的部族首领到之后的鲜卑贵族持续性的反对，北魏的主要统治者仍毫不动摇地坚持汉化，中华文化也在此际显示出强大的影响力和容摄力。在研究者的眼中，这一时期被视为中国历史上秦汉"华夏帝国"转变为隋唐"中原王朝"的关键阶段，由于部分匈奴、西羌、鲜卑部族迁于塞内，他们吸取华夏文化中糅合儒、法的礼仪教化与治术，配合原有之游牧部落与部落联盟等组织概念，尝试建立兼治长城内外之民的政权，因此当新的统一帝国再度出现时，统治阶层已经融合了游牧民族的血统与文化，在对待长城以北游牧部族的策略上，隋唐与秦汉之异相当明显。①

（三）护卫通路，促成国家与民族间交流

北魏的高闾曾上表陈述修筑长城的"五利"，除防御、备战等功能外，还有一条是"岁常游运，永得不匮"（《北史·列传第二十二》）。确实，长城不仅是一套复杂完备的军事防御系统，还承担着居住屯田、边境管理、内外交通、贸易税收等功能。长城沿线的军事、经济、文化交流活动是北部开发的重要动力来源，这种开发推动了定居人群向北的迁移和游牧民族向南的内附。

《史记·大宛列传》记载，汉武帝得到大宛汗血马后，认为是"神马当从西北来"的谶应，欢喜异常，名之"天马"，继而为再获大宛宝马下令开筑令居以西的长城亭障，并设置酒泉郡以为据点，便于沟通西北各国。此后，沿着这条路线往来安息、奄蔡、黎轩、条枝、身毒国的使者乃"相望于道"。当然，河西建郡的实际原因必不止于此，还应包括戍兵屯田以御匈奴和群羌的军事需求，但区域得以开发、交通受到保障，确是自然的结果和事实。稍晚的《汉书·西域传》也提到，"自敦煌西至盐泽，往往起亭，而轮台、渠犁皆有田卒数百人，置使者校尉领护，以给使外国者"。屯田规模的扩大，不仅解决了使者的口粮供给问题，也使中原的农业技术在西域传播开来。随着长城沿线贸易通道的贯通，中国和中西亚各国间的文化交流迅速展开并走向深入。从这一角度

---

① 参见王明珂《华夏边缘：历史记忆与族群认同》，上海人民出版社 2020 年版，第 280 页。

看，作为汉民族文化边线的长城，同时又在亚欧内陆文明发展的过程中承担着大动脉的作用。

汉武帝开河西四郡，位于敦煌的长城边陲玉门关和阳关成为出入西域的要冲，来自不同地区的文化在此交汇、传播，佛教传入中国的第一站也在这里。当地的佛教洞窟最早开凿于4世纪中叶，到了十六国时期，敦煌更成为全国的佛经翻译中心。一千五百年后敦煌石室遗书重见天日，其中包含的古代民族语言文字种类之多，令人惊叹，那些用古藏文、回鹘文、突厥文、于阗文、梵文、西夏文、粟特文、康居文、吐火罗文、龟兹文等书写的卷子，是认识历史上中原王朝与北方各少数民族如吐蕃、突厥、粟特、回鹘、党项、蒙古等之间复杂关系的重要文献，同时也是研究古代欧亚历史和摩尼教、景教、祆教、犹太教、基督教等宗教文化的珍贵材料，由此可见汉唐之际敦煌地区人文交流的多元性和深刻性。关于长城，在敦煌遗书中只能找到为数不多的破碎资料，像 P.5019 和 BD11731 缀合后的《孟姜女变文》就有金河、烽火、塞北、诺直山、燕支山、长城等字眼，残卷背后画有长城的城墙、门洞和守城者。但纵使鲜见于相关文献材料，毫无疑问，在敦煌遗书得以诞生的那段历史中，长城始终作为一种坚实的保障隐没于背景，悄无声息地发挥着至关重要的作用。

物资的交换总是与文化的交流相辅相成。在汉代的边境关市中，马匹是重要的贸易物资，到了唐、宋、元等朝代，中原王朝与边疆少数民族进行交易的关市仍称"马市"，尽管交易的商品种类繁多，但收买马匹仍是"马市"存在的主要目的。在以骑射为主要武备的古代，马的数量和优劣关乎国家军事力量的盛衰。明朝建立以后，从太祖以至后世诸帝都非常重视马政建设，除在民间首创代官养马制度外，还颁布了凡来朝贡马者皆予重赏的政令，考虑到边民来京贡马一路艰辛险阻，朝廷遂开广宁、开原等处马市以提供便利。为了笼络、安抚和防治北方的劲敌漠西蒙古（瓦剌），1438年，明英宗准大同巡抚所请，令军民平价市骆驼与马，并派专门官员经理互市商品事物。嘉靖年间宣大总督在此创修长城，其中府谷长城线最南端的重要关隘镇羌堡就开设有马市，其遗址至今留存。

明朝与蒙古鞑靼部的冲突和纠葛直至隆庆年间才得到缓和，但其间彼此的交往并未中断。早在1543年，俺答汗就用两种不同的手段寻求明朝开放关市，除武力逼迫之外，他有意识地接纳越过长城进入漠南的汉人逃兵和难民，鼓励他们就地垦殖生产；在明朝这边，因修筑工事而迁徙至长城脚下的人口聚居形成许多村落，普通百姓在与蒙古人毗邻居住、长期对峙的过程中互相熟悉、增进了解，他们向往和睦相处、互通有无，因此常有私下进行贸易的行为，这些都构成了"隆庆和议"的社会基础。根据和议，贡赐关系再度建立起来，大同得胜堡、新平堡、守口堡、助马堡等处马市终于开放，长城沿线自此"六十年来，塞上物阜民安，商贾辐辏，无异于中原"（《宣府镇志》）。毫无疑问，在明蒙关系不断变化的过程中，正是长城沿线关城促进了人口聚合、边贸往来和文化交流，守边士卒的任务不仅是"修城堡"，更有"广屯种"（《明史·兵志三》)，他们很少使用"长城"这个称谓，更常见的叫法是"九边镇"——直至王朝终结，浩大的建设工程仍在继续，他们在长城的政治和军事体系之外开拓出生活模式和社会模型。

作为军事边界的长城不仅没有将不同的文明隔绝开来，还让"中国"具备了更广阔的视野，让"天下"的内涵更为多元和丰富。长城内外，不同民族间的交流融合，无论是以战争还是和平的方式，都是推动历史进程的重要动因。从秦长城到明长城，这一不断修建、加固、拓展的特殊的工事体系，一直在为看似"边缘"的地带带来活力：人口集聚、区域开发、物资流转、文化传播、生活方式改易等，多民族之间的交融持续在长城所代表和构建的秩序框架内有序展开。

二、中华民族的精神象征

孟子说："天下之本在国，国之本在家，家之本在身。"（《孟子·离娄上》）"家国天下"本是一体，君子"身修而后家齐，家齐而后国治，国治而后天下平"（《礼记·大学》）。这种由家及国，从切身的家庭关系出发来理解个人与国家关系的认知习惯，直到今天仍深刻影响着中国人的家国意识。长城作为古代中原帝国统治疆域的边界标识，作为守土卫国的防线，也自然而然地在这一套"家国天下"的政治想象中获得了重要的象征意义，成为国家力量的象征。

（一）古代中国，长城诗文中的故土之思

在中国古代的文艺作品中，长城的雄壮往往联系着国家的强盛。如唐代袁朗在歌颂"四时徭役尽，千载干戈戢"的太平盛世的诗歌《饮马长城窟行》中，便写到"长城连不穷"的壮观景象；北宋毕仲游的《送范德孺使辽》同样将"坐见长城倚天宇"的宏大画面同"际天接地皆王土""桑麻万里富中原"的盛世盛景联系起来。

唐代边塞诗的雄浑气象，亦往往以长城为背景。遥望长城，回首秦汉，无论是"黄河远上白云间，一片孤城万仞山"（王之涣《凉州词二首·其一》）的苍凉沉郁，还是"秦时明月汉时关，万里长征人未还"（王昌龄《出塞二首·其一》）的抚今追昔，都能悲而不凄，体现出盛唐的豪迈与壮美。唐代疆域辽阔，越过了长城的边界，故而在唐代边塞诗中，长

城雄关与其说是实指的战争场所,不如说是一个连接古今的文学意象,将秦汉古战场的厮杀之声与此时此地的所思所想相互交叠,无论是征夫苦战思乡泪,还是投笔从戎报国心,都因而有了历史的纵深,更显出文学表达的独特魅力,长城也在这样的作品中跃出物质实体的局限,具有了精神性的意义。

从北宋末年到南宋,风雨飘摇的宋室江山引起爱国诗人无尽的忧思。陆游《书愤》中的"塞上长城空自许,镜中衰鬓已先斑",杨冠卿《贺新郎》中的"待西风、长城饮马,朔庭张弩","怅未复、长陵抔土",读来都令人唏嘘。在强敌环伺、偏居江南的南宋,长城对于爱国诗人们而言,不仅是聚合了无数英雄故事的古战场,还是一个太平强盛的中原王朝本该保有的国土边界。他们的长城记忆,因而融入了对中原王朝昔日荣光的无限追忆。此时以长城入诗,便总会勾起想要收复失地、北定中原,却又报国无门的沉痛悲凉之情。"长城万里英雄事,应笑穷儒饱昼眠"(陆游《送霍监丞出守盱眙》),长城作为文学意象再一次重叠古今,与秦汉守边名将的英雄事迹相对照的,却是有心报国、无力回天的悲怆现实。这种借长城意象表达家园沦丧的悲愤之情,以及收复失地的强烈愿望的文学结构,也成为中国文学史中的重要传统。无论是在明末的飘摇乱世中,还是近代中国的百年屈辱中,我们都能看到相似的情感与表达,长城在这一漫长的历史过程中,日益成为中国人的故土家国意识的核心象征。

作为守卫疆土的重要军事防线,长城还常与对国家的忠诚联系在一起。韩翃《寄哥舒仆射》中的"万里长城家,一生唯报国"和徐九皋《送部四镇人往单于别知故》中的"马饮长城水,军占太白星。国恩行可报,何必守经营"等诗句,都借长城抒发着尽忠报国的情怀。如果说在这两首作品中,长城主要还是一个空间意象,象征着国家疆土,那么在"誓辞甲第金门里，身作长城玉塞中"（王维《燕支行》）及"胡马长驱三犯阙，谁作长城坚壁"（黄中辅《念奴娇·炎精中否》）等诗词中，长城还有着另一层文学表意的功能，即被用来指代忠臣良将、国之栋梁。南北朝时期，宋国名将檀道济因功高盖主而遭宋文帝猜忌下狱，檀道济感叹宋文帝的这种行径是"乃复坏汝万里之长城"（《宋书·檀道济列传》），因此有了"自毁长城"的说法。在这一用例中，长城便因其坚不可摧的强大防御功能，被用来比喻人才作为国之根基的重要地位。以长城喻名将由此成为传统，唐代名将李勣曾得李世民"其为长城，岂不壮哉！"（《资治通鉴·唐纪十二》）的赞赏；明代开国将领徐达也被朱元璋称为"万里长城"（《明太祖实录》洪武十八年二月）。"身作长城"的文学修辞与此同源，不仅强调了能臣名将本身无人可及的才干能力，更强调了个人与国家之间的关系——个人以身许国，国家安定强盛是个人功绩的最佳证明。

千年诗词文赋，未曾间断地描绘着长城的模样，长城早已不只是跨越崇山峻岭、莽原戈壁的庞大建筑，更成为属于中国与中国人的文学意象、文化记忆与精神寄托。长城，无论象征着统治疆域还是国之栋梁，始终脱不开的是那份厚重而深沉的家国情怀。每有思乡之情、报国之志，人们就会想起长城，想起它的雄壮与苍凉，想起世世代代发生在长城脚下的英雄故事。

（二）走向近代，"英雄造势"与长城新解

近代以来，长城的形象进一步凝练升华，成为中华民族抵御外辱、自强不息的精神象征。

光绪十四年（1888），康有为赴京参加顺天乡试，第一次上书光绪帝请求变法未果，同年夏天游览居庸关长城，写下《登万里长城》："秦时楼堞汉家营，匹马高秋抚旧城。鞭石千峰上云汉，连天万里压幽并。东穷碧海群山立，西带黄河落日明。且勿却胡论功绩，英雄造事令人惊。"此处以称赞的口吻写秦始皇修筑万里长城的事迹，是此前历代文人中少有的角度。大部分古诗提到秦始皇筑长城，都持批判态度，如唐代汪遵（一作褚载）的《长城》："秦筑长城比铁牢，蕃戎不敢过临洮。虽然万里连云际，争及尧阶三尺高。"将长城与尧阶对比，认为秦始皇大兴土木修建长城，却并不能阻挡秦朝的灭亡，与尧这样勤俭爱民的贤君根本无法相比。陆游的《古筑城曲》："长城高际天，三十万人守。一日诏书来，扶苏先授首。"同样讽刺了劳民伤财修筑的坚固长城，并不能阻挡秦王朝的内部溃败。对秦始皇修筑长城的批判，无论是秦皇的暴虐，还是战争的残酷，都十分常见，康有为并未因袭这样的立场，而是盛赞秦始皇"英雄造事"的惊人气魄，认为这种改变历史的强大行动力，甚至比"却胡"的实际功绩更值得赞叹。

在康有为写下《登万里长城》之际，中国近代史的百年屈辱已经在列强的坚船利炮中拉开了帷幕，中原王朝与北方游牧民族间周期性的冲突与战争已不再是清王朝面临的主要外部威胁。对于有经国济世抱负的康有为而言，当时中国所需要的，是一道新的"长城"，一道能够阻挡列强入侵脚步的"长城"。列强的侵略也让康有为意识到了中国的积弱与落后，唯拥有秦始皇修筑长城时那种"英雄造事"即创造历史的魄力，革除积弊、变法维新，才能改变中国的命运。属于中国的新的"长城"必然不再是砖石堆砌的高墙，而是新的思想、文化、技术，以及新的中国人。

在这首《登万里长城》中，能够清晰地看到吟咏长城的主题的变化：一方面，求新求变的现代性历史观成为正面解读秦皇事迹的新视角；另一方面，来自西方的压力打破了中原农耕文明与北方游牧民族间的动态平衡，长城作为文学与文化意象所蕴含的家国情怀开始从一种中原王朝本位的天下观，逐渐转向由汉民族与诸少数民族共同熔铸的中华民族命运共同体的国家观。伴随着国家的近代化，长城的文化内涵也开始经历近代化过程。

（三）抗日救亡，"血肉长城"中的家国情怀

1931年，以"九一八"事变为标志，日本悍然发动侵华战争，14年抗日战争给中国人民造成了深重的苦难。但与此同时，艰苦卓绝的抗战也极大促进了中华民族的团结与觉醒，激发了中国人的爱国热情，成为中国现代民族国家建构中极为重要的一环。

"九一八"事变后，发生在长城沿线的战役包括1933年的长城战役，1937年的南口战役、忻口战役等，其中，长城战役有着尤为重要的历史意义。

1933年初，已经占领了东三省的日军进一步侵略华北，强占山海关，遭到了中国守军的顽强抵抗。激烈的战斗从1月1日夜间持续到3日下午，当时驻守山海关的是东北军独立步兵第九旅六二六团的两个营。一营营长安德馨死守山海关，并在作战动员中发下了"我安某一日在榆关，日人一日绝不能过去。日人欲过去，只有在我们的尸首上过去"[①]的誓言。激战中，安德馨战死，两营官兵伤亡殆尽。团长石世安率余部撤退，日军随后控制了山海关及关内外交通要道。安德馨及六二六团两营官兵拼死抵抗、以身殉国，揭开了长城抗战的悲壮序幕。全国各地报刊争相报道山海

---

① 《申报》1933年1月10日，转引自饶东辉《回族抗日英雄安德馨》，《宁夏大学学报》1986年第4期。榆关即山海关。

关战役的情况，包括安德馨誓与山海关共存亡的英雄事迹。东北爱国官兵宁死不当亡国奴的英勇悲壮极大扭转了"九一八"事变后蒋介石不抵抗而放弃东三省所形成的舆论悲观情绪，鼓舞了中国人民的抗日热情。

2月23日日军进攻热河，3月11日热河全省沦陷，日军推进至长城沿线，在古北口、喜峰口等长城关口与守军交战。其中，古北口成为长城抗战的主战场，双方在这里投入兵力最多、战斗历时最长。在防守龙儿峪的过程中，十七军第二十五师一四五团团长王润波身负重伤仍坚持指挥战斗，直至牺牲。师长关麟征亲自率军增援，在途中与日军发生遭遇战，关麟征身先士卒，被手榴弹炸伤后，仍浴血奋战，英勇杀敌，最终成功击退日军。

3月12日，守军连续击退了日军三次大规模进攻，因伤亡过大而撤出古北口，一四五团一个军士哨因通信断绝，未能接到撤退命令，坚守哨位的七名士兵抱着必死的决心用一挺轻机枪和几把步枪封锁山下公路，多次阻挡了日军的进攻，伤敌、毙敌一百余人。日军使用重炮与飞机几乎炸平了七名士兵所在的山头，七名士兵直到全部殉国也没有后退一步，连敌军都对他们的英勇精神肃然起敬，将他们的尸骨合葬在一起，称为"支那七勇士之墓"。在中国官兵血战到底的顽强抵抗下，日军虽然最终占领了古北口，却也付出了沉重的代价。

持续近三个月的长城抗战虽然以失败告终，却给日本侵略者以沉重打击，阻止并延缓了日军侵略华北的进程，激发了全国人民勠力同心、抗日救亡的爱国热情。来自全国各地的捐款、捐物被送往前线，各爱国团体也纷纷组织慰问演出，长城抗战成为全民参与抗战的重要起点，为后来的抗日民族统一战线奠定了基础。

长城在中国人心中的特殊地位，也为长城战役赋予了重要象征意义。

千年来积淀于长城意象中的故土家国意识，在长城即将沦陷的时刻扣紧了每一个人的心弦，亡国灭种的巨大危机感在血染长城的那一刻前所未有地高涨起来。历史上发生于长城沿线的英雄故事，与永眠于长城脚下的爱国英烈的事迹相交叠，凝练升华为捐躯赴国难、虽死犹未悔的爱国主义情怀，以及中华民族上下一心、生死与共的命运共同体意识。

1935年，《义勇军进行曲》随着电影《风云儿女》的上映而唱遍大江南北，无论在前线还是后方，每当《义勇军进行曲》的旋律响起，都有力鼓舞着中华儿女继续艰苦卓绝的斗争。特别是那句"把我们的血肉，筑成我们新的长城"，明确了长城作为全国、全民族重要精神依托的重要地位，四万万中国人的血肉与精神如同饱经战火而屹立不倒的长城，构成了保家卫国的坚实屏障。《义勇军进行曲》的创作就取材于长城抗战。1933年2月，在热河战役最紧要关头，聂耳随慰问团到热河慰问参战官兵，并听到了当时在军中传唱的《义勇军誓词歌》，歌词中便有"用我们身体筑起长城"[①]等句。同年3月，田汉也随慰问团到达古北口，亲身感受了长城战役的惨烈与悲壮，他在之后一段时间的创作中反复使用"'新的长城''铁的长城''血肉长城'"[②]等词句。田汉与聂耳在长城战役中的经历与见闻，成为他们创作《义勇军进行曲》的最重要素材。将爱国抗日战士比喻为"血肉长城"并非田汉的独创，而是当时的长城抗战中常见的动员话语，这种动员话语依托于围绕长城而产生的深厚文化传统，迸发出强大的生命力与动员能量，直到今天仍能震撼人心。此后，将人民军队比喻为"钢铁长城"这一修辞传统便延续下来，简单的四个汉字中承载的是不曾

---

① 参见刘生林口述，袁幼山、付强、林娜整理《有这样一首歌叫〈义勇军誓词歌〉》，《中国民兵》2015年第11期。

② 李旭辉：《〈义勇军进行曲〉创作之源新考》，《石家庄理工职业学院学术研究》2015年第1期。

断绝的中国军魂。

　　长城抗战能够在唤醒民众、共同抗日的过程中发挥如此重要的作用，源自长城与家国、保卫长城和保卫家国之间自古而然的密切文化联系。1937年"七七事变"后，潘子农、刘雪庵为电影《关山万里》创作的插曲《长城谣》便有"万里长城万里长，长城外面是故乡"一句，看似简单的陈述，却包含着深厚的情感，写出了东北沦陷后东北人民"苦难当，奔他方，骨肉离散父母丧"的痛苦悲愤。尽管由于上海"八一三"事变的发生，电影《关山万里》最终没能完成，但《长城谣》却唱遍了大江南北，歌中那份深切的故土之思如同万里长城万里长，唱进了每一个中国人心里。多少爱国青年唱着这首歌，怀着"中国不会亡"的信念奔赴战场，为了这片祖祖辈辈生于斯、长于斯的土地不惜献出年轻的生命。1938年，青年歌唱家周小燕去法国留学途经新加坡，应百代唱片公司邀请，演唱灌制了唱片《长城谣》，使《长城谣》在更大范围得到传播，广大侨胞受到感召，积极捐款捐物，甚至愤而回国参加抗战。这也说明对长城的深沉情感不仅流淌在每个中国人的血脉记忆中，还刻印在全球华人华侨的心里，万里长城寄托着他们的故土情、爱国心。

　　1994年的歌曲《长城长》开头唱道："都说长城两边是故乡，你知道长城有多长"，仿佛是对近60年前《长城谣》的一次跨时代的回应。国家独立统一、经济快速发展的今日，中国不会忘记那段山河破碎的历史，不会忘记"凝聚了千万英雄志士的血肉，托出万里山河一轮红太阳"的艰难岁月，不会忘记是无数先辈用他们的牺牲铸成最坚不可摧的长城，捍卫了中国的未来。歌中既唱出历史的悲情，也唱出新时代屹立于世界之林的自信、强大、开放的新中国的昂扬精神。"长城雄风万古扬"一句，一洗古往今来长城意象中常常郁结着的悲凉凝重的气氛，雄健而壮阔。长城意象中寄托的爱国情怀与民族情感在新的时代也有着新的风采与永恒的重量。

自古以来，长城不仅作为建筑物质实体、军事防御系统进入人们的视线，它更是一个历史悠久、内涵丰富且随时代发展而不断自我更新的文化意象。居于长城意象核心位置的，总是那份历久弥坚的家国情怀，无论是太平盛世时的自豪，还是风雨飘摇时的悲愤，都会化作报效国家的勇气与责任感。在这种文化传统下，长城如此自然地在近代中国民族危亡时刻的话语象征系统中占据了重要位置，并升华为面向现代国家的民族向心力与凝聚力的精神构筑物——四万万中国人用血肉筑起了新的长城。中华人民共和国成立后，长城的形象出现在国歌中，出现在身份证、护照上，出现在人民大会堂的大厅中。长城成了中国的象征，也成为每一个中国人的身份标识，如同一座精神丰碑，铭刻着全体中华儿女团结一致、自强不息的伟大爱国精神。

三、与时俱进的文化地标

2000多年来，尽管世事变迁，沧海桑田，但雄伟的万里长城始终巍然矗立，在中国人心中占据着重要地位。今天的长城，虽然失去了实用功能，却被赋予了更多的文化和精神性价值。概括地讲，长城蕴含的伟大精神包括"团结统一、众志成城的爱国精神，坚韧不屈、自强不息的民族精神，守望和平、开放包容的时代精神"[①]。这三重精神既是长城文化的核心特质，又是中国文化与时俱进的内在驱动力。从整体看，当代长城文化主要呈现出三类形态：一是文化遗产形态，以长城沿线遗存的大量文物古迹

---

① 文化和旅游部、国家文物局：《长城保护总体规划》，2019年1月23日。

为代表；二是文学艺术形态，以各文艺门类创作的长城题材作品为载体；三是文化符号形态，以语词和图像形式融入社会生活的方方面面。三者互通互融，多元而统一，共同构成了当下长城文化的基本面貌。即将建设的长城国家文化公园也会充分整合三类当代文化形态，深入贯彻落实习近平总书记关于"让文物说话、让历史说话、让文化说话"等一系列推动中华优秀传统文化创造性转化与创新性发展等重要指示精神，继续讲好新时代的长城故事。

（一）底蕴深厚的文化遗产形态

对当代人来说，长城首先以文化遗产的形态出现，它是中国现存规模最大的世界文化遗产。山海关、八达岭、居庸关、嘉峪关等耳熟能详的长城点段早已成为必游之地，沿线开发中的其他景区也不乏中外游客。文化遗产旅游是了解长城历史、感悟长城文化的最直接途径。通过登临体验，人们便可以领略万里长城的千载雄风；抚摸墙砖垛口，似乎就能触及其中蕴藏的历史信息。

厚重的历史感是长城文化遗产给世人的第一印象。的确，长城的整个营造史历经春秋战国、秦、汉、唐、明等多个历史时期，其间不断地修筑和维护，留下大量的历史遗迹和文物。长城遗迹的分布范围涉及全国15个省（自治区、直辖市）的404个县（市、区），文物本体总计43000余处（座/段）。[①] 如此跨越历史长时段和地理大区域的文化遗产，在世界上也是罕见的。因此，早在1987年，长城就被列入联合国教科文组织《世界遗产名录》。中国长城符合遴选世界遗产的多项标准，不仅在建筑艺

---

① 参见文化和旅游部、国家文物局《长城保护总体规划》，2019年1月23日。

术史上堪称范例和奇迹，而且在人类文明史和军事史上也同样具有不可替代的价值。可以说，长城的修筑过程就是中国古代史和民族发展史的缩影。

除物质实体外，长城的文化遗产形态也体现在民俗文化上。出于防卫的需要，以城墙为中心的军堡聚集了大量人口，戍边军旅和周边住民创造了别具一格的边塞文化。在长城两万余千米的弧形文化带上，自东向西分布着辽东文化、燕赵文化、三晋文化、关中文化、陇右文化等文化地理区域，差异中彰显着北方粗犷豪迈的统一特征。沿河西走廊向外扩展的长城边界又与古丝绸之路文化带衔接。如今，散落在长城南北的传统村落似繁星点点，依然延续着塞外的古风古韵。

简言之，长城文化遗产携带着深厚的中华文化基因，并已成为中华民族的精神象征，需要世代传承与保护。中华人民共和国成立后，长城的保护工作一直受到党和国家的重视。从 1961 年起，一些重要点段就被公布为全国重点文物保护单位和省级文物保护单位；2006 年，国务院颁布《长城保护条例》；2016 年，国家文物局发布《中国长城保护报告》；2019 年，文化和旅游部、国家文物局发布《长城保护总体规划》，同年，长城国家文化公园建设项目启动。作为重要文化遗产的长城，将以国家文化公园的形式，肩负起展示中华优秀传统文化创造性转化、创新性发展成果的新使命。由点到线，由线到面，长城文化将再一次被串联起来。公园项目把各地文化和旅游资源围绕长城主题进行统合，为传承传播长城文化提供支点和基地。总的来说，文化遗产沉淀和包含着长远的民族记忆，弘扬与传承源远流长的长城文化，就是守护我们共同的精神家园和精神象征物。

（二）丰富多彩的文学艺术形态

宏伟壮丽的长城不断激发着古今文人墨客的创作灵感。他们寓情于景，抒发对祖国大好河山的赞叹，也流露出对个人生活境遇的感慨。据统计，有关长城的诗歌超过数千首，创作改编的各类文艺作品更是不计其数。长城给人的独一无二的文化体验值得每个时代浓墨重彩地书写。无论你是否登上过长城，都会在艺术家的创作中身临其境地感受到万里长城的无限魅力。

长城绵延万里的浩大工程，成为凝聚民间叙事的巨型"传说核"，八达岭、山海关、嘉峪关等点段都形成各具特色的传说集群，其中北京地区的"八达岭长城传说"已被列入第二批国家级非物质文化遗产名录。长城传说的主体是地方风物传说，围绕地名和遗迹展开，也包含了修筑长城的工匠传说，保卫长城的英雄传说，王昭君、杨家将、戚继光、李闯王等历史人物传说。民间传说中不乏绮丽想象和神话色彩，生动的细节蕴含着地方生态和伦理道德知识，深刻反映了长城沿线民众的集体记忆和文化认同。"孟姜女传说"是长城传说中最为人熟知的，也是"中国四大传说"之一。据顾颉刚研究，孟姜女传说的最初原型是《左传·襄公二十三年》所记载的杞梁妻却郊吊，后不断演变，成为如今的形态，并生成众多异文。[①] 孟姜女传说控诉了秦始皇在修筑长城时压榨百姓的暴政，有着鲜明的民众立场。孟姜女故事情节经过添枝加叶进入地方戏曲，也催生出许多经典剧目。

口头传统之外，大量与长城有关的诗文也为中国文学史留下了宝贵财富。除了许多家喻户晓的边塞诗外，还有不少记叙长城景观、纵论长城意

---

① 参见顾颉刚《孟姜女故事研究及其他》，商务印书馆2017年版，第3—4页。

义的名篇，如贾谊的《过秦论》、高闾的《请筑长城表》、徐彦伯的《登长城赋》、龚自珍的《说居庸关》等。现代作家中，吴伯箫的《我还没有见过长城》、叶君健的《在长城上》、刘白羽的《关于长城的回忆》、秦牧的《长城远眺》等也都展现了今日长城之美，与旧日怀古之情有所不同。毛泽东诗词中的名句"不到长城非好汉"（《清平乐·六盘山》）、"望长城内外，惟余莽莽；大河上下，顿失滔滔"（《沁园春·雪》），更是意境深远、气势恢宏，将伟大的长征精神与抗战精神和革命情怀融入了长城文化。

文学形态的长城遗产还应包括匾额与楹联。那些巍峨耸立的雄关城楼上的书法，为长城增添了不少审美情趣。山海关的"两京锁钥无双地，万里长城第一关"，雁门关的"三关冲要无双地，九塞尊崇第一关"，古北口的"地扼襟喉通朔漠，天留锁钥枕雄关"都是其中佳品，对仗工整，文辞考究，衬托出长城独有的文化底蕴。

美学家宗白华曾说："中国最伟大的美术，最壮丽的美，莫过于长城。我们现在谈美，应从壮美谈起，应从千万人集体所创的美谈起。"[①] "壮美"是长城最突出的美学特质，也是它给人最直观的感受。长城的壮美，尤其在视觉艺术中展现得淋漓尽致。悬挂在人民大会堂迎宾厅，由傅抱石、关山月共同创作的《江山如此多娇》在表现锦绣山河时，就加入了蜿蜒曲折的长城景观。长城也是摄影家钟爱的拍摄对象，除审美价值外，一些特定时期的纪实作品有着珍贵的历史价值。作曲家杜鸣心创作的《长城交响乐》则以听觉艺术的形式呈现长城之美，同样有震撼人心的力量。以长城为题材或背景的戏剧、影视等综合艺术作品更是数不胜数，在各个历史时期不断涌现。

[①] 宗白华：《美学与意境》，人民出版社1987年版，第270页。

总之，不同门类的艺术作品用各自的艺术语言，或再现、或表现长城的过去与现在，反映出长城文化特有的民族诗性，感染了一代又一代国人。这些文学艺术创作，饱含着艺术家对古人修筑长城、守卫家园的由衷敬仰，对中华民族奋斗精神的崇高赞颂，以及传承弘扬长城文化的坚定信心。

（三）与时俱进的文化符号形态

文化符号是人类独有的文化表达方式，依靠符号媒介，文化意义得到集中的传达和揭示。在长城文化的深层形态中，物质实体的长城被抽离，符号化的长城，或者说长城意象逐渐明显。今日的长城，既是中华民族的精神象征，也是世界眼中的中国标志。作为与时俱进的文化符号，长城形象的发展经历了漫长的历史，在古人与今人、中国人与外国人眼中，长城有过许多不同的样貌。

西方世界对长城的认知经历了不同的阶段。西方最早关于长城的文字记载可能出现在 4 世纪。古罗马历史学家阿米安·马尔塞林（Ammianus Marcellinus）的《事业》（*Res Gestae*）曾提及古老东方的赛里斯国被高高的城墙环绕。明中叶后，西方人的长城印象大多来自传教士的记述，一部分传教士有机会目睹长城的雄伟，留下了相对详细的记录。当时的西方人普遍认为，长城是为抵御北方鞑靼人的进攻而建造的。到了清代，西方人实地测绘制作的地图，进一步更新了长城在西方人眼中的形象，"历史悠久"与"工程浩大"成为长城的两个关键词。不过，18 世纪以后，随着清帝国的衰落，长城形象也由正面转向负面，代表着清帝国的封闭与保守。直到 20 世纪，汉学家们的考察活动和研究成果，才真正开始让西方世界认识到长城的重大价值。美国人威廉·埃德加·盖洛（William Edgar

Geil）1909 年出版的《中国长城》(The Great Wall of China)，首次对长城的起源、修筑过程、建造目的、作用及意义进行了全方面探讨。[①] 此后，在西方人的认知中，长城成了中国印象的重要组成部分，也成了外国游客体验中华文明的重要景点。

相较于西方人眼中的长城，中国语境下的长城意象复杂且深刻得多。当我们将目光聚焦于当代，就会发现文化符号意义上的长城，早已以语词和图像的形式浸入中国人日常生活的方方面面。实体的长城遗产和长城意象构成了长城文化的内涵和外延。

"长城"的词义引申由来已久，并日趋丰富，时常出现于日常修辞之中，比如将《中国民族民间文艺集成志书》誉为"文化长城"，将中国"三北"防护林体系建设工程称为"绿色长城"等。长城的图像元素则更广泛地存在于各式各样的生活、生产环境之中。仅以商标为例，2020 年 10 月 7 日，在中国商标网上可查询到的含有"长城"字样的注册商标共有 3862 个，涵盖了国际商标分类的全部 45 个类目，涉及经济社会的各个领域，如长城汽车、长城葡萄酒、长城瓷砖、长城润滑油等"长城牌"产品。与每个人的日常生活息息相关，遍布中国大地的"长城牌"，已经融化为人们对于中国制造的朴素记忆。此外，人民币也曾多次使用长城作为图案标识，长城邮票的发行历史也已有近百年，1990 年北京亚运会会徽、2008 年北京奥运会开幕式都使用了长城元素。无论是具象还是抽象的设计，长城图像早已是凝固在民众心中的文化符号。

纵观历史我们发现，长城的修筑依托于农耕民族与游牧民族不同的生

[①] 参见赵现海《近代以来西方世界关于长城形象的演变、记述与研究——一项"长城文化史"的考察》，《暨南学报》2015 年第 12 期。

存环境，保障了中华文明的核心部分，所以孙中山在《建国方略》中说："长城之有功于后世，实与大禹之治水等。"它使得农耕民族与游牧民族的交往融合能够有序进行，沿线形成的关城也成为边贸往来和文化交流的重要场所。近代以来，长城虽然失去其实用功能，但却作为民族精神的象征物深刻参与了之后中国历史的伟大征途。这正是长城文化能够历久弥新的根本原因。

长城文化历经2000余年传承至今，影响和塑造着中国人的思维方式、审美意识和情感表达。今天，我们继承和弘扬长城精神，发掘和提炼长城文化的内涵要义，就是要以当代视野观照长城历史，把握长城精神，关注长城文化的不同形态和侧面。当代视野下的长城、长城精神、长城文化一体多面，作为中华民族的精神象征与今日中国的文化地标，通过丰富多样的形式，持续不断地向世界传达着中华文明的核心价值。

（原载《艺术学研究》2021年第1期）

大运河文化论纲

唐嘉 杨秀 李修建

中国大运河，是世界上开凿最早、航程最长的运河，纵横三千里，绵延两千五百多年。大运河沟通京津、燕赵、齐鲁、中原、淮扬、吴越等地域文化，并连接海路，与域外相连。在漫长历史进程中，大运河发挥过极为重大的作用，蕴积出异常丰富多彩的文化形态，培育了中华民族多元统一、包容开放的文化精神。大运河文化，值得我们去深入探析、继承并弘扬。

一、上善若水

水被视为生命和文明之源。世界早期文明，莫不依傍河流发展演进。古埃及的尼罗河、古巴比伦的底格里斯河和幼发拉底河、古印度的印度河和恒河、中国的黄河和长江，皆被视为各文明的母亲河，人类在其中孕育成长。由此，不同的民族和文化，尽管自然环境千差万别，社会形态多种多样，但对水的基础地位都有类似的认知。古希腊哲学家泰勒斯将水视为宇宙的根源，赋予其本体论的地位。古印度以地、水、火、风为构成物质世界的四大元素。北欧神话认为世界诞生于水中,主神奥丁饮用了智慧泉中之水,获得了太初的奥秘。中国哲学,尤其是道家哲学,对水同样给予特别强调,水性至柔而能克制刚强,水善利万物而不争不竞,最好地体现出"道"的哲学意蕴,因此道家高扬"上善若水"。

道家哲学对于水的推崇,基于中国的自然环境以及中国古人的日常经验。中国大部分区域处于北温带和北亚热带,整体而言,气候湿润,四季分明,降水充足,适合生存。黄河、长江两条大河,流经区域达300万平方千米,孕育了中华文明的主体。而以农耕为主的生产方式,对于水有着更深切的认知。

作为自然的产物,水不仅是生命所需,同时具有极强的破坏力。有史以来,洪涝灾害一直是威胁人类生命和财产安全的祸首。大洪水神话存在于众多文化之中,是人类对洪水灾害的集体记忆。《史记·夏本纪》有载:"当帝尧之时,鸿水滔天,浩浩怀山襄陵,下民其忧。"滔天洪水浩浩荡荡,所到之处,摧枯拉朽,淹没山川丘陵,毁坏村庄田地,对人类生存造成极大威胁。

人类的伟大之处,在于从来不是被动地接受自然。面对滔滔洪水,不同人群有不同的应对之道,《圣经》故事中是建造方舟避难,中美洲神话中是制作箱子脱险,加拿大的印第安人将独木联成木排求生,印度神话以及诸多民族的传说中借助葫芦存活。大禹治水的故事,则为中国人津津乐道。这一故事无疑反映了上古华夏先民治水的艰苦卓绝历程,以及惊人的毅力和高度的智慧。大禹利用水的特性,采用疏导的方式引流下行,变害为利。可以说,中国古人在围绕水所进行的生存斗争过程中,既发展出丰富的治水经验,更善于利用水为国计民生服务。中国古代,陆路运输主要依赖人力、畜力,手提肩扛,牛拉马驮,运载能力有限,长途运输尤其耗时费力，成本亦高。相形之下，船的运载能力大大提升，借助水运，可以实现大规模运输，尤其是运载一些体量巨大的物品，尽显水运之优势和古人之智慧。

战国末年，秦国实力日益强大。秦国定都咸阳，居地势之要，但都城人口众多，加之这一区域气候干燥，要想养活大量人口，必须利用泾河之水，进行人工灌溉。由于泾河水位较低，无法直接引水。公元前246年，秦王任命韩国水工郑国主持开凿水渠。秦国征调民夫10万人，历时10年，在泾水上游设堰截水，引泾河之水东注洛水，渠长150余千米，灌溉农田号称4万顷，遂使关中成为沃野。秦国并吞六国，实现统一，郑国渠功不可没。

西汉、隋、唐均定都长安，随着人口日繁，关中的粮食生产已不能满足所需。更由于关中地势偏狭，北面的黄土高原不适合耕作，南面的绵延秦岭阻隔交通，遇有饥荒之年，吃饭就成了严重问题。所以在隋唐之世，出现过皇帝"就食洛阳"的尴尬局面。如隋文帝开皇十四年（594），关中大旱，隋文帝率群臣"就食于洛阳"（《隋书·帝纪第二·高祖下》）。而此时的东南地区，在魏晋南北朝之世得到了极大开发，物产丰富，文化发达。如何将南方的粮食运到京师，成为当时的一大问题，这是促成大运河开凿的一个重要原因。

开凿运河的历史由来已久。公元前486年，吴王夫差为北上争霸，开凿了南接长江、北入淮水的邗沟，这是我国历史文献中记载的第一条有确切开凿年代的运河。战国时期，魏国开凿了鸿沟。秦汉及之后，历代均开凿有运河。如秦朝开凿了灵渠，西汉时开凿漕渠、大白渠，曹魏时期开凿有睢阳渠、白沟，吴国开凿破岗渎，两晋时期开凿了浙东运河等。这些运河都是区域性的，规模不大，较为零散，没有形成完整的水运系统。隋朝统一全国后,从隋文帝开皇四年(584)到隋炀帝大业六年(610)20余年间,先后开凿了通济渠、永济渠,重修了江南运河,终于开通以洛阳为中心,北抵河北涿郡、南达浙江余杭的大运河。唐宋时期,基本沿用隋代大运河的体系,后人遂有"隋朝开河,唐宋受益"之说。元世祖忽必烈时期,开凿了济州河、会通河、通惠河等河道,使大运河直接贯通南北,奠定了此后南北京杭大运河的基本走向及规模。[1]

大运河的开通,对于中华民族意义重大。唐朝皮日休在《汴河怀古》中说:"尽道隋亡为此河,至今千里赖通波。"它不仅收一时之利,更建万世之功。由于中国的大江大河多为东西走向,在大运河开凿之前,南北交流很成问题。隋唐以后,北方是政治和军事中心,南方成为经济和文化中心,南北并峙,极不利于国家统一与政权稳定。大运河开通后,使南北成一整体,大大促进了南北之间的交流,南方丰富的物产,通过汩汩流淌的运河水道运往北方,南北之间的文化更是沿着运河传播交融。大运河的存在,无疑大大促进了经济的发展、两岸市镇的繁荣、南北文化的交流,以及国家的统一和稳定。

二、运之河

"运"在中国文化中具有重要意义。《庄子·天道》:"天道运而无所积,故万物成;帝道运而无所积,故天下归;圣道运而无所积,故海内服。"成玄英疏:"运,动也,转也。""运"是天道所以成万物,帝道所以得天下,圣道所以服海内的助力,促进人口、物资、思想、能量在天地间

---

[1] 参见安作璋主编《中国运河文化史》(上册)"序",山东教育出版社2006年版,第2—3页。

畅通地转动起用，为苍生谋福利。"天地之道，功尽于运化；帝王之德，理极于顺通"（东晋慧远《沙门不敬王者论·体极不兼应四》），"运化"显用，即有"顺通"。

"运"意义的生成，来源于动，《说文解字》："运，移徙也。从辵，军声。"又，"移，迁徙也。从辵，多声"，"徙，移也。从辵，止声。"故"运"具"移""徙""迁"义，以动、转①为特点，有运动、运行、运度、运转、运通、运载之能，如日月运行、江河运转、车船运载，连接彼此，无所滞碍，周而复始。运，包括了动态的生生不息的过程，应运而生，周流天下，即合"日新之谓盛德"，"生生之谓易"（《周易·系辞》）。运，进而也有气运、命运、国运之意。大运河之"运"是历史整体之运，指应天运而起，由历代中央政府运筹规划开凿，国家组织船舶运载漕粮与百货，实现南北运通，使江河湖泊互补运转，经济与政治协同运行，将自然气运、生民命运乃至国运连通起来，生生不息，利在世间，功在千秋。

隋唐以降，南北一统，政治中心自西安、洛阳、开封、杭州、南京，但最终北移，定都北京，北方占据重要战略位置，经济上则以农业、手工业发达的江南为重心。宋代已有"当今天下根本在于江淮"以及"苏湖熟，天下足"②之说。为实现国家统一调配战略、经济资源，各朝政府主导并出资，征集方案，组织徭役，开凿运河，会合诸水，效法自然，穿山越岭，裁弯取直，创造出南北流向的水道，贯穿东西方向的自然河流，把海、江、河、湖、泊、塘、渠、泉、沟等水系，以

---

① 《说文解字》："转，运也。从车，专声。"
② （宋）范成大：《吴郡志》，吴兴张氏《择是居丛书》本。

舶、船、筏、舟等运载工具，桥、坝、闸、堤等人工助运设施，与沿线市镇、乡村联系起来，开辟区域水网通路，顺势连通国家政治、军事中心与经济、文化中心，实现国家战略规划。以大运河为动脉，物资与人员运行其中，形成了具有生气活力的跨地域政治、经济、文化有机循环体，融合各方优势取长补短，打破疆界与壁垒，突破区域经济局限，进一步加强、巩固了江南与首都的联系，维护、稳固了中央集权。从整个中国历史来看，政治中心发生了自西而东，自南而北的转移。明成祖朱棣迁都北京，意在防御北方少数民族，维护中央集权，后人遂有"天子守国门"之说。运转不息的大运河，平衡了东西，平衡了南北，平衡了天下，维系了中华民族的气运。

自邗沟、通济渠发端，大运河北上南下，沟通东西流向的海河、黄河、淮河、长江、钱塘江，引入沿途邻近鉴湖、射阳湖、白马湖、高邮湖、太湖、洪泽湖、白浮泉等湖泊和多种水源，连通甬江、曹娥江、汶水、泗水、汴河、白河、潮河、榆河、沙河等河流，结合自然水域，凿荒越岭，深挖河道，穿行市镇，纵贯长江三角洲、黄泛平原、海河平原、淮河平原，创造出包括浙东运河段、江南运河段、淮扬运河段、通济渠段、永济渠段、中运河段、会通河段、南运河段、北运河段、通惠河段为一体的水路运道，实现南北全线取直；从北向南，大运河途经北京、天津与河北、山东、安徽、河南、江苏、浙江六省，贯通北京、天津、沧州、德州、洛阳、开封、聊城、济宁、枣庄、临清、徐州、宿迁、淮安、扬州、镇江、常州、无锡、苏州、湖州、嘉兴、杭州、绍兴、宁波等城市。大运河将水流与陆地结合在一起，形成立体运通网络，相辅相成，命运相系，衔接南海交通线与东方海上交通线，进而汇合浩瀚的世界水域。

因运相连，承上启下，大运河的水道载着物产运转起来，人流顺着运河通行南北，文化随着运河沿途传播，自然与人文交融，相得益彰。大运河通过运粮、运盐、运货、运兵、运商、运客，保证南北人员物资统一调配，促进各地经济协调发展和文化交流融合，维护中央集权统治的社会秩序。

运河通南北，文明传千年，大运河流经了多个文化区域，不同文化随着大运河传播至各地，促进了相互之间的了解、交往、融会、发展和认同，形成了大运河区域包容并进、多元并存的文化性格，尽显其运化之功。

三、道济天下

（一）水道：会通天下，广济八方

公元前486年开邗沟，沟通江、淮；汉元光六年（前129）穿漕渠，通渭；三国魏黄初六年（225）通讨虏渠；隋初开广通渠，隋大业元年（605）开通济渠，大业四年（608）开永济渠；唐开元二十七年（739）开广济新渠；北宋开宝六年（973）改闵河为惠民河；元中统二年（1261）开广济渠，至元二十六年（1289）开会通河，至元三十年（1293）开通惠河，实现大运河全线通航。南北贯通的大运河上，有广利闸、会通闸、惠济闸、通济闸等调节水流，通运桥、通济桥、永济桥、广惠桥、广济桥、惠济桥、普济桥等连接八方。从"穿漕""讨虏"到"广通""通济""永济""惠民""广济""会通""通惠""通运""广惠""惠济""普济"之命名，展现出运河的功能从最初的漕运和军事，到南北大一统之后执政者一脉相承的政治愿景：广济八方、惠民利生、运通天下。①

与漕运功能配套，大运河沿线的码头是货物装卸地点和商品集散中心，丰富了当地的交易，繁荣了周边的经济；大运河沿线的水陆驿站，备有客房、驿马、驿船、马夫和水夫，方便来往运河上的官民客商；在大运河一线的重要城市北京、天津、临清、淮安、扬州、苏州、杭州设钞关，集中征收商货税款，利于统一管理货币、税收系统；大运河航线需大量人力维持运转，为民众提供了更多工作机会，助力解决民生问题。

与灌溉功能相符，早在西汉时期，运河的水源就用于灌溉农田，虽然运河通航时需保证水位而有"保运"之令或致沿途土地、农作物缺水，但当年漕运工作一经完成，往往也要兼顾当地用水。江南沿河的村庄至今仍保持着从运河取水灌溉的习惯。

与运载功能相应，漕船、官船、货船、客船、渔船通过大运河往来，漕米、盐、木材、百货依靠大运河运输；往来南北的行人、客商因有运河而少受颠簸之苦，"自淮安清河经济宁、临清赴北京"，有云："向非此河路，则我等于崎岖万里之路，有百技跋行之苦，今乃安卧舟中，以达远路，不知颠仆之虞，其受赐亦大矣。"②

与连通功能相关，运河水系滋润着两岸的城乡，大运河沿线作为粮仓、闸口、中转、驻地和旅行目的地的城市，大多也是经济、文化重镇，宁波、杭州、嘉兴、湖州、苏州、无锡、常州、镇江、扬州、淮安、济

---

① 这些渠、闸、桥名强调了大运河在通途、惠济方面的作用，江南运河段有升明桥、泰安桥、中和桥，淮安有仁字坝、义字坝、礼字坝、智字坝、信字坝，淮水有福兴闸，运河通州至元大都段有广源闸、文明闸，其寓意一脉相承，以惠民利生、广济天下为标准，实现儒家的大同理想。

② 朴元熇校注：《崔溥漂海录校注》，上海书店出版社 2013 年版，第 103 页。又："自江南抵北都，旧无河路，自至正年间以来，始为通路之计。至我太宗朝，置平江侯以治之，疏清源，浚济、沛，凿淮阴，以达于大江，一带脉络，万里通津，舟楫攸济，功保万全，民受其赐，万事永赖。"

宁、临清、开封、洛阳、天津、北京等地，占据优越的地理位置，居于漕运、货运流转中心，城市的地位也因与大运河的关联而凸显出来：宁波是大运河与海上丝绸之路的交汇点；镇江地处大运河与长江交汇处，是江南运河段的交通要道；江南运河与浙东运河经过杭州，为之带来充足的物产；淮安因运河而闻名，也是淮北食盐集散中心，明清设有总督漕运公署，城中建有"钞厅"与"漕盈仓"；济宁居"水陆交汇，南北冲要之区"，"南通江淮，北连河济，控邳徐之津要，振宋卫之咽喉"（清嘉庆重修《大清一统志》），城中曾有200余条街道名称与运河相关；洛阳曾因通济渠、永济渠的连通而成为水陆交通的枢纽；开封一度水路发达，有汴河、黄河、惠民河、广济河四路通漕；天津位于河运与海运共同的运转地；北京是大运河的目的地，通过大运河运输的漕米、百货等可以直达城内的积水潭。中国民间有"遇水则发，以水为财"之说，水是财富的象征，大运河则促进了财富的流动。大运河沿线，形成了中华经济富裕带。

运河沿线的小镇也因通行而得利，南北航运要道上的杭州塘栖镇、湖州南浔镇、嘉兴石门镇、苏州平望镇、扬州邵伯镇、济宁南阳镇、徐州窑湾镇、宿迁皂河镇、安阳道口镇、淮安清江浦等地，因运河带来商品、聚集人气而兴旺。石门镇位于大运河畔，素称"活水码头"，各处商品在此集散；清江浦因有南河道总督府而繁荣，"清江弹丸之地，旧无声乐，近日流倡数至三千，计每人日费一金，则合计岁费当百万矣。清江民人不耕不织，衣食皆倚河饷"[①]。有运河过境，水通则镇兴。

运河城市以水相连，也因水相隔，桥接通河道两岸，起到了重要的连通作用。大运河水系上的桥数量极多，不仅实用美观，而且寓意丰富，

---

① （清）包世臣：《中衢一勺》，载《六府文藏·史部·政书类》，清光绪《安吴四种》本。

苏州有"绿浪东西南北水,红栏三百九十桥";绍兴有"桥城"之名,具"粉墙风动竹,水巷小桥通"之趣。运河上的各种"名桥"体现了中国古代桥梁工程设计与施工水平,这些不同风格、特点的桥都具有较高的艺术价值:苏州宝带桥有五十三孔连拱,形似宝带;嘉兴长虹桥三孔实腹,形似长虹,有长虹卧波之势;杭州拱宸桥三孔驼峰,似拱手相迎;塘栖广济桥七孔实腹;绍兴南浔八字桥跨越三河,沟通四路,状如"八"字。更有无锡清名桥,苏州灭渡桥、通利桥、朱马交桥等,不仅造型优美,还将故事传说与桥本身结合在一起,在通行功能之上,融入并寄托着美好的情感、愿望与祝福。

大运河水道贯通、治理及维护的过程,体现了中华民族普济各方的信心、克服一切困难的决心、改造自然的智慧、日复一日的耐心和直面艰难险阻的无畏,最终实现会通天下、广济八方的理想,安四民于各地,显仁心于天下。

(二)商道:市井气质,俗雅杂陈

大运河最为显性的功能,在于运输货物与商品,某种程度上可以说,大运河是一条商业之河。日本汉学家宫崎市定认为,中国从宋代开始,由"内陆中心"一变而为"运河中心"。他提道:"大运河的机能是交通运输,所谓运河时代就是商业时代。"[①]

大运河像一条大动脉,不仅连通起了南北和全国各地,更通过水系与陆地丝绸之路和海上丝绸之路联系起来:"天下诸津,舟航所聚,旁通巴、

---

① [日]宫崎市定:《东洋的近世》,载刘俊文主编《日本学者研究中国史论著选译》第 1 卷,黄约瑟译,中华书局 1992 年版,第 170—171 页。

汉，前指闽、越，七泽十薮，三江五湖，控引河洛，兼包淮海，弘舸巨舰，千轴万艘，交贸往还，昧旦永日。"(《旧唐书·崔融传》)南北乃至域外的各色物产，各种"南货""广货""洋货"借助运河输送到沿途各地。

漕运官船，无数民间商船、货船和客船，日夜穿梭于大运河水道之上，巨量的人流与物流催生了庞大的餐饮、住宿、娱乐、仓储、搬运、商品交易等多方面的市场，城市之间借助运河连通之利极大地推动了商品贸易，形成了立体的商业网络，商机勃发。大运河文化即依托这一商业交通线而兴，并形成其特有的市井气质。

市井乃商品交易之所，关于"市井"一词，《管子·小匡》中说"处商必就市井"；唐人释曰："立市必四方，若造井之制，故曰市井。"（尹知章《管子注》）在大运河沿线，众多市镇乘势而起，大量城市成为商业中心，如杭州、扬州、苏州、常州、开封、临清、天津等，八方辐辏，商旅云集。处于运河网络中心的北宋汴京开封，人口曾达百万之巨，时人感叹"人烟浩穰，添十数万众不加多，减之不觉少"（孟元老《东京梦华录·民俗》）。宋代张择端的《清明上河图》描绘了汴河周边的商业盛况，河岸店铺连缀，茶坊酒肆、勾栏瓦舍鳞次栉比，贩夫走卒、行人商客摩肩擦踵，繁盛至极，热闹至极。

从日用百货到奇珍异品，从时蔬瓜果到山鲜海味，从丝麻竹木到金银铜铁，四海之内的财物在运河商业中心城市里流通，带动了城市的发展。杭州商业繁荣，"大抵杭是行都之处，万物所聚，诸行百市，自和宁门权子外至观桥下，无一家不买卖者"（吴自牧《梦粱录·团行》）；"杭城大街，买卖昼夜不绝，夜交三四鼓，游人始稀，五鼓钟鸣，卖早市者又开店矣"（吴自牧《梦粱录·夜市》）。城内"自大内和宁门外，新路南北，早间珠玉珍异及花果时新海鲜野味奇器天下所无者，悉集于此；以至朝天门、清河坊、中瓦前、灞头、官巷口、棚心、众安桥,食物店铺,人烟浩穰。其夜市除大内前外,诸处亦然,惟中瓦前最胜,扑卖奇巧器皿百色物件,与日间无异。其余坊巷市井,买卖关扑,酒楼歌馆,直至四鼓后方静,而五鼓朝马将动,其有趁卖早市者,复起开张。无论四时皆然"(耐得翁《都城纪胜·市井》)。博彩处、酒楼、歌馆丰富了杭州的夜生活,市井之中百货陈列,昼夜四时买卖兴旺。

与杭州相似,扬州、苏州、无锡、嘉兴、济宁等运河沿线商业发达城市均显现出"市井繁阜"、"商贾辐辏"、贸易活动昼夜不休的特点,形成大运河流域特殊的商业模式。扬州城内店铺林立,由水路、陆路运来的货物汇集于此,所谓"东南繁华扬州起,水陆物力盛罗绮。朱橘黄橙香者橼,蔗仙糖狮如茨比","一客已开十丈筵,客客对列成肆市"(孔尚任《有事维扬诸开府大僚招宴观剧》)。城内从早到晚都有商业交易,成为"十里长街市井连","夜市千灯照碧云"的"不夜城"。大运河交通要道上的嘉兴,南宋时"北门月河一带商业兴盛,居民四附,形成市井。明清时期,月河街区达到全盛。清末至民国时期,从中街、殿基湾、猪廊下、烟作弄、任家弄、官弄、居仁里、救火弄、糕作弄、蒲鞋弄、水弄、坛弄、宝元弄等这些旧街名,可以反映出商业与民居相杂的特点"①。明清时期的济宁,位于运河的交通枢纽,人烟稠密,经济发达,停靠等候过闸的南北船只多聚于此,"商贾之踵接辐辏者亦不下数万家",成为"舟车临四达之衢,商贾集五都之市"(清雍正《山东通志》),可谓"日中市贸群物聚,红氍碧碗堆如山。商人嗜利暮不散,酒楼歌馆相喧阗"(朱德润《十月初

---

① 全国政协文史和学习委员会、政协浙江省嘉兴市委员会编:《运河名城:嘉兴》,中国文史出版社2015年版,第192页。

五日泊齐州飞虹桥》)。城内顺河向的街衢、小巷极多,被誉为"江北小苏州",时谚云:"济宁州,街巷稠,平房瓦屋木架楼。岸边码头人熙攘,处处笙歌醉酒楼。"道光年间,济宁商号计千余家,百物聚处,客商往来,南北通衢,不分昼夜,成为运河沿线的七大商埠之一。商业运作不分昼夜的特点改变了从业者的作息,人口聚集的商业中心城区产生了与中国传统农耕文化"日出而作,日落而息"不同的生活方式,城外也有如"北关夜市"、长安镇闸塘湾的夜间米市、济宁南阳镇"南阳夜市"等"夜市"效仿,创造了更多的"商机"。百物聚处,人潮涌动,八方商客,纷至沓来,运河边繁华的城镇灯火通明,各色商品在市井里交易,商铺、食肆、酒楼、歌坊为南来北往的人群提供了多元的服务,买卖双方各得所需,钱货两清。

商业对利润的追求推动了贸易交换,带动了城市扩张、人口增长,促进了手工业、娱乐业发展,加速了农耕社会转型。苏州丝织业遍及城邑,"绫绸之业,宋元以前,惟郡人为之。至明熙、宣间,邑民始渐事机丝,犹往往雇郡人织挽。成、弘以后,土人亦有精其业者,相沿成俗,于是盛泽、黄溪四五十里间,居民乃尽逐绫绸之利"(《吴江县志》)。明代临清手工业生产极具规模,城中81条街巷,以手工业命名的就有31条。大运河沿线手工业发达的大小城镇不胜枚举。丝绸纺织、陶瓷、印刷、酿造、竹木加工、皮毛加工等多种门类在大运河沿线成长壮大。

依赖运河谋生的人群,包含多个社会阶层,其言语行事、志趣好尚多趋近世俗理性、饮食男女及现世幸福观,那些应运而生、满足其精神需求的众多文化产品,亦皆具大众性和通俗性,轻松活泼,俚俗有趣,透出浓郁的市井气息。活跃于勾栏瓦舍中的戏曲、说唱等艺术形式最为典型,例如开封东角楼街巷娱乐业发达,"街南桑家瓦子,近北则中瓦,次里瓦。其中大小勾栏五十余座。内中瓦子、莲花棚、牡丹棚、里瓦子、夜叉棚、象棚最大，可容数千人。自丁先现、王团子、张七圣辈，后来可有人于此作场。瓦中多有货药、卖卦、喝故衣、探搏、饮食、剃剪、纸画、令曲之类。终日居此，不觉抵暮"（孟元老《东京梦华录·东角楼街巷》）。临水的游艺场所瓦子最大的可容数千人，其文娱形式丰富多样，如杂剧、说书、傀儡戏、杂技、唱曲、讲笑话、马戏等，不可胜数。这些表演深受百姓喜爱，"不以风雨寒暑，诸棚看人，日日如是"（孟元老《东京梦华录·东角楼街巷》）。活动于勾栏瓦舍中的戏曲、说唱等艺术丰富了世人的生活，市井中的表演艺术，承担的一个重要功能就是"解闷"，让百姓在辛苦劳作之余，开怀一笑，得以休息。清朝中后期，济宁的土山是著名演艺场所，时人有谚云："太白楼、进德会，压不过大桂、二桂和黑脆"；"土山上的茶馆数不清，不如汪麻子喊两声"；"要想解闷胸怀开，去听张善养说聊斋"；"老咬口的干饭，道门口的粥，茹小辫的扬琴翟教寅的吼"。据统计，明清两代小说多出自运河流域作家之手，"三言二拍"、《金瓶梅》等经典作品，更是淋漓尽致地展现了大运河文化的市井风貌和气质。

　　商业营利的目标要求市场满足不同人群的需要，既有"瓦子"供民众消遣，也有茶楼、青楼、戏船等处所提供服务。富商大贾多喜与文人交往，谈论文学、吟诗作画、听曲观舞、弹琴品茗，追求品质和高雅，并且积极资助本地文人，赞助各类文化活动[①]，成为文化事业的推手，"扬州八怪"扬名即有商人之功。徽商、赣商、粤商、湖广商在扬州与本地商人共同经营，得利后多喜营造园林，尤以乾隆"南巡"前后为盛。"扬州的建

---

① 如扬州淮商建安定、敬亭书院，徽商马曰琯出资修缮梅花书院，盐商供给书院学生膏火银。

筑是北方的'官式'建筑与江南民间建筑两者之间的一种介体。这与清帝'南巡',四商杂处交通畅达等有关。"①商业带来的高额利润吸引着社会各界,宋时"江淮间虽衣冠士人,狃于厚利,或以贩盐为事"(李焘《续资治通鉴长编》卷一九六),士人、农民皆有从事商业之举,商人家族也通过科举、捐官等方式改变社会地位。

"天下熙熙,皆为利来;天下攘攘,皆为利往。"商业以逐利为目的,大运河文化以其浓郁的市井气质和商业属性,使其有别于传统中国的农耕文化和士人文化。农耕文化以自给自足的小农经济为基础,其特点是尊亲敬老,注重礼仪,崇尚节俭,安土重迁,思想上趋于封闭保守,随遇而安,缺乏创新意识。士人文化大多儒道兼综,出入经史,注重德行之修养,追求内心之逍遥,以琴棋书画为伴,崇尚高雅的审美趣味。商业文化则大异其趣,商业重利,因应市场所需,必须灵活机动,从事商业需要游走四方,广开财路,所以其文化更为开放,更具冒险精神。

三种文化并非针锋相对,反而有效互补,为彼此带来新的活力。运河一线的商业文化在发展过程中即融会了士人文化与农耕文化,如临清地处鲁西平原,元代以前,"家习儒业,人以文鸣,农桑务本,户口殷富"(清康熙《临清州志》),运河带动临清商业发展后,传统儒学思想也成为临清商业文化的底色之一。清雍正年间编修的《山东通志》中记载:"临清州,俗近奢华而有礼,士虽务名而有学。文教聿兴,科第接踵,衣冠文物甲于东方。"商业文化与士人文化之间良性互动,商业发展带动财富增长,士人文化助成礼仪风范。宋室南迁,士人顺运河南下定居沿岸宜居地,将雅致的生活方式带到彼处,影响当地风气,如乌镇多有士大夫迁居,茅姓、

---

① 陈从周:《扬州园林与住宅》,《社会科学战线》1978年第3期。

颜姓成为当地的望族，其地"负贩之广，耕桑之勤，又日盛一日。且士知向学，科贡有人，民知尚义，输赈多室，缙绅士夫摩接街市，民风土俗一变而为富庶礼仪矣"（清康熙《乌青镇志》）①。受士人文化影响，市井贩夫经商谋生，亦能向学慕道，富而知礼。

大运河商业文化以市井气质为底色，带有俗雅杂陈的特点，融会了农耕文化和士人文化。农耕文化和士人文化作为中国传统社会的主流文化，有效地调节了商业文化，以礼节之，以文化之，以义感之，使其富而知礼，义利兼顾，从而保障了中国社会的良性运行。

除了商业属性和市井气质的特点，以及各阶层文化的互补之外，大运河文化还体现了不同地域之间文化的并存与融合。

（三）世道：多元交融，兼包并蓄

大运河流经区域构成了一个宽阔绵长的文化带，各区域的文化本来截然不同，地方特色明显，十里不同风，百里不同俗。如京津文化与吴越文化，燕赵文化与淮扬文化，在空间上分立南北，语言、饮食以及文化的各个方面，皆差异极大。在运河开通之前，它们相对隔绝，交流甚少。运河开通后，各地文化随着运河上南北辐辏的船舶、熙来攘往的人烟，传播流布，互通有无。有的文化在沿途落地生根，开枝散叶，与原有文化彼此映照，形成多元杂糅的热闹场景；有的文化与原有文化交合融汇，生成新的文化景观。

天南地北的种种物产沿大运河输送到各地，也促进了各地文化的交

---

① 转引自全国政协文史和学习委员会、政协浙江省嘉兴市委员会编《运河名城：嘉兴》，中国文史出版社2015年版，第198页。

融,潜移默化地改变了沿线区域旧日的生活习惯。以茶叶为例,魏晋南北朝时期,南方已有饮茶之风,北朝则不好此道。南齐王肃投奔北魏,因好饮茶,北人视为咄咄怪事,送他一个外号"漏卮",贬其为"苍头水厄"。大运河开通后,到唐代中后期,饮茶之风盛行北方,遍披民间。唐人封演在其《封氏闻见记》中提道:"自邹、齐、沧、棣,渐至京邑城市,多开店铺,煎茶卖之,不问道俗,投钱取饮,其茶自江淮而来,舟车相继,所在山积,色额甚多。"北方对茶业的需求大增,江淮之茶沿着京杭大运河源源不断运送过来,进一步促进了饮茶的风行。与之相应,明代饮茶之风传至济宁,明清时济宁运河两岸茶行林立,成为鲁西南最大的茶叶集散地。

民以食为天,商家为满足南来北往顾客的需要,调制百味,使运河沿线的美食融合各地的特点,创造出杂糅、调和的口味。隋唐之前,扬州饮食的基本风格朴素清淡,与其他地方并无太大差异。运河开通之后,扬州成为交通枢纽,城市经济繁盛,各地食物纷至沓来。乘运河之便利,扬州得以采各地原料,聚各地厨艺,造就了淮扬菜选料严格、制作精细、讲究火工、擅长炖焖、注重刀工、造型雅致、注重本味的精致风格。再有,齐鲁饮食有重味、讲和、守正的传统,运河区域的山东鲁菜选材与口味受到了山陕商人的影响,吸纳了扬州富商宴席喜上燕窝、参汤的方式,把燕窝、鱼翅等作为鲁菜高档食材使用,提炼出"适中调和"的烹饪理念,体现了运河文化融会的特点。《金瓶梅》书中对名目繁多的菜点、果品和茶酒的描写,正是明代城市饮食文化高度发展的真实再现,同时也是山东鲁西运河码头饮食的典型写照。[1] 这种吸收、融合、创新、多元的饮食特

---

[1] 参见刘德龙、李志刚、赵建民《鲁菜文化的历史源流》,《民俗研究》2006年第4期。

点,也体现在其他运河城市的饮食中,如天津菜既融合了淮扬菜和鲁菜的特点,又有自己的特色。

大运河上的客商行人,南来北往,五方杂处。所谓"天涯同此路,人语各殊方",人们操着各种各样的方言,为了能够交流沟通,语言便发生传播与融会。有学者指出,在中国历史上,汉语方言的传播总体上是一个"北方化"的过程,但明代以后,江淮方言词逆向传播,影响了京师地区,运河及其沿岸陆路正是江淮方言词北上的最重要的通道。比如山东、河南与江苏运河沿线地区的方言存在着明显的影响关系,其语言的声母、韵母和词汇方面存在着一些共同特征,形成了大运河沿线地区的通用语言。

大运河沿线的民俗信仰及相关祭祀活动,是大运河文化的重要组成部分。成化七年(1471),"夏四月,京师久旱,运河水涸。癸酉,遣使祷于郊社、山川、淮渎、东海之神"(《明史·宪宗本纪》)。伴随着人口流动,不同信仰在各地区间传播,汇聚在大运河沿线。人们不仅信仰人格神,也信仰镇水神兽"九牛二虎一只鸡",体现了信仰的实用性、多元性。在运河的水神信仰中,北方的神灵金龙四大王信仰通过官方敕建庙宇、颁发匾额、赐予封号等形式传播到南方,以"捍御河患、通济漕运"为诉求,"北方河道多祀真武及金龙四大王"[①],"江淮一带至潞河,无不有金龙四大王庙"[②]。从福建乘水而来的妈祖信仰,作为海运与河运航行的保护神遍及大运河沿线,得宋元赐予封号,经江浙沿运河向北传播,融会了海漕与河漕的特点,也体现在天津祭祀妈祖的仪式中。通州有始于明代的"开漕节",在春季"祭坝"仪式后,漕船、商船才开始通行。大运河各段保存

---

① (明)谢肇淛:《五杂俎》卷十五,明万历四十四年潘膺祉如韦馆刻本。
② (清)赵翼:《陔余丛考》卷三十五,清乾隆五十五年湛贻堂刻本。

着多处与各种信仰相关的物质文化遗产与非物质文化遗产：盘古祠、伏羲庙、捷地石姥姆座像、天后宫、吕祖堂、关帝庙、龙王庙、河神庙、水仙庙、火神庙、财神庙、清真寺、基督教堂、天主堂、佛寺等，有的还在继续使用，接受人间香火供奉。它们源自不同地域，辗转传播，而落脚、汇聚于大运河沿线。

"来百工"，"来远民"，大运河上有往来各地的官员、水手、漕丁、商人、平民，大运河沿线城市充斥着本地人和异乡人，富庶的运河城镇吸引着不同背景的异乡客在这片土地安家。人们纷纷在运河城镇建造住宅，带来了家乡的建筑技术、雕刻技艺、绘画艺术、民间信仰、生活习俗，将各地文化有意或无意地引入运河区域文化中，于是各具特色的建筑在运河城市里争奇斗艳。扬州盐商汪鲁门宅、卢绍绪宅保持了中国传统木石结构与雕刻技艺，湖州张氏旧宅呈现中西合璧风格。人们把对家乡美好的怀念和对未来的期许融入触手可及、随处可见的建筑物中。大运河一线大小城市里，官署、会馆、民宅、园林、码头、渡口、寺庙、道观、教堂、清真寺等各具风格，共同创造着大运河建筑文化，又与雕刻、壁画、书法、楹联、器物等结合，构建出空间之美，艺术与自然交相辉映，丰富了大运河沿线的文化风貌。

戏曲的繁荣更与运河密不可分。元大都的杂剧曾盛极一时，元末北方经济衰落，杂剧艺人纷纷沿运河南下，活跃于淮安、扬州、建康、苏州、松江、杭州、湖州等地。剧作家关汉卿、马致远、白朴等人亦曾游历南方。明代，昆曲大放异彩，昆曲艺人沿着运河不断北上，昆曲开始流行于京师。清乾隆年间，四通八达、富甲天下的运河重镇扬州成为南方戏曲中心，一时群英荟萃，聚集了当时最为优秀的艺人和丰富多样的剧种。徽班艺人常来扬州演出，秦腔、弋阳腔、梆子腔、罗罗腔、二黄调等地方戏亦活跃于扬州舞台,可谓昆乱并存,花雅竞奏。

文化的传播从来不是单向行为,文化的接受也并非全然被动,接受者往往加以过滤与吸收,融入自身特色,使其呈现别样风貌。比如,皮影戏自宋室南迁后传入桐乡,与海塘盐工曲和海宁小调相融合,配以笛子、二胡等江南丝竹乐器,将唱词和道白改成当地方言,用于婚嫁、祝寿等场合。再比如,昆曲传入北方后,受到北方地域文化及审美情趣的影响,风格中增加了豪放刚健。多种文化相遇,常会取长补短,互鉴交融,而成一新的文化形式,京剧亦是如此。乾隆五十五年(1790),为给皇帝庆寿,进京戏班众多,阵容强大。三庆徽班沿大运河北上进京,演出颇受欢迎,此后四喜、春台、和春等徽剧戏班相继沿运河来到京城,他们吸收汉调、秦腔、昆曲、梆子等戏曲之精华,创出一种新的声腔,历经发展,形成被视为国粹的京剧。

顺流而下,逆流而上,装点乡愁,满载叮咛,在这条命运之河上,无数的人和故事因大运河而交织在一起,谱成壮丽的乐章:皇室南游,官员履职,使团朝贡,僧侣布道,商人牟利,诗人抒怀,运河的波光里倒映着春风得意的士子、怀揣希望的异乡人、踌躇满志的商帮、老病归乡的远游客,中国人和外国人在运河上往来同行,运河也将中国与世界更为紧密地联系起来。

从南到北的大运河,通往帝京,这是漕运之路、朝贡之路,也是仕宦之路、名利之路。在这贯穿南北的文化廊道上,世情由此展现,保存在书法、绘画、诗文、戏曲、小说、杂记中:船工号子、河工竹枝词记录了劳动者的悲欢;微山湖唢呐、端鼓腔、拉魂腔唱响了故人的情怀;昆曲、京剧、京东大鼓、天津快板、聊城八角鼓、梁山枣梆、江苏梆子戏、徐州琴书、扬州清曲、苏州评弹、锡剧、皮影戏的曲调婉转高亢,唱出人世间喜怒哀乐;《清明上河图》描绘了运河两岸的商业场景;《济河论》书写了名臣的治河心得;《北京纪行》《南归纪行》《老残游记》记录了沿运河游历的体会;《四女寺的传说》《临清运河铁窗户的传说》《水浸泗州的传说》等民间传说传递了运河边世人纯朴的感情;"三言二拍"及《金瓶梅》《红楼梦》《水浒传》《西游记》等小说名著,淋漓尽致地展现了运河城市生活的市井风貌,演绎了江南的繁华多情、京城的恢宏壮阔,宣扬了忠孝节义、善恶报应的价值观,展现了中国人对美好生活的向往。

在这条运河水道上,无数风云人物留下了长存的身影,鉴真东渡日本,郑和南下西洋,马可·波罗游历中国,日本遣明使策彦和尚、朝鲜官员崔溥、欧洲传教士利玛窦、英国访华团成员安德森也都留下了足迹,胡乐、胡舞、仙鹤舞在运河流域起舞,儒家文化、道家文化、佛教文化沿着运河传播。

大运河调节着天道与人道、中央与地方、社会与个人、精英与大众、义与利、商业与农业、城市与乡村、中国与海外的关系。大运河文化的多元交融、兼容并蓄的形态,作为大运河文化的整体特征,典型地体现出中华文化多样并存、丰富多彩和充满生机的内涵。

结　语

我国开凿运河的历史悠久,在千余年的历史时空中,大运河都承载着重要的政治、军事、经济和文化功能,促进了中华民族大一统的格局,也推动了沿线区域的文化的交流、发展和繁荣。晚近以来,南方运河漕运功能减弱,北方部分河道断流断航。大运河成为中国以及全世界的宝贵遗产,2014年6月22日,大运河成功入选世界文化遗产名录。作为文化遗产的大运河需要我们认真审视，挖掘其蕴含的丰富内涵与多重价值，发挥其新时代的文化职能。

大运河是流动的活态的文化，是中华民族奋斗精神和集体智慧的结晶。大运河遗产主要包括各河段的典型河道段落和重要遗产点。大运河沿线 8 省（市）水工遗存、运河故道、名城古镇等物质文化遗产超过 1200 项，其中河道遗产 27 段，总长度 1011 千米，遗产点 58 处，沿线拥有 23 座国家级历史文化名城及为数众多的历史文化名镇、名村和文物保护单位。大运河在开凿过程中，创造了众多领先世界的水利技术，比如宋金时期双门船闸的布局与运用，比欧洲早 400 年；运河沿线林林总总的堰、埭、堤、坝、闸、水城门、纤道、码头等工程遗存，无不体现古人因势利导、因地制宜的科学意识与高超的技术水平。与航运配套的仓窖、衙署、驿站、行宫、会馆和钞关等设施与管理制度也自成体系，值得后人研习与借鉴。

除了上述数量可观的水利设施、遗址以及技术和管理等方面的文化遗产外，运河沿线及其辐射区域的非物质文化遗产更是不可胜数。截至目前，运河沿线拥有国家级非物质文化遗产 450 余项，是中华优秀传统文化高度富集的区域。运河沿岸的民间传说、十里红妆婚俗、蚕桑生产习俗、水神信仰、传统节日等丰富的民俗文化还活跃在运河人家的记忆里、生活中。

大运河作为庞大的文化网络，承载着中华民族悠久的历史和文化记忆，塑造了中国文化的品格与气质。如何保护好、传承好、利用好这一伟大的文化遗产，是我们需要认真思考的课题。

大运河文化遗产的保护、利用，必须建立在全面认识其遗产种类和价值的基础上，本着可持续发展的理念，结合新的时代需求，借用现代科技手段，科学有序地进行。如筹建大运河国家文化公园，这是一个覆盖面广、跨度大的综合性文化工程，也是满足群众精神文化需求的重要的公共文化服务体系建设项目。对于这项体量庞大的文化遗产，需要在统揽全局的基础上，分批次、分区段开展试点工作。

比如，可以思考如下举措：对大运河全线多种文化遗产进行数字化记录；对重要的标志性文化进行深入挖掘；设计大运河文化遗产的统一标识；建立数字博物馆和实体博物馆，综合展示运河文化的发展历程和丰富遗存；为民众营造适宜散步、小憩的休闲区和健身区，引导人们参与到运河航船游和两岸游等多种方式的游览中，领略运河风光，带动旅游服务业的发展。当然，从富民的可持续发展角度考虑，还需继续发挥运河沿岸农副渔产品等各种物资的运输流通功能，实现"一产+三产"的融合。

围绕大运河文化遗产，有若干领域及细节值得研究、挖掘，也有很多资源可供当下再利用。这项工作本身也是一个长期的、需要科学规划的系统工程。需要让更多的力量参与到运河文化的保护与发扬中，让民众认知并共享大运河丰富的文化资源，增强文化自信与民族自豪感。

（原载《艺术学研究》2021年第1期）

长征精神论纲

杨 娟　李 静　秦兰珺　鲁太光

引　言

1934年10月，中央红军（红一方面军）离开中央苏区，开始大规模战略转移。随后，红二、四方面军和二十五军，也离开各自根据地，进行战略转移。1936年10月，红军三大主力在甘肃会宁会师，伟大的长征胜利结束。在两个寒暑、700多个日夜里，红军纵横15个省份，跨越近百条江河，攀越40余座高山险峰，征服皑皑雪山，穿越茫茫草地。在中央红军二万五千里、各路红军总计六万五千余里的征途中，红军始终处于十倍于己的国民党军队的围追堵截中，遭遇的战斗有600多场，平均每三天就发生一次激烈的战斗，处境险绝。红军将士以自己坚定的脚步、非凡的智慧、满腔的热血和崇高的理想，书写了一部壮阔的中华民族史诗，向全世界展示了人类精神的新高度。

长征胜利，实现了中国共产党和中国革命事业从顿挫走向辉煌的伟大转折，翻开了中华民族伟大复兴历史进程的崭新篇章。在纪念红军长征胜利80周年大会上，习近平总书记指出，长征留给我们的最宝贵的精神财富就是"中国共产党人和红军将士用生命和热血铸就的伟大长征精神"。作为中国共产党人红色基因和精神血脉的重要组成部分,伟大的长征精神已融入中华民族的血液和灵魂,成为鼓舞和激励中国人民不断攻坚克难、赢得胜利的强大精神动力。在每一个历史阶段,尤其是历史转折的关键时刻,都给我们以强大支持。

实现中华民族伟大复兴是近代以来中国人民最伟大的梦想。今天我们比历史上任何时期都更接近实现这个梦想。但正如习近平总书记在党的十九大报告中所谆谆告诫的,"行百里者半九十。中华民族伟大复兴,绝不是轻轻松松、敲锣打鼓就能实现的。全党必须准备付出更为艰巨、更为艰苦的努力。"在这样的历史阶段,联系当前的党情、国情、世情,回望那段激越的革命长旅,可谓正当其时。

一、长征:伟大的中华民族史诗

要准确理解长征精神的丰富内容,需要首先了解长征的历史进程。

由于第五次反"围剿"斗争的失败,中央红军被迫实施战略转移。1934年10月10日晚,中共中央、中革军委率领第一、第二野战纵队,分别由江西省瑞金县的田心、梅坑地区出发,向于都河以北地区开进。蒋介石调集26个师、30余万兵力,设置四道封锁线,企图歼灭中央红军。在"左"倾冒险主义军事指挥下,红军在突破四道封锁线,特别是湘江血战中折损大半,红军从出发时的8万余人锐减到3.5万人左右。为改变这一极端被动的局面,毛泽东、周恩来、朱德、王稼祥、洛甫(张闻天)等党和红军领导人经过通道会议、黎平会议、猴场会议,特别是遵义会议,逐步确立了毛泽东在党和红军中的领导地位,恢复了正确的军事路线。红军四渡赤水、夺取娄山关、二占遵义城、南渡乌江、威逼贵阳、进军云南、巧渡金沙江、强渡大渡河、飞夺泸定桥、翻越夹金山，1935年6月，到达四川西北的懋功地区，与红四方面军胜利会师。此后，中央政治局决定恢复第一方面军番号。8月下旬，第一、四方面军混编为左右两路军，进入茫茫草地。但进至四川巴西和阿坝地区，张国焘拒绝北上，主张南下，并企图危害中央。9月11日，中共中央率领红一、三军和军委纵队单独北上。经连番血战，于10月19日到达陕甘苏区吴起镇，与西北红军和红二十五军胜利会师。中央红军历时一年，转战11省，长达二万五千里的长征胜利结束。

为全力配合中央红军长征，1934年10月，红二、六军团主力会合，向湘西进发。其湘西攻势持续了两个月，调动和牵制国民党军11个师2个旅，有力地配合了中央红军在湘黔的行动。从1935年初开始，国民党纠集湘鄂两省11万兵力，发动"围剿"。从2月到8月，红二、六军团作战30余次，毙敌伤敌万余人，部队扩大到2.1万人。从9月开始，蒋介石再次调集130多个团，20余万军队，展开新一轮"围剿"。11月19日，红二、六军团从湖南桑植的刘家坪出发，开始长征。历经辗转回旋，1936年4月红二、六军团强渡普渡河、过金沙江、翻玉龙雪山，于7月1日在四川甘孜同红四方面军会师。7月5日，中革军委命令红二、六军团和红三十二军组成中国工农红军第二方面军。7月11日，红二方面军从甘孜东谷出发北上。10月22日，红二方面军与红一方面军在宁夏将台堡会师，胜利完成长征。

为策应中央红军北上，1935年3月底，红四方面军自陕南回师川北，开始长征。为贯彻川陕甘战略方针，打破国民党的"川陕会剿"，红四方面军发起嘉陵江战役。从3月28日至4月21日，红军歼灭敌军12个团，占领阆中、北川等8座县城，控制了纵横两三百里的地区。1935年6月，红四方面军同中央红军会师后，张国焘率领左路军东进到阿坝后，擅自改变北上计划，再次南下。在党中央和共产国际一再电令下，1936年2月初，红四方面军开始向西北转移。7月1日，红四方面军与红二、六军团在四川甘孜会师，共同北上。10月，红二、四方面军到达甘肃会宁，与红一方面军会师。

红二十五军的长征亦艰难曲折。1934年11月16日，在鄂豫皖省委书记徐宝珊、军长程子华、政委吴焕先和副军长徐海东率领下，近3000人的红二十五军告别大别山地区，从河南省罗山县何家冲出发西进，一路粉碎了国民党军队两次"围剿"，建立了鄂陕、豫陕两个特委和五个县工委，以及鄂陕边区苏维埃政府，这是红军长征途中创建的唯一根据地。1935年8月3日，红二十五军进入甘肃，随即翻越麦积山、攻占天水城、过渭河、破秦安、逼近静宁，配合了红一、四方面军的行动。9月15日，红二十五军到达延川县永坪镇，与西北红军第二十六、二十七军会师，是长征到达陕北的第一支红军队伍。[①]

这就是长征的概况。正是这场艰苦卓绝的伟大远征成就了伟大的长征精神。

二、各个时代对长征精神的阐发

长征精神是在红军长征过程中形成的。随着长征胜利，这种精神得到

---

① 参见中共中央党史研究室第一研究部编著《红军长征史》，中央党史出版社、万卷出版公司2006年版。

及时总结和提炼,成为支持中国革命的强大动力。中华人民共和国成立后,社会主义建设和改革次第展开,在每个阶段,长征精神都得到了与时俱进的阐发,焕发出新的光彩,成为砥砺中国人民前进的强大动力。

(一)与伟大征程伴生的精神资源

长征最初并未形成统一的称谓。随着战略转移的推进,"长征"一词才被提出并逐渐固定下来。一般认为,1935年5月,《中国工农红军布告》是革命文献中第一次用"长征"这个词来指代1934年10月起的这场战略转移。[①]以中共中央名义正式确立"长征"概念,则出现在同年11月13日发布的《中国共产党中央委员会为日本帝国主义并吞华北及蒋介石出卖华北出卖中国宣言》中。[②]

如果说,使用"长征"一词是为了找到恰切的语汇来描述这场伟大征程,那么,经由毛泽东阐发,"长征"一词则真正获取了自身的历史能量与精神意涵。

伴随着"长征"概念扎根,对长征精神的阐释也逐渐拥有其内在生命与丰厚肌理。1935年10月,一首《七律·长征》以汪洋恣肆的笔触,抒写了毛泽东的旷世豪情。随后的12月27日,毛泽东在瓦窑堡会议上做了名为《论反对日本帝国主义的策略》的报告,进一步阐释了长征的历史意义:"长征是历史纪录上的第一次,长征是宣言书,长征是宣传队,长征是播种机。自从盘古开天地,三皇五帝到于今,历史上曾经有过我们这样的长征吗?十二个月光阴中间,天上每日几十架飞机侦察轰炸,地下几

---

① 参见丁晓平《世界是这样知道长征的:长征叙述史》,中国青年出版社2016年版,第4页。
② 参见王建强、许秀文《"长征""万里长征""二万五千里长征"的由来》,载《铁流二万五千里——长征》,中共党史出版社2011年版,第144—148页。

十万大军围追堵截，路上遇着了说不尽的艰难险阻，我们却开动了每人的两只脚，长驱二万余里，纵横十一个省。请问历史上曾有过我们这样的长征吗？没有，从来没有的。"[1] 这既是对长征意义的凝练与总结，也是当时关于长征精神的共识。

红军到达陕北后，旋即被重重困难包围，还遭遇国内外诸多谣言与污蔑。因此，自 1936 年春天起，红军便开始酝酿向长征亲历者征集个人日记、回忆录等，以便向世界宣传长征真相，争取更多外部援助。然而，由于上半年战事紧张，这一筹划被搁置下来，直到美国记者埃德加·斯诺到访，征集长征史料的工作才真正提上日程。1936 年 8 月 5 日，毛泽东与杨尚昆联名致函长征亲历者，号召撰文回望，并建议编印《长征记》一书。截至 10 月底，红军政治部共征集到 200 多篇文章，计 50 余万字，最后于 1942 年精选出百余篇，定名《红军长征记》，以"内部资料"形式刊发。《红军长征记》保留了最原始丰富的历史细节，为外界了解、认识长征和长征精神提供了第一手史料。

根据目前的考证，陈云是向世界宣传长征的第一人。1936 年 3 月起，他化名"廉臣"，在法国巴黎主办的《全民月刊》上连载《随军西行见闻录》，同年 7 月该文以单行本的形式在莫斯科面世，第二年 3 月在国内出版。陈云侧重描述红军的英雄气概，以及红军为人民服务的事例，同时还大力宣传共产党倡导的国共合作主张。[2] 曾任红一军团政治部主任的朱瑞，则于 1935 年 12 月 30 日在《战士报》上发表《艰苦的一年，伟大的一年》

---

[1] 毛泽东：《论反对日本帝国主义的策略》，载《毛泽东选集》第一卷，人民出版社 1991 年版，第 149—150 页。

[2] 参见丁晓平《世界是这样知道长征的：长征叙述史》，中国青年出版社 2016 年版，第 11—29 页。

这篇早期的长征纪实作品;范长江、埃德加·斯诺等中外记者,则深入实地,分别写出《中国的西北角》与《红星照耀中国》(又名《西行漫记》)等名作。《红星照耀中国》也探触、阐释了长征精神,作者这样写道:"冒险、探索、发现、勇气和胆怯、胜利和狂喜、艰难困苦、英勇牺牲、忠心耿耿,这些千千万万青年人的经久不衰的热情、始终如一的希望、令人惊诧的革命乐观情绪,像一把烈焰,贯穿着这一切,他们不论在人力面前,或者在大自然面前,上帝面前,死亡面前,都绝不承认失败——所有这一切以及还有更多的东西,都体现在现代史上无与伦比的一次远征的历史中了。"① 这段总结很有代表性,革命乐观主义、信仰的力量、无所畏惧的斗争意志—这些关键的概括,道出了初期人们对长征精神的普遍共识。这也意味着,长征精神不只有一时一地的价值,它的革命史意义、精神史意义将伴随着革命事业一道前进,并不断焕发出新的力量。

(二)与共和国同行的长征精神

中华人民共和国成立后,长征精神不断得到阐发。在革命历史经验的整理与叙述中,长征精神占据着关键位置。这不仅因为其前所未有的创世伟业与震撼世界的英雄气概,更因为在这一过程中锤炼出的长征精神具备跨越时空的普遍意义。

中华人民共和国成立后,修建了许多红军纪念碑、纪念馆、烈士陵园等,并通过各种形式普及长征故事。1954 年 2—4 月,中宣部党史资料研究室在 1942 年版《红军长征记》的基础上重新编辑,以《中国工农红军第一方面军》为题,将之连载于《党史资料》。在此基础上,1955 年 5

---

① [美]埃德加·斯诺:《红星照耀中国》,董乐山译,人民文学出版社 2016 年版,第 184 页。

月，人民出版社推出了单行本。与此前的"内部资料"不同，飞夺泸定桥、四渡赤水、"爬雪山、过草地"等生动鲜活的长征故事终于公开面世，走进了工厂、矿山、社队、学校，尤其是中小学课堂，长征故事的普及未来，长征精神也开始真正走进人民大众的内心。

1956年7月，为纪念建军30周年，中央军委发起"中国人民解放军30年征文"活动，掀起了撰写回忆录的高潮。1957年，编辑工作正式展开，并从1958年开始陆续推出《星火燎原》丛书。这套大型回忆录多角度地呈现了长征历程，突出了红军将士的革命英雄主义气概与理想主义情怀。

从20世纪50年代后期至70年代，由于历史距离逐渐拉开，时代语境发生转变，对长征精神的继承方式在"回忆""歌颂"之外，增加了总结历史经验的向度，相关思考也更加理论化、系统化。尤其是1963年之后，对长征精神的阐发更加突出遵义会议的历史作用，更加强调党的正确领导。这一时期也出现了表现长征的经典之作，如大型音乐舞蹈史诗《东方红》（1964）与《长征组歌》（1965）等。

长征被不断呈现，长征精神被不断阐发，既是为了继承传统，也是时代的现实需求。在前所未有的社会主义建设事业中，在帝国主义的封锁和包围中，长征精神是中国人民可切身感知的、足以凝心聚力的典范所在。因此，自长征结束后，关于"新的长征"的提法便时有所闻。对长征的叙述和对长征精神的阐发也不断推进，诗、史、论三者彼此交织，既让长征的历史面貌愈加清晰，也不断提升了长征精神的思想含量。总体来说，20世纪50—70年代，长征精神的阐发和宣传具备以下特点：第一，对长征的历史叙述从军内、党内走向大众，不断巩固为基本常识与情感共识，长征精神融入革命精神谱系之中。第二，以亲历者的回忆为起点，长征精神逐步摆脱一时一地具体语境的限制，升华为具备真理性的宝贵革命经验，获取了恒久的生命力。

可以说，长征是一个"由弱到强""转败为胜"的原型故事。在与之相似的"一穷二白"的建设时期，在每个充满开创性、艰巨性与复杂性的历史关头，人们都可以从长征精神中汲取信念、智慧与力量。

（三）从改革开放到新时代的长征精神

1978年3月6日，《人民日报》刊文《八亿人民的新长征》。文中认为，"铁流二万五千里"的长征作为革命英雄主义史诗，已经成为中国人民精神的象征。而"新时期的新长征"就是"在本世纪内把我国建设成为社会主义的现代化强国，任务更艰巨、更复杂，也更光荣、更伟大。它要赶上西方走了三百多年的路程；它要改造我国九百六十万平方公里大地上的山山水水和千百年遗留的旧思想、旧习俗，使我们古老的祖国从此摆脱贫穷和落后"①。党的十一届三中全会以后，社会主义建设步入改革开放的新阶段。在社会主义现代化的总目标下，长征精神焕发出新的光彩，党和国家号召人民群众继承发扬优良传统，争做新长征路上又红又专的战士。

这一时期，涉及长征的回忆录与史料，如《彭德怀自述》《历史的回顾》《红军长征回忆史料》等不断整理出版，相关研究成果大量涌现。此外，《红星照耀中国》重译本面世，产生持续影响。1986年，在中央领导支持下，美国作家索尔兹伯里重走长征路后写下的《长征——前所未闻的故事》由解放军出版社出版，向世界提供了红军长征的丰富细节。与对外开放同步，长征也更为清晰、深刻地嵌入世界历史的图景中。

---

① 《八亿人民的新长征》，《人民日报》1978年3月6日。

1986年10月22日，中央军委常务副主席杨尚昆在纪念红军长征胜利50周年大会上，首次系统阐述了长征精神，包括革命信念、英雄气概、高尚品德与崇高思想四个方面。① 这也是中共中央首次召开全国性的纪念长征大会。1996年10月22日，江泽民同志在纪念红军长征胜利60周年大会上的讲话中，系统地总结了长征精神的特点，确定了长征精神的基本内涵。②2006年10月22日，胡锦涛同志在纪念红军长征胜利70周年大会上的讲话中重申长征精神，强调长征的重大历史意义，号召全党全军全国各族人民继续发扬长征精神，在中国特色社会主义道路上奋勇前进。③

在党的团结带领下，经过艰苦奋斗，中华民族迎来了伟大复兴的关键时刻。在这样的历史关头，尤其需要长征精神的支撑。2016年10月21日，在纪念红军长征胜利80周年大会上的讲话中，习近平总书记从新时代中国特色社会主义事业整体布局的高度出发，回顾长征苦难辉煌的历史进程，重温长征影响深远的历史意义，重申伟大的长征精神。他提醒全党、全军、全国人民："伟大长征精神，就是把全国人民和中华民族的根本利益看得高于一切，坚定革命的理想和信念，坚信正义事业必然胜利的精神；就是为了救国救民，不怕任何艰难险阻，不惜付出一切牺牲的精神；就是坚持独立自主、实事求是，一切从实际出发的精神；就是顾全大局、严守纪律、紧密团结的精神；就是紧紧依靠人民群众，同人民群众生

---

① 参见杨尚昆《总结历史经验　继承和发扬长征精神　在改革开放和现代化建设中建功立业》，《人民日报》1986年10月23日。
② 参见江泽民《在纪念红军长征胜利六十周年大会上的讲话（1996年10月22日）》，人民出版社1996年版。
③ 参见胡锦涛《在纪念红军长征胜利70周年大会上的讲话（2006年10月22日）》，人民出版社2006年版。

死相依、患难与共、艰苦奋斗的精神。"① 长征精神是中华民族自强不息的民族品格的集中展示，是以爱国主义为核心的民族精神的最高体现。由此出发，他对实现"两个一百年"奋斗目标、实现中华民族伟大复兴中国梦进行了全方位部署，为我们在新时代的长征路上续写新的篇章、创造新的辉煌提供了科学指引。

综而观之，以1934—1936年的伟大征程为历史原点，历经革命、建设、改革的历史阶段，对长征精神的历史内涵和价值的阐发，与时俱进，生生不息，长征精神扎根于中国共产党和中国人民的伟大实践，也必将成为我们迈向新的伟大目标时必不可缺的精神资源与历史财富。

三、长征精神的内涵与意义

那么，长征精神的内涵包括哪些方面呢？革命英雄主义、理想主义和实事求是精神，是中国共产党自成立以来就一以贯之的精神传统。但纵观我们党的历史，从未有一个时期像长征时那样，在那么艰难困苦的环境下，在那么长的时间内，在那么大的范围内，将这三种精神发挥得淋漓尽致，形塑了人类精神史上的一种超卓的精神景观。因此，革命英雄主义、理想主义、实事求是精神是长征精神的本质内容。

（一）长征与革命英雄主义精神

红军长征能够全球瞩目，首要原因就在于共产党和红军压倒一切敌人而不被任何敌人所压倒、征服一切困难而不被任何困难所征服的革命英雄

---

① 习近平：《在纪念红军长征胜利80周年大会上的讲话》，《人民日报》2016年10月22日。

主义气概。长征历时之长、规模之大、行程之远、环境之险恶、战斗之惨烈,在中国历史上绝无仅有,在世界历史上也极为罕见。红军将士创造了气吞山河的人间奇迹,而这奇迹,是无数红军将士用鲜血和生命创造的:1934年10月,中央红军踏上长征之路时,人数为8.6万余人,1935年10月到达陕北吴起镇时,仅为近8000人。① 其他各部人数变化也类似。据计算,在中央红军二万五千里的征途上,平均每300米就有一名红军牺牲。② 可以说,红军将士以自己英雄的身躯铸就了一座座巍峨的丰碑。

英雄主义的核心要义是视死如归、大无畏的牺牲精神。长征途中,红军面临强敌围追堵截,在枪林弹雨中行军,血战无数。每次战斗,红军将士都奋勇向前,创造了一则则经典战例。比如,飞夺泸定桥时,22名突击队员冒着枪林弹雨,在桥板被拆掉、悬空于汹涌的大渡河上的铁索上,一手持枪,一手抓握铁索,向对岸发起冲击,最后穿越烈火,一举击溃守军,飞夺泸定桥。这样的壮举空前绝后,聂荣臻曾评价说:"中国工农红军的伟大的牺牲精神,是任何敌人不能比的。有了这种精神,我们就能够绝处逢生,再开得胜之旗,重结必胜之果。"③

湘江战役是长征中最惨烈的一战,红五军团三十四师掩护主力部队西进,连番血战,完成任务后,被敌人包围,全师官兵奋勇突击,战斗到底。师长陈树湘腹部中弹被俘。敌军将陈树湘抬在担架上,押往长沙。弯曲的山路上,抬担架的民夫脚下一滑,才发现陈树湘已经从伤口处把自己的肠子掏出来,扯断了,鲜血染红了大地。

1935年7月,红二十五军经过长途浴血转战,到达陕南,做出了西

---

① 参见王树增《长征》(上)"前言",人民文学出版社2016年版,第3页。
② 参见习近平《在纪念红军长征胜利80周年大会上的讲话》,《人民日报》2016年10月22日。
③ 参见王树增《长征》(下),人民文学出版社2016年版,第514页。

去陕甘苏区，与那里的红军会合的决定。在偶然得到红一、四方面军在毛儿盖休整，有北上陕甘迹象的消息后，他们立即决定进入甘肃南部，在敌人防线后方大造声势，把陕甘的国民党军队拖住，不惜一切代价配合主力红军北上。为了达到这一战略意图，红二十五军采取了反常规的行动，故意暴露自己的位置和实力。果然，大量国民党军队被吸引过来，他们陷入十分艰难的境况中，军政委吴焕先在战斗中壮烈牺牲。但就是在这样危险的局势下，8月14—31日，红二十五军在西安通往兰州的公路两侧，以接连不断的战斗，整整坚持了18天。直到面临全军覆没，又一直得不到主力红军消息，他们才继续北上。《共产国际》第七卷第三期评价他们的英雄壮举说："中国红军第二十五军的荣誉犹如一颗新出现的明星，灿烂闪耀，光被四表！就好像做毛泽东部队的先锋一样，帮助毛泽东部队打开往陕北的途径。"①

这种牺牲精神，体现在每一位红军将士身上。每次激烈的战斗中，红军指挥员总是身先士卒，以身作则。1935年1月遵义会议后，为完成北渡长江的战略部署，中革军委决定在土城附近的枫村坝、青岗坡一带伏击尾随的川军。但由于敌情判断有误，战局危急，川军一度攻到中革军委指挥部前沿。这时朱德提出亲自到前沿指挥战斗，他对毛泽东说："老伙计，不要考虑我个人的安全，只要红军能够胜利，区区一个朱德又何惜？"正是在朱德鼓舞、指挥下，红军成功撤出了战斗。②

红军爬雪山、过草地时，炊事员等后勤人员损失最大，不但和其他士兵一样，面对着同样严酷的自然环境，而且还携带着包括炊具在内的沉重

---

① 参见王树增《长征》(下)，人民文学出版社2016年版，第624页。
② 参见王树增《长征》(上)，人民文学出版社2016年版，第319页。

装备。红三军团一个连有 9 名炊事员，班长姓钱，他带领的炊事班，每个人的担子都超过了规定的重量，但向草地出发时，他还是带上了连队的那口大铜锅。一天早上，一个炊事员刚挑起大铜锅，身子一歪就一声不响地倒下了；另一个炊事员挑起大铜锅继续赶路。一次他在雨布下用大铜锅烧姜汤给大家喝，好不容易把水烧开，刚端着一碗姜汤想给病号送去，没走几步就连人带碗摔在了泥水中。这时大家才知道，炊事班的同志进入草地后，谁都没舍得吃一粒粮食。最终，9 名炊事员全都牺牲在草地里。这口从江西挑到草地的铜锅，成为红军官兵忘我牺牲的英雄主义精神的最好见证。

红军过草地时，有一些官兵掉队，倒在路上，为了援救这些掉队的战友，红军成立了收容队。然而，那些倒下的官兵为了不拖累其他同志，竟拒绝收容，他们用草把自己的脸盖上，一动不动，希望走过他们身边的同志以为他们已经牺牲。红军就是这样一支队伍，一支为了革命胜利，为了他人活下去，不惜牺牲自己的队伍。

英雄主义的另一种表现形式是乐观主义精神。长征的艰险是空前的，但红军没有悲观失望，而是积极乐观。查看红军长征资料，经常会看到这样的史料。1935 年 1 月，中央红军强渡乌江、血战娄山关、攻占遵义后，形势稍有转圜，但依然面临重重险境，可就是在这样的情况下，红军篮球队还与省立第三中学篮球队组织了一场友谊赛。更奇特的是，红军总司令朱德是红军篮球队队员之一。年近半百的朱德在篮球场上奔跑着，观看球赛的遵义老百姓把篮球场围得水泄不通，他们看到此情此景，感到格外亲切。如果说政治宣传还不能让民众对红军产生由衷的信任感的话，那么朱德在欢笑中和学生一起打球的场景，一定触动了他们的心灵。

爬雪山过草地之际，环境险恶到极点，但这时候，在有关回忆录中，竟然看到不少颇有"闲情逸致"的记载。据周士第回忆，一次爬雪山时，萧劲光竟然提议吃冰激凌，陈赓、宋任穷、莫文骅、冯雪峰、李一氓等纷纷响应，都拿着漱口杯向雪堆下层挖，掺入糖精，自制起冰激凌来，引得好多士兵向他们学习。① 董必武则"胸怀长远"，在过草地时，就已经想到"革命胜利后，有专门人才来这地方考察一次，一定有许多适用于人类的东西发现出来"②。而更常见的场景则是唱歌、跳舞。据邓发《雪山草地行军记》记载，过松潘草地时，情形极其艰难，但"长征的英雄们，包括妇女、老头和文学家在内，精神上都非常愉快"。一次，队伍在河岸集结渡河，看见了蔡畅，就欢迎她唱歌。她立即用法文唱起了《马赛曲》，她抑扬的音韵、慷慨的歌声，使战士们闻歌起舞，不但减轻了疲劳和寂寞，且越发精神抖擞，神气振作。③

（二）长征与革命理想主义精神

英雄主义是表现，理想信念是内里。红军之所以能忍耐难以言表的艰难困苦，战胜史无前例的危机挑战，之所以能转危为安，挺进陕北高原，开创了中国革命的高峰，是因为红军是一支理想之师、信仰之师。正如习近平总书记指出的，崇高的理想，坚定的信念，永远是中国共产党人的政治灵魂。在这个意义上，长征是一次理想的伟大远征，信仰的伟大远征。中国共产党和红军将士用自己的鲜血和生命，在长征途中书写了一曲又一

---

① 参见周士梯（即周士第）《吃冰琪林》，载刘统整理注释《红军长征记：原始记录》，生活·读书·新知三联书店 2019 年版，第 575—576 页。
② 必武（即董必武）：《从毛儿盖到班佑》，载刘统整理注释《红军长征记：原始记录》，生活·读书·新知三联书店 2019 年版，第 612 页。
③ 参见杨定华（即邓发）《雪山草地行军记》，载刘统整理注释《红军长征记：原始记录》，生活·读书·新知三联书店 2019 年版，第 124—125 页。

曲感人至深的理想之歌、信仰之歌。

中央红军离开苏区，是一次被动的战略转移，路在何方，当时未有定论。这种离别的漂泊感，陆定一的回忆文章描写得特别生动。他以哥伦布航海类比这次远行，坦言"不知道将在什么地方靠岸，在什么地方停脚"。不过，红军将士却并未悲观失望，恰恰相反，他们满怀信心地开始了这次前路未定的漫漫征程。之所以如此，是因为他们有远行必备的"指北针"——共产主义的理想和信仰。他们坚信自己必将"如哥伦布找到新大陆一样"，"得到最后的胜利"。他们坚信，"不论怎样，中国总是要将解放的"！①

的确，党和红军是带着共产主义的理想和信仰开始长征的，在这方面，留下了许多意味深长的故事。成仿吾是早期中共党员和教育家。1934年，他从鄂豫皖根据地到达瑞金，在马克思共产主义学校（中共中央党校前身）任职，是学校中唯一的政治教员。1934年10月，他担任红一方面军干部团政治教员，与徐特立、谢觉哉、董必武等老革命家同行，参加了长征。出发时，他和大家一样带了一床毯子、一袋干粮、一个装着简单衣物的挂包。挂包里除了放些日用品、衣服外，还有一些马列书籍，其中有一本德文版《共产党宣言》。这本德文版《共产党宣言》是成仿吾平生最珍爱的一本马克思主义经典著作，他曾先后3次（1929年、1938年、1974年）将其翻译成中文，充分体现出他对这部经典的深刻理解和深厚感情。② 据记载，长征途中，周恩来也始终携带着一本《共产党宣言》，给予同样的重视，以至于中华人民共和国成立后，他还一直牵挂《共产党

---

① 定一（即陆定一）：《珍重》，载刘统整理注释《红军长征记：原始记录》，生活·读书·新知三联书店2019年版，第192—193页。
② 参见韩宇《成仿吾：长征路上唯一的大学教授》，《北京日报》2016年10月10日。

宣言》首译本的寻找，曾深情地说："当年长征的时候我就把《共产党宣言》当作'贴身伙伴'，如果能找到第一版本的《共产党宣言》，我真想再看一遍。"① 长征中这些人与书的故事，传达出老一代共产党人对马克思主义真理的追求和信仰。

这种追求和信仰的光辉照耀着长征的路途。1935年6月，陈云奉中央之命秘密抵达莫斯科，向共产国际执委会书记处报告中央红军长征和遵义会议的情况。在报告中，陈云指出红军取得长征胜利的一个重要原因，是红军中有大批党员，他们"无论是指挥员，还是普通战士，都作出了勇敢无畏、忠于党、忠于工人阶级事业的表率"。他还讲了一个极其感人的现象。每次战斗前，连队的党员都召开会议，选出后备指挥员，有四五个人。如果连长在战斗中受伤或牺牲，队伍不会跑散，因为第一后备连长会立即挺身而出；如遇不幸，第二后备连长又会代替他，一个接着一个。而且，党员受伤后，为了不影响同志们的情绪，总是对他们说："没关系，你们继续前进吧。"对此，陈云总结道："我们红军中的共产党员都是我们党的优秀分子。"② 这种理想主义的力量正是英雄主义之根源。

这一点，在中央红军干部团身上得到了充分的体现。干部团是长征前夕中央将红军大学、红军第一步兵学校、红军第二步兵学校、红军特科学校合编组成的一支特殊部队，陈赓为团长，宋任穷为政委，成员中党员和共青团员占比很高。毛泽东曾说干部团是红军的宝贵财富。长征途中，干部团屡担重任，屡立奇功。比如，巧渡金沙江时，为了确保拿下对于红军最有利的皎平渡口，中革军委派出了干部团。干部团果然不负众望，克服

---

① 孟红：《老一辈革命家与〈共产党宣言〉》，《人民政协报》2018年3月8日。
② 陈云：《关于红军长征和遵义会议情况的报告》，载刘统整理注释《红军长征记：原始记录》，生活·读书·新知三联书店2019年版，第23页。

重重困难,不仅顺利抢占皎平渡,而且一鼓作气,以400人击溃了国民党两个团,取得了通安战斗的胜利,为中央红军平安渡过金沙江扫清了障碍。① 对此,刘伯承曾感慨万千地说:"干部团的同志一天走近两百里的路程,是黑夜,又是难走的山路,还有敌人。一个人怎么能一天走这么远的路?他们走到了,而且还打了胜仗。靠什么?靠觉悟,靠党。没有这些,根本做不到。"②

对比更能说明问题。张爱萍记录了一个十分生动的例子。第二次占领遵义城后,红三军团十一团在城外与国民党军大量援兵相遇,两军对垒,相持不下,为了攻占红军占领的山头,国民党军用金钱鼓舞士气,大喊:"弟兄们!抢下这个山头,两千块大洋!"而红军指战员则高喊:"不要怕,要坚决,同志们!为革命流最后一滴血!"③ 结果不言而喻,红十一团同增援部队一道,歼灭国民党军吴奇伟的两个师大部。

经历了长征砥砺,催生出一种新人格。埃德加·斯诺发现了一个令他惊讶的现象,就是那里的红军战士都精神昂扬、自尊自信、乐观向上,"看到他们,就会使你感到中国不是没有希望的"。他还举了一个叫季邦的小红军的例子。因为担心斯诺拿不准他名字的发音,误听为其他谐音,影响红军形象,他特意找到斯诺,把自己的名字仔细地写在纸上,告诉斯诺写到他时一定不要写错。④ 小红军的自尊和郑重,使本来没想写他的斯诺

---

① 莫文骅:《"五一"的前后》,载刘统整理注释《红军长征:原始记录》,生活·读书·新知三联书店2019年版,第444—451页。
② 王树增:《长征》(下),人民文学出版社2016年版,第454页。
③ 艾平(即张爱萍):《第二次占领遵义城》,载刘统整理注释《红军长征:原始记录》,生活·读书·新知三联书店2019年版,第366页。
④ 参见[美]埃德加·斯诺《红星照耀中国》,董乐山译,人民文学出版社2016年版,第329—330页。

深受感动，就把这个意味深长的细节写进了《红星照耀中国》。这就是长征锻炼出的新人的魅力。长征中，这样的小红军有很多。据统计，长征时，红军"指挥员的平均年龄不足25岁，战斗员的年龄平均不足20岁，14岁至18岁的战士至少占百分之四十"[①]。其实，长征中的这些年轻的指战员们，都是新人。正是这崭新的人格，使红军成为世界上从未有过的军队：官兵装束是一样的，头上的红星是一样的，前进的方向是一样的。

有研究者发现，长征前后毛泽东创作的诗词气势大为不同，长征前三个月写下的《清平乐·会昌》，抒发的似乎还是沉郁的个人心志，但是当红军突破湘江防线，途经广西大山时，他写下的三首《十六字令》境界就大为开阔：高山大河，金戈铁马，一股雄浑之力奔腾而来，非常人所能及。等到1935年10月，中央红军马上就要结束长征，到达陕北，他写下的《念奴娇·昆仑》更是天翻地覆、宇宙洪荒，所涉及的已远非长征和中国，而是世界格局、千秋历史。之所以发生这样的变化，一个重要原因当然是经过长征的磨砺，毛泽东的思想、精神、情感、境界都得到了一次升华。更重要的原因则是，经过长征磨砺，中国共产党人和红军亦得到升华，形成一种新的人格。

（三）长征与实事求是、独立自主精神

理想和信仰，以及由其所激发的革命英雄主义，是长征胜利必不可少的精神保障，但精神力量要转化为改造世界的物质力量，还需要正确的战略方针，正确的方向和道路。在这个意义上，党领导红军长征、战胜敌人的过程，同时也是探索正确的军事路线和战略战术，寻找中国革命新的落

---

① 王树增：《长征》(上)"前言"，人民文学出版社2016年版，第5页。

脚点的过程，进而言之，更是联系实际、创新理论、探索中国革命道路，即马克思主义中国化的过程。因此，长征精神也包含了中国共产党实事求是，独立自主地探索中国道路的精神。

众所周知，长征最终到达陕北，并不是预先设定的，作为战略转移，出发时并没有打算走很远。据研究者统计，长征的目的地，仅中央红军，先后就有八个设想：第一，从江西瑞金出发时，是到湘西与红二、六军团会合，发展复兴后再回来；第二，黎平会议决定到黔北的遵义地区建立新根据地；第三，遵义会议决定过长江到川西建立根据地；第四，会理会议决定到川西北与红四方面军会合，建立根据地；第五，两河口会议决定去川陕甘一带开辟新根据地；第六，毛儿盖会议进一步明确到甘南洮河流域创建新根据地；第七，俄界会议决定到与苏联接近的地方创建根据地，将来向东发展；第八，在哈达铺初步决定到陕北去，随后榜罗镇会议正式决定陕北为长征的最后落脚点。中央红军到达吴起镇后，中央政治局召开扩大会议，批准了榜罗镇政治局常委会议的决定，宣告中央红军长征胜利结束。从此，陕北才成为中国革命的中心。①

长征胜利，不仅保存了革命力量，而且找到了革命事业的新出发点。长征胜利后不久，全面抗战爆发，以陕甘宁边区为起点，一大批根据地如雨后春笋般建立和发展起来，革命火种在神州大地渐成燎原之势。可以说，以长征胜利为起点，党领导人民掀起了中国革命的新高潮。之所以如此，是因为经过长征，党确立了实事求是的原则，找到了把马克思主义普遍原理与中国革命具体实践相结合的路线和方法，找到了中国革命的正确道路，开始独立自主地领导中国革命实践。

---

① 参见石仲泉《红军长征和长征精神》，《中共党史研究》2007年第1期。

中国共产党的成立是中国历史上开天辟地的大事。然而，我们也必须承认，刚刚成立的党还相对弱小和幼稚，还有待于实事求是地探索中国革命的真理，有待于独立自主地领导中国革命的实践。中国是一个和任何西方国家都不同的东方农业大国，又处于空前变动中，局势极其复杂，任何问题都没有现成答案，中国革命的道路只能靠中国人民自己探寻，并在实践中提升总结。因此，中国共产党自成立后，在领导革命的过程中，既取得了伟大成绩，也遭遇了严重挫折乃至失败。

红军之所以长征，就是遭遇严重挫折后的无奈之举。长征首先从中央红军开始。中央红军所在的中央苏区，鼎盛时期面积为8.4万平方千米，比现在的宁夏回族自治区还大，相当于两个半海南岛；人口450多万，是全国最大的革命根据地。中央红军的人数也达到13万。以中央苏区为依托的中华苏维埃共和国，先后拥有13个苏区，总面积达40余万平方千米，相当于4个江苏省，人口约3000万。① 这么大的中央苏区和"红色中国"，是怎么几乎丧失殆尽的？一个重要原因，就是在中央占统治地位的"左"倾教条主义推行错误的政治和军事路线，不仅导致第五次反"围剿"失利，而且在战略转移中又犯了保守主义错误，损失惨重，极大地影响了红军的信心和士气。正是在这样的危机中，以毛泽东、周恩来、张闻天、朱德、王稼祥等为代表的党的领导人痛定思痛，探索独立自主地领导中国革命的方法和路径，经过一系列重要会议，特别是遵义会议，开始确立毛泽东为代表的马克思主义正确路线在党中央的领导地位，使党和革命事业转危为安，并不断开创新的局面。

更重要的是，遵义会议后，在正确的军事和政治路线指引下，红军浴

---

① 参见石仲泉《红军长征和长征精神》，《中共党史研究》2007年第1期。

血重生,取得了长征的伟大胜利,使人们进一步认识到,只有把马克思主义基本原理同中国革命具体实际相结合,独立自主解决中国革命的重大问题,才能把革命事业引向胜利。这是在血的教训和斗争考验中得出来的真理。因此,红军长征胜利、立足陕北后,很快就把解决生存危机同拯救民族危亡联系在一起,实现了国内革命战争向抗日民族战争的转变,为夺取中国人民抗日战争胜利,进而夺取新民主主义革命胜利打下了坚实基础。之后,更是在长征精神的基础上,发展出延安精神,创立了新民主主义理论,使党领导中国人民取得了新民主主义革命胜利,实现了中华民族的完全独立和中国人民的彻底解放。在这个意义上,我们说长征的胜利是方向的胜利、道路的胜利。

具有深远意义的是,经历长征淬炼,中国共产党坚持独立自主、实事求是,一切从实际出发的精神,终于找到了正确的中国革命道路和方向,才真正实现了在追求真理、坚持真理的基础上全党、全军的空前团结。没有这种思想上、政治上的团结,中国革命胜利是不可想象的。也正是在这个前提下,党才锤炼出了钢铁般的纪律,在思想上、政治上、组织上不断成熟,成为中国革命和建设事业的中流砥柱。

总而言之,长征是一次发现革命真理和革命道路的征程,是马克思主义中国化的征程。从此,波诡云谲的中国革命的前途豁然开朗,近代以来在现代世界竞争中沉沦的中国历史的前途也豁然开朗。

(四)长征精神的独特意义

长征以其空前绝后的壮举,改写了中国革命史,震撼了世界。长征精神是党和红军奉献给中国,也是奉献给全世界的精神传统。

长征精神在中国革命史上具有极其重要的意义。长征精神和井冈山精神、延安精神、西柏坡精神等共同构成了中国革命的精神谱系。它们一脉相承，又各有侧重。如果说井冈山精神的重点是革命首创精神和艰苦奋斗精神；西柏坡精神的重点在于戒骄戒躁、保持革命本色；延安精神作为中国革命的阶段性总结，带有某种集大成性质，那么，长征精神在这个谱系当中便以艰苦卓绝环境下的革命英雄主义和革命理想主义为特色，为从困厄向胜利的转化提供了一种精神传统。在《矛盾论》中，毛泽东对1927—1937年的时局进行了辩证唯物主义的哲学解读："革命斗争中的某些时候，困难条件超过顺利条件，在这种时候，困难是矛盾的主要方面，顺利是其次要方面。然而由于革命党人的努力，能够逐步地克服困难，开展顺利的新局面，困难的局面让位于顺利的局面。一九二七年中国革命失败后的情形，中国红军在长征中的情形，都是如此。"[①]因此，长征精神不仅是坚定理想、战胜困难的精神，还需被放在辩证唯物主义的矛盾运动中来理解，是一种在逆境中敢于斗争、敢于胜利，从逆境中通往胜利的伟大精神。

长征精神的影响不仅限于中国国内，它也在世界范围传播。在描写红军长征的作品《地球上的红飘带》中，作家魏巍曾深情写道："中国英雄们的长征，是中国人民的史诗，也是世界人类的史诗。这部史诗是中国人民和中国共产党人用自己的脚步和鲜血镌刻在我们这个星球上的。它像一支鲜艳夺目的红飘带挂在这个星球上，给人类，给后世留下永远的纪念。"[②]魏巍写下这段文字十几年后，时代生活出版公司编的《人类1000年》评选过去1000年来对人类进程最有影响的100个事件，中国入选三

---

① 毛泽东：《矛盾论》，载《毛泽东选集》第一卷，人民出版社1990年版，第324—325页。
② 魏巍：《地球上的红飘带》"卷首语"，人民文学出版社1991年版。

个事件：发明火药、成吉思汗西征、红军长征。① 实际上，红军长征之所以入选，不仅因为这是一个具有重大影响的历史事件，中国共产党由此带领着世界上五分之一的人口进入了社会主义社会，更因为这是一笔具有世界意义的精神财富。

其实，人类历史不乏激动人心的远征，但若论艰苦惨烈，红军长征堪称"世界之最"，而支撑这人类壮举的则是同样堪称"世界之最"的伟大精神。对此，埃德加·斯诺在《红星照耀中国》中感叹红军长征是"历史上最盛大的武装巡回宣传"，是"激动人心的远征史诗"。② 瑞士传教士勃沙特在《神灵之手》中这样写道："红军的领导人是坚信共产主义和马克思列宁主义的信徒，并在实践着其原理。"③ 美国学者沙培德在《战争与革命交织的近代中国（1895—1949）》中这样描述："长征战士受苦受难，为的是将中国带向应许之地。"④ 德国反法西斯斗士王安娜在《中国——我的第二故乡》一书中写道，长征是"无与伦比的现代奥德赛史诗"，"是人类的勇气与怯懦、胜利与失败的搏斗"。⑤ 美国作家威廉·莫尔伍德则解读说："长征是一次解放"，"长征既打破了地域上的隔绝状态，又解除了人们心理上的桎梏，使人们的思想从古老的、狭隘的乡土观念中解放出

---

① 参见时代生活出版公司编《人类1000年》，21世纪杂志社译，上海三联书店1999年版。
② ［美］埃德加·斯诺：《红星照耀中国》，董乐山译，人民文学出版社2016年版，第202、203页。
③ ［瑞士］R.A.勃沙特（薄复礼）：《神灵之手——一个被红军释放的外国传教士的见闻录》，严强、席伟译注，《贵州文史丛刊》1989年第1期。
④ ［美］沙培德：《战争与革命交织的近代中国（1895—1949）》，高波译，中国人民大学出版社2016年版，第356页。
⑤ ［德］王安娜：《中国——我的第二故乡》，李良健、李希贤校译，生活·读书·新知三联书店1980年版，第140页。

来，在人们面前表现出国土之辽阔，揭示出民族精神遗产之博大"。① 盛大游行、受难和应许、漂泊的勇气、地理发现中的解放等，尽管他们对长征的认识带有其母文化的烙印，但无一不指向长征的精神维度，并尝试用自身文化中最优秀的资源与其对话。这让长征精神与人类文明中的优秀成分一起，成为人类共享的珍贵财富。

80多年来，长征作为近代以来最激动人心的历史事件，从未停止唤起人类的精神力量。南斯拉夫游击队曾两次印刷关于中国红军长征的著作，鼓励游击队员坚定信仰。② 美国政要布热津斯基，携全家五口沿长征路线走访，回国后他公开向西方世界宣布：我是沿着长征路线朝圣的。③ 美国著名作家、记者索尔兹伯里在长征精神的感召下，以古稀之年戴着心脏起搏器踏上了漫漫长征路。④ 他在后来的《长征——前所未闻的故事》中断言："它（长征）过去是激动人心的，现在它仍会引起世界各国人民的钦佩和激情。我想，它将成为人类坚定无畏的丰碑，永远流传于世。"⑤ 美国著名儿童文学作家琼·弗里茨把红军长征故事讲给美国青少年，美媒称这是一项"公益之举"，因为长征是另一时空下由另一些人在不同的旗帜下完成的类似于美国革命的史诗，是需要被美国的下一代了解的。⑥ 长征就是这样一种精神，它可以漂洋过海，激励另一个国度密林掩护下的艰

---

① 转引自中共中央党史研究室科研局编译处编《国外中共党史中国革命史研究论点摘编（新民主主义革命时期）》，中共党史资料出版社1990年版，第155页。
② 参见孟财《长征精神与世界反法西斯斗争》，《解放军报》2016年8月24日。
③ 参见郭惠、王惠平《布热津斯基笔下的红军长征》，《解放军报》2017年12月17日。
④ 参见秦兴汉《古稀老人的东方情怀——记一对美国老夫妇梦圆长征路》，载《让世界都知道红军长征：陪同索尔兹伯里踏访长征路》，解放军出版社2008年版，第130—135页。
⑤ [美]哈里森·索尔兹伯里：《长征——前所未闻的故事》，过家鼎等译，解放军出版社1995年版，第5页。
⑥ 参见李志明《向美国孩子讲述长征》，《人民日报》2006年10月17日。

苦斗争；它可以冲破意识形态藩篱，指向人类共享的"朝圣之路"；它可以跨越语言的巴别塔，成为各国文字共同铭刻的人类壮举。它已经构成一种超越时空、语言、文化的精神财富，永远激励着人类前行！

四、长征：新时代的精神地标

长征精神作为红色文化的重要遗产，构建着中国人的代际认同和民族身份，影响着中国人的精神气质和文化品格。但必须看到，在利益格局日趋复杂、文化价值日益多元的今天，随着时间流逝、代际更迭，以长征精神等为代表的红色文化面对着有效传播传承的困境和衰减蜕变的危机。因此，在牢牢把握长征精神本质的基础上，必须创新讲述长征故事、传承长征精神的方式，在复杂多变的意识形态环境中坚定不移地继承发扬长征精神。建设长征国家文化公园是探索新时代长征精神传承之路的重要举措，长征国家文化公园必将成为重要的文化地标。

（一）长征精神的传承及其自然人文地理载体

长征精神是一种精神性的文化遗产，精神的传播传承必然要借助一定的载体。长征和地理的关系十分紧密，无论是"二万五千里长征"的整体标示，还是长征具体经由的万水千山、穿越的民族聚居和杂居地、战斗和转移依托的军事地形、沿线发生的重大事件遗址，无不具有十分显著的自然地理和人文地理属性。因此，自然和人文地理媒介在长征精神的传播传承中具有十分重要的功能和价值，是讲述长征故事、传播长征精神最生动、真切、独特的媒介。在文字和图像之外，自然和人文地理媒介共同构成了一套地理符号体系，在中国的国土上以最鲜活的样态记录着长征故事，以最动人的方式铭刻着长征精神。这些空间性、地域性的文化符号为人们由感官感触、理性认知上升到精神感召提供了中介，正是在对这些文化符号的感知、理解和诠释中，无形的价值得以表达，遥远的精神得以激活；而在这个过程中，实体和感官性的体验活动也将被赋予价值形塑的意义、绽放出精神朝圣的光芒。

长征精神的传承需要自然和人文地理符号作为载体，同时，自然和人文地理的升华也需长征精神作为指向。长征精神的载体有很多与独特的自然环境几乎重叠，与群众的生产生活空间无缝衔接，因此，长征精神很容易淹没在美丽的自然风光和喧闹的世俗场景中。但是，如果不再讲述红军过草地的故事，松潘草原就不会成为艰苦卓绝的精神写照，不过是有着四时风景和藏族风情的广阔无垠的草原；如果遗忘了飞夺泸定桥的传奇，泸定桥就不会成为英勇无畏的精神丰碑，不过是大渡河上一所见证了藏汉互通的古桥；如果不去强调遵义会议的意义，遵义城子尹路80号的军官府邸就不会成为中国革命探索独立自主之路的精神象征，不过是一处有着中西合璧风格的民居建筑。因此，如果没有了长征文化的支撑，丧失了长征精神的指向，那么长征沿线风貌就只能展现为以"风光旖旎、民俗风情"著称的人文地理景观，相关走访行为也只能局限于以"游山玩水、打卡晒图"为主体的观光游览活动。因此，长征精神绝不仅仅是建设长征国家文化公园的文化附加值，而是其安身立命的核心价值与根本所在。

（二）建设国家文化公园是创新长征精神传承的重要探索

一直以来，我国都十分注重长征精神的保护传承。但也必须意识到，一方面，由于爱国主义教育中存在着方式落后等问题，对长征的灌输式教育和程式化歌颂在一些情况下难免被解读为假大空的宣传，"屏蔽"了长征精神的真实感召力；另一方面，上述手段往往缺乏多感官互动才能建构的真实感和切身体验，缺乏只有身临其境才能产生的崇高感和神圣氛围，对大多数当代人，尤其是年轻人，很难达到感受长征精神所需的体验质感和情感强度。在这个意义上，长征国家文化公园为解决长征精神传播传承中存在的扁平化、套路化等问题提供了一种方案，为当代中国人以沉浸性、体验性、互动性的方式真实地走近长征、真正地走进长征，提供了一种来自历史现场的文化时空，更为创新红色文物和文化资源保护传承利用提供了丰富可能。

前述布热津斯基走访长征沿线后，在《沿着红军长征路朝圣记》中写道："在我们走近大渡河时，曾经一度怀疑它是否真的像长征战士在回忆录中描述的那样水流湍急，险象环生，及至亲眼目击，才知并非言过其实。这条河水深莫测，奔腾不驯，加之汹涌翻腾的旋涡，时时显露出河底参差狰狞的礁石，令人触目惊心，不寒而栗。"[①] 诸如此类身临其境的体验，足以让在观念上与社会主义新中国有着众多差异的美国政治家产生一种"朝圣"感；对于当代中国人，长征沿线的亲眼所见、亲耳聆听、亲手触摸、亲身体验，当然会同样有助于重温这一超越时间的伟大事件、见证这一跨越代际的精神力量，而这一点很早就被世人认识到了。从中华人民共和国成立初期革命纪念地的修缮管理，到改革开放以来爱国主义教育基地的建立，再到 21 世纪以来"红色旅游"概念的提出，各种红色文化体验活动越发走向立体、深入和多元，一代又一代人先后开始"重走长征路"。随着长征国家文化公园的建设运营和红色旅游产业的完善发展，"重走长征路"必将激活、生发出更多文化价值和精神内涵，成为现代人重抵

---

① 郭惠、王惠平：《布热津斯基笔下的红军长征》，《解放军报》2017 年 12 月 17 日。

精神世界、重获精神补给、重受精神洗礼的重要途径。长征国家文化公园作为一个具有"二万五千里长征"整体辨识度的有机整体，也将把长征精神散落在各地的文化符号挖掘和整合成一个具有连贯性的"文化线路"，从而建起长征精神在当代最生动、真切、全面、立体的课堂，形成长征精神在当代最具时代性、开放性、创造性的传承传播机制，建构起红色文化在新时代最震撼人心的精神地标。

（原载《艺术学研究》2021年第1期）

地缘、文缘、情缘：国家文化公园的时空凝结

高佳彬

十三届全国人大四次会议审议通过《中华人民共和国国民经济和社会发展第十四个五年规划和2035年远景目标纲要》，明确要"建设长城、大运河、长征、黄河等国家文化公园"。这标志国家文化公园从概念提出、甄别研判、分步探索阶段，以长城、大运河、长征、黄河为主轴的"4+"的建设序列基本确定，进入到全面实施、集中推进的建设阶段。现有序列呈现出在国家文化公园建设上的三个主要特性。

一是地缘特性。缘，即纽带，联系。地缘，即以特定的地理空间位置为枢纽，从而产生的地域联系。地理枢纽，可以是依托水文地脉等自然条件形成的，也可以是通过后天的人类生产生活改造，建立起特定的联系渠道。这种枢纽的呈现形态可以是"点"，如"九省通衢"的武汉，可以是"线"，如连接中土和西域的河西走廊，可以是"面"，如宽广的太平洋就是建立"环太平洋"地缘关系的枢纽。国家文化公园选定的长城、大运河、长征、黄河都是属于线状的历史的地理枢纽，各自形成具有大空间跨度的线性地带。长城纵横15个省区市，大运河纵贯8个省市，长征跨越15个省区市，黄河流经9个省区，不同行政区划因地理枢纽联结，形成

了长城地带、运河流域、黄河流域、长征沿线地区等特定地理空间范围。这些地标彼此交错，以"一纵三横"的走向，基本架构了整个中国地理空间格局。

二是文缘特性。线性的地缘联系，使得不同的地域区块贯通。相较于孤立的点、无序的面，跨区域的线状空间特征，使人的迁徙流动有了明确的方向，交往也被延长，从而实现更广泛长久的文化扩散与流动。历史也证明，长城、大运河、黄河这类线性空间确实成为不同民族族群交往的通道和多元文化因素交融的纽带，呈现中华传统文化的独特创造。黄河河道流经地区贯穿起三秦、中州、齐鲁等不同的地域文化系统，长城连接起胡与汉、农耕与游牧等不同的文明区块，大运河首尾沟通吴越、淮扬、齐鲁、中原、燕赵等地域文化。尽管这些被线路串联起来的文化系统风貌各异，但绝不是孤立隔绝的，它们都因线性的地理联系，因为族群迁徙、通婚、商品交换甚至战争等形式，不同文化跨区域流动和传播，互相接触、交流、碰撞、融合，创造出新的、更具统合性的文化，在文化内涵上与原先的地域特色文化有一定的承继关系，呈现出文化的连续性与内在共性。

三是情缘特性。长城、大运河、长征、黄河沿线地带，自来人烟稠密，在漫长的生产生活、交往交流过程中，对共享的活动地域具有情感心理上的认同感和归属感，建立起许多广泛的、具有代表性的文明和"共同体"。就最早形成的黄河而言，历史上多次泛滥和改道，在中下游堆砌起沃土平原，为农业耕种提供了得天独厚的条件。黄河沿线地区是人类文明史上最早步入种植农业时代的代表性区域之一，在其哺育下诞生了诸夏部落集团，其中就有黄帝和炎帝两支。黄河南北岸的两大部族经过战争，融合形成"炎黄"。"炎黄子孙"成为中国人、中华民族身份的重要标识，有着独特的、厚重的情感心理意义。长城同样如此，虽然原始功能是"拒胡""间隔华夷",但长城边界特有的线性空间、边缘地带的双重性及流动性的特点,具有外部分离和内部整合的作用,串联起历史上华与夷的族群。因此,长城也是一个"交流融合的地带"。到今天,"长城内外是故乡"已经成为各民族的普遍心理认知。

地缘、文缘、情缘,是长城、大运河、长征、黄河沿线地带在历史时空中沉淀凝结形成的。三者间,文缘是地缘关系的自然衍生。长城、大运河、长征、黄河独特的地理枢纽位置对于地缘区块内族群交往、文明交流和文化创造有着重要影响。具体而言,长城地带的地理环境也就是"以长城为中心,南北各数百公里乃至上千公里,东西数千公里的'阔地带'"。广阔地带让华、夷长期共存,给农、牧两种生产生活方式不断交流碰撞的广阔空间,让长城带成为世界历史规模最大、历时最久的民族融合地带,中国各民族在这条巨大纽带上获得了新生,成为创造中国文化和文明的新的起点,促使"多元一体"民族和文化内涵走向成熟。黄河的"几"字大弯,串联起诸夏部族,河水冲刷堆积、四方地势护持的广袤平原成为仰韶等以农业为主的文明孕育的"温床",农耕所需的吃苦耐劳,经过阪泉之争、炎黄融合等过程形成的包容、和平等特质,扭结成古老的文化基因在黄河流域着床扎根、薪火相传。隋唐时修造的大运河,将长江和黄河两条大河打通,地缘关系的重新建构,让不同的地域文化聚汇融通,在多元中统一,在"江河互济"中孕育出"和合"的独特文化特质。

文缘凝聚情缘。如李泽厚先生在论及"情本体"时指出的那样,情感从动物本能而来,但经由生产生活实践不断得到巩固、强化、独立发展。我们的语言、意识结构是后天建立的,人的后天动作、操作、习俗、传统,也就是广义的文化,和教育与历史一起,共同造就了人的情感心理、观念、思想,由"文"及"情",由外而内有一个"积淀"的过程。长城、大运河、长征、黄河,无疑在人类活动、文化生成过程中,积淀了厚重多层、极其复杂的情感,被投射多重多样来自不同个体、族群的心理、观念和思想,尤其在历史上形成了关乎中国地理、文化自觉和情感认同的重要"边界"。长城、黄河、大运河等都曾是多种文明碰撞交融形成的锋面,长征也是革命思潮、先进思想与落后的、腐朽的、反动的思想激烈斗争的前线,这些伟大的地理坐标和文明足迹是不同群属凝聚起来对自身、对对方、对整个生存居住的土地和国度的认同的观念体,形成独特的情缘关系。

情缘"反哺"强固文缘和地缘关系。情缘关系是地缘位置、文缘关系的内化、整合和固化,以情感的、观念的形态积淀在一个地区、一个文化系统内部成员的心理当中。它并不是浅层的、不稳定的、生理本能式的情绪,而是由共同的生存环境孕养、文化背景塑造而成的情感方式、思维模式、价值取向和观念思想,是比较稳固的。这种稳固的情缘关系在漫长的生成过程中,以统一的历史与文化叙事口径,规训群体内部的思维和行为,形成我们共同的历史记忆和族群认同。如《黄河、长城、大运河、长征论纲》所归纳总结的那样,黄河的"至柔至刚、包容稳定、不畏命运、敢于斗争"、长城边疆的"自强不息、坚不可摧"、长征的"革命英雄主义、理想主义、实事求是"、大运河的"包容并进、多元并存"等精神特质、价值观念,持续不断地鼓舞、激励着中国人创造历史、开创未来。

长城、大运河、长征、黄河沿线地带汇集升腾的地缘、文缘、情缘,相互联系、互动、交融、转化,推动长城、大运河、长征、黄河等地理区域成为我们历史上最为宏大、最为醒目、最为凝固的人类文明的"共同体"载体,化身整个中华文明体系、国家经济和社会力量中的主干、主支、主流。国家文化公园正是依托坚实的地域联系、磅礴的文化载体和稳定的情感认同,以文化建设推动区域内地缘、文缘、情缘整合统一,向

"国家象征"转化。这一过程首要的就是跨越地域，打破固定的行政区划。长城、大运河、长征、黄河已经产生超越其所在地域区位的文化影响力，国家文化公园建设需要进一步打破地域局限，赋予文化以"流动性"，这种流动性在现今很难以文化自觉，或者文化系统的自然演变来获得，只有以国家意志来推动，以行政力量干预进程，打破长城、大运河、长征、黄河等的"在地性"，从"边界""区隔"的标识到"凝聚的中心""中华文化重要标识"转变，从而建构跨地域、有机的文化联系和整体性认同，进而解决中国文化内部流动性的问题。当然，建构国家整体文化，绝不意味着抹杀地域特色和特色文化基因，而是在多元中寻求统一。因此有必要规划建设好国家文化公园"主题展示区"，进一步挖掘长城、大运河、长征、黄河沿线地带丰厚的、独特的地缘、文缘、情缘"资源"，在保持地域特色的前提下，提炼文化主题，让漫长线性地带的片段地域、子文化系统纳入国家文化公园这一文化保护、传承、创新和弘扬体系之中，在宏大的"国家文化"的统召之下，实现交流互动、共生共存，在流动中实现统一、互补和巩固。

我国正处于"两个一百年"奋斗目标的重大历史交汇期，文运同国运相牵，文脉同国脉相连。国家文化公园建设的重大举措，对在新时期梳理华夏源流和中华文脉，彰显历史底蕴与中国特色、中国风格、中国气派，凝聚民族复兴使命和命运共同体意识具有重大意义。国家文化公园必将成为我们民族内部的文化基础与情感纽带，最终凝练出内部高度认同、外界深受感召的文化精神符码，构建起更加团结、更加磅礴、更具活力、更有影响的"文化中国"共同体。

（原载《雕塑》2021年第2期）

黄河文化的脉络结构和开发利用[*]

——以甘肃黄河文化开发为例

彭岚嘉　王兴文

黄河，世界第五大河，中国第二大河。它在中国北方蜿蜒流动，从高空俯瞰，宛如一个巨大的"几"字，又隐隐像中华民族那独一无二的图腾——龙。黄河在中国历史上的地位是独一无二的，她是中华文化的"摇篮"，是中国的"母亲河"，史称"四渎之宗"[①]。在漫长的历史进程中，黄河哺育了光辉灿烂的中华文化。

一、河流与文化

水是生命之源。从地球上生命初萌的那一刻直到今天全球化时代复杂的人类社会，水不但是人类得以生存的必要条件，还是人类的社会生产不

---

[*] 2013 年中央高校基本科研业务费专项资金重大招标培育项目"西北地区文化资源调查、整合与开发"（项目编号：13LZUJBWZB002）。

① 班固：《汉书·沟洫志》，中华书局 1962 年版，第 1698 页。

可或缺的物质资源，因此与人类结下不解之缘，以致我们不得不这样说：一部人类社会发展史就是一部人类与水的关系史。人类文明的兴起、发展，都与水的各种存在形态有着密不可分的关系。中国古典文献中的关于水的经典论说，其实就是水与人类的基本生存与文化发展息息相关的表征。《管子》云："水者，地之血气，如经脉之通流者也。"①《道德经》则云："上善若水。"② 如果说火在人类走出蒙昧的过程中起到天启作用犹如父亲的话，那么水在人类漫长的历史中则如同母亲，哺育了人类的文明。

地球上水的存在形态很多，如海洋、河流、湖泊等地表水体形态，以及地下水、雨水、冰雪等其他存在形态，但对于人类而言，最重要的莫过于河流。河流不但是远古人类步入文明社会的孕育者，而且也是人类文化不断向前的引导者，更是人类社会巨大变迁的见证者。大河奔流冲击而成的三角洲、冲积平原，由于土壤肥沃，往往是得天独厚的农业生产区域，这些区域为人类农业文明的萌发与发展提供了重要的条件。而河流两岸较为宽阔的河畔地带、河流与其支流的交汇处，往往又是最能代表人类文化的城市及其文化兴起的地方。在现代文化兴起之前，世界各地最重要的城市，大都坐落在河畔或者河流交汇的地方。再者，人类使用河流、与河流的斗争以及不同部族的人为争夺水资源而进行的斗争，其本身也形成了不同类型的文化，例如人类在利用河流、企图征服河流或者想象控制河流的过程中所形成的各种巫术仪式、信仰和民俗，以及人类在这一过程中所凝聚起来的众志成城、团结一致的精神，等等。在此基础上所形成的河流文化，扩展了社会调控的范围，促进社会政治变革、经济变革和文化变革。

---

① 黎翔凤撰，梁运华整理：《管子校注》，中华书局2004年版，第813页。
② 陈鼓应注译：《老子今注今译》，商务印书馆2003年版，第102页。

因而以河流为载体的河流文明是人类文明的重要源泉。

在人类文化史上，虽然各个文明大都与河流（或海洋）有关，但水量大、流程长、流域广的大江大河所孕育的文明，在早期人类中最为伟大。换言之，大河流域所塑造的文明最有可能发展壮大，并成为在历史上、在阔大的地理范围内有着重大影响的文明，人们一般把这种文明称为"大河文明"。从历史上看，西亚地区、北非地区、印度地区、希腊地区、华夏地区在距今5000年左右兴起的文明，都与"水"（河、海）紧密相关。四大文明发源地都与河流有关：北非地区的古埃及人依尼罗河而居，建立了古埃及文明，西亚地区的两河流域哺育了巴比伦文明，恒河流域的古印度人则建立了古印度文明，华夏地区的古代中国人在黄河流域的中原地区形成了中国文明。

（1）尼罗河与古埃及文明。尼罗河是世界第一长河，是非洲众多河流之父，也是一条流经多个国家的国际性河流。尼罗河从非洲东北部布隆迪高原发源，流经布隆迪、卢旺达、坦桑尼亚、乌干达、苏丹和埃及等国，最后注入地中海。尼罗河的干流自卡盖拉河源头至入海口，全长6671千米，为世界河流流程之最。尼罗河的支流还流经肯尼亚、埃塞俄比亚和刚果（金）、厄立特里亚等国的部分地区，其流域面积达335万平方千米，占非洲大陆面积的九分之一。尼罗河下游的三角洲平原，地势平坦，河渠交织，古埃及即诞生在这里。几千年来，尼罗河定期泛滥（每年6月到10月），给三角洲平原带来肥沃的土壤，为古埃及文明的出现提供了充分的物质条件。从公元前5000年的塔萨文化到公元642年埃及被阿拉伯人征服，古代埃及人创造了灿烂至极的古埃及文明。他们发展起农业，栽培了棉花、小麦、水稻、椰枣等农作物，在干旱的沙漠地区上形成了一条"绿色走廊"；他们还创造了文字，建造了城市，尤其是建造了被称为

"世界七大奇迹"之一的金字塔。

（2）底格里斯河和幼发拉底河与古巴比伦文明。在西亚腹地，北接亚美尼亚高原，南临波斯湾，东与西伊朗山脉为界，西与叙利亚草原和阿拉伯沙漠接壤的美索不达米亚平原，是底格里斯河和幼发拉底河冲积形成的两河流域冲积平原。两河定期泛滥，给流域内的沿岸带来因河水泛滥而积淀成的适于农耕的富饶土壤。与尼罗河对埃及的哺育类似，两河流域也形成了世界上文化发展最早的地区文明。两河流域的苏美尔人创造了灿烂的文化，而后来的古巴比伦人在大约公元前2000年建立了古巴比伦王国，他们在苏美尔人的基础上，创造了更加绚丽的文明。在法国巴黎的卢浮宫里，我们现在可以看到世界上迄今为止保存最完整和最早的成文法典《汉谟拉比法典》。两河流域文明为世界发明了第一种文字"楔形文字"，建造了第一个城市，发明了第一个制陶器的陶轮，制定了第一个七天的周期，第一个阐述了创造世界和大洪水的神话。至今为世界留下了大量的远古文字记载材料。

（3）恒河与印度文明。恒河位于印度北部，是南亚的一条主要河流。恒河源头巴吉拉蒂河和阿拉克南达河发源自印度北阿坎德邦的根戈德里等冰川，它横越北印度平原（即恒河平原），流经北方各邦，汇合其最大支流亚穆纳河，再流经比哈尔邦、西孟加拉邦，最后分为多条支流注入孟加拉湾。恒河用丰沛的河水哺育着两岸的土地，给沿岸人民以舟楫之便和灌溉之利，用肥沃的泥土冲积成辽阔的恒河平原和三角洲，这为印度文明的产生提供了充分的物质条件。恒河这条世界名川，被印度人民尊称为"圣河"和"印度的母亲"。作为四大文明古国之一的印度文明，也因而被称为"恒河文明"。恒河浇灌起来的古印度文明以其异常丰富、玄奥和神奇的特点深深地吸引着世人，对亚洲诸国包括中国产生过深远的影响。古代印度在文学、哲学和自然科学等方面对人类文明做出了独特贡献。

（4）黄河与华夏文明。黄河是中国北方最重要的河流，它在华夏文明形成和发展过程中的地位和作用显然是无可替代，也是其他河流无法比肩的。虽然从考古发现可以看出，中国各地的古代文明很多，但是这些文明都没有延续下来，有的中断了，有的消失了，有的则融入了黄河文化。因此，由黄河所塑造的黄河文化的本源性与其在中国历史上的重要性，使之成为华夏文明的主体。而这一优势的物质基础正是黄河支流的台地和黄河中下游的特殊地理条件——黄土冲积平原最适合早期的农耕，当时气候温和湿润，黄河及其支流水量充沛，使华夏诸族得以拥有东亚最大的农业区，形成了最发达的文化。

二、黄河文化的内涵及其存在空间

根据格尔茨的观点，与其说文化是某种固定的铁板一块的静态的存在，不如将文化看成是"一些由人自己编织的意义之网"[①]。这个意义之网的核心价值具有凝聚共同体整体成员的特殊社会力量，同时它也往往通过一种符号化的方式象征性地表达共同体成员可以建构自身认同的可识别的价值。作为一种具有强烈认同性和归趋性特征的文化，黄河文化凝聚了黄河流域独特的地理空间与人文空间所形塑的生活方式、社会制度、风俗习惯、宗教信仰、审美情怀。对于浩瀚博大的黄河文化，要准确地把握其基本内涵，只能把它视为一个大的系统（当然其自身内部的各种元素之间也是不断冲突、融合、分化、断裂，包含着旧元素的消亡与新元素的诞生的过程）。

[①] [美]克利福德·格尔茨：《文化的解释》，韩莉译，南京译林出版社 2008 年版，第 5 页。

从这个基本认识出发，我们可以这样理解黄河文化的内涵。首先，黄河文化是在地理空间上以黄河流域为限度（这个限度的最大值是中国的北方）的区域文化；其次，黄河文化是黄河流域的人们在与黄河（黄土、季风等自然条件）之间的实践关系中，改造自然和自身的过程中所不断积累的物质与精神层面的文化的总和；最后，黄河文化包括一般所说的文化的内涵，诸如一定的社会规范、生活方式、风俗习惯、精神面貌和价值取向，再细致一些，就是所谓的包括政治、经济、艺术、哲学、语言文学、史学、宗教、民间信仰、道德规范和社会生活习俗等方面的内容。另外，黄河文化还是一个时空交织的多层次、多维度的文化共同体，具有区域内大体认同的标志性、可识别性等特征，可以被抽象化、符号化、象征化。

一般说来，文化包括物质层面、制度层面和精神层面。从形而下的角度看，黄河文化的物质化存在是以具体化的地理空间分布为载体的；而从形而上学的角度看，黄河文化精神层面的内涵往往体现在习俗、惯例以及哲学、宗教、文学艺术中，而具体的文化形态、文化样式的背后，则内隐着文化精神。从黄河文化生存的地理空间来看，黄河文化的生存空间与黄河干流区域的范围大致一致，即一般所说的青海、四川、甘肃、宁夏、内蒙古、陕西、山西、河南、山东数省区。但是，如果从历史上看，黄河流域的范围比今天的 75 万平方千米要大，尤其是黄河的多次改道导致黄河在中下游的河道漂移不定。因此，从广义上说，黄河文化的生存空间超越了单纯的地理空间，在某种程度上，我们可以笼统地将西起青藏高原，东濒渤海和黄海，北连阴山和燕山，南以秦岭、淮河一线为界的大片区域，视为黄河文化赖以产生和生存的文化空间。但由于黄河流经地区的广阔和地理环境的复杂——其先后跨越了青藏高原、黄土高原、北部草原的河套地区、华北平原和滨海地区，不同的自然环境和人文环境，必然使黄河文化在这种特殊空间条件下形成一种内容极其丰富、同中有异的文化系统。由此，较为宽泛的黄河文化的概念应该是涵盖了上述这个较大区域的包含了许多小区域文化的一个大的系统的文化。从空间分布看，黄河文化主要包括河湟文化（青海）、陇右文化（甘肃）、宁夏文化（宁夏）、河套文化（内蒙古）、三秦文化（陕西）、三晋文化（山西）、中原文化（河南）、齐鲁文化（山东）等几大区域文化。

从物质化存在的空间布局来看，黄河文化的中心伴随着历史的发展而发生变化，即从早期的黄河上游地区逐渐向黄河下游地区转移，在地理方位上大致是自西向东的移动（当然，在特定历史时期也曾发生过短暂的由东向西移动）。换言之，黄河文化空间主要分布在中国的北方平原地区，其发端的青藏高原和黄土沉积形成的黄土高原是早期黄河文化发达的地区，河套平原与广大的华北平原地区后来居上，成为主要的黄河文化区域。黄河文化中心的这种转移的决定因素在于黄河流域地区气候的变化，文化中心自然向更适宜人类居住的区域转移。这一特征既奠定了黄河文化形成的基础，也推进了黄河文化几千年演化。

从黄河文化分布的时序性上看，其特点首先在于黄河文化所代表的文明是世界众多流域文明中唯一没有间断的文明形态。在世界范围内，其他文明形态因各自不同的原因，先后都陨落了。但黄河文明却绵延几千年，直到今天，中华文化其精神实质上仍是与古老的黄河文化一脉传承的。以黄河文化为内核的中华民族共同体，仍是今天这片古老大地上的主人。另外，诞生于黄河文化流域的汉语，仍是今天中国主要的语言形态。更重要的是，黄河文化几千年形成的民族精神、伦理道德、价值观念在今天仍深深地影响着中国人。这些薪火相传而辉耀千古的力量，就是黄河文化的内在精神。

（1）自强不息。《周易·乾卦》云："天行健，君子以自强不息。"① 天（即自然）的运动刚强劲健，相应于此，君子处世，也应像天一样，自我力求进步，刚毅坚卓，发愤图强，永不停息。自强不息的精神对中华民族而言，就是强调集体高于一切的价值观。积极进取，为国家、为民族奉献，从而实现人的社会价值，是黄河文化顽强生命力的象征。

（2）天人合一。"天人合一"的思想观念最早是由庄子阐述的。《庄子·达生》曰："天地者，万物之父母也。"② 其后被汉代思想家、阴阳家董仲舒发展为天人合一的哲学思想体系，并由此构建了中华传统文化的主体。天人合一的思想强调人类与自然的关系是一种和谐关系，而不是征服与被征服的关系。

（3）多元融合。多元融合的哲学基础是尊重多样性与差异性的存在，《论语·子路》曰："君子和而不同，小人同而不和。"③ 黄河文化千年传承的根本原因就在于其内在的包容性、开放性。黄河流域多个民族以"和而不同"的方式并存，各自吸收彼此的文化优点，最终形成多元融合的黄河文化复合体。

（4）以人为本。"以人为本"最早见于《管子》："夫霸王之所始也，以人为本。本理则国固，本乱则国危。"④ 历代不少思想家都对这一思想有所论述，其主旨大致都在尊重人民，重视农耕文化。人本思想主要是相对于物本、君本思想而提出来的，强调把人（人民）的价值放到首位，重视人的生存。

---

① 黄寿祺、张善文：《周易译注》，上海古籍出版社2001年版，第8页。
② 陈鼓应注译：《庄子今注今译》，中华书局1983年版，第465页。
③ 杨伯峻译注：《论语译注》，中华书局1980年版，第149页。
④ 黎翔凤撰，梁运华整理：《管子校注》，中华书局2004年版，第471页。

（5）崇德利用。《周易·系辞下传》说："精义入神，以致用也。利用安身，以崇德也。"①意思是，精研事物的规律，以至于理解深微的变化，是为了实用；便利实际运用，是为了提高道德；而道德提高了，就更能对微妙的变化有更深入的理解了。这是中国文化基本精神，它主要解决人与自身的关系，即精神生活与物质生活的关系，表现出中国哲学的智慧。

（6）贵和尚中。"和"是众多不同事物之间的谐和。"中"是中庸，即不陷于某一极端，随情况的不同而采取恰当的方法。"和"的思想对黄河文化多样性、平衡性影响巨大，而"中"的思想则对黄河文化发展的稳定性作用巨大，但在一定程度上又阻挠了变革。总的来说，贵和尚中指的是以和为贵与中庸保守，表现出黄河文化重和谐统一的一面。

三、黄河文化生成历程与总体特征

在人类从蒙昧走向文明的历史进程中，地理环境的特性决定着生产力的发展，而生产力的发展又决定着经济关系的发展，以及伴随着经济关系发展的所有其他社会关系的发展。在黄河流域建立起黄河文明的中国人也不例外，诚如黄仁宇所说，"易于耕种的纤细黄土、能带来丰沛雨量的季候风，和时而润泽大地、时而泛滥成灾的黄河，是影响中国命运的三大因素。它们直接或间接地促使中国要采取中央集权式的、农业形态的官僚体系"②。从自然条件看黄河流域恰好处于中纬度，是四季分明的温带气候。黄河冲积黄土高原并裹挟而来的肥沃厚重的黄土，利于发展农耕。加之黄

---

① 黄寿祺、张善文：《周易译注》，上海古籍出版社2001年版，第581页。
② 黄仁宇：《中国大历史》，生活·读书·新知三联书店1997年版，第23页。

河本身所提供的可资灌溉的水资源，使黄河流域（黄河及其支流的两岸平地、谷底，尤其是中下游的平原地带）具备发展农业的理想的、得天独厚的自然条件，成为古代中国最发达的农业经济区。这是黄河文化存在的最基本的自然地理条件。

黄河文化源远流长。早在旧石器时代，黄河流域就有了人类的活动。在山西省芮城县境内出现的西侯度猿人距今有180万年，在陕西蓝田发现的蓝田猿人距今大约100万年，在陕西省渭南市发现的大荔猿人距今大约有20万年，在山西襄汾发现的丁村猿人距今也有15万年，还有黄河河套地区的河套人及其文化，河南安阳小南海发现的洞穴遗址，都在5万年以上。经过漫长的旧石器时代，黄河流域出现了以农业为特征、以磨制石器为标志的新石器时代文化。随着生活在黄河流域的血缘氏族部落逐渐由母系氏族公社进入父系氏族公社，部落之间也开始了一系列战争。最终，势力强大的黄帝战胜了炎帝，基本奠定了华夏族的基础。

那么黄河文化形成于何时，它后来又经过了怎样的演变，才发展成为今天这样一个复杂的既具有广袤的空间跨度又具有绵长的时间跨度的一个大体系的呢？为明确回答这一问题而武断地进行分期是不可取的，但是为了便于论述，我们可以采取一个较为模糊而折中的办法，把黄河文化的流变过程大体上分为三个阶段，即黄河文化的形成期、发展期、融合期。通过这一划分，我们能够看清黄河文化在历史长河中的大致走向与发展脉络。

黄河文化作为一种主体文化而形成的时期，大致可以界定为先秦时期到秦汉时期。在这一时期，与涓涓细流汇成大江大河类似，黄河流域各个地区的区域文化（地方文化）伴随着征战杀伐与产品贸易慢慢走向融合，逐渐形成大的区域文化，最终，在统一的政治实体的制度规范与区域文化彼此相互自发融合两种力量的推动下，黄河文化逐渐形成。神话与历史所讲述的从远古时期众多部落的颉顽，到炎帝和黄帝部落的联盟，夏商周时期的中心与四方（边陲）的对峙，以及从春秋战国到秦汉一统，都表明黄河文化在形成过程中不断凝练、提升、壮大。在某种程度上，中华民族的图腾龙，也以象征符号的方式表征了黄河文化的融合过程。我们之所以把这个时期说成是黄河文化的形成期，是因为这一段长达数千年的历史见证了黄河文化的内部消化与融合过程，而且以标志性的事件显示了黄河文化的统一的主体特点。一方面，农业经济模式在这一时期逐渐成熟，另一方面，共同的地域、共同的语言以及共同的经济生活所凝聚成的汉族在这一时期形成，当然，最重要的是，能够代表黄河流域文化核心思想的儒家思想在汉代被确立为官方意识形态。

一种文化在初步形成并逐渐壮大之后，必然伴随其所凭附的政治、经济实体的势力范围的扩大，而与周边文化发生冲突、交流、融合等各种双边、多边关系。在魏晋南北朝直至唐王朝时期，伴随汉民族的中央政权与周边少数民族政权的政治权力争夺与经济贸易交流，以及中央政权与亚洲其他国家的丝路贸易，黄河文化向北方草原文化（或游牧文化）、南方江淮流域文化输出，并与印度文化发生激烈碰撞，与古波斯、日本、朝鲜、越南等各国进行了文化交流。在这一过程中，黄河文化进一步发展，最终在唐王朝时期伴随经济高度发达、城市规模空前宏大，而形成了作为民族国家繁荣昌盛标志的多元共存、高度繁荣的黄河文化。

唐代中期以后，由于南方经济后来居上，黄河流域的经济地位下降，但仍然占据着政治中心的地位，因而在文化上依然具有引领其他区域文化的特征。经过宋元明清，各个地区的文化与黄河文化相互碰撞、交流、竞争，黄河文化的绝对主体、绝对中心的地位有所下降，但是，在整个中华民族文化中，黄河文化依然是主体，这个主体与其他地区、民族的文化融为一体，组成大一统的中华民族文化。

从黄河文化的形成发展历程我们可以看出，首先，从生成角度看，黄河文化具有一种树状聚散特征。钱穆先生在《中国文化史导论》中指出："中国文化发生，精密言之，并不赖藉黄河本身，他所依凭的是黄河的各条支流。每一支流之两岸和其流进黄河时相交的那一个角里，却是古代中国文化之摇篮地。"[①] 何炳棣也认为："除掉甘肃山西沿着黄河上、中游有些古文化遗址外，其余绝大多数的遗址都是沿着黄河的支流或支流的更小支流。"[②] 也就是说，黄河支流及其与黄河相交地带的黄土台地，往往是古代文化的发源地。但这只是事情的一方面，另一方面，黄河流域发展起来的农业城市、商业城市，都是沿着黄河主干道分布的；而且，历史上的战争、灾荒往往驱赶着黄河人在平原地带与黄土台地之间徘徊，而黄河文化也恰巧在黄河主干道平原一带与支流山间峡谷台地之间"汇聚—扩散"。因此我们可以这样认为，黄河及其支流的树状"汇聚—扩散"关系与黄河文化在黄河流域及其周边的"汇聚—扩散"关系之间具有同构性。黄河文化的这种树状聚散特征是其本质特征，因为黄河及其支流的河谷文明如树状聚散，恰好是黄河文化得以发生的前提，也是黄河文化发展规律的表现。播撒在这种树形一样大大小小的支流上的地域性文化，在数千年的历史中通过冲突、融合，汇聚成浩瀚博大的黄河文化。

其次，从文化内涵来看，黄河文化是以"和"为核心思想。在传统文化中，"以和为贵"的思想像一条粗大的线索，贯穿整个历史。所谓"和

---

① 钱穆：《中国文化史导论》，上海三联书店1988年版，第2页。
② 何炳棣：《黄土与中国农业的起源》，香港中文大学出版社1969年版，第116页。

实生物,同则不继"①,具有差异性的不同文化的融合,正是文化得以发展的前提。作为一个复合体的文化体系,黄河文化的"和"主要体现为一种极强的包容性。如在新石器时代,龙山文化的发展就是融汇了大汶口文化和仰韶文化;而大汶口文化的发展同样是文化融合的结果(青莲岗文化和东夷土著文化);仰韶文化本身也是多种文化融合的结果(河南裴李岗文化、河北磁山文化、甘肃大地湾文化);而秦汉一统,同样是秦、晋、齐、鲁等文化的融合与凝练。"和"不但是处理自身内部的亚文化元素之间的关系所依循的原则,也是处理自我与他者文化之间关系的准则。例如,历史上的草原游牧民族,如羌、匈奴、羯、氐、鲜卑、乌桓、柔然、高车、突厥、回鹘、契丹、女真、蒙古等民族,以及南方的少数民族,如百越、巴蜀、楚等民族的文化,最终都被包容进了黄河文化,并最终成为黄河文化有机血脉的一部分。当然,在对待域外他国文化(包括亚欧非)时,黄河文化同样表现出一种海纳百川的气概,这种博大精深的包容性,使之成为中华古代文化当之无愧的代表。

最后,从历史发展过程来看,黄河文化具有超乎寻常的稳定性。由于半封闭的大河大陆型的地理环境,加之温带大陆性气候与黄土区域的广泛,黄河流域形成了典型的稳定的农业文化。这种农业文化既不同于南方(长江、珠江流域)的稻作与渔猎结合的文化,又不同于流动性极强的北方草原游牧文化,而是在总结农业经验的循环性与延续性基础上形成的厚重、务实、安定的生活,强调要与自然和谐(天人合一)。在社会组织形式方面,形成了所谓的"家国同构"。与西方海洋性文化的扩张性、掠夺性不同,黄河文化的农业特质决定了它容易自我满足,而农业的定居生活

---

① 上海师范学院古籍整理组校点:《国语》,上海古籍出版社1978年版,第515页。

所形成的正统思想使之在想象世界秩序时，往往将自我设定为中心，而将其他文化设定为边陲，从而形成一种优越感。在处理自我与他者文化的关系上，往往强调"华夷之辨""以夏变夷"，当然这本身也是一种二元对立思维的产物。

四、黄河文化的脉络结构

由于时间上穿越中国历史五千年，空间上横跨黄河流域，黄河文化因而浩瀚博大、庞杂丰富。从生成角度看，黄河支流上的原始文化的发生毫无疑问是黄河文化最初的点点星火；随着各种工具的发明与利用，生产力水平的提高，城市的诞生与文字的发明，黄河文化逐渐汇聚为以地理单元为中心的区域文化；后来，黄河流域政治、军事上统一与割据的交替，使黄河文化逐渐凝聚为一体，与此同时，与北方、西部、南方少数民族的攻守战和，以及与亚洲、欧洲及非洲各国的文化交流，促使黄河文化在向外辐射的同时吸纳其他民族文化的精华部分，从而使黄河文化不断壮大。从结构特征看，黄河文化是一个时空交织的多层次、多维度的文化共同体，她的内涵十分丰富，包括政治、经济、艺术、哲学、语言文学、史学、宗教、民间信仰、道德规范和社会生活习俗等方面的内容。正如复杂的人体内部贯有纵横交织的经脉一样，包容了多种亚文化的黄河文化也有贯穿其整个肌体的脉线，每条主脉线上又分布有若干副脉线，正是这些脉线交错纠结所构建的"面"复合而成黄河文化的"体"——具有生成性、开放性的网状结构的黄河文化系统。依循黄河文化历史发展过程中的聚散关系的脉络，我们可以从中梳理出黄河文化的脉络结构。

（1）生物化石线。黄河流域分布着丰富的古生物化石，从白垩纪到晚新生代的恐龙、黄河象以及其他古生物的化石，均有分布，如宁夏灵武古生物群化石、山西榆社古脊椎动物化石、河南内乡海洋古生物化石等。在甘肃考古发现的古生物化石包括恐龙、黄河象、和政羊等，甘肃现已成功申报两个国家级地质公园，即刘家峡恐龙国家地质公园与和政古生物化石国家地质公园。

（2）文明遗址线。黄河流域作为华夏文明的诞生地，作为中华文化的发源地，留存了多处远古人类活动遗迹。如山西芮城西侯度人遗址、陕西蓝田县灞河东岸王公岭遗址、陕西大荔县甜水沟遗址、山西襄汾丁村人遗址、山西半坡遗址、甘肃秦安大地湾遗址等，可以说，东起山东，西到甘肃、青海，北到宁夏、内蒙古，南到河南，整个黄河流域都有远古人类留下的足迹，这些遗址都有丰富的远古人类的遗存。

（3）农耕文化线。与生产力紧密相关的是生产工具和生产技术以及作物栽培，生产工具和生产技术的变迁以及作物栽培凝聚着深厚的文化底蕴，连缀起黄河文化的农耕脉线。生产工具（材质）的变迁记载了人类文明从使用石器、骨器、木器经青铜器到铁器的进化历程。犁耕、砂田、水车、引水灌溉是中国农业文明的见证。犁耕是中国，特别是黄河流域几千年来的土地耕种方式，它凝结着黄河流域人民的勤劳和智慧。早在石器时代就已经出现了石犁，春秋后期牛耕出现，战国中后期铁犁用于牛耕，西汉时出现直辕犁，唐代出现曲辕犁。黄土颗粒细，土质松软，富含可溶性矿物质养分，利于耕作，因而这里的盆地和河谷农垦历史悠久。早在距今约7800年的大地湾文化遗址中，就已经发现有早期作物稷、油菜籽等。

（4）民族文化线。黄河作为中华民族的摇篮，不但哺育了作为中华民族主体的汉民族，而且哺育了多姿多彩的其他民族。全国56个民族在黄河流域几乎都有分布，其中甘肃的民族最多。甘肃位处黄土高原、青藏高原、内蒙古高原三大高原的结合带，历史上一直是生活在这些地域以至更大区域范围内的各民族往来、迁徙、交流、争斗、融合非常频繁的地区。早在距今约 3100—3400 年，作为羌人祖先的辛店人、寺洼人就已经在这里生存繁衍。进入人类社会后，戎、羌、氐、匈奴、鲜卑、回纥、党项等古代少数民族的政权也建在黄河上游一带。

（5）宗教文化线。在中国历史上，黄河流域作为华夏文明的摇篮，也是各种宗教文化资源的交汇点。从远古人类蒙昧时期的原始宗教算起，黄河流域的宗教文化至今已经走过了近三万年的历史。早在 27000 年前北京周口店山顶洞人，就将红褐色的铁矿粉撒在死者的身边并给死者配上殉葬的饰品，这说明他们已经出现了对于人类死后有灵魂的原始思维心理，具备了初步的宗教意识。两汉时期，随着佛教的传入，中国本土宗教道教兴起。经过魏晋至隋唐的发展，佛教和道教走向成熟。唐代的宽松政策还使景教、摩尼教、火祆教等外来宗教传入中国，其中伊斯兰教的传入对信教民族的历史文化、伦理道德、生活方式和习俗产生了深刻的影响。明清以后，以护国安民为基本要点而相互贯通的儒、释、道三教以及伊斯兰教等，将汉、满、藏、回、维等各个民族的信仰归于忠君爱国敬教。

（6）文学艺术线。黄河流域先民的艺术哲学体现在彩陶、青铜器、玉器、工艺美术品等日常生活审美上，也体现在文学、音乐、舞蹈、戏曲、绘画、雕塑等超越性审美文化符号中。从中国最早的诗歌总集《诗经》到先秦散文、汉赋、唐诗、宋词，汇集了中国文学的精华部分。从史书记载看，古代歌舞有先秦歌舞音乐、汉代相和大曲、唐代歌舞大曲等。古代舞蹈如盛唐宫廷舞蹈，有太平乐舞、破阵乐舞、剑器舞、胡旋舞、胡腾舞、绿腰舞、春莺啭、霓裳羽衣舞、何满子、踏摇娘舞等。黄河流域文人绘画艺术也很有成就，如唐代著名山水画家李思训等的作品在中国绘画史上有很重要的地位。黄河流域的雕塑艺术主要有石窟造像艺术、汉代黄河画像石、黄河寺庙彩塑、秦汉黄河瓦当等。石窟造像艺术是与佛教的传播分不开的,中国四大石窟——敦煌莫高窟、山西云冈石窟、洛阳龙门石窟、天水麦积山石窟都分布在黄河流域就是早期佛教主要在黄河流域传播的结果。黄河画像砖、黄河画像石主要集中在山东、河南。黄河彩塑艺术是唐以后宗教塑像主要表现形式,道教、佛教的寺庙大多采用这种彩塑艺术。秦汉黄河瓦当有动物纹、植物纹、几何图形等,如象征东西南北四个方向的青龙、白虎、朱雀、玄武的"四灵瓦"。

(7)建筑文化线。黄河流域作为中华民族的发祥地,处处留下了体现古代人民智慧的建筑,其中民居与古代官府建筑、宗教建筑更是悠久历史文化的见证。黄河上游的民居一般有黄土窑洞、木构架庭院式住宅等,如天水秦州区南、北宅子以及澄源巷、务农巷、陆家巷、石家巷等处成片古建筑,为西北现存最大的古民居建筑群。黄河上游的主要寺庙有塔尔寺、鲁土司衙门、拉卜楞寺、临夏南关清真大寺、金天观、五泉山建筑群、伏羲庙、同心清真大寺、海宝塔等,其建筑风格都是黄河流域建筑文化的代表。

(8)民间文化线。黄河流域非物质文化遗产非常丰富:民间音乐如陕北信天游、山西河曲民歌、陕西鏊鼓以及各种鼓乐,汉族民间舞蹈有山东鼓子秧歌、海阳秧歌、胶州秧歌、万荣与翼城花鼓、夏梁、令伯转身鼓、陕北安塞腰鼓等,少数民族舞蹈有内蒙古查玛、宁夏踏舞、青海藏族舞(卓舞、依舞、热巴舞、则柔舞)、甘肃回族舞(晏席舞、座舞、念舞)等。黄河流域的戏曲种类繁多,可以分为地方戏曲、民间小戏、少数民族戏曲等:地方戏曲又大致可以分为秦腔、山西梆子、豫剧、吕剧、眉户剧、陇剧等,民间小戏有落子戏、碗碗腔、山东梆子戏、晋北耍孩戏、秧歌戏等。少数民族戏曲有高原藏戏、蒙汉剧等。曲艺艺术有山东快书、河南坠子、陕北说书、内蒙古好来宝等，手工技艺有剪纸、木版年画、民间刺绣、编织工艺、石雕、玉雕、木雕、蒙古族角雕、面塑等。这些非物质文化遗产涉及民间文学、民间音乐、民间舞蹈、民间曲艺以及美术与手工技艺等各个门类。香包刺绣、面塑砖雕、社火傩戏、祭祀礼仪、皮影木偶、花儿对歌、唐卡腰刀、高跷鼓舞等多姿多彩的民间民俗文化构成了甘肃特有的文化魅力。这些民间民俗文化大多已经被列入各级非物质文化遗产名录。

总之，黄河文化是一个时空交织的多层次、多维度的文化共同体，她的内涵十分丰富。黄河流域的物质文化、制度文化与精神文化，都是黄河文化的主要构成部分，正是这些文化线，构成了错综复杂、纵横交错的黄河文化的脉络结构体系。每一条脉线上，都串着文化的珠玑，正是这些各种亚文化的交杂、融汇和沉积，才形成了浩瀚博大的黄河文化。

五、甘肃黄河文化开发策略和思路

2013年年初，甘肃的华夏文明传承创新区成为中国第一个国家级文化发展战略平台。按照国家关于甘肃发展的战略定位和建设文化大省的总要求，打破现有行政界限，统筹全省文化资源和各类生产要素，以文化建设为主题，以经济结构战略性调整和经济发展方式根本性转变为主线，确定了围绕"一带"、建设"三区"、打造"十三板块"的工作布局："一带"就是丝绸之路文化发展带，"三区"是以始祖文化为核心的陇东南文化历史区、以敦煌文化为核心的河西走廊文化生态区和以黄河文化为核心的兰州都市圈文化产业区。这样的定位，显然既是符合国家整体战略需要的，也是符合甘肃这一内陆省份的省情的。

地处西北内陆的甘肃，从地理形态的角度来看，正处于青藏高原、黄土高原与内蒙古高原的结合地带；从经济结构的角度来看，历来是农耕经济与游牧经济的过渡地带；从现实状况的角度来看，是农牧文明和工业文明交杂的地区；从文化积淀的角度来看，是东西方文化交流融合的区域。这样的区域性质，使甘肃文化资源具有兼容并包、多元共生的特点。[①] 在以往的研究中，我们将甘肃的文化从人文地理学的角度划分为陇东高原文化、陇中丘陵文化、陇南山地文化、兰州河谷文化、甘南草原文化和河西走廊文化六大板块。六大板块中河西走廊文化和陇南山地文化不在黄河文化的范畴之内，其余四大板块都是黄河文化的重要区域。由此可见黄河文化在甘肃文化发展中所占的重要地位。

甘肃省会兰州作为黄河穿城而过的唯一省会城市，同时是中国陆域版图的几何中心，是丝绸之路与唐蕃古道的锁钥之地，其与黄河文化的关系不言而喻。可以说，黄河是兰州的命脉，黄河文化形塑了兰州文化的灵魂。兰州因河而生、因河而存、因河而盛，黄河造就了兰州，同时兰州乃至甘肃的发展也必须依凭黄河。如果说城市地理要素为城市提供了物质躯体，那么城市文化精神则是城市的灵魂。虽然兰州（乃至大兰州文化圈）是多元文化的交融地带，但是其核心的文化精神则是黄河文化精神。黄河文化不是一般意义上的流域性地域文化，而是以汉文化为主体的中华文明起源中心的多重复合文化系统。兰州地处黄河上游的空间地理位置，与甘肃历史上作为华夏文明起源地之一的根源性，使得兰州作为黄河上游的明珠熠熠闪光。

---

① 参见彭岚嘉《陇原的别样光彩》，《光明日报》2011年11月11日。

与甘肃（大兰州）历史文化丰厚的资源相比，兰州的现代城市景观遮蔽了历史文化的辉煌与灿烂。兰州市的黄河文化景观呈现出碎片化特征，零星分布在城市之中。因此，兰州黄河文化开发应该从宏观视野出发，在厘清黄河文化脉络结构的基础上，因地制宜，既不能割裂兰州山水骨架，又不能影响兰州生态环境，要以既精简又经济的方式将黄河文化以整体性的方式呈现出来，使兰州城市文化融山水自然景观、历史文化景观、生态化环境及市民的诗意栖居之地为一体，成为甘肃乃至全国有名的高原山水城市、历史文化名城。甘肃黄河文化的开发首先应充分利用黄河穿城而过形成的"两山夹一河"的地理条件，将兰州建成独具特色的高原山水城市。其次，利用博大精深的黄河文化对兰州进行全方位、多层次、立体化的文化包装，打造具有宏大文化气象和独特地域品质的，充分展示兰州黄河文化符号的文化景观，把兰州建成黄河上游的"黄河文化之都"。

为了进一步提升城市文化竞争力，《甘肃省"十一五"文化产业发展规划》就把兰州城市发展定位为"地方特色浓厚、时代特征鲜明、山水相间、动静结合、充满和谐与魅力的西部文化大都市"。《兰州市国民经济和社会发展第十二个五年规划（2011—2015年）纲要》提出"再造兰州"和"着力改善生态环境，创建特色山水城市"，要"充分发挥黄河文化、丝路文化、民俗文化交融的优势，以黄河为载体和平台，凸显'黄河明珠、山水城市、丝路重镇、水车之都'的城市形象，把兰州建成丝绸之路精品旅游节点城市、西北区域旅游集散中心和西部重要的旅游目的地"。从甘肃省和兰州市对兰州城市的发展规划可以看出，深入挖掘以甘肃悠久历史文化为依托的黄河文化，打造以黄河文化为核心的大兰州城市文化，是兰州城市文化建设的必由之路，也是甘肃开发黄河文化的最佳途径。因此，我们必须把握甘肃黄河文化的点线面的有机结构，在此基础上梳理甘肃黄河文化的显性文化符号与隐性文化符号，从兰州特殊的自然地理条件出发，完成建构兰州山水城市、"黄河之都"的文化塑造，也完成对甘肃黄河文化的开发与利用。

甘肃黄河文化的开发必须找准历史与现实的可能性，界定其内涵与外延。面面俱到地展示黄河文化，或者把黄河文化归结为某种单一的抽象精神，都会使黄河文化开发经不起历史的检验。甘肃的黄河文化开发应当寻找到一条前瞻性和可行性兼具的路径。

（1）甘肃黄河文化的开发要有宏大的气魄。所谓宏大的气魄，就是要在黄河文化的开发过程中，力争做到规划的高起点、实施的高要求、成品的高境界，以发展的眼光对各种文化要素进行总结、整合、升华，使这些新开发的景观成为经得起时间考验的文化遗产。要在科学布局、合理规划的基础上，对甘肃黄河流域现有的特色文化精品资源进行整合，以黄河流域的知名景区为龙头，对周边中、小景区进行整合，统一规划，整体推进，形成有规模、有系列、有品质、有特色的黄河文化开发区域。通过对黄河文化的开发，达到展示黄河之魂、华夏之根、农牧重地、艺术之源、古道遗韵、民族风情的目的。

（2）甘肃黄河文化的开发要有宽广的视野。所谓宽广的视野，就是要突破现有行政区域的限制，从黄河整个流域着眼，以黄河上游文化为重点，以甘肃，尤其是兰州地区的文化为核心；也就是说，甘肃的黄河文化开发的重点区域在省会城市兰州，但又不限于兰州，可以东西延展，也可以区域协作。依托自然景观文化、重点历史文化遗址、特色民间民俗文化，开发精品项目。以著名景区为核心，与周边中、小景区进行联动。如兰州"百里黄河风情线"可以打造成黄河之都的主体景观，使其成为独特地理风貌和历史文化交融的、充分展示黄河文化魅力的大景区。

（3）甘肃黄河文化的开发要有整体性的思路。所谓整体性的思路，应当从避免割裂历史、割裂文化、生搬硬套的前提出发，把黄河文化理解为一个由纵横线条构建起来的网状结构。在此基础上，找准甘肃黄河文化的脉线，以一线串珠的方式，使黄河文化的开发序列清晰、形态完整，从而使开发的项目成为既能浓缩甘肃乃至黄河流域文化的关键点，又能兼备穿透历史纵深的力量，传达出黄河文化的深厚底蕴。

（4）甘肃黄河文化的开发要有差异化的思维。所谓差异化的思维，就是在黄河文化的开发上，借鉴黄河流域其他省市的开发经验和教训，力避重复建设，彰显富有地域色彩的文化个性。从特定时空条件出发，兰州黄河文化开发应该在时间上重视历史文化，在空间上重视上游文化，即时间上以古代文化，特别是以远古文化为主体；空间上以"天下黄河第一湾"——黑山峡黄河段为主要区域，尤其以八盘峡——青城黄河段为重点区域，整体上突出甘肃的黄河流域这一地域空间的独特文化。

在我们看来，甘肃文化的开发必须重视两条重要的文化线路，一条是横贯甘肃全境的丝绸之路，另一条则是横穿甘肃大部分区域的黄河文化。甘肃黄河文化资源的保护和开发，对于提升区域文化软实力、推动甘肃华夏文明传承创新区建设、推进甘肃文化大省建设、促进甘肃经济社会协调发展有着重要的意义。

（原载《甘肃行政学院学报》2014年第2期）

第三辑　国家文化公园的规划建设研究

国家文化公园建设中的现实误区及改进途径*

吴殿廷　刘宏红　王　彬

国家文化公园建设首次出现在2017年中共中央办公厅、国务院办公厅印发的《国家"十三五"时期文化发展改革规划纲要》文件中,2019年7月中央全面深化改革委员会第九次会议审议通过了《长城、大运河、长征国家文化公园建设方案》(以下简称《方案》),这不仅是以"长城、大运河和长征"为核心的线性文化遗产保护、传承与利用的重大创新,也标志着我国国家文化公园建设帷幕正式拉开。《方案》从指导思想和基本原则、建设目标和建设范围、功能区划和重要举措等方面为平稳有序推进三大国家文化公园建设指明了具体方向。作为国家文化建设的重要举措和重大文化工程,三大国家文化公园对于保护、传承和利用我国重要的文化资源和文化标识、中华民族的代表性符号和精神象征等具有重大战略意义。计划到2023年年底,三大国家文化公园建设任务的基本完成,这对我国全面推进国家文化公园建设具有重要的示范和借鉴意义。

---

* 国家自然科学基金项目"协同发展背景下京津冀非基本公共服务业空间响应机理及空间优化研究"(项目编号:41771128),科技部重大专项子课题"中蒙俄国际经济走廊旅游资源格局与潜力调查"(项目编号:2017FY101302-7)。

在中宣部和文旅部的组织下，长征国家文化公园建设保护规划、长城国家文化公园建设保护规划、大运河国家文化公园建设保护规划先后通过评审，其他国家文化公园建设也将陆续提到议事日程。在我国，建设国家文化公园是一项新事物，基础理论研究准备不足，国外也没有现成的经验，当前在业界和学界还存在很多误区。需要把握国家文化公园的本质特征和建设要求，紧扣主题，突出重点；虚实结合，有序推进；采取"段长制"对线性国家文化公园实行管理和运营。

一、国内外研究现状及其启示

（一）国家公园和国家文化公园

目前，国外并没有"国家文化公园"的概念，这一概念属于国内首创，目前定义还未明确统一。有一些学者认为，国家文化公园属于国家公园的一个分支。而国家公园（national park）的概念起源于美国，最早由美国艺术家乔治·卡特林于1832年提出。1872年3月1日，美国正式成立世界上第一个国家公园——黄石国家公园。之后许多国家也仿照黄石国家公园的模式相继建立自己的国家公园，如加拿大的班夫国家公园（1885）、瑞典的阿比斯库国家公园（1909）、瑞士的瑞士国家公园（1914）以及坦桑尼亚的塞伦盖蒂国家公园（1951）等。目前世界上实行国家公园管理制度的国家和地区有200多个，国家公园体系日趋完善，逐步形成了3种代表性管理模式，分别为美洲自上而下管理型国家公园体系（以美国、加拿大为代表）、欧洲地方自治型国家公园体系（以德国为代表）和亚洲综合管理型国家公园体系（以日本和韩国为代表）。这些发达国家在国家公园管理体制、财政体制、文化遗产保护机制方面做出了有益的探索。

国家公园制度在我国起步较晚。截至目前，我国共有 10 个国家公园体制试点，它们是普达措国家公园、三江源国家公园、钱江源国家公园、神农架国家公园、武夷山国家公园、东北虎豹国家公园、大熊猫国家公园、海南热带雨林国家公园、祁连山国家公园、南山国家公园。管理上为了实行国家公园和自然保护地的统一管理，2018 年从国家层面组建成立了国家林草局并加挂国家公园管理局牌子。在地方层面，钱江源、三江源、东北虎豹、神农架、武夷山、南山等试点区通过对原有的碎片化的机构进行整合，成立了国家公园管理局或管委会。目前我国初步形成了三种国家公园管理模式，即中央和省级政府共同管理模式（以大熊猫和祁连山国家公园为代表）、中央直管模式（以东北虎豹国家公园为代表）和中央委托省级政府管理模式（以三江源和海南热带雨林国家公园为代表）。这些模式效果如何有待时间检验，即便是非常成功，也不能简单地移植到国家文化公园建设上，因为二者的对象、目标根本不同。

《方案》中指出国家文化公园是"经国家有关部门认定、建立、管理的特殊区域，以保护传承和弘扬具有国家或国际意义的文化资源、文化精神或价值为主要目的，兼具弘扬与传承中华传统文化、爱国教育、科研实践、国际交流、旅游休闲、娱乐体验等文化服务功能"。而在文化保护与传承层面，国外有一些案例和经验可资借鉴。如意大利的德良长城（Hadrian's Wall）世界遗产地（1987 年列入《世界遗产名录》），其经验是：政府高度重视遗产的保护，并通过积极立法为遗产保护护航；以原址保护为立足点，同时设立缓冲区；重视科学研究和考古挖掘；规划先行，规划为纲，进而保证科学制定和动态修订具有连续性；专业组织对遗产进行维护修缮；同时促进遗产保护、教育科研与旅游开发协同发展；管理上，多方合作，公共参与公共治理。法国的米迪运河遗产地（1996年列入《世界遗产名录》），其经验是：化繁为简，保存运河河道本身及其功能的完整性；重视规划的编制，尤其是协调文化遗产相关者关系的管理规划的编制；对遗产分类加以保护，进而保持文化遗产的多样性和独特性；景观上，运河与周围的乡村巧妙和谐地融为一体，不管是远古的洞穴遗迹还是富有历史气息和独特建筑风格的小镇和教堂（罗马时期、中世纪和文艺复兴等各个时期的教堂，中世纪的小镇），抑或是独特精致的博物馆，这些建筑穿插于运河沿线，为运河添上了浓厚的文化和乡土气息；管理上，主要由国家和地方共同管理，使得各方责权利明晰。这些遗产保护与开发的经验对我国的国家文化公园建设有一定的启发、借鉴意义。

（二）国家文化公园建设目标

我国的国家文化公园与一般遗产地保护及利用差别很大，从目前明确建设时序的长城、大运河和长征三大国家文化公园看，国家文化公园面积更大，空间关系更复杂，建设、保护目标更多样，必须注重理论研究，创新机制体制，综合调动各方面的积极性和创造性。

文化是一个民族的灵魂、一个国家的软实力，是国家发展和民族进步的精神纽带。中国传统文化博大精深，是国家和民族品格的代表和载体，对传统文化的保护、传承与发展能够增强文化的凝聚力和生命力，进一步推动国家发展和民族进步。文化建设的精品力作是每一个时代向前推进的重要力量，国家文化公园建设就是要体现新时代、新要求、新奉献。目前，在文化需求上，人民群众对文化服务供给在"数量的扩大和品质的提升"两大方面提出了新的要求，因此，加快推进国家文化公园建设是从供给角度精准满足人民群众的文化需求。国家文化公园的建设将展示最具有独特性、生命力、影响力和传播力的文化景观，人们在游览体验中感受文化、领悟文化，进而增强文化自信心和提升文化认同感，在心意相通里让文脉永续流淌。在这一过程中国家文化公园实现了文化资源保护、利用和传承的统一。建设国家文化公园将会是彰显"中华文化自信"的重要标识、传播中国文化的重要渠道，成为文化与旅游融合发展的新名片。

总之，文化传承保护是社会热点话题，也是世界性难题，国家文化公园建设急需要科学的理论作指导，需要创新机制体制及运营模式，在保护、传承的关键技术方面做出突破，更要注重虚实结合，有序有效加以推进。中国是世界文明大国，正在建设文化强国，要通过国家文化公园建设的基础理论研究和关键技术突破，为世界文明做出自己的贡献。

二、国家文化公园建设中的五大误区

（一）误区一：国家文化公园就是由国家来建设

国外的国家公园大多是国家来建设的，比如美国的黄石公园，其工作人员的工资都是由国家发放的。但中国的国家公园不是，至少不都是由国家来建设，正在推进的三个国家文化公园是以省为单位进行协调，以县市为基本的建设、运营单位，如长城山海关段，就是由秦皇岛市山海关区政府来建设的。《方案》要求完善国家文化公园建设管理体制机制，构建中央统筹、省负总责、分级管理、分段负责的工作格局。要加强组织领导和政策保障，广泛宣传引导，强化督促落实，确保《方案》部署的各项建设任务落到实处。

我国的国家文化公园建设由中央负责宏观统筹、资金补助和监督推进，地方承担内部协调、具体建设和运营管理任务。具体而言，也就是由中央成立国家文化公园建设工作领导小组，对全国的国家文化公园进行统筹建设；资金方面，通过中央财政予以补贴，各相关省（市/区）则设立国家文化公园管理区，整合和协调本省内的相关资源，并通过地方财政进一步补充完善国家文化公园建设资金。这就是说，国家文化公园主要由地方来建设。

具体而言，《方案》提出重点建设管控保护、主题展示、文旅融合、传统利用四类主体功能区。其中，管控保护区需要国家全力支持，主题展示区需要国家大力支持，文旅融合区和传统利用区只能靠地方和社会资本。

（二）误区二：国家文化公园国家行为就是要大投入

目前一些地方干部中普遍存在贪大求洋的风气，在国家文化公园建设方面也表现出好高骛远的想法。如承德长城国家文化公园建设，光滦平段就要投入约173亿元。若这些费用都靠国家投入，那么，仅万里长城一个国家文化公园就得投入上万亿元，再加上大运河和长征国家文化公园，都靠国家财政是支撑不了的。退一步说，即便能支撑，也不应该这样做。

据了解，针对目前全力推进的4个国家文化公园（长城、大运河、长征和黄河），国家财政计划的投入总额是28亿元，平均每个也就7亿—8亿元。国家文化公园主要由中宣部组织协调，而中宣部的项目一般不以实体建设为主，重在精神层面、理念方面。"文化自信"不是靠建设几个地标性建筑，国家财政只能是辅助性的、补贴性的。

(三)误区三:国家文化公园就是要大保护

就像目前在建的9个国家公园那样,保护是第一位的,甚至是唯一的。国家文化公园,也不同于文保单位(虽然以相关的文保单位为基础)。

根据《方案》要求,国家文化公园主要保护重要文物和文化资源(有突出意义、重要影响和重大主题),同时也要通过灵活多样的形式对资源合理利用,实现文物和文化的开放共享(如文化教育、旅游休闲等)。不管是物质文化遗产还是非物质文化遗产,在遗产传承和利用的过程中,深度融合人民群众精神需求和文化生活,实现遗产的开放共享,而文化旅游将是国家文化公园活化利用的重要方式。在重要文物和文化资源保护的基础上,通过研学旅游、红色旅游、生态旅游等旅游体验形式,融合相关联的文化创意演出、文化创意商品等项目,借助于现代科技手段和多元传媒形式,激活文化遗产新的活力,提升人们对文化遗产的感知、体验,进而提升人们对国家文化的认同感和自豪感,传播中国精神和中国价值,最终通过国家文化公园实现重要文物和文化资源从保护、利用到传播、传承的转变。

(四)误区四:国家文化公园就是要大开发大建设

既然叫"公园",就是要搞大开发大建设,国家文化公园就应该大建设吗?仍以承德金山岭长城文化公园建设为例,建设项目包括金山岭长城国家风景道(水系)示范项目、卧虎山长城湿地公园项目、污水处理厂建设项目、景区旅游基础设施建设项目等。比如,有学者提出长城国家文化公园嘉峪关段的四大功能区范围及主要实施内容初步构想如下。

管控保护区主要涵盖长城第一墩—嘉峪关关城—悬壁长城—嘉峪关北长城—东北长城及辖区内各瞭望报警烽燧、独立墩台区域,面积7平方千米。主题展示区重点突出长城文化、丝路文化在河西走廊，特别是在嘉峪关交融汇聚的特点，面积 15 平方千米。文旅融合区要连点、成线、建网，优化旅游线路和附属设施，提升文旅产品和业态，面积约 30 平方千米。传统利用区按照"产城一体、文城一体、景城一体"的三位一体原则，将嘉峪关国家长城文化公园建设、文化旅游总体发展和产业结构优化提升统筹考虑，面积数十平方千米。

再比如，关于长征国家文化公园建设，有学者从时间、空间和内容三方面提出建设建议：在时间和空间上，重点考虑具有重大历史意义和红色教育价值较高的历史事件发生片区，将各个片区串联起来，在空间上形成完整的展示线路，从而实现文化体验在时空上的连续性和完整性；在内容开发上，针对"长征"主题策划相应红色文化体验、研学旅游等产品，推进优质文化旅游资源的一体化开发。长征线路本来就是有记忆没翔实记录、有地点少标识的、虚实结合的线路，硬要大开发、大建设，打造实实在在的实体空间，既不尊重历史、不符合史实，也容易造成劳民伤财、得不偿失的后果。

为此，全国政协委员连玉明先生呼吁，在交通不便、人员稀少的偏僻地带和一般保护区内，要控制建筑物改建、翻建、添建和复建，让长城遗存遗迹遗址尽可能保持原貌和自然状况；不要对长城脚下的传统村落搞大拆大建，更不搞搬迁重建。

（五）误区五：国家文化公园是一个独立封闭的空间单元

国家文化公园是一个相对独立、封闭的空间地域？一般人确实会这么认为，甚至有的学者也曾指出，国家文化公园作为一个文化生态系统，具有时空连续、虚实相生的特点，规划先行、整体保护和统一管理应该成为贯穿其建设和管理全过程的基础原则，在保护文化生态系统原真性和完整性的基础上，适度发展文化旅游、休闲娱乐等生态产业。这里，时空连续、整体保护和完整性都值得商榷。

目前，全面推进的3个国家文化公园（长城、大运河、长征），都是有虚有实，断断续续，有线性概念难以形成线性整体的。其中点可能是实的，比如文保单位，观景台、垛楼等；线有虚有实，其中长城遗址遗迹等，是实的，要保护好；但旅游带、景观带、文化带等，大多是虚的、概念性的，只有个别区段是实的。长城国家文化公园北京段就没有围墙，不是封闭式的，参观方式也要因地制宜，有些比较险峻的地方还是要封闭管理，但是不妨碍远观。2019年公布的《北京市长城文化带保护发展规划（2018年至2035年）》中提到，北京市长城文化带的空间布局为"一线五片多点"。这种模式将在未来公园规划中得以保留。其中，"一线"，即长城线，是由北京长城墙体连续形成有虚有实的遗存线。"五片"，即5个核心组团片区，分别是沿河城组团、居庸路组团、黄花路组团、古北口路组团和马兰路组团，地域范围是实的，但各组团的功能作用基本上都是虚的。

三、国家文化公园建设要突出重点紧扣主题

自2019年7月24日《方案》发布以来，中国的文化公园建设进入高潮。根据《方案》要求，国家文化公园首先主要是保护重要文物和文化资源（有突出意义、重要影响和重大主题），同时也要通过灵活多样的形式对资源的合理利用实现文物和文化的开放共享（如文化教育、旅游休闲等）。所以，我们一定要以长城、大运河、长征三大国家文化公

园沿线的一系列主题明确、内涵清晰、影响突出的文物和文化资源为主体，通过文化教育、旅游休闲等方式将这些独具特色和价值的中华文化全面立体地呈现出来，把这三大国家文化公园建设成为具有特定开放空间的公共文化载体，集中打造中华文化重要标志。三大国家文化公园跨多地区、多文化，必须明确主题，集中力量，突出重点，建成中华民族文化的象征性地标。

（一）长城：保家卫国，众志成城

长城国家文化公园以秦汉长城、明长城主线为重点，涉及15省（区、市）404县（市），文化内涵丰富。但不论是秦始皇的秦长城，还是山东半岛的齐长城，乃至东西跨越上万千米的明长城，其修筑的目的都是为了保家卫国。直至抗战，中华民族到了最危险的时候，"用我们的血肉筑起我们新的长城"成为《义勇军进行曲》歌词，进而成为中华人民共和国国歌歌词。

万里长城也是世界奇迹，工程规模浩大，技术难度极大，非举国动员不可能成功，非依山就势难以成功，因此是"众志成城""众智成城"！作为中华民族的代表性符号和中华文明的重要象征，长城是中国古代劳动人民智慧的结晶，是中华民族自强不息的精神载体，更是中华民族众志成城、坚韧不屈的凝聚力和爱国精神的集中体现。因此，要把长城文化公园建设成为国内最好的爱国主义教育基地和体现中华民族聪明才智与社会治理能力的标志性工程。

（二）大运河：南北融通，巧夺天工

如果说长城的历史作用主要在政治与军事方面，封闭性（保家卫国）

是它的重要特征，那么大运河的历史作用主要在经贸与文化方面，开放性是它的重要特征。中国大运河特别是京杭大运河是贯通中国政治、经济、文化主体的大动脉。

从历史上看，贯通南北的大运河对中国历代的政治局势有着举足轻重的作用，是维系中央集权和中国大一统局面的政治纽带，特别是元朝实现全国统一以后，直至明朝和清朝，中国再也没有出现大分裂，这其中贯通南北的大运河起到了直接作用。大运河的贯通与大一统局面的形成，加强了国内各民族之间的紧密联系与融合，促进了中华民族的团结，进一步加强了中华民族的凝聚力和向心力。因此，可以说，中国大运河国家文化公园建设主题首先是南北融通的大一统思想。

中国大运河是世界上最长的运河，也是世界上开凿最早、规模最大的运河，是中国古代劳动人民在中国东部平原上创造的一项伟大的水利工程，直到现在还在发挥着巨大作用。其伟大之处不仅仅在于规模浩大，更在于其巧夺天工的智慧，包括充分利用自然河湖水系，恰当地解决越长江、跨黄河的技术难题，等等。这些技术直到现代仍有巨大价值，甚至长江三峡大坝的船闸设计都借鉴了中国大运河的理念及做法。中国大运河是中华民族智慧的结晶，要把大运河国家公园建设成为展示中华民族"南北融通、巧夺天工"的大爱、大智博物馆。

（三）长征：艰苦卓绝，必胜信念

长征国家文化公园以中国工农红军一方面军（中央红军）长征线路为主，兼顾红二、四方面军和红二十五军长征线路，沿线共涉及贵州省、江西省、重庆市、陕西等15个省（区、市）。

长征是中国共产党人重要的历史记忆。1934年10月，中央红军主力被迫实行战略性转移,退出赣南中央根据地,进行长征。其间经历翻雪山、过草地,共翻越18座大山,跨过24条大河,进行了380余次战斗,攻占过700多座县城,牺牲了营以上干部430余人,击溃国民党军数百个团,于1935年10月到达陕北根据地,行程约2.5万里。长征不仅是中国革命的重要转折点、震惊世界的伟大壮举,也是人类历史上的伟大奇迹,其蕴含的艰苦卓绝、毫不畏惧的长征精神是中华民族的宝贵精神财富。

长征伟大壮举的根本原因在于中国工农红军具有不怕艰苦、不怕牺牲的革命英雄主义精神,长征的胜利向中国和世界宣告,中国共产党领导的中国工农红军是不可战胜的。所以,要把长征国家文化公园建设成为展示中国共产党人艰苦卓绝和必胜信念的宣言书。

四、虚实结合有序有效推进文化公园建设

国家文化公园不同于一般的国家公园,没有必要也不大可能在空间形态、建设内容和管理运营方面都做到实打实的程度。长城、大运河和长征三个国家文化公园要在2023年建成,时间紧,任务重,必须采取虚实结合的办法,有序有效地加以推进。这和2019年7月24日中央全面深化改革委员会第九次会议审议通过的《方案》要求是一致的——《方案》要求这3个国家文化公园应该坚持保护第一、传承优先,对各类文物本体及环境实施严格保护和管控,合理保存传统文化生态,适度发展文化旅游、特色生态产业。这里,"严格保护和管控"是实的,"合理保存""适度发展"则是虚实结合。

（一）空间形态必须虚实结合

长城、大运河和长征均属于距离较长的线性形态的文化遗产。但这些线性形态不可能也没有必要做成实实在在的线性物理空间——长城历史上就是断断续续的，没有必要完全修复，残缺之美、沧桑之美更有韵味，还省心省钱；大运河历史上虽然是实实在在的水运航道，但时过境迁，变化很大，尤其是北方河段，大多残缺不全，硬要通水通航，虽然可以做到，但因水运价值不大，花费巨资打通水道、实现通航，做成形象工程，劳民伤财，得不偿失；长征路本来就不是统一的、实实在在的交通线路，除了泸定桥之外也没有多少真实遗存，做成实实在在的物理形态本身就是对历史的不尊重。当然，那些特别有意义的节点，诸如瑞金长征出发地、遵义会议会址、甘肃会宁红军主力会师点等地，必须有较好的展示展陈场所。

《方案》提出重点建设管控保护、主题展示、文旅融合、传统利用4类主体功能区。这四大类型区中，管控保护区是实实在在的物理空间，由文物保护单位保护范围、世界文化遗产区及新发现发掘文物遗存临时保护区组成。其他类型区的空间位置选定、范围廓定、形态结构等，需要根据时间与地点进行灵活操作，虚实结合。

特别需要强调的是，文化公园建设的最重要目的是展示和传承优秀文化及精神，挖掘好、传承好精神实质，比建高大上的形象工程更为重要。

（二）建设内容需要虚实结合

保护要实打实，利用则虚实结合。根据《方案》，管控保护工作必须责任落实，即由现在的文物保护单位具体负责，做深做细；传承利用工作要虚实结合，包括传承内容和展陈方式的虚实结合，特别强调利用现代技术手段，开展线上、模拟和 VR 等方式，以节省建设运营成本，提高展示展陈效率。

遗产修复要适可而止。对于那些重要的、标志性的、具有客观历史真实性的，如长城公园中的山海关关城、大运河上的运河总督府，以及长征线路上的泸定桥等等，必须认真修复，甚至全面修复。但对于其他的、可有可无的、道听途说的关隘、庙宇等，没有必要都进行修复，特别反对新造假古董。

传承利用要灵活多样。博物馆、展示馆等等，不必都是高大上，有时小土特更有价值。

（三）运营管理虚实结合更合理

国家文化公园虽然冠以"国家"之名，但并不是像国外的国家公园那样，所有事务都由国家负责。我国的国家公园建设，诸如三江源国家公园、祁连山国家公园、武夷山国家公园等等，也都不是在国家层面直接进行建设和运营的。根据《方案》，国家文化公园建设采取"中央统筹、省负总责、分级管理、分段负责"的工作格局，国家层面只成立领导小组和专家咨询委员会，各相关省虽然"负总责"，但也不设立具体的管理运营实体，而是由县、市、区及原先的文保单位和景区景点执行具体的建设任务。管理运营方面采取这种虚实结合的方式，更符合中国特色和当下实际。

五、采取"段长制"运营经营好线性文化公园

充分发挥中央和地方两个积极性，既把握好大局大方向，又结合实际灵活保护利用，对于线性国家文化公园建设，最好参照我国河道管理中的

"河长制"而采取"段长制"。

（一）河道保护利用中的"河长制"

河流管理"河长制"是我国的首创，2003年由浙江长兴县最先提出，2016年12月，中国中共中央办公厅、国务院办公厅印发了《关于全面推行河长制的意见》（以下简称《意见》），成为我国完善河湖保护和管理的制度创新。所谓"河长制"，即由各级党政主要负责人担任"河长"，负责组织领导相应河湖的管理和保护工作。目前全国所有河流基本都实现了"河长制"，河道保护利用状况正在全面好转。

（二）设立"段长制"建好线性文化公园

线性国家文化公园建设与河道保护利用原理相同，而且保护更严格，建设更艰难，因此需要有更强、更系统、更完善的组织保障。参照河流"河长制"，设立线性国家文化公园"段长制"，即在国家层面设立领导协调机构的基础上，各文化公园涉及的省、市、县中，各省（自治区、直辖市）设立"总段长"，由相应的党委或政府主要负责同志担任；各省（自治区、直辖市）行政区域内重要区段设立"段长"，由省级负责同志担任；各区段所在市、县、乡均分级分段设立"段长"，由同级负责同志担任。县级及以上设置相应的"段长制"办公室，具体组成由各地根据当地实际情况确定。

（三）"段长制"的运营机制

各有关地区各级党委和政府要把推行"段长制"作为推进文化公园建设的重要举措，明确分工，落实责任。

（1）健全工作机制。建立段长会议制度（由总段长负责定期组织，协调各区段段长参加）、信息共享制度、工作督察制度，协调解决线性国家文化公园管理保护的重点难点问题，定期通报公园总体和各区段公园的文物和文化资源管理、保护和利用情况，对"段长制"举措的具体实施情况和各段长履职情况进行督察。

（2）强化绩效考核。根据线性国家文化公园的不同区段的实际情况，实行区段差异化绩效评价考核，将每一区段的文物和文化资源保护利用的情况作为绩效考核的重要参考。

（3）加强社会监督。建立线性国家文化公园总体及各区段管理段长信息发布平台，通过主要媒体向社会公告总段长和区段段长名单，在文化公园显著位置竖立段长公示牌，标明各区段的段长职责、区段文物和文化资源主要概况、保护和利用目标、监督电话等内容，接受社会监督，进而督促线性国家文化公园的保护、利用和发展。

参考文献

［1］博雅方略研究院：《建设国家文化公园，彰显中华文化自信》，《中国旅游报》2020年1月3日。

［2］［意］安吉拉·艾朵斯等：《中国国家地理·美丽的地球系列：国家公园》，杨林玉译，中国大百科全书出版社2009年版。

［3］雷光春、曾晴：《世界自然保护的发展趋势对我国国家公园体制建设的启示》，《生物多样性》2014年第4期。

［4］杨锐：《中国国家公园治理体系：原则、目标与路径》，《生物多样性》2021年第3期。

［5］刘路迎：《试析哈德良及其统治政策》，硕士学位论文，中央民族大学，

2019年。

[6]邹统钎、张一帆、晨星：《国外文旅融合经验值得借鉴》，《中国旅游报》2018年8月17日。

[7]吴丽云、常梦倩：《国家文化公园遴选标准的国际经验借鉴》，《环境经济》2020年第Z2期。

[8]《建设好国家文化公园》（人民时评），《人民日报》2019年12月16日。

[9]张朝枝、保继刚：《美国与日本世界遗产地管理案例比较与启示》，《世界地理研究》2005年第4期。

[10]关鹏玉：《我市计划投资173.9亿元建设长城国家文化公园》，《承德日报》2020年6月18日。

[11]吴丽云：《国家文化公园建设要突出"四个统一"》，《中国旅游报》2019年10月23日。

[12]赵刚：《国家文化公园如何规划建设：以嘉峪关长城国家文化公园建设为例》，《产业科技创新》2019年第30期。

[13]魏彪：《全国政协委员连玉明：加快编制长城国家文化公园建设总体规划》，2021年3月5日，http://changcheng.ctnews.com.cn/2021-03/05/content-99009.html。

[14]邹统钎、韩全：《国家文化公园建设与管理初探》，《中国旅游报》2019年12月3日。

[15]《长城国家文化公园建设规划年内编制完成》，《北京晚报》2020年4月3日。

[16]李飞、邹统钎：《论国家文化公园：逻辑、源流、意蕴》，《旅游学刊》2021年第1期。

[17]贺云翱：《大运河：宝贵的遗产，流动的文化》，《中国民族报》2021年3月19日。

［18］王卉：《京杭大运河：科技追问与历史启示》,《中国科学报》2014年11月28日。

［19］王冠军等：《河长制湖长制成效评价及思考》,《中国水利》2021年第2期。

（原载《开发研究》2021年第3期）

高水平推进黄河国家文化公园建设保护

王利伟

黄河流域是中华文明的发祥地和五千年华夏文明的根源，但目前黄河文化保护传承弘扬水平总体不高，在保护修缮、宣传展示、交流研究、文旅融合等方面存在不少短板和弱项，缺乏"走得出、站得住、叫得响"的文化符号和品牌。推动黄河国家文化公园建设保护是新时期推动黄河文化保护传承弘扬的战略抓手，任务重、专业性高、紧迫性强，亟须统筹考虑、协同推进。

一、黄河国家文化公园建设保护需要处理的五个关系

黄河国家文化公园建设保护是一项庞大复杂的系统工程，没有相对成熟的经验可借鉴，必须厘清黄河文化保护发展现状和面临的突出问题，从问题导向出发，以目标导向、结果导向为方向，统筹处理好以下几个关系。

（一）需要处理好国家标准与地方特色的关系

黄河国家文化公园建设保护是传承中华文明基因库和汇聚中华民族凝聚力的战略举措，是向世界展示中国文化的重要窗口，必须体现国家水准和突出地方特色。一方面在国家层面要加强顶层设计，统一管理、统一标准、统一政策、统一标识，加强对流域沿线地区统筹规划和协调配合，提升对黄河流域沿线文化资源的统筹整合能力。另一方面在地方层面突出地域特色，黄河文化时空跨度大、历史背景和时代价值迥异、经济支撑条件不同，黄河国家文化公园的建设保护应该充分调动地方积极性，突出沿黄地域文化特色，鼓励和支持地方探索符合自身实际的黄河国家文化公园建设保护路径。

（二）需要处理好长期目标与短期见效的关系

黄河国家文化公园建设保护是一项长期工程，必须处理好长期目标与短期见效之间的关系问题，一是要正确处理好长期目标与短期目标的衔接问题，按照国家文化公园建设保护的轻重缓急，明确不同阶段的建设保护目标、任务和保障措施。二是要统筹处理好近期建设紧迫性与投资回收长期性的兼顾平衡问题，创新性设计建设保护资金筹措机制，调动各方资金参与黄河国家文化公园建设的积极性。三是要科学处理好黄河文化长期历史底蕴和近期时代价值的关系问题，着力建立黄河文化保护体系，努力彰显黄河文化时代价值，打通保护与发展的内在桥梁。

（三）需要处理好政府引导与市场主导的关系

黄河国家文化公园在规划、建设、投资、运营、管理等全过程需要处理好政府与市场的关系，政府不能"缺位"，更不能"越位"，但更重要的是发挥市场主导作用，加快形成良好协调搭配关系。一方面要发挥政府组织引领作用，重点强化黄河国家文化公园的政策供给和公共基础设施建设，着力解决流域沿线地区文化协作缺乏、公共设施供给不足、建设保护标准不高和保障政策不健全等问题。另一方面更好地发挥市场主导作用，秉承谁投资谁受益的原则，加快建立市场化投融资模式，提高社会资本参与黄河国家文化公园建设保护的积极性，着力解决建设保护资金瓶颈问题。

（四）需要处理好传统保护与现代运营的关系

黄河文化遗产遗址多、时空跨度大，保护要求比一般文化遗产更为复杂，但目前保护碎片化现象依然突出，部分非物质文化遗产传承活力不足，保护压力大、保护力量不足，面临生存发展挑战。此外，黄河文化遗产展示水平不高，活化利用方式单一，创新性转化和创新性发展不足，与旅游融合发展程度和综合开发水平不高，静态参观游览产品多、深度体验式文化产品少，文化转化和活化大多停留在概念层面，实际行动不多。黄河国家文化公园建设保护要处理好传统保护与现代运营的关系，综合采取现代手段，推动黄河文化找到推进保护与有效利用的转化路径。

（五）需要处理好公园建设与黄河战略的关系

黄河国家文化公园不同于其他国家文化公园，其建设保护是黄河流域生态保护和高质量发展战略的组成部分，是国家重大区域战略的重要内容。黄河国家文化公园建设保护与黄河流域生态保护与修复、经济高质量发展、基础设施建设、深化改革开放等其他黄河战略内容紧密相关，其建设保护进程不能独立于黄河战略之外,必须置于黄河战略整体框架下实施,并与黄河战略其他领域紧密衔接,提高黄河国家文化公园整体建设保护水平。

二、高水平推进黄河国家文化公园建设保护的建议

(一)建立统分结合、协调有序的国家公园管理体制

坚持统得到位、分得清晰、统分结合的管理体制取向,优化机构设置,明确管理权限,理顺相应关系,形成边界清晰、各司其职、运转高效、监管有力的管理体制,构建纵向到底、横向到边的跨区域、跨部门国家文化公园管理制度体系。按照中央统筹、省(区)负总责、分级管理、分段负责的工作思路,明确黄河流域生态保护和高质量发展领导小组总统筹以及国家文化公园建设工作领导小组常态化统筹分工,强化省级党委和政府的主体责任,压实市县(区)层面的落实责任,建立从中央到地方的垂直管理体制。另外,推动世界遗产、国家公园、全国重点文物保护单位、国家级风景名胜区等现有管理机构加强协作,建立健全重大事项协同与信息共享的横向管理机制。

(二)制定长短结合、面向实施的系统建设保护路径

按照一年谋划、三年建设、十年成型的时间表,制定黄河国家文化公园建设保护路线图,构建长短结合、面向实施的系统性建设保护路径。一年谋划期指2021—2022年,重点任务是国家层面加快编制黄河国家文化公园建设保护规划,地方层面尽快编制完成分省建设保护规划方案,明确

重点建设区和重点建设任务，健全黄河国家文化公园管理体制、政策配套等顶层设计。三年建设期指 2023—2025 年，加强黄河文化资源普查，以重点建设区为核心，以古都文化、山水文化、治黄文化等为特色，按照控制保护区、主题展示区、文旅融合区、传统利用区等四大分区，实施保护传承工程、研究发掘工程、环境配套工程、文旅融合工程、数字再现工程，基本完成黄河国家文化公园建设任务。十年成型期指 2026—2035 年，提升黄河国家文化公园现代运营、高效协作和高水平走出去的能力，深化世界对华夏文明的认知和认同，培育公祭伏羲大典、祭孔大典、"中国年·最长安"、洛阳牡丹等具有世界影响力的精品文化旅游线路，统一打造"中华母亲河"文化品牌，建成展现中华上下五千年历史的文化遗产廊道。

（三）健全政府引导、市场主导的现代公园运营体系

以构建现代国家文化公园运营体系为目标，科学划定政府与市场的责任权利边界，综合采取市场化、法治化和信息化等现代运营手段，加快建立政府引导、市场主导的黄河国家文化公园运营体系。一是突出强化政府引导作用。研究制定黄河文化保护条例，建立黄河文化资源大数据库，加强对黄河国家文化公园实施政府专项债券、贴息贷款等金融支持，加快文化基础设施和服务设施建设，引导流域沿线省区开展多样化文化协作，打造黄河文化公共品牌。二是着重发挥市场主导力量。鼓励社会资本以直接出资、股权投资、成立基金等多种形式参与黄河国家文化公园建设，积极引入现代企业管理制度参与黄河国家文化公园运营管理，推动以市场主体为核心创造一批具有重大影响力的文艺精品力作，加强黄河沿线文化市场主体多领域协作，推进文化与旅游深度融合。

(四)构建全域全链、保障有力的多元要素支撑系统

面向黄河国家文化公园建设保护现实需要,加强人、地、钱、技术等核心要素支持,完善建设保护链条体系,构建保障支撑有力的要素支撑系统。一是强化人才支持。支持沿黄省区依托高等院校、科技机构等设立黄河文化研究院,实施黄河学者计划,培养一批长期深耕黄河文化研究的专家学者队伍和文艺创作队伍,加大黄河非物质文化遗产传承人、优秀传统工艺继承人的培育力度,推动黄河文化系统研究和创造性转化。二是强化用地支持。严格划定黄河国家文化公园的控制保护红线,严厉打击各类违规占用控制保护区的行为,鼓励采取城乡增减挂钩、集体建设用地、一事一议等多种供地方式,加大对主题展示区、文旅融合区、传统利用区的用地支持,加快破解用地瓶颈制约。三是强化金融支持。允许地方政府创新性运用地方专项债支持黄河国家文化公园建设,支持设立不同形式的黄河文旅基金,针对具有重大影响力的牵引性黄河文化公园项目给予贴息政策支持。四是强化技术支持。积极利用新技术、新材料、新工艺、新理念,保护传承弘扬黄河文化,让收藏在博物馆里的文物、陈列在广阔大地的遗产、书写在古籍里的文字都活起来,向世界讲好中国故事。

(五)推动黄河国家文化公园建设纳入黄河流域战略大局

发挥黄河流域生态保护和高质量发展战略的基础引领作用,切实将黄河国家文化公园建设保护纳入黄河流域战略大局。一是贯彻落实。黄河国家文化公园建设保护要认真贯彻落实《黄河流域生态保护和高质量发展规划纲要》的相关要求,以推动黄河文化保护传承弘扬为主线,围绕敦煌文化区、河湟—藏羌文化区、关中文化区、河洛—三晋文化区、儒家文化区

等战略布局，谋划黄河国家文化公园建设保护内容，保障黄河国家文化公园建设充分体现国家战略需求。二是加强衔接。推动国家文化公园建设工作领导小组与黄河流域生态保护和高质量发展领导小组相衔接，积极主动将黄河国家文化公园建设实施年度要点和任务，纳入黄河流域生态保护和高质量发展战略工作要点中，及时将黄河国家文化公园建设保护中需要破解的难题，反馈至黄河流域生态保护和高质量发展领导小组统筹解决。三是率先突破。将黄河国家文化公园建设保护作为黄河流域五大战略内容率先突破的战略抓手，先行先试、大胆探索，为黄河流域其他领域提供可复制可推广的经验。

（原载《中国经贸导刊》2021 年第 13 期）

高质量推进国家文化公园建设

范 周

国家文化公园以保护、传承和弘扬具有国家或国际意义的文化资源、文化精神或价值观为目的，兼具传承教育、休闲娱乐、科学研究和国际交流等文化服务功能。党的十九届五中全会明确提出"建设长城、大运河、长征、黄河等国家文化公园"，这是基于国家发展战略需求的重大决策部署。

国家文化公园规模初显

国家文化公园是"十三五"期间提出的重要文化建设工程之一。自2017年首次提出"建设国家文化公园"，从中央到地方，围绕国家文化公园的规划建设工作便已展开，在顶层设计、规划编制、研究发掘、保护传承、文旅融合、数字化基建等方面取得了一定成就。

第一，加强顶层设计，做好规划编制。从《关于实施中华优秀传统文化传承发展工程的意见》，到《国家"十三五"时期文化发展改革规划纲要》，再到《长城、大运河、长征国家文化公园建设方案》，一系列文化政策相继出台,从顶层设计上推动国家文化公园建设。相关省市在指导下编制具体建设方案和规划纲要,推动试点建设和项目落地。以大运河国家文化公园建设为例,中宣部组建国家文化公园建设工作领导小组,定期召开工作座谈会,浙江、江苏等省相继成立大运河国家文化公园建设保护领导小组。国家发展改革委联合文化和旅游部等部门编制了4个专项规划,指导沿线相关省市编制了8个地方实施规划,基本完成了大运河国家文化公园的顶层设计,构建了中央统筹、省负总责、分级管理、分段负责的工作格局。

第二,梳理文化资源,重视遗产保护。高质量建设国家文化公园的基础是对中华民族文化基因的深刻理解和挖掘。"十三五"期间,各省市加强对国家文化公园文化价值体系的研究和挖掘,多措施推动文化资源的传承保护。以黄河国家文化公园建设为例,河南、陕西、山西、甘肃、四川等省开展黄河文化文物资源专项调查,编制黄河文化保护传承规划。河南省以"大黄河"为发展理念,建立黄河国家文化公园资源库,谋划15个黄河国家文化公园建设保护先行区;山西省投资1.5亿元建设文物安全数字化监管平台,推动非遗"六进"和活态传承;陕西省设立专项资金推动黄河文化课题研究,举办论坛推动智库联盟建设,促使黄河文化价值挖掘和研究工作迈出坚实步伐。

第三,推动文旅融合,助力产业发展。《长城、大运河、长征国家文化公园建设方案》提出通过文旅融合工程推进国家文化公园建设。"十三五"期间,各省市加大文旅融合力度,创新国家文化公园建设发展路径。以长城国家文化公园建设为例,八达岭长城推出"夜游长城"项目拉动延庆夜经济发展;河北重视"数字再现工程"建设,推出长城国家文化公园的首个微信小程序"云长城·河北",推进长城文化资源与互联网融合发展。

"十四五"期间国家文化公园建设的发力点

当前，新冠肺炎疫情重构世界经济和国际秩序，文化冲突和文化安全问题日益显现。在国内，社会主要矛盾变化对文化发展提出新要求，新发展格局激发文化消费潜力，科技创新催生新动能。我们要以建设社会主义文化强国为目标和引领，加快推进国家文化公园的高质量建设。

第一，创新体制机制，构建具有中国特色的国家文化公园治理体系。国家文化公园作为一项系统化工程，是公园管理体制机制的全新探索。一要加强国家文化公园的顶层设计，完善法律体系，建立健全从中央层面到地方层面具体的体制机制，从组织管理、财政制度、统筹协调、激励机制和法律法规等方面建立起国家文化公园的制度体系。二要强化试点城市、地区的项目制度管理与建设。三要构建多元化协调机制，在中央政府统筹管理的基础上，构建不同区域、不同部门、不同产业间协调合作的制度体系和管理架构，切实提高政策实施的适应性与有效性。

第二，多途径挖掘文化价值，打造中华文化重要标志。国家文化公园建设应进一步系统梳理文化遗产资源，深度挖掘中华优秀文化价值，塑造中华民族的文化认同。一要加快统计、分类、评估与定级，编制文化遗产资源保护利用名录，建立权威、统一、动态的国家文化公园文化遗产数据库。二要进一步凝练和挖掘其所承载的历史文化价值和时代内涵，因地制宜建设一批研学基地、博物馆、纪念馆，使其成为中华文化及精神研究、学习和传播的重要基地。三要建立国家文化公园融媒体传播体系，建设具有国家文化公园特色的系统化、标准化、联动化的视觉识别系统，推动中华文化传承传播。

第三，坚持保护与利用相统一，推动物质文化和精神文化协调发展。一要加快国家文化公园立法进程，建立健全建设标准体系，合理规划、设计和建设管控保护区，做好项目开发的前期调研工作，强化生态环境治理监督与评估。二要优化公共服务与社会治理，充分发挥国家文化公园公共服务的功能，加强国家文化公园及周边地区的基础设施建设和环境优化，提升公共文化空间品质。三要坚持共建共治共享，建立跨区域、跨流域的生态环境协同治理机制和民众参与机制，通过业态创新、路径创新，鼓励和引导人民群众成为高质量建设国家文化公园的积极参与者。

第四，深化文旅融合，满足人们美好生活需要。一要打造特色文化和旅游产业。鼓励各地区持续整合优势文化旅游资源，将文化内涵与旅游体验深度融合，开发特色化、多样化、立体化的文化资源利用新模式，实现文化资源与旅游休闲、动漫影视、文艺作品等载体有机融合，构建文化旅游现代产业体系。二要抓住新基建发展机遇，与5G、沉浸式体验、大数据技术、人工智能等新兴前沿科技结合，加强国家文化公园数字基础设施建设，依托数字再现等基础工程创新文化展示、体验和消费方式，满足数字化时代民众对多元化、智能化的文化产品与服务的需要。三要推动文旅产业与地方特色产业、城镇建设、现代农业、传统工业、体育健身等业态融合发展，发挥文化和旅游产业对当地产业升级及周边乡村振兴的引领带动作用，形成区域发展新模式。

（原载《时事报告》2021年第3期）

临洮长城国家文化公园
与扶贫及经济发展关系的思考

董耀会

2019年7月24日，中央全面深化改革委员会第九次会议审议通过了《长城、大运河、长征国家文化公园建设方案》。这是临洮长城保护和利用事业迅猛发展的历史契机。临洮是国家级贫困县，通过长城国家文化公园建设，推动当地经济结构调整、精准扶贫及解决就业等。

临洮，古称狄道，位于甘肃中部，是古丝绸之路上的重镇，是黄河古文化的重要发祥地之一，素有"彩陶之乡"之称。全县总面积2851平方千米，共有18个乡镇、323个村、12个社区，总人口55.52万人，有汉族、回族、东乡族等21个民族。

洮河是黄河上游最大的支流。洮河自南向北纵贯临洮全境，流经县内9个乡镇115千米。年过境水量46亿立方米，水质优良无污染，属国家一级保护水系。全县总耕地面积108万亩（1亩约667平方米），人均耕地2.18亩，洮河灌区面积38万亩，有万亩以上灌区11个。

境内分布高岭土、方解石、花岗岩、萤石等矿产资源十余种、三十多处，洮河谷地地势平坦、地貌完整，沿岸可开发利用的滩涂地达两万多亩。2018 年，全县完成生产总值 68.22 亿元，同比增长 6%；固定资产投资 46.83 亿元，同比增长 16.8%；城乡居民人均可支配收入分别达到 24359 元和 7867 元，同比增长 7.7% 和 9.3%。

一、临洮战国秦长城的历史和文化价值亟待国内外广大专家、学者重视

临洮地名已使用了两千多年，这是历史，也是文化。2012 年 6 月，民政部发布《地名文化遗产鉴定》行业标准，界定"地名文化遗产"为具有突出的普遍价值的地名文化。临洮即为这样的地名，完全符合"地名文化遗产"的规定和定义。临洮作为一个地名，与中国长城有着深厚的联系。

战国秦长城筑于秦昭襄王时期，是我国早期长城的重要组成部分，距今两千多年。作为战国秦长城西端起点的临洮，在中国长城文化史上有着举足轻重的地位。但是，临洮战国秦长城的历史和文化价值，并没有引起国内外广大专家、学者的重视。

历史文献对秦昭王所筑长城的记载很少。《史记·匈奴列传》载："秦昭王时，义渠戎王与宣太后乱，有二子。宣太后诈而杀义渠戎王于甘泉，遂起兵伐残义渠。于是秦有陇西、北地、上郡，筑长城以拒胡。"关于秦昭王筑长城的准确时间，历史文献也没有明确记载，但《后汉书·西羌列传》中有秦昭王灭义渠戎的时间记载："至王赧四十三年（前 272），宣太后诱杀义渠王于甘泉宫，因起兵灭之，始置陇西、北地、上郡焉。"

2012 年 5 月 21 日，国家文物局在《关于甘肃省长城认定的批复》中正式确认战国秦长城"西迄临洮"。岷县也应该有战国秦长城防御体系的

延伸,历史文献中有很多的记载。但从多年来的考察来看,由临洮到岷县的段落,基本上没有连续的墙体建筑了,多是以烽燧城障形式构建的防御工程。

根据文献记载和文物工作者的考察:秦国北长城延绵的墙体,大致起于今甘肃省临洮县,向东南至渭源,然后转向东北,经通渭、静宁等县达宁夏固原,再由固原折向东北方向,经甘肃环县、陕西横山、榆林、神木等县直达黄河西岸。临洮作为战国秦长城的西起首,具备长城国家文化公园建设的诸多有利条件。临洮长城既是战国秦长城,还是秦始皇统一后防御北方游牧部族,对原有长城进行整修加固的一部分。秦始皇将秦、赵、燕等国长城重新加固并增修,使其连续贯通,形成了中国第一条万里长城。这道长城西起临洮,东止辽东,绵延万里。

秦始皇完成统一后,第二年(前220)就开始修建"驰道",并先后进行了五次巡视。《史记·秦始皇本纪》载:"二十七年(前220),始皇巡陇西、北地,出鸡头山,过回中。焉作信宫渭南,已更命信宫为极庙,象天极。"秦始皇第一次巡视先到了陇西郡(今临洮),可见对这个地区战略地位很重视。

临洮县秦长城整体保存得不是很好,近现代以来遭受破坏较大。现存遗址地段,自新添镇望儿咀杀王坡起,到窑店镇关门湾出境,途经5个乡(镇),全长47千米。国家长城资源调查显示,临洮境内保护较好的长城遗址达56处、14.3千米。长城内外两侧壕堑明显,沿线瓦砾、灰陶器等残片遗存很多。长城沿线还保留有"长城湾""长城巷""长城岭""长城梁""长城坡"等地名。

2006年6月,临洮战国秦长城遗址被国务院公布为第六批全国重点文物保护单位。近年来,先后投资八百多万元实施战国秦长城重点段落防护工程和抢险加固，安装防护栏、拉网两万多米，聘请了31名长城保护员，构建了县、乡、村三级保护网络体系。

二、灿烂、辉煌的洮河文明是黄河文明的重要组成部分

临洮，因洮河流经而得名。洮河流域形成的灿烂、辉煌的洮河文明，是黄河文明的重要组成部分。马家窑文化、寺洼文化、辛店文化均因首先发现于临洮而得名。临洮彩陶文化与仰韶文化、大汶口文化、龙山文化一起，成为我国新石器时代晚期文化的代表。

自周安王十八年（前384）建置狄道县、秦昭王二十七年（前280）始设陇西郡以来，临洮长期为郡、州、道、府、县治所在地，迄今建县已有2400多年历史。境内有战国秦长城、陇西李氏祖籍地、汉代古墓群、唐代哥舒翰纪功碑、八思巴文化等人文遗产遗迹。现有国家级文保单位4个、省级文保单位10个。

马家窑文化、辛店文化、寺洼文化均由瑞典考古学专家安特生于1923年首先发现于临洮，其中，马家窑文化距今4300—5800年，辛店文化、寺洼文化距今2800—3400年，均以其丰富的造型、精美的纹饰和深厚的学术价值享誉世界彩陶考古界。1947年，中国考古学家裴文中在对洮河流域史前文化考查发掘后，提出了"中国文明起源于洮河"的论述。

临洮考古遗址遗迹发掘保护工作做得很好，近年来大力实施文化资源开发和保护工程。挂牌成立了中国社科院考古研究所西北工作站、马家窑文化研究基地、甘肃省文物考古研究所洮河流域工作站、临洮马家窑文化研究院4个考古工作机构，并与北京大学考古文博学院建立长期合作关系。这些研究机构的设立对进一步探索、研究中华文明起源乃至世界文明

发展，提供了组织保障。

近几年，临洮还组织举办了马家窑文化国际论坛、马家窑文化节、早期文化交流路径与社会（临洮·2019）学术研讨会等一系列交流研讨活动。启动实施了马家窑遗址保护、战国秦长城抢险加固、寺洼遗址勘探等一批文化发掘保护项目，先后 6 次考古发掘马家窑、寺洼遗址，累计发掘 2475 平方米，发掘陶片及石器、骨器、鼎、鬲等器物残片六十多万件。

三、临洮扶贫工作的重点问题——尽快补齐各项短板，推动经济整体发展

扶贫一定要促进产业发展，培植财源。2019 年是国家脱贫攻坚的冲刺期，临洮县继续坚持精准扶贫、精准脱贫基本方略，并落实了目标责任制。2015—2018 年，省、市、县各级共安排临洮县扶贫办管理的财政扶贫资金 55928.64 万元，其中省扶贫办、省财政厅共下达 47990.8 万元，市财政安排下达 2516.2 万元，县财政配套安排 5421.64 万元。

2019 年，甘肃省扶贫办、省财政厅共安排临洮县财政扶贫资金 22035 万元（其中：第一批下达 12149 万元，第二批下达 7528 万元，第三批下达 2358 万元），定西市财政安排扶贫资金 1082.2 万元。以上合计 23117.2 万元。不知道临洮有没有通过融资扶贫。很多的地方为了脱贫而举债扶贫，这些十几年甚至几十年都难以化解的债务，必然会使摘了帽的贫困县今后的财政状态进一步恶化。

由临洮县 2013—2019 年贫困村和贫困人口的比较数字可知：2013 年底，全县有扶贫开发重点乡镇 7 个，贫困村 144 个，贫困人口 2.67 万户 10.62 万人，贫困发生率为 21.73%；通过近年来的工作，截至 2017 年底，

全县剩余贫困人口1.2万户4.55万人（兜底保障9427人、其他贫困人口3.6万人），贫困发生率为9.32%；2018年减少贫困人口4452户1.7万人，贫困发生率下降到5.8%；2019年计划脱贫2.12万人，预计贫困发生率下降到1.45%。

目前，临洮县贫困人口的构成情况及致贫原因如下：2019年动态调整后的7668户28197人中，因病致贫1854户，占24.18%；因学致贫1227户，占16.00%；缺技术致贫1446户，占18.86%；因残致贫1473户，占19.21%；缺劳力致贫994户，占12.96%；缺资金致贫191户，占2.49%；其他原因如自身发展力不足、天灾、交通条件落后，以及因婚、因丧、缺水等。

这些数字表明，临洮的脱贫攻坚投入并不小，成效虽然也不错，但还是任重道远。据2020年的统计，因病致贫的24.18%，因残致贫19.21%，两项加起来高达43.39%。再加上16%因学致贫的贫困户，仅这三项就高达59.39%。而且得病、致残、上学都是变数，今年没病不贫穷，明年家里有人生病就成了贫困户。家里有个孩子考上大学也成贫困户了，令人很痛心。

这些都是社会问题，解决这些问题要靠政府的持续投入，而贫困地区恰恰没钱。怎么办？现阶段临洮扶贫工作的重点问题就是如何尽快补齐各项短板，推动经济整体发展。没有高质量的经济发展，脱贫的成果就不能得到有效的保持。

临洮长城国家文化公园最大的游客群体来自兰州。临洮是省会兰州的"南大门"，经济发展也要依托兰州。县城距兰州市区80千米，是南向通道经济带上的重要节点城市。兰临、康临、临渭高速和国道G212及省道S309、S311线穿境而过，城乡道路纵横交错，四通八达，使临洮成为连接甘肃中南部与临夏、甘南两个少数民族地区的必经之地。

临洮建设长城国家文化公园，主要是依托洮河区域和长城。临洮围绕"一河两岸三区五大板块"的空间布局，规划建设了临洮经济开发区和中铺工业园、洮阳高新技术产业园和康家崖农副产品集散加工园。工业聚集发展平台，占地 18.93 平方千米的中铺工业园被纳入兰州高新技术产业开发区。

四、临洮具有争取首批建设国家长城文化公园的优势，但县域经济发展还明显存在一些短板

贫困的基本原因还是资源的不足，在对有限资源进行配置的过程中出现偏差。从建设长城国家公园的角度来看，临洮是文化资源的富有者。长城国家文化公园建设，要结合文旅和农业发展。这是长城国家文化公园功能优化的重要方式，只有这样才能将其建设成具有独特的历史、地理和人文价值的地标。

临洮作为战国秦长城的西起首，具有争取首批建设国家长城文化公园的优势。这个优势，不仅是长城文化和长城遗址，还包括临洮县近年来以全面建成小康社会为统揽，深入实施发展战略所取得的成绩。

临洮县精心建设以县城为中心，以沿洮经济产业为一带，以中铺工业发展极和南屏生态旅游发展极为两极，以中铺工业集中区、红旗乡村旅游区、现代农业示范区、洮阳文化体验区、南屏生态旅游区、东部特色农业生产区为六片区的发展格局。

近年来，临洮县坚持把产业发展作为加快县域经济发展的重要支撑，按照"传统产业抓提升、新兴产业抓培育、发展模式抓创新"的思路，转

变农业发展方式，推进工业转型升级，培育壮大文化旅游和商贸物流产业。临洮提出了"提升一产，做强二产，壮大三产"的发展目标。2018年，全县实现地区生产总值68.22亿元，三次产增加值分别为9.78亿元、21.48亿元、36.96亿元。

临洮依托洮河谷地良好的气候条件和38万亩水浇地，培育形成了600万头（只）畜禽、50万亩马铃薯、25万亩蔬菜、15万亩中药材、7万亩花木、5万亩百合生产基地，临洮花卉先后在各类花卉博览会上获得七十多个奖项。马家窑洮砚小镇被列为全省18个重点特色小镇之一，甘肃临洮体育训练基地荣升为西北第二个国家级综合性体育训练基地。

甘肃（南部）商品交易集散中心、西北金泽物流城、隆晟商贸城等重大商贸物流项目及全县限额以上34家商贸流通企业发展势头很好。依托临洮经济开发区，引进入驻企业74家，发展形成了以金属冶炼、建筑建材、机械制造为主导产业的工业产业体系，规模以上工业企业达到21家。贫困县大多数项目，由于资金来源于财政，所以都是由政府管理。虽然临洮县有丰富的长城文化资源，近些年经济发展取得一定成效，但县域经济发展仍存在以下短板：

（1）特色产业缺乏龙头企业。全县六大特色优势产业中，有县级龙头企业24家、市级龙头企业12家、省级龙头企业6家，但是国家级龙头企业仅有1家。龙头企业带动发展能力，远远不能满足全县百合及党参等特色优势产业发展需求。

（2）产业发展链条较短。由于县级财政紧缺，对特色优势产业、新型经营主体的发展扶持能力有限，县内特色优势产业在标准化基地建设、良种引进、新技术推广、质量标准认证、市场营销网络建设等方面资金不足的问题突出，导致特色产业链条短，经济效益偏低。

（3）工业经济效益不高。临洮县在工业经济方面有了很大发展，但主要是建筑建材、金属冶炼、装备制造等传统工业产业，工业产品科技含量低、规模小、链条短，产品附加值低，符合国家环保要求的"高精尖"工业产业缺乏，导致工业经济效益不高。

（4）项目支撑作用不明显。兰汉高铁、军民合用机场改扩建、兰州至太石快速通道建设等一批打基础、利长远的重大项目，尚处于谋划阶段，未取得实质性进展。重点项目支撑县域经济高质量发展的作用，还没有显现出来。

（5）商贸物流发展缓慢。临洮县企业规模小、经营理念落后、管理人才缺乏、信息化程度低等因素，导致商贸物流产业发展缓慢。

（6）基础设施建设滞后。全县公路通畅能力不够高，普遍存在路况差、水毁严重、抗灾能力弱，防护和排水等工程不够完善。截至目前，全县还有1700多千米通社道路没有实现硬化。全县水利设施多修建于20世纪70年代，主要灌区的渠系年久失修、老化严重。文化旅游景区的道路、停车场、公厕等基础设施建设滞后。

五、临洮县在文化传承保护中存在的问题

（一）文化旅游产业发展层次较低

由于临洮县文化旅游业起步晚、基础差、底子薄，文化旅游产业整体上仍处于低层次发展阶段，文化与旅游结合不够密切，旅游产品开发迟缓，文化旅游特色优势还没有发挥出来，特色优势还不明显，文化旅游竞争力不强等突出问题。主要表现在以下几点：

（1）缺乏重大项目支撑。文化旅游方面投入不足，文化资源的挖掘、研究、宣传力度不大，旅游景点打造不足，临洮县旅游景点共有62处，仅有4个AA级景区，AAA级以上景区一个没有。

（2）文化旅游产品的开发不足，精品不突出，尚未形成拉动全县文化旅游的龙头产品。

（3）旅游产业化程度不高，加之旅游人才缺乏、从业人员整体综合素质较低，服务、管理、营销、宣传等方面还很乏力。临洮县没有四星级以上酒店，三星级只有3家。

（二）在文化遗迹遗址上财政投入有限

作为国家级贫困县，临洮脱贫攻坚任务繁重，县级财政能够保障文化传承、保护、挖掘等方面的资金非常有限，造成文化传承方面存在一些亟须解决的问题。比如，临洮秦长城所在地为祁连山余脉马啣山，高山、沟壑、河谷纵横交错，地形复杂。长期受雨水冲刷、自然风化、水土流失、虫害鼠害等自然因素影响，现存长城墙体大部分出现了坍塌、掏蚀、开裂、表面风化剥离等现象。由于部分群众文保意识不强，生产生活中出现偷采滥挖、垦地拓路等现象。

（三）专业文物保护缺乏人才和政策支持

临洮县虽然成立了县文物保护管理所，但与县博物馆一套人马、两块牌子，行政层面推动文物保护工作的力量严重不足。全县163处不可移动文物，由县博物馆的8名工作人员和18名保护员管理，缺乏专业化管理人才。境内文保单位多处于高山地带，巡查范围较大，日常巡查管护相对薄弱，存在监管缺失、执法缺位、督察不力等问题。

六、临洮能借长城国家文化园建设，彻底解决全县的脱贫

建设长城国家文化公园，将吸引更多的文旅项目、专业人才等资源向临洮聚集，有助于巩固和提升临洮脱贫质量；将为开展长城文化的挖掘、研究、传承、保护、开发、宣传等搭建重要平台，全面提升临洮长城文化传承保护的能力和水平。临洮县将以申请建设长城国家文化公园为契机，走出一条长城遗址保护、挖掘、开发利用的新路径。

临洮县依托中国社科院考古研究所西北工作站等 4 个考古工作机构，加强与中国长城学会等机构的合作，对境内战国秦长城遗址进一步进行学术考证，为下一步的保护开发提供学术层面的支撑。同时，聘请一批德高望重的专家学者，选拔一批致力于研究临洮历史文化的有志青年，成立了"临洮长城文化研究会"，以研究会为载体，积极推动长城文化的深入挖掘，助力创建国家长城文化公园。

建议临洮县抓紧编制规划《临洮长城国家文化公园》。按照"保护优先、适度展示、合理利用"的原则，委托专门规划设计机构编制规划。临洮长城国家文化公园，应该包括马家窑文化、寺洼文化、辛店文化和苏木沟丹霞景观等内涵，并增加农事体验、民间技艺、时令民俗等类型的乡村旅游内容。

临洮作为贫困县，其后发优势是自然生态资源和文化资源没有受到毁灭性的破坏，原生态奠定了长城国家文化公园建设的基础。临洮是一个以农为本的地域，规划要重视长城国家文化公园和农业的关系。中国农耕历史悠久，农耕文明漫长，古代长城主要任务是保护农耕生产和生活方式，这一点在临洮也表现得很典型。

建设长城国家文化公园,既是一种经济外延式扩张的发展模式,更是要通过促进文化旅游和其他产业整体发展,做到经济外延和文化内涵全面增长。期待临洮能借长城国家文化公园建设之际,彻底解决全县的贫困问题。让长城脚下的老百姓,能因为长城文化遗产的保护和利用而过上好日子。

(原载《河北地质大学学报》2020年第5期)

中国"文化线路"遗产有关问题初探

贺云翱　陈思妙

人类社会的发展和人们的日常活动,如生产、交换和交往等,都有赖于交通。交通是人类文明演进的重要条件,在历史多维角度下,都可以看到交通的文化印迹和重大作用。传统认知中"南船北马"的区域交通文化特征折射出的正是对于动态维度下南方运河和北方驿道,以及和交通路线紧密联系的自然元素,诸如山地、平原、河谷等交通生态系统的群体认知。可以说,交通作为文明的促进器在中国历史上占有十分重要的地位,大到纵横交错的"国道定天下",小至城市里坊间的棋盘式道路系统,线路形态的交通遗产是人们较为熟知的文化特质。"文化线路"是国际文化遗产领域的重要概念,最初来自联合国教科文组织相关专家的探讨,经过多年的补充、完善,形成了概念清晰、内涵丰富的实践与理论体系。"文化线路"类型遗产的概念形成、特征描述和价值评估,对于构建交通遗产体系提供了学术基础,也是探索建设中国交通文化强国的重要支撑。

一、"文化线路"遗产概念的发展历程

1993 年,西班牙的"圣地亚哥·德·孔波斯特拉朝圣之路"[①]作为一种带有跨文化交通与交流的文化遗产类型登录《世界遗产名录》,是国际文化遗产保护领域对"文化线路"遗产的首次成功实践。

1994 年,文化线路世界遗产专家会议在马德里召开。其《专家报告》提出"文化线路"是"建立在动态的迁移和交流理念基础上,在时间和空间上都具有连续性";强调"不同国家和地区间的对话和交流是多维度的,有着除其主要方面之外多种发展与附加的功能和价值"[②]。

1998 年,联合国教科文国际古迹遗址理事会成立"文化线路科学委员会"(CIIC),开始系统探讨"文化线路"的内涵、价值、意义及其保护策略。文化线路科学委员会认为:"文化线路或路线的概念指的是一套整体大于个体之和的价值。正是借助这套价值,文化线路才具有其意义。"[③]也可以认为,这同样是对人类交通遗产价值的一次深刻认知。

2002 年,文化线路科学委员会通过的《马德里共识》指出,文化线路"本质是与一定历史时间相联系的人类交往和迁移的路线,包括一切构成该路线的内容:城镇、村庄、建筑、闸门、码头、驿站、桥梁等文化元素,还有山脉、陆地、河流、植被等和路线紧密联系的自然元素"[④]。

[①] 2015 年项目扩展了包括位于巴斯克自治区拉里奥哈、利艾巴纳境内近 1500 千米的道路,还包括一些具有历史意义的遗址,如教堂、医院、旅馆及桥梁,它们都是为满足朝圣者需要而建的建筑。参见 https://whc.unesco.org/en/list/。

[②] CIIC, *Reports of Experts*, Spain: Madrid, 1994.

[③] CIIC, *Canary Conclusions*, Spain: Canary Islands, 1998.

[④] CIIC, *Considerations and Recommendation*, ICOMOS 13th Genera Assembly Meetings of the International Scientific Committees, Spain: Madrid, 2002.

2005年10月,"国际古迹遗址理事会第15届大会暨国际科学研讨会"[①]在中国西安召开,会议将"文化线路"列为四大专题之一,形成了有关《文化线路宪章(草案)》的决议。从此,中国学者开始结合本土文化遗产保护实际,积极推进丝绸之路、大运河等"文化线路"遗产的保护和申遗工作。

2008年10月,国际古迹遗址理事会第16届大会通过了《国际古迹遗址理事会(ICOMOS)文化线路宪章》。该宪章指出:"文化线路作为遗产保护领域的前沿概念,代表了一种影响当前文化遗产演变和扩展的新思路,以及对文化遗产背景环境和相关区域的整体价值之重要性的认同趋势,同时也揭示了拥有不同层面的文化遗产的宏观结构……鉴于直接决定文化线路存在的内在关系和特色文化资源的丰富与多样(诸如历史建筑、考古遗存、历史城镇、乡土建筑、无形遗产、工业和技术遗产、公共工程、文化和自然景观、运输工具和其他特殊知识与技能应用的实例),对文化线路遗产的研究和管理需要一个跨学科的思路,对科学假设进行调查和说明,并不断丰富相关历史、文化、技术和艺术知识。"[②]自此,与人类交通遗产直接相关的"文化线路"类型遗产开始正式全面出现在国际文化遗产保护的领域。

中国政府和文化遗产界积极参与和推动"文化线路"遗产保护事业。2009年4月,第四届"中国文化遗产保护无锡论坛——文化线路遗产的科学保护"通过《关于文化线路遗产保护的无锡倡议》。2014年,中国"大运河"[③]以及由中国、哈萨克斯坦、吉尔吉斯斯坦联合申报的"文化线

---

① 《"国际古迹遗址理事会第15届大会"在西安召开》,《中国文化遗产》2005年第5期。
② 丁援:《国际古迹遗址理事会(ICOMOS)文化线路宪章》,《中国名城》2009年第5期。
③ https://whc.unesco.org/en/list/.

路"遗产"丝绸之路：起始段和天山廊道的路网"①也成功登录《世界遗产名录》。近年来，中国还在积极推动"文化线路"类型遗产——海上丝绸之路、茶马古道等申遗工作。

二、"文化线路"遗产案例

"文化线路"遗产理念的开拓，将人们对传统交通遗产保护工作的视野从对单体遗产如交通类建筑物、设施、用具、工具、石刻、书画、舆图、文献、名人故居、交通人物墓葬等物质性文化遗产，以及包括工艺、地名、故事、习俗、诗歌、辞赋等非物质文化遗产的关注②，发展到对人类商贸迁徙、资源开发、文化传播和文明对话等综合、多边的跨文化性文化遗产类型的关注，以及对交通遗产历史、地理和环境背景的关注。可以认为，"文化线路"遗产是国际文化遗产界将人类交通遗产放在人类学、考古学、历史学、文化学、历史地理学、文化生态学、经济学、民俗学、语言学等多学科视野下加以观察的创新成果，是文化遗产科学在人与自然、历史与现实、交通与文明等认知构架下力求做到保护、传承、利用、发展协同作用的新思维、新方向。

截至2019年登录《世界遗产名录》③的"文化线路"相关遗产有：法国的米迪运河（1996），奥地利的塞默林铁路（1998），印度的高山铁路（1999、2005、2008），阿曼的乳香之路（2000），日本的纪伊山地的圣地

---

① https://whc.unesco.org/en/list/.
② 贺云翱、陈思妙：《中国交通运输文化遗产的初步认识》，《交通运输部管理干部学院学报》2019年第1期。
③ https://whc.unesco.org/en/list/.

与参拜道（2004），以色列的熏香之路——内盖夫的沙漠城镇（2005），阿根廷、玻利维亚、智利、哥伦比亚、厄瓜多尔、秘鲁的印加之路（2014），克罗地亚、意大利、黑山的15—17世纪威尼斯共和国的"文化线路"型防御工事（2017）等。

中国是一个大国，国土面积广大、自然资源禀赋多样、民族众多的国情，决定了中国拥有大量的与交通相关的"文化线路"遗产。如古代的陆上丝绸之路、海上丝绸之路、草原丝绸之路、大运河、茶马古道、长江沿线、黄河沿线、秦直道、秦驰道、唐蕃古道、蜀道、明代沿海线路型军事聚落文化遗产、川盐入黔线路及邮驿道路、古栈道、闯关东线路等。同时还包括近现代的长征、京张铁路、驼峰航线、成昆铁路、川藏公路、青藏铁路等，可以发现，这些"文化线路"大多数与人们的交通行为及其创造有关。基于共同的历史联系，也基于对不同人群和文化多样性的理解，遍布全国的"文化线路"遗产，将人类生产生活和迁徙与文化交流联系起来，历史性地构建了宏观、整体的文化空间网络，为多区域联动、多民族交流、城乡协同的持续性社会发展和资源合理流动，以及我国与周边国家、与世界各地的交往提供了充分的条件，从文化遗产来说，也为历史交通遗产的认定研究、保护、管理、利用等奠定了科学基础。

三、"文化线路"遗产保护现状

总体来说，我国"文化线路"遗产事业已经取得一定成绩，但是也只能说是刚刚起步。"文化线路"遗产保护的各项基础工作如田野调查和认定、基础研究、考古发掘、保护传承、社会认知、场馆建设、创新利用、宣传教育等都相对薄弱。整体上，除大运河、丝绸之路、长征等少数经典项目外,"文化线路"遗产资源家底不清,缺乏顶层设计和统筹协调,存在"文化线路"保护协调体制机制建设不够完善、制度不够健全、信息化水平相对滞后等诸多问题。

尽管"文化线路"保护理念的发展已有12年,但中国对"文化线路"内涵的理论认识、相关遗产在全国的分布情况、"文化线路"本体和周围历史环境的关系等方面均缺少基础性建设。"文化线路"范围界定应遵循空间标准、时间标准和文化标准,在此框架下,又可包括多种不同类型、不同时期的文化遗存,如作为"文化线路"内涵的历史道路、运河、设施、工具、历史城镇、堡垒、宗教建筑、公共场所、文化景观、非物质遗产等,需要进一步深入调查、认定和研究。

城市化建设对"文化线路"的保护利用带来巨大挑战。"文化线路"都具有跨大行政区域性特征,很容易变成"无人统管"的文化资源。特别是部分地区的城乡更新、商业化开发、新交通设施建设等,一些项目在推进过程中,存在忽视甚至破坏"文化线路"的行为,造成"文化线路"遗产本体及生存环境的严重损害或消失。在规划和建设中,部分涉及交通、水利、能源、通信的基础设施建设未能合理避让"文化线路",使其整体性和真实性遭到破坏。

全球范围内的地壳运动、气候变化、环境污染、战争行为等因素导致"文化线路"遗产面临着严峻的生存威胁。文化本体不同程度地存在着地震、水患、风化、腐蚀等病害,尤其是空气污染,损害不易被察觉,但是形成损害后其损失无法挽回:如金属的腐蚀,有机材料的酸化、老化、褪色、变质,土质或石质材料的风化粉碎等。

四、"文化线路"保护利用建议

我国"文化线路"遗产数量众多，表现出大一统国家区域范围内不同文化群体之间的交流的通道、设施及交通文化系统，动态地记录承载了社会、经济、政治和文化发展进程及文化的传承、发展、融合、创新，表现了交通遗产地相关价值的多向认识趋势，展示了中华文明包容背景下的传统发展路径，揭示了中华文化多样性宏观结构，同时又见证了中国与世界相连形成跨地区、跨文化、跨族群、跨时代的庞大文化复合体的过程与时空创造。"文化线路"构成了独特的互为依存的物质文化与精神文化综合遗产体系，保护好、利用好包括交通遗产在内的"文化线路"是弘扬中华优秀传统文化、革命文化，建设中国特色社会主义现代化的迫切需要。综合前期研究，笔者认为当前应开展如下工作。

（一）开展对"文化线路"资源的调查

通过野外调研、遗产认定、文献资料梳理、考古工作等，摸清相关资源存量的现状，如类别、性质、特征、等级与构成、地理分布、资源可利用程度，包括各种时空特征、人文特征、自然特征等，形成对我国"文化线路"遗产全面而完整的认识。把握"文化线路"资源的分布状况，全面深刻地了解资源存量现状，为国家有关部门全面科学编制和完善保护利用规划方案提供依据，进一步整合全国"文化线路"资源，激发文化创新活力，增强民族文化自信提供最根本的条件。

（二）鼓励多学科参与研究

"文化线路"内涵、形态、价值的多样性决定了其保护利用领域必然涉及众多学科，包括历史交通学、考古学、历史学、历史地理学、文化遗产学、民俗学、文学、人类学、测绘学、建筑学、景观学、水文学、地震学、矿物学、植物学、社会学、经济学、军事学、统计学等，协同多学科探索，以实现国家"文化线路"遗产的科学保护、永续传承与合理利用。

（三）编制专项保护规划

在充分的科学调查研究基础上编制保护规划，实施整体保护。针对"文化线路"自身特点，包括整体保护范围的界定及各个重要遗产节点元素的保护范围都应有机联系起来，开展专项保护规划编制。

（四）建立、健全法律法规和管理机制

实施专项管理及遗产监测是"文化线路"保护管理的重要手段，是维护"文化线路"安全与有效利用的最好保障手段。加大现代科技投入，加大相关科研成果向实践工作转化的力度，切实保护和延续"文化线路"的多样性特征，维护其真实性和完整性，充分发挥其在我国现代化建设中的多功能价值。

（五）建立统一、有效的协调机制

大型"文化线路"遗产分布地域广、遗存众多，需要建立健全跨地区、跨流域、跨部门的保护管理协调机制，并确保各个组成部分协调有序。"文化线路"目前还缺少国家层面的统一管理和统筹协调部门，考虑到"文化线路"基本上都与现代交通有关，建议由交通运输部承担此项管理责任，并协同文物、文化、住建、自然、国土、环境、科技等部门统筹

做好"文化线路"的认定、管理、保护、利用等工作。① 主管部门和相关单位可以建立省部级协调机制，共同解决涉及组织、执行、督察等方面的制度建立与运行，共同制订保护利用方案。建立会商联络机制，加强沟通协作，形成高效顺畅的联络机制。建立交换意见机制，准确把握"文化线路"保护情况，及时掌握资源调查、基础研究、名录建立、本体保护、环境协调、开发利用等方面的状况。建立重要情况通报机制，各"文化线路"遗产地主管部门定期向国家主管部门上报"文化线路"事业现状。建立参加列席会议机制，国家主管部门组织各地召开有关"文化线路"遗产保护会议。建立监督执纪联动机制，各相关管理机构相互支持、协同配合，加强工作联动、优化保护利用力量。

（六）整体展示，数字宣传

"文化线路"包含内容广泛、尺度较大，为扩大其数据库和数字化传播平台，实现整体展示与正确阐释。同时，利用网络、视频、三维、图片、声音等开展遗产宣传，普及"文化线路"遗产保护和利用知识，展示遗产的独特魅力。

---

① 目前我国文化遗产事业由国家不同部门在主管，如国家文物局主管文物事业，文化和旅游部主管非物质文化遗产事业，住建部主管历史文化名城名镇名村事业，农业农村部主管农业文化遗产事业，商务部主管老字号文化遗产事业，自然资源部主管自然遗产和国家公园事业，水利部主管水利遗产事业，民政部主管地名遗产事业等。"文化线路"是以历史交通设施及线路廊道为核心，涉及交通、商贸、人与自然、地理、物质与非物质、历史与现代、保护与发展、区域协调等大量问题，交通运输部主管"文化线路"最为合适。

五、结语

人类自诞生以来，就面临着交通、交往、交流等核心问题，只有这些，才能让人类不断摆脱"孤岛"状态，攀登上文明巅峰。而"文化线路"则是记录、呈现、承载人类交通、交往、交流、交汇的珍贵遗产类型。"文化线路"亦可作为政治学的一个重要范畴，和经济学、历史学、法学、地理学、社会学、人类学、心理学、景观学等紧密联系，为认识国家政治、经济、民族、军事、宗教、地域等重大问题提供多维视角。中国"文化线路"所包含的兼具普遍性和特殊性的个体身份信息，建构了人群、种族间的统一性与多样性并存的文化特征。在现代化进程中，"文化线路"具有历史与现实、物质与非物质双重特性，对挖掘"文化线路"的历史内涵，促进相关地区的文化认同有着特殊的意义。[①] 兼容并包的中华文化体系是中国立于世界的伟大精神力量，这种无比强大的功能是中华民族在长期的地域创造与交往互动中共同创造的结果，而"文化线路"遗产是人们认识这一结果生成过程与生成机制的最生动的证明与教材。

（原载《交通运输部管理干部学院学报》2020年第4期）

---

① 参见姚雅欣、李小青《"文化线路"的多维度内涵》，《文物世界》2006年第1期。

国家文化公园历史空间的叙事结构

杨莽华

　　国家文化公园是我国新时期提出的新概念，是国家层面主导下的文化生态可持续发展的创造性模式，以保护传承和弘扬具有国家或国际意义的文化资源、文化精神或价值为主要目的，经国家相关部门认定、设立和管理的特殊区域。

　　尽管国内现有围绕自然遗产设立的国家级自然保护区、风景名胜区、森林公园等，以及围绕文化遗产和文化景观设立的国家级遗址公园、文化生态保护实验区，国外一些国家也构建有完备的国家公园体系，但是，国家文化公园建设刚起步，尚没有成熟经验可以借鉴，理论探索相对滞后。因此，围绕国家文化公园的课题研究非常迫切。国家文化公园的空间叙事学研究，通过对历史空间叙事结构和场所记忆的概念、逻辑和法则的梳理，为未来遗产保护和文化生态系统可持续发展的规划和施策中保留基本要素和构成提供思源。

一、文化生态系统内在结构更需要被认知

建议国家文化公园的一个基本动因在于通过空间的综合划分，为国家重要的文化资源保护利用辟出专属领地，以保护一个或多个文化生态系统的原真性、完整性。而以叙事学视角看待这个系统，其并非各项文化遗物甚至是无形文化遗产的罗列总和；"讲中国故事"也非仅仅是记录描述的文本。其所要探寻的是文化生态系统的各要素之间形成的结构和网络关系，找到语言叙事和空间叙事中的秩序感、认同感。而对于文化生态系统中结构关系的认知和保护比起保护遗产要素个体更为重要，因为结构的消亡意味着系统整体破坏。

二、结构叙事的时间性和空间性

源自结构主义的叙事学始于语言叙事，是文学理论研究的重要组成部分，结构主义叙事学建立的一套理论模式，对研究对象复杂的内部机制进行精准解析，揭示不同因子之间的关系构成，从而打破了传统文学理论偏重社会和心理因素分析以及主观臆断的思维定式。20世纪60年代末叙事学作为一门学科诞生，凭借理论活力和学科渗透力，其视角和研究方法被不断运用和延伸。

20世纪80年代以来，叙事学在我国成为文艺理论研究的热点；很多学者进入叙事学领域著书立说，相关成果发表数量常居于前列。叙事学研究出现跨学科、跨媒体趋势，出现了"图像叙事""绘画叙事""电影叙事"等课题的研究，在历史、哲学、社会、心理、新闻等学科也有很多叙事理论的论著。

叙事结构既处于时间维度，更离不开空间维度。伴随着"经典叙事学"到"后经典叙事学"的转向，在逻辑上，叙事学也应该有一个由时间维度上的研究向空间维度上的研究的转向。西方许多研究者开始探讨叙事文本的空间结构，其中具有广泛影响的是美国学者加布里尔·佐伦（Gabriel Zonan）1984年发表的《走向叙事空间理论》一文，其搭建起最具实用价值的叙事空间结构模型。他将叙事的空间看做一个整体，提出三个层次：地志空间（作为静态实体的空间，它可以是一系列对立的空间概念，如里与外、村庄与城市；也可以是人或物存在的形式空间，如神界和人界、现实与梦境）、时空体空间（由事件和运动形成的空间结构，它包括共时和历时两种关系）、文本空间（文本所表现的空间，受语言选择性、文本线性时序和视角结构所局限）。

除了对空间的纵向划分，空间结构还应该横截面上进行探讨。其在空间结构的水平维度上分出三个层级：总体空间、空间复合体和空间单位。场景构成空间复合体的一个基本单位，与地志层面相关的场景成为场所，和时空层面相关的场景成为行动域，而文本层面的场景则成为视域。

三、语言叙事向空间叙事的转向

发生在20世纪尾声学界引人注目的"空间转向"的思潮，被认为是知识和政治发展的重要事件之一。"空间性"引发多个人文学科改变了研究视角和方法，把以往的时间和历史思维转移到空间和地理上来，总体趋向横断式研究。

实际上，人的存在首先是空间性的，从空间潜入时间之流；人的认识依靠想象，想象总是图像优先，而图像的本质是空间存在。再现靠记忆，记忆是空间性的，符号传达依靠双方共有的认识"图式"，而图式首先是空间性的；事件的发生无法脱离时间与空间，空间是存在的核心问题，也是叙事的核心问题。时间维度只是叙事的表征，而空间维度是时间维度的前提，本身也是叙事表征内含的维度，对它的研究更具有深层意义。时间只有以空间为基准才能考察和测定，正如空间只有以时间为基准才能考察和测定一样；无论是作为一种存在，还是作为一种意识，时间和空间都是不可分割的统一体。许多事件的发生是同时的，它们之间没有必然、因果和逻辑的联系。只以时间线索串联并叙述这些事件，在很大程度上是对真实性的遮蔽。

后现代地理学家爱德华·W.苏贾曾说："人们在察看地理时所见到的，无一不具有同存性，但语言肯定是一种顺序性的连接，句子陈述的线性流动，由最具空间性的有限约束加以衔接，两个客体（或两个词）根本不可能完全占据同一个位置（譬如在同一个页面上）。对于词语，我们所能做的，无非就是作重新的收集和创造性地加以并置的工作，尝试性地对空间进行诸种肯定和插入，这与现行的时间观念格格不入。"①

值得注意的是，这里探讨的空间并非物理空间，而是主观意识中或者心理学意义上的空间。因此，叙事学研究所叙之事并非物理空间中的问题，而是其在意识空间或心理空间方面的可接受性。

思想家米歇尔·福柯在《不同空间的正文与上下文》中指出："我们时代的焦虑与空间有着根本的关系，比之与时间的关系更甚。时间对我们

---

① ［美］爱德华·W.苏贾：《后现代地理学——重申批判社会理论中的空间》，王文斌译，商务印书馆 2004 年版，第 3—4 页。

而言，可能只是许多个元素散布在空间中的不同分配运作之一。"① "今天，遮挡我们视线以致辨识不清诸种结果的，是空间而不是时间；表现最能发人深思而诡谲多变的理论世界的，是'地理学的创'，而不是'历史的创造'。"②

建筑学者诺伯格·舒尔兹在《存在·空间·建筑》一书中写道："人之对空间感兴趣，其根源在于存在。它是由于人抓住了在环境中生活的关系，要为充满事件和行为的世界提出意义或秩序的要求而产生的。"③

叙事是一种最基本的人性冲动，是在时间和空间中展开的文化行动。以往的叙事对事件进程关注较多，与空间的关系问题研究很少。人类"叙事"的动因，是要把发生在特定空间中的事件保存在记忆中，从而抗拒遗忘，将意义赋予存在；研究"叙述"的方法论来为叙事对象厘清秩序和形式。无论个人还是社会，时空中已经发生的事件都储藏在记忆中，"如果没有记忆，就没有任何可以讲述的内容"，记忆不仅是时间性的，更是空间性的。从存在与空间的深层关系入手，在跨学科视野中对空间意识与人类叙事之间的本质关系展开深入的论述，是非常必要的。

三、从场所记忆到历史空间

诺伯格·舒尔兹所说"存在空间"是沉淀在意识深处的"比较稳定的

---

① ［法］米歇尔·福柯：《不同空间的正文与上下文》，载包亚明主编《后现代性与地理学的政治》，上海教育出版社2001年版，第20页。
② ［美］爱德华·W. 苏贾：《后现代地理学——重申批判社会理论中的空间》，王文斌译，商务印书馆2004年版，第1页。
③ ［挪威］诺伯格·舒尔兹：《存在·空间·建筑》，尹培桐译，中国建筑工业出版社1990年版，第1页。

知觉图式体系",具有认知功能,是人们熟悉并投注了情感的空间。乡愁之地即这种"存在空间",身处世界任何一方,"存在空间"都是一个参照坐标。

同样,空间或者场所一旦刻录了事件、记忆和大众认同,即可呈现为文化景观,形成历史空间,记忆之场启发了人们对历史真实的认知。具体的人物、事件以及过程与特定空间的结合,便有了一个场所,这个场所构成了叙事空间,体验的多样性是叙事空间的最重要的特征。

场所可以寄托某一社群或共同体的集体记忆,"场所就是在不断叠加的过程中,各种各样的事情都在那里发生的地方,是一个将人类集团统合在一起的地方。场所是共同体的依靠和支柱"①。"在建筑与语言领域中,历史呈现的过程不是那种后一阶段彻底抹去前一阶段,而是每个阶段都有遗痕,不同阶段的痕迹保持在今日我们看待世界的方式上。"②

在交通体系和传播媒介高度发达的当代,地球变成了"地球村",时间在空间迁移中的重要性大幅降低。历史性、序列性的流动转而成为地理性、同在性的存在;空间感代替时间感成为人类感觉的中心。

给历史事件创造一种空间性的结构,对"储藏"这些事件的空间做出合理的、有秩序的安排,需要在历史场所中找出最核心的空间。一个社群或人类共同体的"圣地"或"神圣空间"就具有这种核心地位,也是历史的"起点"。一部历史文本的空间结构,犹如被"神圣空间"编织起来的历史场所的网络。

"将叙事学引入到场所理论之中,耦合场所物质空间结构及其文化意

---

① [日]香山寿夫:《建筑意匠十二讲》,宁晶译,中国建筑工业出版社 2006 年版,第 135 页。
② 沈克宁:《建筑类型学与城市形态学》,中国建筑工业出版社 2010 年版,第 1 页。

义,将场地的历史特性、知觉体验、文化信息与其定居者有效组织在一起"①,成为文化空间理论的一个重要内容。

场所植入人类制造便有了景观,或者称为"人文景观"。"景观也充当着一种社会角色。人人都熟悉的有名有姓的环境,成为大家共同的记忆和符号的源泉,人们因此被联合起来,并得以相互交流。为了保存群体的历史和思想,景观充当着一个巨大的记忆系统。"②

四、结语

国家文化公园是在建立实施国土空间规划体系同步进行的。空间规划体系要构建的是空间治理和空间结构优化的体系,以主体功能区为基础,跨现有行政区划定包括文化生态空间在内的生态保护区。因此,以文化地理视角认识文化现象的发展演化和空间分布、组合,进而划分区域十分必要。空间叙事对历史空间、记忆场所各要素之间结构网络的研究体系,应成为国家文化公园空间规划的理论课题之一。

参考文献

[1] 胡亚敏:《叙事学》,华中师范大学出版社 2004 年版。

[2] 龙迪勇:《空间叙事学》,生活·读书·新知三联书店 2015 年版。

[3] 胡亚敏:《结构主义叙事学探讨》,《外国文学研究》1987 年第 1 期。

[4] 沈克宁:《建筑类型学与城市形态学》,中国建筑工业出版社 2010 年版。

---

① 陆邵明:《场所叙事:城市文化内涵与特色建构的新模式》,《上海交通大学学报(哲学社会科学版)》2012 年第 3 期。

② [美] 凯文·林奇:《城市意象》,方益萍、何晓军译,华夏出版社 2001 年版,第 95 页。

［5］包亚明主编：《后现代性与地理学的政治》，上海教育出版社 2001 年版。

［6］［意］阿尔多·罗西：《城市建筑学》，黄士钧译，中国建筑工业出版社 2006 年版。

［7］［美］爱德华·W.苏贾：《后现代地理学——重申批判社会理论中的空间》，王文斌译，商务印书馆 2004 年版。

［8］［美］凯文·林奇：《城市意象》，方益萍、何晓军译，华夏出版社 2001 年版。

［9］陆邵明：《场所叙事：城市文化内涵与特色建构的新模式》，《上海交通大学学报（哲学社会科学版）》2012 年第 3 期。

［10］［挪威］诺伯格·舒尔兹：《存在·空间·建筑》，尹培桐译，中国建筑工业出版社 1990 年版。

大运河国家文化公园景观的建构方法

田 林

当前,大运河沿线8个省(市)建设大运河国家文化公园的积极性高涨,但突出文化价值、以文化为引领的国家文化公园建设在世界范围尚属首例,相关研究刚刚起步,国内外尚无可以直接引用的景观建构方法。大运河国家文化公园景观环境复杂多样且保存状况差强人意,亟须开展适合于我国大运河国家文化公园景观建构的方法研究。

虽然《长城、大运河、长征国家文化公园建设方案》规定了国家文化公园建设的指导思想和建设原则,但并未针对大运河的具体点段提出详细的景观构建措施。王健、朱民阳和龚良等国内部分学者对大运河国家文化公园建设进行了初步探索。王健提出大运河国家文化公园建设亟须明确其内涵与特质,且应协调好各种利益关系,建立完善的统筹机制。朱民阳借鉴美国、加拿大、日本等国家的成熟经验,就保护理念、法律制度、管理体制、财政体制、地域特色等五个方面进行了有益探索。龚良对大运河国家文化公园如何建设进行了思考,他认为第一应深刻理解国家文化公园的内涵,第二应将统筹规划与试点实践相结合,第三应以创新形式重塑运河文化,第四应从点做起生动展现运河文化。尽管这些前期研究对大运河国家文化公园建设有一定指导意义。但缺乏对大运河国家文化公园景观建构方法的系统性研究。美国虽然最早建立了国家公园制度，其建设与管理模式对我国大运河国家文化公园建设有一定借鉴作用，但由于东西方文化的差异，其景观构建的方法不能盲目照抄以美国为代表的西方国家的做法。

大运河国家文化公园是指以大运河文化属性为核心，结合地域文化特征，由国家或地方政府筹资或指导建造的，用于民众休闲、参观、学习的具有特定文化属性的公共园林空间。人们不仅仅把大运河景观环境作为大运河国家文化公园的外部背景，而且将遗产的文化价值、遗产地的精神延伸到景观环境当中，因此，景观环境已经成为文化遗产不可分割的组成部分，是文化遗产完整性的重要构成。

大运河国家文化公园的功能定位为具有文化属性的综合性或主体性公园，具体公园建设定位应具备准确性与合理性。大运河遗产本体及其赋存环境是公园展示利用、参观游览的核心内容，因此，传承和传播大运河遗产所承载的价值成为此类公园的共同目的，并成为定位此类公园功能属性的基础。

为避免同质化重复性建设，不宜采用"一刀切"的方式，将大运河全线划定为统一的大运河国家文化公园管理区。针对大运河遗产复杂性的特点、不同点段重要性的区别以及景观环境的差异，并按其总体平面特征可将大运河国家文化公园划定为展示园、展示带和展示点三种类型。其中，展示园可分为核心展示园和主题展示园；展示带可分为重点展示带和一般展示带；展示点可分为中心展示点和特色展示点。

根据不同类型的大运河国家文化公园的特色，提炼其独具的类型特征，可从以下几个方面展开研究。

一、景观建构原则

1. 避免城市园林化

大运河遗产周边景观营造应避免城市景观园林化，大运河遗产所处环境分为郊野环境和城镇环境两种类型，其中，在郊野环境中进行景观营造，应以现存景观环境为主，适当改造提升，保持自然的郊野风貌，不宜采用城市园林化的方式。大运河穿过城镇区域，其周边环境营造应结合城镇的发展特点，借助微环境、微地形的处理方式，大量种植适宜的植被，对周边高大建筑物进行遮挡，营造舒适的、亲近自然的场所，应体现大运河恢宏的特色，避免城市花园式的改造。

2. 彰显遗产历史文化

景观营造应基于对文化遗产的深度认知，景观设计应彰显遗产历史文化；不同的历史文化，配合不同的景观环境氛围，两者相互协调、相得益彰。景观营造的过程是对历史文化深入挖掘、学习、再创造的过程，好的景观营造可提升文化遗产的形象，反之则会降低文化遗产的吸引力。

优秀的景观营造是批判的吸收，而不是盲目的照搬；通过景观的精品营造，吸引游客、凝聚人心，彰显文化遗产的历史内涵、传承文化遗产的精神内核。

3. 分类营造

由于大运河文化遗产类型丰富，采用单一的营造方法，不能满足不同类型文化遗产的营造需求，因此，需要遵循分类营造的原则。针对空旷的郊野环境可采用相对粗糙的大尺度营造，达到顺应自然地形地貌的特点；针对河道两侧密集的建成区域，则应以整治现有建筑为主，在适当区域增加留白处理，并配以简单绿化景观，不宜进行大规模整治性营造。

二、景观构建方法

1. 残缺修补法

针对大运河遗产的景观进行勘察，对残损、破坏的景观环境进行残缺修补，是大运河遗产景观环境营造的主要方法。其核心是修补，而不是再造。因此，对原始景观环境的调查成为景观修补的关键。对开挖取土、人工破坏、自然侵蚀等各种病害进行调查，排除安全隐患，对残缺部分进行修补，恢复文化遗产应有的景观环境，即所谓的残缺修补法。

2. 微地形营造法

针对大运河遗产中严重破坏的景观环境，原始环境已无从探查，现有环境又极为混乱、破败，与文化遗产内涵严重不符，可采用微地形营造法改善文化遗产的景观环境。微地形营造法属于景观再造的过程，实施时应慎之又慎，避免干预过当，适得其反，因而需要以现有地形地貌为基本轮廓，顺势而为，实施微创式改造，切忌采取移山填海式的改造方法。微地形改造目的是提升文化遗产的景观环境质量。

3. 景观写仿复原法

同样是针对大运河遗产中严重破坏，原始环境已无从探查，现有环境又极为混乱、破败，与文化遗产内涵严重不符的景观环境，但经勘查原景观环境脉络基本清晰，照片、文献记载、采访记录等佐证材料充分，能够据此绘制完整的原始景观环境图纸，且文化遗产环境具备复原的可能性，可采用景观写仿复原法进行营造。写仿是园林造景的手法，复原是建筑遗产修复的方法。景观写仿复原法是指借鉴建筑遗产复原的方法，将之应用到大运河环境景观的营造，并结合园林造景中写仿的手法，提炼适用于大运河遗产景观营造的方法。景观写仿复原法不是简单的模仿与重复，而是有依据的恢复与再造。

三、景观营造实施

1. 整体景观提升

景观提升以文化遗产价值解读与阐释为出发点，挖掘大运河文化遗产的内涵，梳理大运河文化遗产的共性与个性特征，定位大运河国家文化公园景观提升目标；并依据该目标和项目的实际情况，从残缺修补法、微地形营造法和景观写仿复原法等方法中遴选适宜的方法，科学地实施景观提升改造工程。

2. 重要节点营造

重要节点营造应以系统化思维为统领，基于顶层设计的理念，自上而下统一规划，需从文化遗产保护整体性的视角，分类、分级制定整治措施。以整体性的视角进行统筹，以全局观进行指导，以全过程实施监管，避免盲目性建设和千篇一律的重复性建设。

重要节点营造应合理融入非物质文化遗产元素，以非物质文化遗产的视角，挖掘与阐释大运河文化及滨岸地域文化的内涵。

重要节点营造应考虑游客的体验，以全新的视角，综合考虑国家文化公园的便捷措施、服务品质以及发展态势等因素。

以大运河南旺水利枢纽景观构建方法为例，该枢纽位于京杭大运河的海拔最高点，其复杂给水、储水、分流等工程技术，体现了古代劳动人民高超的智慧和伟大创造力。景观构建应在通过考古挖掘获得充分依据的基础上开展。具体措施为：对大运河南旺水利枢纽区域的河道进行清理，采用景观写仿复原法进行河道局部复原；对周边占压房屋进行拆除，采用残缺修补法进行修复；逐步对枢纽分水龙王庙周边景观采用微地形营造法进行改造，再现优美的历史景观风貌。

总之，我国大运河国家文化公园景观建构应体现对遗产地域文化内涵的承载作用，同时应为广大民众提供重要的文化休闲场所，这在当前形势下具有重要的现实意义。大运河国家文化公园景观建构是前所未有的新事物，从国家文化公园的概念界定、内涵凝练，建构原则确定，以及建构方法遴选等方面均不能墨守成规，需要开拓创新，以创新促发展。

（原载《雕塑》2021 年第 2 期）

国家公园游憩策略及其实现途径

张玉钧

国家公园体制试点在我国是创造性的大胆尝试。在保护生态和文化的基础上为进一步加强公众教育,便需要打造区别于大众观光的游憩产品。

众所周知,国家公园的优先任务就是保护其自然生态系统,目的是为了使其维持健康状态。在此前提下,允许在国家公园范围内的一般控制区适当开展一些顺应其生态系统特征的游憩利用活动。但是,关于在国家公园内开展什么样的游憩利用活动,目前有着各种各样的说法:有用"可持续旅游"的,也有直接用"旅游"的;有说"生态旅游"的,也有进一步表述为"生态体验和自然教育"的,等等,类似的说法不一而足。然而,如果追本溯源,在国家公园制度比较健全的美国,其国家公园的各种游憩利用一般都表述为"游憩",但近年来伴随着生态旅游的普及,两者之间在某种程度上又似乎有一些趋同的现象。在很多场合,"生态旅游"和"游憩"的内涵已经交叉和部分重叠,现实中这两个词慢慢开始混同使用。就是说,在国家公园范围内开展的大多数游憩活动,同时也被认为等同于生态旅游活动,只不过这些活动的具体形式包括生态体验和自然教育活动等。因此,事实上在国家公园开展的各种各样的"旅游活动""生态旅游活动"以及

"自然教育活动"等，都可以总体归结为一种表述方式，即"游憩活动"。

一、关于国家公园游憩策略

在国家公园内进行的游憩活动符合它对自然生态系统、野生动植物以及独特自然遗迹的重视和保护，因此，国家公园就变成了游憩吸引力的来源和基础。国家公园在世界的发展经历了萌芽、发展和繁荣的过程，范围由美国、加拿大逐渐扩展到瑞典、荷兰等西方发达国家。随着国家公园理念被全世界广泛接受，亚非、拉美国家也开始积极建立各自国家的国家公园体系。关于国家公园内游憩活动及管理形成的理论体系和技术成果包括：（1）市场细分理论（20世纪50年代，美国）；（2）环境影响评价制度（EIA，20世纪70年代，美国）；（3）游憩机会谱（ROS，20世纪80年代，美国）；（4）可接受的改变极限（LAC，20世纪90年代，美国）；（5）游人影响管理模式（VIMM，20世纪90年代，美国）；（6）游人行为管理过程（VAMP，20世纪90年代，加拿大）；（7）旅游管理优化模型（TOMM，20世纪90年代末，澳大利亚）；（8）游客体验与资源保护管理（VERP，21世纪初，美国）。此外，国外已有大量研究对国家公园游憩市场和相关产业做出充分阐述：关于游客方面包括游客行为特征、心理偏好等，关于游憩规划方面包括功能分区规划、社区共管、服务设施等，关于游憩环境保护方面包括游憩承载力、生态补偿、教育解说以及环境影响评价等微观层面的内容。其中关于游憩活动及管理已形成了完整的理论和方法体系，对在保护生态系统完整性的基础上促进游憩空间优化提升等有着重要指导意义。

在国内，中央出台的一系列政策和文件为在以国家公园为主体的自然保护地开展游憩活动创造了条件。2013年10月，党的十八届三中全会通过的《中共中央关于全面深化改革若干重大问题的决定》首次明确提出要加快生态文明制度建设，建立国家公园体制。2015年1月，13部委联合通过《建立国家公园体制试点方案》。2017年9月，为了加快构建国家公园体制，在总结试点经验基础上，借鉴国际有益做法，立足我国国情制定了《建立国家公园体制总体方案》。该方案确认国家公园是指由国家批准设立并主导管理，边界清晰，以保护具有国家代表性的大面积自然生态系统为主要目的，实现自然资源科学保护和合理利用的特定陆地或海洋区域。2017年10月，党的十九大报告中提出"建立以国家公园为主体的自然保护地体系"，这既是对过去国家公园改革成果的肯定，也为今后自然保护地体系的全面改革指明了方向。2019年6月，中共中央办公厅、国务院办公厅印发了《关于建立以国家公园为主体的自然保护地体系的指导意见》，提出了要构建国家公园、自然保护区、自然公园三大类的"两园一区"的自然保护地新分类系统，对各类自然保护地要实行全过程统一管理、统一监测评估、统一执法、统一考核，实行两级审批、分级管理的体制。而关于自然保护地的游憩利用，国内已有大量文献开始探究如何吸取国外国家公园规划、建设和管理经验，应用于中国本土的保护地旅游实践中，但由于目前中国的国家公园尚处于试点建设阶段，大部分研究主要集中在国家公园概念认知与国外国家公园管理模式借鉴以及经典案例分析，涉及国家公园内部具体如何开展游憩活动的内容相对较少。因此，其他类型保护地研究的理论成果和标准体系可作为国家公园未来发展的重要参考和科学依据。

　　自然保护地游憩理论基础包括区域生态安全格局理论、可持续发展理论、生态承载力理论、生态伦理学、景观生态学、生态经济学、循环经济理论、生态旅游本土化理论以及系统工程学等，对保护地游憩的开发模式、综合评价以及存在问题进行了充分探讨。目前研究对于保护地游憩研究方法和游憩管理模式等欠缺宏观提炼和总结，大多数研究主要进行理论阐述以及某个特定案例对比分析等定性分析，而定量研究相对不足。今后应关注对保护地的生态、文化、社会和经济方面提出综合性、系统性的研究和规划，将国外国家公园游憩发展模式及空间布局规划技术本土化，寻求包括以国家公园为主体的各类保护地的游憩发展策略。未来的发展重点将聚焦到对国家公园游憩资源的保护利用与管理上来：一是如何利用好游憩资源，保护好生态系统的完整性，确保资源环境对使用者具有长期吸引力，以实现游憩的可持续发展；二是如何应对游憩需求的多样化发展，为使用者提供满意的游憩体验。

二、国家公园游憩策略的实现途径

国家公园实施游憩策略的目标是在保护的前提下，在其一般控制区内划定适当区域开展生态教育、自然体验、生态旅游等游憩活动，最终构建高品质和多样化的生态产品体系。为了达到上述目标，需要探寻国家公园游憩策略的实现途径，包括以下四个方面。

1. 探索国家公园游憩产品规划模式

通过文献查阅，总结我国保护地的游憩产品规划经验。结合实地调研，对国家公园的游憩环境、游憩资源及游憩活动现状进行调查和分析，初步建立国家公园体制试点区游憩产品适宜性评价指标体系。对国家公园的游憩产品进行评价，归纳典型单项游憩活动对游憩环境及资源的具体要求。梳理不同类型国家公园的适宜性游憩产品，形成国家公园体制试点区游憩产品谱系，总结游憩产品规划模式。具体内容包括：（1）研究国家公园的游憩环境、游憩资源及游憩活动现状；（2）研究国家公园游憩产品适宜性评价指标体系及评价方法；（3）研究国家公园单项游憩活动适宜性评价技术；（4）构建国家公园游憩产品谱系。

2. 研究国家公园游憩产品梯度化规划提升技术

国家公园游憩产品应兼顾资源保护性利用与游客体验。通过查阅文献，对国外先进的游憩产品与游客体验理论框架进行本土化，丰富适用于我国国家公园的游憩产品与游客体验理论体系。实地调研，了解国家公园游客的游憩需求以及游憩产品体验现状，量化二者之间的差异。在游憩产品提升中强调自然教育功能，加强自然教育活动设计与自然教育课程开发技术研究。结合国家公园游憩产品规划模式，对游憩产品进行梯度化规划提升研究。具体内容包括：（1）研究国家公园游憩产品与游客体验理论体系的本土化策略；（2）研究国家公园游客的游憩需求；（3）研究国家公园游憩产品的体验性；（4）研究国家公园自然教育产品评价与开发途径；（5）研究国家公园游憩产品的梯度化规划提升技术。

3. 构建国家公园的游憩产品空间布局

依据生态系统完整性，以及科学研究、环境教育及生态旅游的需要，国家公园具有不同功能分区。为了保护好生态系统的完整性，利用好游憩资源，实现游憩的可持续发展，应强化游憩产品的空间布局。基于游客感知价值、游客满意度和行为倾向的研究，结合ROS游憩机会谱，对国家公园体制试点区的游憩区及其周边地区进行不同游憩机会的划分，针对不同游憩区域进行结构调整、功能定位以及游憩产品的合理配置和空间优化（线路、交通），实现游憩产品的差异性、有序性和组合性。具体内容包括：（1）国家公园游憩机会清查；（2）研究国家公园游憩区游客感知价值、满意度和行为倾向；（3）研究国家公园游憩产品空间分配；（4）研究国家公园游憩产品空间布局优化模式。

4. 摸索国家公园的游憩区管理

游憩产品的开发会对游憩场地的自然、社会和管理方面的特征造成改变。为了在资源影响最小化的基础上使游客体验最大化，游憩区管理手段必不可少。结合 VERP 模型，对游憩环境、游憩活动、游憩者、游憩体验进行管理方法归纳和总结，提出游憩区单体的管理模式。同时，考虑国家公园体制试点区的社区及周边地区，提出区域性发展战略。具体内容包括：（1）研究国家公园的游憩环境管理；（2）研究国家公园的游憩活动管理；（3）研究国家公园的游客管理；（4）研究国家公园的游憩设施与游憩服务。

三、展望

在对国外相关游憩发展理论进行本土化、适应性研究的基础上，对国家公园游憩产品进行适宜性评价，针对不同游憩区域进行结构调整、功能定位以及游憩产品的合理配置和空间优化（线路、交通），最终实现游憩产品的差异性、有序性和组合性。

在当前国民对于生态环境和生态文化的需求不断增长的情况下，应进一步发挥国家公园的多种功能，有效利用其丰富的游憩资源优势满足游客个性化及多样化的需求，更好地推动国家公园游憩的可持续发展。坚持自然生态保护的同时，寓教于游，为公众提供休闲游憩、环境教育机会，以增加人们对国家公园优越的生态环境和丰富的自然资源景观的了解和认识，增强游客体验，建立其与国家公园的联系，促进全民性的环境伦理观的形成。国家公园游憩产品规划可为国家公园及其周边地区带来直接经济收益，为当地居民创造大量的就业机会，能够获取更高的经济效益，提高收入水平。

在创新游憩产品的过程中，应平衡资源保护和游憩发展的关系，兼顾生态系统的完整性及区域生态敏感性，尽可能降低游憩产品对国家公园生态环境的影响，确保国家公园的永续利用与发展，实现人与自然的和谐共生，推进生态文明建设。

（原载《中华环境》2019 年第 8 期）

大运河：从文化景观遗产到国家文化公园

龚 良

建设大运河国家文化公园，是深入贯彻习近平总书记关于"大运河是祖先留给我们的宝贵财富，是流动的文化，要统筹保护好、传承好、利用好"重要批示精神的重大举措，是彰显中华文化自信的新时代创新表达和促进文化建设高质量发展的新时代创新探索。推进中国大运河文化带建设，从文化遗产的保护利用到文化景观遗产的保护恢复，再到国家文化公园的建设发展，以让大运河带给人民更加美好的生活为追求，从中央到地方、各行业以及社会各界都在群策群力，充分发挥创造力。

一、自然与人类共筑的"有形"文化遗产

1992年12月，联合国教科文组织世界遗产委员会提出了"文化景观"的概念，即"自然与人类的共同作品"，分为"由人类有意设计和建筑的景观""有机进化的景观""关联性文化景观"三类。中国大运河是世界文化遗产，同时也具有强烈的文化景观色彩，特别是河段占全长的1/3、遗产区占总面积的46%、遗产点占总数的40%的江苏段极具景观价值。

大运河是世界文化遗产，也是重要的文化景观遗产。《实施〈世界遗产公约〉操作指南》对文化景观遗产的标准做了详尽的阐释——"作为人类天才的创造力的杰作"（标准ⅰ）、"能为延续至今或业已消逝的文明或文化传统提供独特的或至少是特殊的见证"（标准ⅲ）、"是一种建筑、建筑群或技术整体、景观的杰出范例，展现人类历史上一个或几个重要阶段"（标准ⅳ）、"与具有突出的普遍意义的事件、传统、观点、信仰、艺术或文学作品有直接或有形的联系"（标准ⅵ）。这些标准的阐释让我们有充分的想象空间来理解大运河遗产的景观价值。"创造力的杰作"不仅是创造性地把自然的河流和湖泊连接成一条联通的、统一管理的大运河，而且让其在国家意志下产生了互通、交流和融合，使之成为景观上的异质和精神上的纽带，带动了沿岸的农业、商业、工程和设施；"文明或文化的特殊见证"，耳熟能详的"漕运"和"盐运"故事及因此而遗留的特殊的河道地点、船闸桥梁、纤道码头等，均是旅游的极好景观和素材；"建筑或景观的杰出范例"往往体现在运河与水工设施、运河与沿岸建筑、运河与科技创造之间的相互关系和空间营建上；"突出的普遍意义"则体现在大运河与隋炀帝开凿大运河等许多重大历史事件和传统相关。

二、保护恢复大运河文化景观遗产

加强对大运河文化景观遗产的保护修缮，既是遗产保护的需要，也是今天人们美好生活的需要。

首先，鼓励对大运河文化景观遗产的保护。通过实施遗产保护工程，加大对运河生态环境和人文环境的整治，大运河江苏段沿岸各市都增添了更加亮丽的文化景观遗产。苏州的山塘历史街区"好风光"、吴门桥盘门景区,无锡的清名桥历史街区"水弄堂"、运河中的地标黄埠墩,常州的环城运河步道"走大运"、青果巷历史街区,镇江的西津渡小码头街,以及徐州的窑湾古镇等,无不是当地最具内涵的文化遗产,也是当地最具价值的旅游景观。如淮安总督漕运公署遗址经过抢救性考古发掘和建设,从深藏地下的遗迹成为展示大运河文化的重要景观和淮安重要的旅游地,其中保护是其重点要求;宿迁龙王庙行宫的保护修缮"不改变文物原状",完全尊重原有的建筑,仅增加了说明建筑与运河、与乾隆下江南驻跸行宫的关系,让人产生相应的联想;扬州邵伯古镇的保护性修缮突出其与大运河的空间联系和人们日常生活的联系,让人能遥想过去依运河而生活的场景。

其次,在保护中积极改善环境,恢复大运河文化景观。江苏积极改善运河生态环境,努力恢复运河的文化景观。一是坚持将运河遗产保护与延续运河功能相结合,妥善保护遗产,又尽量发挥运河各种实用功能。常州加强对运河沿岸聚落遗产的保护,依托恒源畅厂旧址建成"运河五号"创意产业园,不仅保护了文物,改善了环境,同时形成了很好的产业文化。二是坚持将运河遗产保护与城镇发展建设相结合。坚持"修复"而非"创建"因运河而发展的传统古镇、古村落、码头等文化遗存,修复与现代休闲生活相融合的滨河景观。三是坚持将运河遗产保护与历史文化展示相结合。苏州致力于将运河遗产建设成大运河"最精彩的一段",打造"河城一体的遗产城市"形象,使之成为展示、传承江南优秀传统文化的平台。四是坚持将运河遗产保护与生态环境保护相结合,使运河沿岸更加美丽舒适。

三、思考实践大运河国家文化公园建设

2019年7月,《长城、大运河、长征国家文化公园建设方案》(以下简

称《方案》）出台，正式宣告在大运河及沿岸地区建设国家文化公园。文化公园是人文要素叠加环境要素的为大众服务的文化休闲场所，注重文化性、舒适性、景观性。国家文化公园是在文化公园的基础上创造的文化景观，体现出对中华核心价值的保护展示。然而，这在中国还是新鲜事物，缺乏规范的标准、配套的法律、成熟的理论和成功的经验，尚需要我们通过正确理解和试点实践来创造性地开展工作。

其一，理解国家文化公园内涵。《方案》指出，国家文化公园的建设"对坚定文化自信，彰显中华优秀传统文化的持久影响力、革命文化的强大感召力具有重要意义"。建设大运河国家文化公园，需要将运河文物、运河沿岸的文化遗产与公园有机结合起来，创造出新的文化景观，服务人民的美好生活。其传播的主题应明确为"连通、交流、融合、发展"，景观应具有真实性和延展性，服务的对象应是运河沿线的普通群众和外来游客。景观设计应通过文化遗产保护、传统环境恢复、文化活动创意、公园设施配套等手段，使运河景观成为社区居民和外来游客的休闲娱乐场所和观光体验目的地，进而展现运河形象、传播运河文化。

其二，统筹规划与试点实践相结合。大运河国家文化公园建设是一个系统性的工作，不仅要高站位统筹规划，更要注重实践和总结试点经验。2019年9月27日召开的大运河国家文化公园建设推进会，明确了大运河国家文化公园是打造中华文化标志的重要内容，是彰显中华文化持久影响力的重要手段，明确了实施重点是"管控保护、主题展示、文旅融合、传统利用四类主体功能区"。如今，江苏已在前期规划的基础上开展了多角度、多视域的试点工作。如苏州在原有文化景观的基础上，重点实施恢复盘门、吴门桥片区原有形象，开展夜游特色活动；扬州加快隋炀帝墓考古遗址公园等项目建设，提升三湾公园规划，打造文化公园，开工建设"中国大运河博物馆"（筹）、大运河非遗文化街区等。

其三，创新形式重塑运河文化。建设文化公园既要具备文化景观要素的灵魂，也要塑造文化给予大众生活的美感。开展运河文化的特色活动，是文化公园大众性、文化性、娱乐性的体现。扬州打造的2019年"大运河文化旅游博览会"，以"融合创新共享"为主题，举办了国际运河城市文化旅游精品展、大运河文物精品展、大运河非遗展和《中国大运河史诗图卷》展等活动，召开了大运河文旅融合发展论坛、大运河文旅产业投资论坛等，组织千名国际友人畅游大运河、运河沿线骑行活动等互动项目，带动了旅游经济的发展。

其四，从点做起，生动展现。国家文化公园的建设有多角度的表现形式，如文学、艺术、文物、非遗、美食、文化活动等。策展中的中国大运河博物馆，集学习教育地、文化休闲地和旅游目的地于一身，正着力全面反映大运河历史概况和现今状态，力争成为大运河国家文化公园中的遗产集合和文化核心。其中，如何充分展现全流域、全时段的大运河及其带给人们的美好生活，成为关键。如设置反映运河沿线城镇不同时代、不同风貌、不同商业业态的情景式百姓生活展，活态展示大运河两岸的非物质文化遗产展，世界知名运河及运河城市的遗产保护和特色风情的文化要素陈列展，追溯隋炀帝开凿大运河、影响隋唐历史进程的历史故事展，以及与大运河相关的艺术展、文学展、数字虚拟展等。同时，通过体验互动活动，帮助公众从不同角度认知大运河，如"运河科技体验""运河考古体验""运河环保体验"等。

（原载《群众》2019年第24期）

大运河国家文化公园建设的四大转换*

王 健 彭安玉

国家文化公园建设是新时代社会主义文化建设的全新探索。2019年7月24日，中央全面深化改革委员会第九次会议审议通过了《长城、大运河、长征国家文化公园建设方案》，强调要结合国土空间规划，坚持保护第一、传承优先，对各类文物本体及环境实施严格保护和管控，合理保存传统文化生态，适度发展文化旅游、特色生态产业。方案中大运河国家文化公园、长城国家文化公园、长征国家文化公园并列为三大国家文化公园。江苏已经在2018年率先启动了《大运河国家文化公园（江苏段）建设规划》，探索国家文化公园建设规划实践样板和典型经验。如何做好规划、落实项目、顺利启动是当务之急。建设好大运河国家文化公园，要努力实现四大转换，即从地理空间到文化空间的转换，从自然生态到人文精神的转换，从线型遗产到园带展示的转换，从生产生活到文化旅游的转换。

---

* 本文系"大运河国家文化公园建设研究"课题成果之一。

一、从地理空间到文化空间的转换

实现从地理空间到文化空间的转换,要廓清大运河的"地理空间"。迄今为止的人类文明,其孕育与发展都离不开河流。尼罗河孕育了古埃及文明,幼发拉底河、底格里斯河孕育了古巴比伦文明,印度河、恒河孕育了古印度文明,黄河、长江则孕育了中华文明。一部人类文明史清楚地告诉我们,经济发展、城镇建设、社会进步都与河流密切相关,许多城镇、经济区因河而兴,沿河布局。一些城镇虽难以濒临自然的河流,也要设法开凿人工运河以解决运输、水源、生态安全等诸多问题。与一般的公路、铁路不同,河流有发达的水系,这使得它的腹地宽大,因而产生了"流域"这一地理概念。流域的开发具有面积大、综合性广、带动性强、效用持久等特点,在当代一直受到重视。随着后工业化时代的来临,沿河的景观、生态、旅游等也日益受到人们的重视,并且成为沿河城镇复兴的重要资源依托。运河是一种特殊的水系形态,它是人工有目的、有规划建设起来的,与水利、水运、区域发展、城镇建设的关系非常密切。沿运河一线的城镇具有悠久璀璨的历史,堪称人文渊薮,而大运河就是其中的典型代表。进一步推进大运河文化带建设,首先要廓清大运河的"地理空间",当务之急有四:一是对文献上的大运河"地理空间"的存疑部分继续研究和确认;二是将文献上已经确认的"地理空间"落实到实地的"地理空间";三是对大运河的"地理空间"进行历史和现实的功能(如运输、防洪等)划分;四是依据现状判断大运河空间发展趋势,弄清交通结构和空间分布,准确定位现实大运河的使命。

实现从地理空间到文化空间的转换,要进一步研究大运河的"文化空间"。大运河的"文化空间"与"地理空间"既有密切的关系,也有明显的区别。文化是大运河的灵魂，也是大运河文化公园的灵魂。在江苏境内，大运河由北而南流经徐州、宿迁、淮安、扬州、镇江、常州、无锡、苏州八个城市，纵贯700千米，"应运而生，应运而盛"，是运河沿线城市共同的历史传奇。大运河江苏段有7个遗产区、28个遗产点列入世界文化遗产名录，沿河的堤、闸、桥、庙、河段、码头、碑刻、古镇、名人遗迹、故事传说、风情习俗不胜枚举。如扬州的邵伯镇是运河边上的重要古镇，乾隆御赐的"大码头"遗迹犹存，四角楼的天空深邃莫测，东晋名臣谢安筑埭治水的故事在民间传唱上千年，斗野亭吟诗唱和的北宋七子依旧是老百姓茶余饭后的美谈。又如淮安有"南船北马""运河之都"的盛誉，"天下九督，淮署其二"，曾经的"九省通衢"，留下了无数的运河文化遗产，著名的有淮安府署、河下历史街区、清江大闸、漕运总督府等。非物质文化遗产更超过600项，其中国家级4项、省级22项、市级133项、区县级400多项，还有国家级非物质文化遗产代表性传承人1名，省级非物质文化遗产代表性传承人11名，市级非物质文化遗产代表性传承人142名，非物质文化遗产传承基地2个。非物质文化遗产种类繁多，有民间文学、传统音乐、传统舞蹈、传统戏曲、曲艺、传统体育与游艺杂技、传统美术、传统技艺、传统医药、民俗等。加强对大运河"文化空间"的研究，任务繁重，亟待展开。具体而言，要加速研究、挖掘大运河的物质文化；要加速研究、挖掘大运河的非物质文化；要加速研究、挖掘大运河的制度文化。要从大运河物质文化、非物质文化和制度文化的"全息"中提炼大运河文化精神，阐述大运河文化地理。

实现从地理空间到文化空间的转换，要突出打好文化牌，在保护历史遗存的基础上，坚持创造性转化、创新性发展，将运河沿线文化亮点连起来，实现"一条河尽显文化之美"，推动大运河国家文化公园建设。从

"地理空间"走向"文化空间",要利用"文化空间"研究的成果对"地理空间"进行文化诠释;要利用文化化了的"地理空间"对人们进行文化熏陶;要以"地理空间"建设成果为平台,以"文化空间"研究成果为基础,精心讲好大运河故事;要把经过深入研究和转化创新的既留得住"乡愁"记忆,又能让人着迷的运河故事搬上银幕,推向社会,走向世界。

二、从自然生态到人文精神的转换

自然生态是指生物之间以及生物与环境之间的相互关系与存在的状态,人类社会把自然生态纳入人类可以改造的范围之内,这就形成了文明。

大运河是一个由河流、湖泊及其相应的水生动物和植物组成的自然生态系统,堪称"天人合一"的杰作。在江苏境内,大运河沿线植被良好,河湖密布,是我国东部地区重要的输水通道、生态廊道和黄金航道,生态优势极其明显。第一,大运河南水北调工程东线从扬州江都抽引长江水,逐级提水北送,沿途有邵伯湖、高邮湖、洪泽湖、骆马湖、南四湖、东平湖等调蓄湖泊。第二,大运河沿线是世界八大候鸟迁徙路径之一,每年经此停歇、繁殖和越冬的各种水鸟有一百五十多种,数量有百万只。第三,大运河沿线是全国湖泊串珠般分布的密集区之一,由北而南有微山湖、骆马湖、洪泽湖、白马湖、宝应湖、高邮湖、邵伯湖、滆湖、太湖、阳澄湖、淀山湖等,其中太湖、高邮湖、洪泽湖、微山湖均居中国十大淡水湖之列。第四,大运河是江苏"1+3"重点功能区战略中江淮生态经济区的纵轴。江淮生态经济区涉及的苏中、苏北5市(扬州、泰州、淮安、盐城、宿迁)、11个县级市(高邮、兴化、宝应、涟水、盱眙、金湖、建湖、阜宁、沭阳、泗阳、泗洪），将依托大运河自然生态长廊建设，以生态为底色，做足生态文章，彰显生态优势。

然而，建设大运河国家文化公园，仅仅保护好现有的自然生态是远远不够的，我们还要努力提升其精神价值，实现从自然生态到人文精神的转换。

在大运河流淌的两千多年中，客观上形成了大运河的精神价值。2017年6月中共中央办公厅调研室在《打造展示中华文明的金名片——关于建设大运河文化带的若干思考》中，建议从国家战略高度审视大运河的功能，以大运河为核心，打造大运河文化带，使之成为展示中华文明的金名片，彰显文化自信的地标性工程、中华文脉的重要标志、中华民族伟大复兴的标志性文化品牌。将大运河打造成中华民族伟大复兴的极具代表性的标志性文化品牌，亟待深入挖掘其丰富的人文内涵、文化功能，进而凝练大运河精神。

在人类文明史上，大运河与长城并列为中华文明瑰宝中的双子星，代表着中华文明的水平。从物质文明上说，大运河沿线无与伦比的巨大工程令人震撼。如在洪泽湖的东侧，巍然屹立的高家堰就是历史上著名的水利工程。高家堰位于江苏省淮安市境内，北起张福口，南至蒋坝，总长67.25千米，其中从蒋坝至高良涧的26千米近湖顶浪最为险要，此段有25.1千米长的石工墙。作为名副其实的"水上长城"，高家堰在历史上曾经关乎黄淮治理，关乎明清王朝的生命线漕运是否畅通，关乎淮河中下游淮扬七府数千万人民的生命财产之安危，可谓牵一发而动全身。对其战略地位，康基田于《河渠纪闻》卷十九记载："高堰为淮扬门户，束淮敌黄，刷沙归海，卫高宝兴盐七州邑之庐舍田畴，黄运之关键也。"高家堰临湖全为条石工程，武同举于《江苏水利全书·淮一》记载："每石长一丈，高、宽俱一尺二寸，累石平堤，因地势之高低，十层至二十三四层不等，堤上有子堰，高四、五、六尺不等。"条石之间以糯米汁拌石灰作为黏结剂，迎湖巨石还有铸铁锭紧扣，堤基则用密集的木桩加固。此外，大运河沿线丰富多彩的物质遗产，先进的水工技术、航运技术，以及至今仍然发挥航运、供水、灌溉、调水、生态、旅游等作用的"活"的航道，无不散发出物质文明的光芒。从精神文明上说，大运河的人文精神，主要指其在国家和民族发展过程中所体现的独特的精神品格、人文气质和文脉地位。这种精神对民族共同心理的形成、人们身份的认同、国家统一局面的形成发挥了重要作用，对国际交往、国际话语的传播也产生一定影响，并直接影响着大运河在国内外的知名度、美誉度和神圣度。在大运河研究过程中，实现从自然生态到人文精神的转换，迫切需要进一步深化大运河人文精神的研究，对大运河人文精神的丰富内涵及其影响做出更深刻的概括。

三、从线型遗产到园带展示的转换

从自然状态上看，大运河无疑呈线状，大运河遗产也自然呈现出线型分布的状态，大运河犹如一根红线将沿途的物质文化遗产、非物质文化遗产串联成一个带状，也就是所谓的线型遗产。

在江苏境内，非物质文化遗产的分布以大运河为纵轴，呈典型的线型分布态势。以民间文学为例，有苏州的寒山寺钟声传说、和合二仙传说、拾得传说，宜兴的梁祝传说，镇江的白蛇传传说、华山畿传说，扬州的隋炀帝传说、露筋娘娘传说，淮安的巫支祁传说，宿迁的水漫泗州传说；说唱文学有吴歌、宝卷等，吴歌如吴江芦墟山歌、苏州胜浦山歌、张家港河阳山歌、常熟白茆山歌，宝卷如同里宣卷、河阳宝卷、锦溪宣卷、胜浦宣卷、靖江宝卷等；谜语有常熟的海虞谜语、扬州运河两岸的竹西谜语。在传统音乐中，民歌有仪征胥浦农歌，扬州高邮民歌，淮安金湖秧歌、南闸民歌等；劳动号子有镇江丹徒的南乡田歌，扬州江都的邵伯号子、泰州兴化的茅山号子；古琴艺术有虞山琴派、广陵琴派、梅庵琴派；江南丝竹则广泛分布在苏州古城区和常熟、张家港、太仓、昆山、吴江、吴中、相城等地；十番音乐有苏州辛庄十番音乐、扬州邵伯锣鼓小牌子、淮安楚州十番锣鼓；鼓吹乐有徐州鼓吹乐；锣鼓乐有宿迁泗洪天岗锣鼓；道教音乐有苏州玄妙观道教音乐、无锡道教音乐、茅山道教音乐、句容乾元观道教音乐。此外，江苏大运河沿线的传统舞蹈、传统戏曲、曲艺、传统美术、传统技艺、传统医药、传统体育、传统游艺、传统杂技、传统民俗等非物质文化遗产也有密集分布，限于篇幅，不再一一列举。

如何将这些丰富多彩的文化遗产在空间上展示出来，这是需要进一步深入思考的大问题。通过建设国家文化公园、打造文化展示区、串联文化线路，充分展示大运河文化的民族性、多样性、丰富性，围绕文化内涵系统构建主题明确、内涵清晰、脉络完整、功能完善的文化展示空间体系是一个重要的方向。

大运河国家文化公园具有文化教育、公共服务、旅游休闲、科学研究等功能，是向世界展示中华文明先进的治水智慧、国家的治理制度、一体的城河共生、坚强的革命精神、多元文化交融的活态文化地标，是面向人民群众的文化休闲场所、文化教育场所、文化交流场所和文化消费场所。国家文化公园应该重点打造核心展示园、集中展示带和特色展示点。

文化展示区旨在彰显地域文化特色。江苏南北地域文化有显著差异，如苏北的楚汉文化、苏中的淮扬文化、苏南的吴文化。

文化线路串联国家文化公园和文化展示区，依据文化内涵确定主题，如国家漕运、盐运治理文化线路，江淮运河大堤、高家堰、清江大闸治水文化线路，杭州、苏州、无锡、常州、镇江、扬州、淮安、宿迁、徐州、济宁、聊城、临清、天津、北京城河共生文化线路，沙家浜、茅山、溧水、泰州、盱眙、徐州、枣庄、济南、北京红色革命文化线路等，也可以根据交通方式确定相应的线路，如水上线路、陆上线路。

四、从生产生活到文化旅游的转换

大运河是闻名于世的文化遗产，在中国历史上对于加强南北政治联系、推进南北经济交流、促进南北文化交融、巩固多民族国家统一，发挥了极其重要的作用。从本质上讲，大运河是古代劳动人民顺应自然、改造自然的产物，承担着调水、饮用、灌溉、交通、生态、养殖、捕捞、娱乐、锻炼、运动等广泛的生产生活功能。从地图上可以看到，江苏主要城市大多分布在运河沿线，从南到北有苏州、无锡、常州、镇江、扬州、淮安、宿迁、徐州八市，即使不在运河沿线的城市，也大多与历史上的漕运线路或盐运线路有或多或少、直接或间接的联系。如泰州、南通是汉代所开邗沟支线古运盐河（今老通扬运河）的东端城市，南京则是上江漕粮由长江通往运河的必经之地。很显然，大运河与江苏城市的形成、发展、兴盛有着内在的关系，而城市又是百姓生产生活的重要载体。在历史上，江苏是漕运、盐运的转运枢纽及治河中心，留下了大量与百姓生活紧密相连的文化遗产，如苏州园林、枫桥、文庙，无锡东林书院、惠山寺庙园林、常州戏楼群、镇江焦山碑林、西津渡遗址、商会旧址、赛珍珠旧居、扬州汪氏盐商住宅、白塔、何园、菱塘清真寺、邵伯运河码头、铁牛、高邮城墙、奎楼、泰州雕花楼、淮安总督漕运公署遗址、漂母墓、周恩来故居、宿迁龙王庙行宫、孔庙大成殿、徐州汉墓、汉代采石场遗址，等等。

大运河沿线与人民生产、生活息息相关的物质文化遗产以及传说、故事、说唱、谜语、民歌、号子、舞蹈、音乐、信仰、戏曲、美术、民俗等数量相当可观的非物质文化遗产，都是先人留下的极其宝贵的财富，值得后人备加珍惜，切实保护。合理利用大运河文化遗产，大力发展大运河文化旅游，不仅能唤起人们对大运河文化遗产的珍爱之心，更是对大运河文化遗产的保护之责。

大力发展大运河文化旅游，一要充分挖掘代表性的大运河文化价值。简而言之，要深度挖掘各类大运河文化遗产和文化资源所承载、蕴含的文化价值，形成可以观看、阅读、体验、感悟的文化场景，赋予各类大运河资源以文化精神，为具有中华文化标志性的文化价值和文化精神找到赖以依托的载体。二要合理设置大运河文化旅游线路。文化线路要串联国家文化公园、文化展示区、特色展览点，依据文化内涵设定展示主题，推进文化旅游深度融合。国家公园文化旅游线路的设置要有自身的特色，如生态与文化结合，在江苏则要贯通吴文化、淮扬文化和楚汉文化。大运河国家文化公园是大运河文化带的重点工程，要具体落实到项目上，以"园带点"的形式展示出来，以文化线路来表达。具体到旅游线路的设置上，应考虑设置航运线路、水工科技线路、城市线路、古镇线路、非物质文化遗产线路，也可以设置人物线路，甚至人物线路也可再细化，如明清著名小说作者吴承恩、施耐庵、罗贯中线路，周恩来、"常州三杰"红色人物线路，等等。三要建立健全标识导览系统。统筹开展"大运河国家文化公园"标识系统设计，突出标识的系统建设。四要构建快捷高效的交通网络。保证大运河国家文化公园与周边机场、车站、码头等主要交通枢纽联系的畅通，优化道路线形，减少交通堵塞，美化道路沿线景观，设置文化标识，完善交通服务设施。五要建设智慧文化公园。通过建设大运河国家文化公园数字平台，实现数字平台与实体国家文化公园的协同展示，以提升国家文化公园的智慧化服务水平。

（原载《唯实》2019年第12期）

文化公园：一种工具理性的实践与实验*

彭兆荣

2019 年，经过两年的酝酿，我国《长城、大运河、长征国家文化公园建设方案》出台，后在"十四五"规划中将黄河国家文化公园建设也列入其中，形成了"四大"国家文化公园布局。2020 年，党的十九届五中全会通过了《中共中央关于制定国民经济和社会发展第十四个五年规划和二〇三五年远景目标的建议》，提出传承弘扬中华优秀传统文化，强化重要文化和自然遗产、非物质文化遗产系统性保护，建设长城、大运河、长征、黄河等国家文化公园的目标。

黄河、长城、大运河、长征对于中华民族而言，是文明的起源、历史的鉴证、文化的瑰宝和红色的线路。"四大"国家文化公园的建设，是在特定历史语境中的"传统的发明"。具体而言，通过一系列实践和实验活动，灌输一些具有重大历史意义的连续性价值于公共活动或文化遗产中，使得"传统"得以在特定的语境中延续性地发挥作用。[①] 显

---

* 国家社科基金艺术学重点项目"中国特色艺术学体系研究"（项目编号：17AA001）阶段性成果。
① 参见 [英] E. 霍布斯鲍姆、T. 兰格《传统的发明》，顾杭等译，译林出版社 2004 年版，第 1—2 页。

然，建设国家文化公园具有明显的"工具理性"特征，即通过制定和组织特定实践活动的方式以发挥特殊效益，借此注入特定的价值，实现既定目标。

一、"公园"作为遗产实践的模式

提出"国家文化公园"概念为国内首创，目前尚无统一定义。学术界有一种代表性观点认为，"国家文化公园是国家公园的一个分支"①。笔者认为，定义是否统一并不重要，重要的是确定其核心价值与特色模式。"国家文化公园"与"国家公园"的差别应该是：前者以"文化"为核心价值，后者以"自然"为核心价值。以"国家公园"为例，世界上第一个国家公园是美国的黄石公园，1872年3月1日正式命名，经过近150年历史的摸索和发展，其形成模式已向世界推广。美国国家公园的导入性价值为"荒野"（wilderness）。相对地，"国家文化公园"中的"文化"也需要有具体的导入性价值。

既然采用了"公园"的概念，就需要对其做一个辨析。世界上最早的公园可以追溯到古巴比伦的"空中花园"，传说巴比伦王尼布甲尼撒（Nebuchadnezzar）为取悦他思乡的妻子而模仿其家乡景观修建的"空中花园"（希腊语 paradeisos，直译"梯形高台"），"paradeisos"后来演化为英文"paradise"（天堂）。在英文中人们常称之"Hanging Gardens"（悬在空中的花园）。巴比伦"空中花园"被誉为世界七大奇迹之一。

早期的花园不是"公"园，而是"私家园林"。欧洲的情况虽有差异，

---

① 博雅方略研究院：《建设国家文化公园　彰显中华文化自信》，《中国旅游报》2020年1月3日。

本质上却一致。具体地说，现在的公园原先大多是皇家和贵族的"私人财产"。法国延续并扩大了这种皇家传统，诺曼园林（Norman parcs）是供封建领主、贵族们打猎的地产（hunting estates）。从此，"野外财产"（wild property）的概念得到了强调。后来英国也出现了这种狩猎公园（hunting park），公园的主人把公园建在过去属于撒克逊（Saxon）国王的森林里。1789年，以法国大革命为标志产生了近代民族国家，那些原先的"私家财产"也逐渐"国有化"。

"国家公园"（National Park）借用了历史上从"私园"到"公园"的变化，从欧洲到北美的变迁，创立了独特的"公园"形制，即一种特殊的自然遗产保护模式。众所周知，美国的历史短，三百多年的历史难以沉淀丰厚的文化遗产。"自然遗产"于是成为美国遗产的"主打项目"，国家公园便是代表。贯穿在国家公园中的主线是所谓的"荒野"。就其英文wilderness 构词考释，"will"（意志、决心）带有一种我行我素、坚决的意思。这个词用于自然界和其他生命形式，包含着自然和形态以及不受控制的动物等。① 美国1964年《荒野法》（Wilderness Act）把荒野定义为"地球及其生命群落未受人为影响、人类到此只为参观而不居留的区域"②。

美国是一个"拓荒"型国家，"荒野是美国文化的一项基本构成，利用物质荒野的原材料，美国人建立了一种文明。美国曾试图用荒野的观念赋予他们的文明一种身份和意义"③。"荒野"的价值还在于为子孙后代保

---

① 参见［美］罗德里克·弗雷泽·纳什《荒野与美国思想》，侯文蕙等译，中国环境科学出版社2012年版，第1—2页。
② 王辉等：《荒野思想与美国国家公园的荒野管理——以约瑟米蒂荒野为例》，《资源科学》2016年第11期。
③ ［美］罗德里克·弗雷泽·纳什：《荒野与美国思想》，侯文蕙等译，中国环境科学出版社2012年版，第1页。

留原始的，未被人工化的处女地，让后代有机会接触自然的"原生形貌"。由于美国文化多元，对"荒野"也存在不同理解，大致有五种：①神圣避居地；②物种保护地；③印第安人的荒野观；④清教徒的荒野观；⑤创建没有印第安人踪影的荒野。①

美国人能够将"荒野"视为一种社会思想和历史财富，与美国在历史发展过程中的情形相契合，特别是相关的自然保护运动和思想。在19世纪末叶，三种相互关联的运动——保育主义（conservationism）、城市环保主义以及保存主义（preservationism）殊途同归。②当美国经济发展，美国人富裕起来的同时，开始出现许多难题，特别是工业化和城市化。他们在"荒野"中找到了一种出路和慰藉，很多富裕的美国人甚至产生了"荒野崇拜"，并在全美范围内推行"荒野生活"的体验，并将这些价值观灌输给孩子。③

这种价值趋向也成为美国文明和文化，特别是遗产价值的基本定位。但"荒野"价值并非一蹴而就，而是经历了一个复杂的变化过程。美国在拓荒初期，拓荒者们常使用"征服""镇压"的方式对待与大自然友好相融的印第安部族。美国早期的国家公园创建、立法以及管理，"无一例外地忽视了印第安人的权利和利益"④，管理上也采用几个不同阶段的方式。⑤

---

① 参见［美］托马斯·韦洛克《创建荒野：印第安人的移徙与美国国家公园》，史红帅译，《中国历史地理论丛》2009年第4期。
② 参见［美］托马斯·韦洛克《创建荒野：印第安人的移徙与美国国家公园》，史红帅译，《中国历史地理论丛》2009年第4期。
③ 参见［美］托马斯·韦洛克《创建荒野：印第安人的移徙与美国国家公园》，史红帅译，《中国历史地理论丛》2009年第4期。
④ Robert B. Keiter, To Conserve Unimpaired: the Evolution of the National Park Idea, Washington, D.C.: Island Press, 2013, p.121.
⑤ 参见彭兆荣等《联合国及相关国家的遗产体系》，北京大学出版社2018年版，第117—189页。

19世纪欧洲浪漫主义思潮对荒野的赞美,成为一种时代的价值。一些美国人也开始赞美荒野,感叹荒野自然的壮美。而当欧洲人正在为他们逐渐失去的荒野感到痛苦和惋惜时,在大洋彼岸的美国人却欣喜地发现,原来荒野还可以成为新大陆得天独厚的财富。① 于是"保留荒野"也就逐渐成为一种价值践行。

就自然遗产的类型而言,现在广布于世界的"国家公园"原生于"美式自然遗产保护"模式,黄石公园作为榜样,不仅是一种管理上的模式,还可通过"公园"这样的具体概念和认识形态反映人们对自然的态度。② 后来,联合国教科文组织关于世界自然遗产的理念,一定程度上就是国家公园这一理念的国际化拓展。③ 美国的国家公园为世界提供了一种自然遗产的呈现和保护方式。

较之美国的"国家公园",中国的"国家文化公园"需要首先确立具体化的价值理念。美国历史短,文化遗产相对贫乏,国家公园遂以"荒野"作为突出自然遗产的核心价值。我国历史悠久,文化遗产丰厚,比较容易彰显国家公园的"文化"特性,但还需努力探索一种符合文化公园的"中国范式",这不仅是一个概念,而且是一种可以推广的模式。也就是说,"国家文化公园"从理念、形制、技艺上,都需要有一个在继承传统之上的创新。

笔者认为,建设国家文化公园,在理念上要突出"天人合一";在形制上,中国传统的园林形制可以为范;在技艺上,可以采用山水相融的中

---

① 参见叶海涛《论国家公园的"荒野"精神理据》,《江海学刊》2017年第6期。
② 参见彭兆荣《重建中国乡土景观》,中国社会科学出版社2018年版,第282—297页。
③ Batisse M., Bolla G., *The Invention of "World Heritage"*, Association of Former UNESCO Staff Members, 2005, p.17.

式技法。我国有悠久、完整、辉煌的园林传统，例如苏州园林为公认的世界遗产。文化公园建设可以以此为模型，结合长城等四个公园的特殊理念和地方元素，进行模式创新。再者，由于长城等四个文化公园的情形各异，选择导入性元素也应有所考虑，不可雷同。

二、线路遗产的空间格局

"线路遗产"（heritage route）的核心为"线路文化"，主要表现为以某一种"线路"为媒介，形成历史上的文化交流带。文化的核心在于交流、采借、学习和互惠，人类通过各种"线路"进行文化交流，强调的正是"文化线路"。[①]"文化线路"具有"跨域性"和"全球性"。可以说，今天的"全球化"正是文化线路交流的产物。所以"线路性"的跨文化交流也为人类学家所特别关注，人类学家克利福德（James Clifford）在其著作《线路：20世纪晚期的旅行与移动》（*Routes: Travel and Translation in the Late Twentieth Century*）中，以历史上的线路为纽带，讨论近代人类通过线路所建立、建构的社会关系和社会秩序。线路使得各种社会实践成为空间的置换（practice of displacement），并成为文化意义的主要构建方式。[②]而线路遗产构建正是通过"线路"将不同的空间重新组合成为新格局的过程。

"文化线路"自古迄今，永不停歇。在后殖民语境中，西方理论的

---

① 参见［英］阿尔弗雷德·C.哈登《艺术的进化——图案的生命史解析》，阿嘎佐诗译，广西师范大学出版社2010年版，第54—56页。
② Clifford, J., Routes: *Travel and Translation in the Late Twentieth Century*, Harvard University Press, 1997, p.2, p.41.

时空结构已经面临瓦解,行动(包括移动、置换、旅行等)理论的"去中心"特征和新的空间定位(混合性空间)已经成为元理论批评的核心。跨域文化(translocal culture)①由此更加凸显其价值。今天,当边界(borders)获得一种似是而非的中心地位,发生于边际(margin or edge)或线路(lines)上的交流便出现了新的方式,它不同于既往所指涉的线性轨道(从文化A到文化B),亦不同于混合(syncretism)所暗含的两个文化系统的叠加,而是起始于一种历史性接触,产生全新的文化空间的交流带。

从遗产研究的角度,线路遗产是联合国文化遗产分类中的一个种类。中国是世界上线路遗产资源最为丰富的国家之一,2014年我国获得线路遗产名录②,并成为同时拥有现存世界上最长人工运河与世界最长遗产线路的国家。"丝绸之路"起始于中国,是一条连接亚洲、非洲和欧洲的古代商贸线路,分为陆地丝绸之路和海上丝绸之路。作为东方与西方在经济、政治、文化交流上的主要通道,德国地理学家李希霍芬(Freiherrvon Richthofen)在19世纪70年代最早将这条通道命名为"丝绸之路"。

文化是交流和互动的。随着人们对世界遗产范畴的拓宽,人们认识到:历史的关联性和事物的连续性是体现文化遗产"整体性""真实性"两个原则不可或缺的因素。于是,像线性遗产(linearheritage,呈线性的走廊、古道、运河等遗产)等新的遗产类型——特别是那些大型的、跨境

---

① Clifford J., *Routes: Travel and Translation in the Late Twentieth Century*, Harvard University Press, 1997, p.2, p.41.
② 2014年6月22日,第38届世界遗产大会于卡塔尔首都多哈举行,此次大会上中国大运河,中国与哈萨克斯坦、吉尔吉斯斯坦联合申报的丝绸之路作为"线路遗产"同时被列入《世界遗产名录》。

跨地区的文化遗产进入了世界遗产体系的"视野"。在 1993 年的世界遗产委员会第 17 次大会上，西班牙圣地亚哥·德·孔波斯特拉朝圣之路（The Route of Santiagode Compostela）被列入世界遗产名录。

1994 年召开有关"文化线路""世界运河遗产"（World Heritage Canals）和"真实性评选标准"（Authenticity）的专家会，线路遗产的评选标准大致形成。这一遗产类型也直接成为全球研究的主题。① 从此展开了庞大的全球战略，并延续至今。专家会总结了近年来有关文化线路作为文化遗产的思路和实践，提出了将线路作为一个世界文化遗产类型的提议，并草拟了线路遗产（heritage route）的定义：线路遗产由一些有形的要素组成，其文化重要性来自跨国和跨地区的交换和多维度对话，表明沿线不同时空中的互动。②

2005 年版的公约操作指南在"文化景观"的概念旁附注了附件三"特殊类型遗产提名的指南"（Annex 3：Guidelines on the Inscription of Specific Types of Properties on the World Heritage List），提出了四种特殊的可列入世界遗产名录的遗产类型：①文化景观（cultural landscapes）；②历史城镇及城镇中心（historic towns and town centres）；③运河遗产（heritage canals）；④线路遗产（heritage routes）。至此，线路遗产这一文化遗产类型基本定型。线路遗产可以说是世界系统模式（world-system models）的延续。

线路遗产是在以往"点状"遗产的基础上推进的"线性"遗产，并驱

---

① Expert Meeting on the "Global Strategy" and Thematic Studies for a Representative World Heritage List, UNESCO Headquarters, pp.20-22, June, 1994, http://whc.unesco.org/en/globalstrategy/.
② UNESCO, Report on the Expert Meeting on Routes as a Part of our Cultural Heritage, Madrid, Spain, November, 1994, http://whc.unesco.org/archive/routes94.htm#annex3.

动"带状"的协作与发展。典型的例子就是我国实行"一带一路"倡议。所谓"一带一路"即"丝绸之路经济带"和"21世纪海上丝绸之路",具体而言就是围绕着丝绸之路这一线路遗产所布局、推行的外向型国家倡议。"一带一路"与"线路遗产"存在着历史的逻辑关系。而长城、大运河、长征、黄河这四大主题的国家文化公园都包含着"线路遗产"元素,如何做好"线路"的文章也成为考察文化公园是否成功的重要方面。

三、红色线路遗产的"国家反哺"

"线路遗产"作为文化遗产已经从"点面的""静态的""历史的""有形的""经典的"扩大到点线面结合、静态与动态结合、古代与近代结合、有形与无形结合、经典与日常结合的类型范围。线路遗产的核心在于互惠交流,人类通过各种方式的"线路"进行文化交流。文化遗产作为交流的产物,具有多样性,包括不同的类型,特别对于那些民间的、民俗的、民族的非文字传承或技艺,其传承方式与不同地理、区域、民族、族群之间的交流存在关联,而且这种交流、采借、流传通过不同的地理、地域、地缘连续性地流传,又成为其相邻地区、民族的传承源,形成了"你中有我、我中有你"的文化簇(cultural complex)。

中国线路遗产的资源极为丰富,线路文化的表现极为丰沛,而且文化理由和逻辑也非常独特,大致上说,有以下诸点。

(1)万物之"理"取之于"道"。"线路"之要在于"道路"。《说文》:"路,道也。"[①] 本义为道路上的出发、抵达和返回。亦可比喻追求。

---

① (汉)许慎:《说文解字》,中华书局1963年版,第48页。

（2）"理"（道理）为哲学的渊薮，并与"德"（道德）同化，而以"道"为名的哲学，寰宇之内唯中国的道家。

（3）中国自古有"天道—人道"之说，以"天道"命"人道"一直为政治地理学上的依据。认知性的"一点四方"，围绕着"中心"（中土、中原、中央，甚至中国，皆由此意在衍出），《禹贡》也由此成了帝国政治的空间结构，这一切的政治意图都由"道路"通达"天下"。

（4）历史上的行政区划，"道""路"也都成为特殊的指代化入区域政治的形制之中，以"道"（伦理教化）治理"道"（行政单位）；也由此转化为权威指喻，如"当道"。

（5）历史上的各类古道丰富多样，除"丝绸之路"（包括陆路、海路）外，还有诸如"宗教传播""民族走廊"[①]（西北走廊、南岭走廊、藏彝走廊）、茶马古道、茶叶万里路、华人华侨移民线路等。

特别值得强调的是，在众多线路遗产中，中国共产党的历史无疑也有一份需要特别珍视和珍惜的"线路遗产"——红色线路遗产，长征就是一个典型的例证。我国在国家文化公园的建设方案中，将长征这一"红色线路遗产"列入其中是一个重要的创举，也隐含着这样一种特殊的价值：国家形式的"反哺性"。意指中国共产党在艰苦岁月里，曾经得到了广大民众，特别是苏区人民的帮助、哺育、滋养。今天，国家又用特别的方式对做出特别贡献的苏区人民，以及长征沿线的人民以特殊的回报。

"反哺"原是用于表示动物，特别是鸟类的反哺行为——雏鸟长大后，衔食喂母鸟，比喻子女长大后奉养父母。我国《初学记·鸟赋》有："雏

---

① "民族走廊"的概念是我国著名人类学家费孝通先生于20世纪80年代提出并逐渐完善。参见秦永章《费孝通与西北民族走廊》，《青海民族研究》2011年第3期。

既壮而能飞矣,乃衔食而反哺。"后来,反哺延伸至人类在演化过程中由自然生态所哺育,人类需要学会反哺自然生态,并成为生态保育主义的一种重要的价值观。我国自古以来就是一个"礼仪之邦","礼"包含着传统社会伦理中的孝悌原理,家庭历史性形成了反哺关系,费孝通称之为"反馈模式""反哺模式"①,即父母抚养孩子,孩子长大后赡养父母,古来如此。这是中国传统"文化"的重要价值。"家"如此,"国"亦如此。

我国以长征为主题所建设的国家文化公园是一个涉及面宽的工程,其以中国工农红军一方面军(中央红军)长征线路为主,兼顾红二、红四方面军和红二十五军长征线路,涉及福建、江西、河南、湖北、湖南、广东、广西、重庆、四川、贵州、云南、陕西、甘肃、青海、宁夏15个省区市。红军长征历时两年,留下了极为丰富的历史和文化遗存。长征在中国现代史上具有里程碑意义,是中国共产党和中国革命事业从挫折走向胜利的伟大转折,是中国革命历程中的"红色线路"。

中华人民共和国成立以后,长征线路上许多重要的、代表性的遗址都已经建设了大量纪念性工程,包括纪念馆、博物馆、展览馆、红色教育基地、红色旅游目的地等。但绝大多数的场馆都是突出事件、事物和英雄人物的丰功伟绩,"国家反哺"的意义和意思并不突出。笔者认为,国家文化公园应该有所突出:即以中华传统伦理,特别从"家庭反哺"延续到中国共产党通过文化公园的建设上升到"国家反哺"的层面,以强调中华民族"家国—国家"特殊的文化形制。

笔者认为,以长征为主题建设"国家文化公园"至少有以下几个重要

---

① 费孝通:《家庭结构变动中的老年赡养问题——再论中国家庭结构的变动》,《费孝通选集》,天津人民出版社1988年版,第467—486页。

的价值。

（1）不忘初心。中国共产党能够获得人民拥戴，能够取得革命成功，能够有今天的崛起，这百年历史通过"文化公园"的形式获得突显、挖掘和保护，让子孙后代铭记这一份国家特殊的红色遗产。

（2）"吃水不忘挖井人。"中国共产党最终度过艰难岁月与红色苏区和长征沿线人民的牺牲、贡献分不开。而当年的苏区，现在仍然有不少地方属于相对贫困地区，需要进行特殊的扶持，以体现"国家反哺"。

（3）长征也是一种"中式线路遗产"，以线路遗产的方式回馈于国内，把趋向国际的"一带一路"与国家导向的以"红色线路"为主题的国内"一带一路"建设相结合，驳斥西方某些国家、少数别有用心的人对"一带一路新殖民化"的谬论。

（4）以国家公园形式进行缅怀性纪念，无论是爱国主义教育、红色旅游，还是研学体验，国家文化公园都是不可多得的场所和景点。

（5）以国家文化公园的方式驱动红色苏区的"带状性"发展，在原来已形成的"点状"纪念馆等形式基础上，以国家文化公园的方式使之形成"点—线—面"的整体布局，使"长征线路"受到经济上特殊的惠及。

（6）突出国家文化公园中传统"礼仪""礼乐"的仪式性程序、符号、场景，并与特定的地方、民族、族群的文化特色相结合，使文化公园具有"国家性"。

四、运河作为文化公园的特点

从宽泛的角度看，我国所推行的四类国家文化公园都包含着"线路文化"的因素和因子。运河成为遗产的特殊类型是在 1994 年 9 月世界遗产委员会在加拿大召开的"运河遗产"专家会议（the Expert Meeting on Heritage Canals）上确定的。会议详细讨论了运河的概念和参与世界遗产提名的可能性、可行性和具体操作建议。

我国是一个以河流文明标榜于世的季风型农业国家。河流和雨水是最重要的水资源，而控制雨水、水利、水运便形成了密切的关系。[①] 运河是中国历史重要的文化遗产。古代的运河航运曾有一个专属性称谓"漕运"，即用于河流运输的主干线属于"官道"。[②] 其曾经用于运送贡物，主要是粮食。在明代，大运河是京城和江南之间唯一的交通运输线[③]，亦曰"漕粮"。但在现实生活中，运河远远超出了"漕运"的功能，比如灌溉两岸的农田。大运河事实上形成了以水流为纽带的社会关系网。

运河不是一般的文化遗产，而是工程技术的产物，同时交织着文化的多样性。换言之，运河是工程技术，也是文化景观。以江苏为例，目前拥有世界文化遗产区7个、遗产点22个、遗产河段325千米，分布214处全国重点文物保护单位和131项国家级非物质文化遗产，涉及漕运、水工、盐业、工商、园林、水乡人居等各具特色的文化形态。[④] 现在的问题是，多数人对运河作为文化遗产的形制并不熟悉，因此需要了解联合国运河遗产的基本特点。

（一）运河遗产的定义

联合国对运河遗产的定义是：运河，是人工水道。从历史或技术的角

---

① 参见许倬云《中国古代文化的特质》，联经出版事业公司1988年版，第81页。
② 参见黄仁宇《明代的漕运》，九州出版社2019年版，第18页。
③ 参见黄仁宇《明代的漕运》，九州出版社2019年版，第14页。
④ 参见王健等《大运河国家文化公园建设的理论与实践》，《江南大学学报》2019年第5期。

度来看，它或具突出的普遍价值，是这类文化财产范畴一个或本质或独特的代表。运河可能是一个纪念性工程，一个线性文化景观的确定性特征，或一个复杂文化景观的不可或缺的构件。①

（二）运河遗产的内涵

运河作为遗产的一个辨识性特征是其在不同语境中的情形，即不同时期使用运河的方式，以及对运河进行相关技术性改造和改变。这些改造和改变及其程度本身，可能构成一个遗产元素。毕竟运河遗产是人类所创造的工程，它是一个历史连续性的过程，在各个历史时期都可能注入和加入运河一些不同时代的特点和特征，因此，运河遗产是叠加性的。

（三）运河遗产的技术性指标

运河的意义可以从技术、经济、社会和景观等不同层面来检视。运河有很多用途：灌溉，航行，防御，水能，泄洪，土地排汲水。运河遗产的技术性指标具体包括：①运河水道内、里的防水；②河道内、里结构设计的特点；③建筑方法精熟化过程；④技术传播等。

（四）运河遗产的经济效益

运河在经济方面的贡献呈现出多种方式，如对人、物的运输等。运河是人造的有效运输大宗货物的线路。运河的灌溉对经济发展持续发挥关键作用。以下因素非常重要：①建设国家（nation building）；②农业发

---

① UNESCO World Heritage Centre, *Operational Guidelines for the Implementation of the World Heritage Convention*. WHC.17/0112, July, 2017. Guidelines on the inscription of specific types of properties on the World Heritage List. Annex 3.

展（agricultural development）；③工业发展（industrial development）；④财富生产（generation of wealth）；⑤用于其他领域和工业的工程技术之发展（development of engineering skills applied to other areas and industries）；⑥旅游（tourism）。

（五）运河遗产的社会因素

运河的建造曾经并持续拥有的社会因素包括：①对社会和文化产生影响的财富再分配；②人群和文化群间的互动；③影响自然景观的大规模的工程。相关的工业活动，居住模式的变化，对景观的形式和模式引起可视的变化。总体上说，运河遗产是一个整体的遗产，它涉及历史、社会和文化等多方面价值，需要按照相关的"运河遗产"保护原则和细则来实施保护。

我国的大运河作为联合国文化遗产的运河类遗产，当下又将作为国家文化公园的试点，其保护利用需要兼顾以下三个方面：首先是以大运河为主题的国家文化公园需要与联合国运河遗产相协同；其次是要突出大运河的本色，包括中式技术传统和历史变迁；再次是在大运河两岸形成文化多样性景观，做到"连通、交流、融合、发展"等。①

五、突出文化及生态保护理念

在我国提出建设国家文化公园之前已经先行提出并设立了国家级文化生态保护实验区。我们需要厘清"国家文化公园"与"国家级文化生态保

---

① 参见龚良《大运河：从文化景观遗产到国家文化公园》，《群众》2019年第24期。

护实验区"有何差别，否则二者会有"重叠"之嫌。

所谓"文化生态保护实验区"是指在特定的区域范围内，对历史文化积淀丰厚、存续状态良好、具有重要价值和鲜明特色的文化形态——尤以非物质文化遗产为主要对象的整体性保护。设立文化生态保护实验区的目的，是将民族民间文化遗产进行原地性保存，使之成为"活文化"。我国从2007年6月开始设立文化生态保护实验区，截至2020年共批准了23个。

既然是"文化生态"就要与"生态"相结合。"生态"首先有一个区域和空间指喻。在这方面，文化生态保护实验区有一个"硬伤"，即以行政区划确定一个具有区域范畴和边界的"文化保护区"。比如，2014年批准的武陵山区（鄂西南）土家族苗族文化生态保护实验区，总面积为29863平方千米。而保护区内的"主打项目"非物质文化遗产所强调的恰恰是"非确定空间性"。再比如侗族大歌是跨省区的，而文化生态保护实验区则是以省区为单位。也就是说，非物质文化遗产无论是性质还是现实功效，都是变动的和播散的。于是，在确定性范围边界（保护区）和播散性移动边界（非物质文化遗产）之间形成了矛盾关系——区域边界是限制的，而非物质文化遗产的边界是非限制的。

以我国第一个文化生态保护实验区"闽南文化生态保护实验区"（2007年6月）为例，实验区包括福建的泉州、漳州、厦门三地，即一个行政区划的空间概念。泉、漳、厦是台湾同胞的主要祖籍地，也是闽南文化的发祥地和保存地。保护区内的非物质文化遗产多数具有明确的传播性和超区域的"文化空间"关系，如妈祖、南音等；前者是产生于闽南地区而向全世界扩散的一种海洋性特殊的文化类型；后者原是多种文化形态、因素，包括中原的宫廷艳乐、西域丝绸之路的器乐、晋江流域的地方特色相结合的产物，并通过海上丝绸之路向全球闽南籍华人社会播散。如何在文化生态保护实验区处理好"文化空间"与"地缘空间"的关系，一直是重要的问题。

另外，作为国家第一个文化生态保护实验区，闽南文化生态保护实验区的建设需要借鉴文化生态学（cultural ecology）的相关原理，探索中国文化遗产保护的独特道路。其中有以下两个核心概念。

一是文化生态区（cultural ecology region）。

优势：福建独特的山海自然环境造就了独特的闽南文化，包含了海洋文化和农耕文明，以及山海协作的各种传统形态。

劣势：与其他沿海地区相比，自然和文化互动的特色不明显。

二是生态文化区（eco-cultural region）。

优势：福建闽南人独特的宗族、家族、地缘群体观念和地方丰富的文化组织有利于发展出具有闽南特色、文化气氛浓郁、文化组织繁荣、文化活动丰富的生态文化区。

劣势：产业化和政府指导的道路均难以操作，需要引入一些非政府组织的运作模式。

事实上，闽南文化生态保护实验区在"文化生态"建设上力不从心，因为闽南文化多样且复杂，包括：中国—海外，中央—边陲，现在—过去，海洋文明—农耕文明，工业—商业—农业，以及"闽台"政治/文化的对抗、交流、互动、重叠和对话。另外，在历史、地方、族群、遗产的表述中，"乡土知识"与"民间智慧"别具一格：它不仅可以与中原传统的农业文明相对接，又具有"山海经"的自然生态模式，有着海洋文明中"守旧/开放"的特质，形成了中国最早与外界交流与交通的区域传统与文化。简而言之，闽南文化生态保护实验区从"文化项目保护"到"文化生态保护"的理念转换仍然未能很好解决闽南文化生态保护实验区缺乏大手笔的政府行为，也缺乏将其提升为全国乃至全世界的样板典型和经验。

那么，国家文化公园如何避免与文化生态保护实验区的雷同，需要我们进行仔细分析。二者的相同之处在于：都是大范围的，有明确国家战略布局的政府行为；都以文化遗产，特别是非物质文化遗产为引线；都包含线路遗产类型或元素；都具有区域性、地方性的因素和因子。不同之处在于：文化生态保护实验区是以省区为单位（申报），而国家文化公园虽然也是以省为单位，但"文化遗产"却是跨省区的，无论长城、长征、大运河还是黄河；前者以项目，特别是非物质文化遗产为引线，后者以公园类文化景观为点线；前者更重视文化遗产的生态关联，后者则侧重于民众的生计及大众旅游；前者是在"遗产运动"下的布局，后者则更突出文化复振的政治意图，特别是通过国家文化公园的建设复兴中华民族传统礼仪，具有创新性价值。

六、建议增加文化公园中的农业遗产

遗产主要指过去留下的"财产"，但人们今天所使用的"遗产"概念却是新的，是世界遗产事业的产物。[1] 笔者认为，在国家文化公园建设的名录中需要增加农业文化遗产。原因是中国最大宗的、最典型的遗产是农业遗产。中国是一个以农耕文明标榜于世的"社稷"国家。联合国世界粮食计划署代表就曾经称我国的农业为"世界一大奇迹""中国第二长城"。[2] 2002 年，联合国粮农组织启动了"全球重要农业文化遗产"

---

[1] 参见彭兆荣《遗产：反思与阐释》，云南教育出版社 2008 年版，第 2 页。
[2] 参见赵佩霞、于湛瑶《中国重要农业文化遗产中梯田类遗产的保护研究》，《古今农业》2018 年第 3 期。

（Globally Important Agricultural Heritage Systems）项目，始在世界遗产系统中加入"农业文化遗产"（agricultural heritage systems）的概念。按照联合国粮农组织的定义，全球重要农业文化遗产是"农村与其所处环境长期协同进化和动态适应下所形成的独特的土地利用系统和农业景观，这种系统与景观具有丰富的生物多样性，而且可以满足当地社会经济与文化发展的需要，有利于促进区域可持续发展"①。

全球重要农业文化遗产与世界遗产类型中的文化景观十分相似，二者都强调对生物多样性的保护，自然与人类生活的协同进化以及人类对自然环境的适应。②中国是最早参与全球农业文化遗产项目的国家，也是最早入选全球农业文化遗产试点的国家。③从现行联合国的农业文化遗产分类来看，大致包括农业景观、农业遗址、农业工具、农业习俗、农业历史文献、名贵物产等内容。④这样的分类与我国的农业文化遗产及各类农书所识者并不契合。重要的是，我国农业文化遗产中包含着"天文—地文—人文"为一体的认知性，对应着"天时地利人和"（"利""和"皆从"禾"），追求着富裕之道、幸福之理（"富""福"皆从"田"）。⑤也可以这么说，迄今为止，联合国教科文组织的文化遗产类、世界粮农组织农业文化遗产类，我国的"遗产运动"，都未将最具"中国特色"的农业遗产的核心价值体现出来。

这提醒我们，我国的农业文化遗产在传承中必须注意三个方面。

---

① 闵庆文：《关于"全球重要农业文化遗产"的中文名称及其他》，《古今农业》2007年第3期。
② 参见闵庆文、孙业红《农业文化的概念、特点与保护要求》，《资源科学》2009年第6期。
③ 参见童玉娥等《中日农业文化遗产保护利用比较与思考》，《世界农业》2017年第5期。
④ 参见高国金《民国农业文化遗产调查与保护研究》，《山东农业大学学报（社会科学版）》2016年第4期。
⑤ 参见彭兆荣《脱贫攻坚：中国的致富之路与造福之理》，《学术界》2020年第9期。

（1）当代农业文化遗产分类需与我国的农业体系相协作，在此，联合国粮农组织所设定的农业遗产与我国传统的农业文化遗产并不完全吻合，即便是其中所强调的"农业景观"，亦难以囊括我国传统农业中的"五生"（生态、生命、生养、生计和生业）的整体景观。①

（2）既然我们有自己传统的农业文化遗产体制与形制，就不必削足适履，而要秉持自主原则，即不仅在联合国"遗产名录"中反映中国农业文化遗产之"名录"需求，更要有体现中国农业文化遗产独特景观的责任。因此，"并作"乃为其要——既在操作上与世界农业文化遗产体系相配合，同时更加要注重我国自己农业文化遗产的发掘、保护与传承体系与方式。

（3）对遗产主体性的充分尊重和利益分享。农业文化遗产的主体包括自然与农民。

与其他遗产类型相一致，农业文化遗产属于一种特殊的记忆形式，也是一种特定的记忆选择。就是说，当某一个地方、某一种类型的农业活态遗产、某一个农业遗址等被确认和确定为遗产时，就意味着它被当作一个特殊物被刻意地"贮存记忆"。农业遗产不是一般记忆，不是"选择性的历史记忆"②，而是"五生"记忆。从根本上说，中国的"社稷历史"就是农业遗产，它除了帮助人们追忆往昔的荣耀，强化历史的自豪感外，更提供了一种生计方式。总体上说，我国传统的农业文化遗产是根据自然的"节气"所形成的农耕范式，24节气故为中式"非遗"。同时，小农经济的持续性、"自给自足"构成中国"三农"的生境实况。对于中华文明而言，土地和粮食永远是第一位，是命根。

---

① 参见彭兆荣《重建中国乡土景观》，中国社会科学出版社2018年版。
② Harrison D., Hitchcock M.（eds.），*The Politics of World Heritage*，Clevedon/Buffalo/Toronto: Channel View Publications, 2005, p.6.

笔者建议，在国家文化公园设置上增加农业文化遗产，意义包含以下几个特点：①配合"乡村振兴"的国家战略；②提升农业文化遗产在中华文明中的重要性；③将城乡关系置于文化战略的平衡发展的整体布局中；④"后脱贫"时代的配置性工程；⑤凸显中华民族"天时地利人和"的核心价值。

结 语

我国当下的"国家文化公园"实践具有一种实验性，具有明显和明确的工具理性特征。任何一个民族、国家，在其经济发展到一定阶段的时候，特别是解决温饱以后，"文化复振"都是延续性"工程"。放眼世界，几无例外。中华民族的"伟大崛起"必然和必须包含中华文明的"伟大复兴"。这是我们建立国家文化公园的历史语境。

作为我国重要的文化遗产，笔者认为"文化公园"并不仅仅是在上述四个重要文化遗产范围和范畴内修建一些"公园"，而是包含着一系列相关的重要价值：一是"文化复振"战略的具体性实践；二是在国际、国内文化遗产的基础上的"本土化"实验；三是"一带一路"的内向化作业；四是以长征为红色线路的"反哺"；五是以四个遗产为基础的"点—线—面"整体布局。此外，笔者建议，增加农业文化遗产的公园建设。"乡村公园"可望，"家园遗产"可待。

（原载《民族艺术》2021 年第 3 期）

长征国家文化公园建设发展要把握的五对关系

邹统钎 黄 鑫 陈歆瑜

把握好长征国家文化公园建设中的五对关系,对于继承和发扬红色文化、强化中华文化标识、增强文化自信和道路自信、推进长征文化线路申报世界遗产等方面工作都极具现实意义和针对性。

2019年12月5日,中共中央办公厅、国务院办公厅印发《长城、大运河、长征国家文化公园建设方案》(以下简称《方案》),三大国家文化公园建设更进一步。长征国家文化公园建设范围以中国工农红军一方面军(中央红军)长征线路为主,兼顾红二、四方面军和红二十五军长征线路,共跨越中国15个省、自治区及直辖市,覆盖1600余处各级文物保护单位,是一个呈线性分布的巨型遗产体系,是新中国重要的国家记忆,是国家形象、民族精神的象征。

长征文化线路具有无可比拟的文化资源优势。长城、大运河具有文化线路与工业遗产的双重属性,均是具体的线性实物载体的世界遗产。与前两者不同的是,长征文化线路虽不是世界遗产,也不具有实体的线性载体,但其线路跨越我国地势的三级阶梯,地理环境复杂,线路中西部是我国少数民族文化和地域文化最为丰富多元的区域,在文化多样性、生物多样性、地理环境多样性及景观多样性等方面优势凸显，是贯通东南—西北中国的文化和自然遗产廊道。建设发展长征国家文化公园对增强"四个自信"具有重要意义，有利于创新发扬优秀传统文化，推进文化与旅游进一步融合，丰富人民美好生活的内涵。

长征国家文化公园是以中央红军长征史实为基础，以行军路线和沿线文物遗迹为依托，弘扬红色文化和民族精神的线性国家级公园，公益性与文化性是其首要属性。根据《方案》，同时结合国内外文化线路、国家公园、历史文化遗产的建设发展经验来看，我国建设发展长征国家文化公园应注意把握好以下五对辩证关系。

一、长征文化精神的保护与发扬

坚持以保护长征文化精神为首要前提。长征文化精神是建设长征国家文化公园的核心内涵，是中华民族百折不挠、自强不息的民族精神的最高表现，是保证我们革命和建设事业走向胜利的强大精神力量。首先，要制定专项政策以保护长征文化的完整性，推进长征文化线路中文物遗址、非物质文化遗产的整体保护，加大集中连片红色遗产保护的支持力度。其次，要着力加强保护研究红色文化的原真性，从国家层面系统深入开展重点长征红色文化资源专项调查、整理挖掘和研究阐释，统一建立长征史实与革命遗迹档案并实行分级管理。最后，加大资金与科研投入，在保护的前提下加快建设长征文化纪念设施，改善文物保管与展陈环境，创建长征文化资源数字化管理手段，完善数字基础设施建设，在确保文物安全性前提下促进文化资源的高效利用。

持续发扬长征文化的时代精神。要恰当处理好长征文化精神的往昔价值与现时价值。长征取得胜利虽已八十多年，但是沿线地区至今仍留存很多鲜活而直接的历史记忆，相关的纪念活动和对长征精神的弘扬传承始终在延续。在弘扬发展长征文化时，既要防范和抵制历史虚无主义，又要注重与马克思主义、社会主义核心价值观、中华民族精神相结合，讲述具有新时代特征的"长征故事"，培育新时代长征文化生长的土壤，传承红色基因。

二、文化生态的整体与特殊

统筹文化生态的整体性。首先，要把握长征红色文化的共性。尽管长征文化由不同历史时期与不同地区的红色文化组成，但其每个部分都凝聚着中国共产党和人民群众对理想信念的共同追求，具有鲜明的主题性和不可分割的整体性。相关部门要把握好长征红色文化的共性，注重长征文化的整体性与完整性，推动红色文化的整合、开发与转化。其次，要统筹好地区文化的整体性。一是要做好文化类型分类，梳理好长征红色文化与其他红色文化的关系，公园主题要以长征红色文化为主；二是协调红色文化与其他当地特有文化的发展，长征文化公园建设范围内应以红色为底色，再根据长征史实有选择地点缀当地特色文化。

突出文化生态的特殊性。首先，应突出地方红色文化的内涵。长征历时两年多，路线经过江西、福建、广东、湖南、广西、贵州、重庆、云南、四川、青海、河南、湖北、甘肃、宁夏、陕西 15 个省区市，经历了准备、失利、转折、制胜、会师等不同阶段，文物遗迹类型繁多，涵盖了革命文物的所有主要类型，每个阶段在每个地区所展现的红色文化也不尽相同。应在尊重文化整体性的原则下，重点讲述地方红色故事，让观者既有整体印象又有地方感受。其次，应因地制宜地展现地方特色文化。长征路线绵长曲折，覆盖涉及苗、瑶、壮、侗、土家等近 20 个少数民族杂居区或聚居区，各地文化背景各异，红军长征文化因与形态各异的地方文化相融合而绚丽多彩。建设发展长征国家文化公园也应求同存异，将长征文化与风土人情相结合，用地方文化情景来讲述长征故事、展现长征精神，加大沿线长征文化的区分度，避免建设的同质化倾向。

三、建设规划的全局与重点

坚持系统性全局规划长征国家文化公园。首先，应统一公园形象标识。当前全国红色文化建设工作存在着各自为政、各述其事、形象不统一等问题，沿线社会经济发展水平相差巨大，红色文化建设水平参差不齐。长征国家文化公园的全局规划应该对标国家顶层公园建制，坚持国家利益第一，展现国家形象，强化各地公园标识，彰显中华文明。其次，应坚持多规合一，系统整合长征沿线文化资源。根据各段长征线路具体情况，科学划定管控保护区、主题展示区、文旅融合区、传统利用区四个主体功能区，并做分区管理与分类指导。最后，应融入国家文化公园的全局建设。长征国家文化公园的建设规划要与全国顶层文化规划相衔接，与长城、大运河国家文化公园相接轨，形成坚不可摧的中华文化堡垒。注重长征国家文化公园的国际性建设，带头倡议建设世界和平文化带，并积极发挥世界和平文化影响力。

有选择、有重点地推进建设时序。首先，由于长征国家文化公园所跨区域巨大，工程复杂浩大，应分区域协调推进建设规划。可借鉴国内外国家公园建设经验，选择基础条件较好的地方先行先试，先行重点建设长征国家文化公园贵州段，有序推进江西省、四川省、陕西省等长征史实的重要节点、长征红色文化资源集中丰富的区域建设示范区，由点及线、由线及面地推动长征文化繁荣发展。其次，由于长征文化线性遗产的整体性、完整性特征，在有重点推进时序建设时，需要长征沿线各节点城市共同发力，密切配合形成合力，共同探索长征国家文化公园建设模式。

四、管理体制中的政府主导与社区配合

加强国家站位和政府主导。首先，要针对性设立长征国家文化公园管理部门，与宣传部门、文物部门等相关部门加强配合、形成合力，同时强调相关省份的区域主体责任，加强公园顶层设计与项目协调规划工作，宏观把控项目进展，要注重跨区域部门协调，保障组织工作高效实施。其次，要推动长征文化公园立法工作。由公园领导小组与相关部门推进，根据公园建设发展情况修订和制定保护长征文化与文物的法律法规，划定公园建设发展的红线和底线，落实相关主体责任，地方要因地制宜地出台相关配套行政法规。最后，要完善管理运营机制，在准入、评价、数字化管理、人才保障、监督举报等方面建立一系列保障和监督机制，促进公园可持续发展。

鼓励社区参与公园建设运营。人民群众是公园公众属性的关键要素，长征文化线路几乎全线穿过居民聚集区，鼓励社区配合和参与公园建设工作尤为重要。首先，要鼓励红色遗址社区的企业、居民、社会团体协会等参与政策的制定和执行，建立常态化的交流合作机制。其次，要鼓励社区参与公园项目的经营与文化的建设。适当开放长征国家文化公园特许经营的权利和红色文博场所的管理，让社区在日常生活中延续红色传统，赋予

长征文化时代新内涵。最后，要完善社区监督机制，建立社区居民与游客的投诉举报渠道，进一步确保红色文物安全与运营秩序稳定。

五、长征文化产品的思政性与休闲性

坚持长征国家文化公园的思政性。长征是为了民族生存与复兴而进行的伟大壮举，因此政治属性是长征国家文化公园的本质属性，宣传教育是其首要功能。首先，要保护好、研究好、宣传好、继承好红色文化，重点深入开展遗存保护、研究阐释、党史军史和优良传统教育等方面的工作，传承红色基因。其次，要建设完善长征文化设施，为群众提供了解长征历史、感受长征精神、接受红色教育的游憩机会，将红色文化融入生活休闲活动。最后，要着力推动红色经典创作，加强长征文化融媒体平台建设，推动红色文化走进群众、深入人心。

适当发展长征国家文化公园的休闲性功能。首先，在主题展示区和文旅融合区着力发展红色旅游。将部分红色文化与自然景观资源具有优势的公园节点打造成为一批国家级红色旅游重点目的地，结合《全国红色旅游公路规划（2017—2020年）》与国家发布的8条长征主题红色旅游精品路线，策划开展发扬红色文化的"学与研""教与游"等常态化文旅融合活动。其次，要丰富长征主题的文化产品形式。以红色为底色，结合公园区域内丰富的自然景观与其他历史文化、地域文化，打造具有观赏性、休闲性的长征文化产品，如红色文化演艺作品、长征主题游戏产品等。最后，要兼顾社会效益。长征文化线路经过众多"老少边穷"地区，要在坚持公益优先的前提下，鼓励沿线小微企业与社区居民在传统利用区开展红色经营活动，将宣扬红色文化与发展特色农业、手工制造业、食品加工业等相结合,增加红色文化产品丰度并促进脱贫致富工作巩固提升。

当前,我国正向文化强国阔步前进,文旅融合不断深化、文化消费持续升级,长征国家文化公园建设已经迎来国家政策支持与市场机遇。把握好长征国家文化公园建设中的精神的保护与发扬、文化生态的整体与特殊、规划的全局与重点、管理体制中的政府主导与社区配合、文化产品的思政性与休闲性这五对关系,对于继承和发扬红色文化、强化中华文化标识、增强文化自信和道路自信、推进长征文化线路申报世界遗产等方面工作都极具现实意义和针对性。

(原载《中国旅游报》2019 年 12 月 31 日)

第四辑　国家文化公园的管理体制机制研究

以黄河国家文化公园建设为契机加快推动黄河城市群高质量发展

戴有山

国家文化公园建设，是深入贯彻落实习近平总书记关于发掘好、利用好丰富文物和文化资源等一系列重要指示精神的重要举措。黄河国家文化公园承载的是国家记忆，承担着表达民族性格、保护民族文化的符号，国家"十四五"规划将黄河国家文化公园建设列入其中，凸显了黄河文化在中华民族传统文化中的重要地位。

黄河流经青海、四川、甘肃、宁夏、内蒙古、陕西、山西、河南、山东9个省（区），沿线大中小型城市超过60个，这些城市群由3个区域级城市群（山东半岛城市群、中原城市群和关中平原城市群）和4个地区性城市群（兰西城市群、晋中城市群、呼包鄂榆城市群和宁夏沿黄城市群）组成"3+4"的空间组织格局，各类黄河旅游景点超过100处，每年接待游客过亿人次。这些城市大多处于北方，全国区域经济发展现状是南北经济分化日益凸显，因此，推动黄河流域城市群高质量发展，对于解决我国南北经济发展差距逐渐扩大的问题、打造一条资源高效利用和生态持续改善的绿色高质量发展示范带、促进全国区域经济协调和高质量发展具有重要战略意义。

协同推进黄河流域城市群文化旅游高质量发展

城市群是推动经济高质量发展的重要支撑和战略载体。黄河流域城市群发展面临两大问题：一是城市群发育不足，与长三角、珠三角、京津冀城市群相比发展质量不高，缺乏参与全球竞争和分工的巨型城市。二是城市群发展受到保护黄河影响，具有较强的约束。目前，黄河流域城市群高质量发展存在水的约束、沙的约束、资源禀赋及其利用约束等客观限制因素。因此，黄河流域城市群发展要以凝聚创造力为目标，打造智慧品质城市。沿黄城市群可共同策划设计和完善黄河文化旅游品牌标识系统，规划、实施并衔接区域性文化旅游产品体系、市场开发策略和资金、人才等产业要素流动机制，协同推进标准化黄河文化旅游服务体系建设，携手打造区域特征鲜明而又相互协调、联系紧密的黄河文化品牌形象，合力推进沿黄城市文化旅游资源要素优化配置，加快推动黄河流域文化旅游高质量发展。

在区域协调发展战略的总体格局下，未来在黄河流域城市群建设中，一是要以"文"化城，强调黄河流域城市群建设中的黄河文化作为城市发展文脉的延续。二是要以"业"兴城，推动黄河流域城市群建设中旅游业高质量发展，同时还要注重解决城市同质化现象突出、忽视城市文化内涵等问题。三是打造黄河历史文化地标城市。西安、郑州、济南、兰州等城市作为"一带一路"重要节点城市，应紧抓"一带一路"建设机遇，坚持国际化、特色化发展方向，通过整理挖掘当地黄河文化历史记载和历史故事，打造具有鲜明黄河文化特色的地标城市，展示中华文化新气象、黄河流域发展的新风貌。通过黄河地域文化的品牌塑造，推进西安、郑州、兰州等市构建文旅商融合发展等新格局，形成黄河文化新地标。以沿黄地区中心城市及城市群为主要载体，促进区域间文化旅游要素的流动，形成优势互补、高质量发展的区域经济布局。四是更好发挥中心城市的引领和带动作用。依托西安、郑州、济南、青岛、兰州等中心城市为引领的大都市圈正成为黄河区域高质量发展的突破口，这些中心城市要进一步提高能级，带动周边城市集群进行差异化功能定位，实现特色发展。五是建立实施黄河流域文化旅游交流合作联席会议制度，沿黄各城市定期不定期轮流召集多种形式联席会议，交流做法经验，研判形势趋势，会商合作路径。六是黄河文化传承与黄河旅游产业相互促进。要深入推进文化和旅游融合发展，分类推进历史文化、红色文化等旅游活化工作。七是充分发挥载体作用，为黄河文化展示、传播、弘扬提供坚实平台。采取多种措施和形式，开展黄河文化宣传，普及黄河文化知识，教育引导社会公众更好地了解黄河文化、理解黄河文化、把握黄河文化、弘扬黄河文化。

生态修复和保护贯穿黄河城市群高质量发展全过程

黄河国家文化公园在"国家标准、文化定位、线性遗产、精神价值"方面的特殊意义的基础上，按照"保护优先、文化引领、四大分区、五大工程"的总体要求，按照《黄河流域生态保护和高质量发展规划纲要》和《黄河国家文化公园建设实施方案》的要求，深化各地对黄河文化的认识和理解。以黄河国家文化公园建设为契机，快速推进黄河流域生态保护和高质量发展，找准旅游发展与黄河流域生态保护、脱贫攻坚、乡村振兴、城市建设等的结合点，做好文化旅游产业发展规划与生态保护、城乡建设、土地利用以及其他产业发展规划的"多规合一"和"多规统一"。

黄河流域是我国重要的生态屏障。黄河流域的生态、经济、现代化地位是高质量发展重要战略，其中生态地位是黄河流域协同发展的重中之重。黄河流域是我国重要的水资源区，生态价值极为重要，在高质量发展战略推动下，黄河流域生态环境得到修复和保护将会有力支撑经济社会可持续发展。要强化黄河生态治理和城市区域生态环境综合治理研究，提升中心城市和城市群承载能力。应坚持系统思维及共建共治共享理念，统筹山水林田湖草综合治理，构建多元主体共同参与的一体化互惠共生协同治理体系。

由于经济发展水平和生态环境状态差别大，黄河流域城市群高质量发展应因地制宜，形成各具特色的发展模式。应坚持主体功能区建设思路，推进黄河流域城市群高质量发展。一是建立流域主体功能区实施机制，将黄河流域按照开发方式划分为优化开发区域、重点开发区域、限制开发区域和禁止开发区域四种区域，按照自然条件和经济发展水平的不同，来确定开发方式和高质量发展的目标和任务。二是建立和完善黄河水权市场。通过完善黄河水价形成机制和加强水权管理等，提升全流域水资源承载能力。三是建立黄河流域现代化产业体系。沿黄地区自然环境、要素禀赋各异，应坚持因地制宜原则合理布局产业分工体系。四是构建多元的财政支付转移体系。

用黄河文化筑牢黄河城市群发展之魂

保护传承和弘扬黄河文化是黄河城市群高质量发展的核心要素，以发展黄河旅游为主导，坚持文化引领、产业融合、生态优先、开放合作、创新驱动，走好黄河文化旅游发展的高质量发展之路，把沿黄重点城市群打造成全球体验华夏历史文明的重要窗口、全球华人寻根拜祖的圣地、具有国际重要影响力的旅游目的地，探寻黄河文化的文化之旅，争做国家文化产业和旅游产业融合发展的示范区。

筑牢黄河文化这一文旅之魂，建设起全球知名的沿黄河城市群国际文化旅游核心板块。沿黄河很多城市因黄河而建，因黄河而兴，因黄河而美。在这些城市文化中必须突出黄河文化这一核心符号。沿黄河流域发展文化旅游，最大优势是依靠黄河文化，有最大竞争力、号召力和吸引力的也是黄河文化。

以建设黄河文化公园为契机，坚持"以文塑旅，以旅彰文"的新发展理念，加快建设体现中华悠久文明的黄河文化旅游带。进一步树立"大黄河"的理念，串珠成链，轴带贯通，通过在沿黄城市建设黄河国家文化公园、黄河国家博物馆、黄河文化遗址展示体验区、古都古城风貌再现区，以及沿黄生态廊道和沿黄旅游风景道等，着力打造寻根之旅、爱国之旅、红色之旅、创业之旅、互鉴之旅。提高黄河乡村旅游的自我循环能力，突出乡音乡愁，抓好乡村文化旅游，塑造"乡土中国""黄河故土"旅游体验地，把乡村作为黄河流域旅游发展的重中之重，实现沿黄城镇对沿黄乡村的反哺。

以黄河生态文化带建设为抓手，推进黄河文化与旅游融合发展。以建设黄河国家文化公园为目标，整合串联沿线峡谷奇观、黄河湿地、地上悬河等旅游资源，整合串联沿线的考古遗址公园、文保单位等文化资源，加强道路交通等基础设施的联通，加强运营管理上的融通，规划建设一批文化旅游名城、名镇、名村，打造一条以黄河为轴线的具有国际影响力的黄金旅游带。紧紧抓住黄河流域生态保护和高质量发展的重大战略机遇，以黄河为大背景，全力整合文化旅游资源，刺激文化旅游消费潜力，深入实施黄河流域旅游发展战略，采取景区带动、项目拉动、乡村推动等多种新模式，积极探索黄河文化旅游与乡村建设深度融合新路径。利用黄河沿线城市水利资源丰富、灌溉条件得天独厚、土壤肥沃等优势，积极推进引黄排灌工程，形成覆盖沿黄流域的河渠网络。在发展传统农业的基础上，推动黄河文化与生态文明相融合，借助黄河良好的生态环境、丰厚的文化底蕴和优越的区位交通，大力推进现代农业深入发展。

协同打造黄河城市群特色文旅品牌

黄河地域面积广，文化遗产类别多、文化价值高，当前黄河文化还存在保护压力大和利用质量不高等问题，尤其是系统的深度开发和创新发展不够。黄河流域应推进黄河文化的创新发展，打造黄河特色文化品牌，培育具有黄河特色的文旅商融合发展新格局，形成黄河文化新地标。

一是培育黄河文旅品牌，为黄河流域发展提供文化支撑。培育黄河旅游品牌，建设一批文化旅游名城、名镇、名村、名景，谋划一批黄河主题公园、电影小镇，以黄河文化为主题的大型实景演出、精品剧目等，推出一批具有黄河文化特色的旅游产品，提升黄河文化的品牌影响力。开发和培育体现黄河历史文化、黄河特有风貌、古镇古村等特色精品旅游线路。二是推动黄河文化保护传承和创新发展。统筹推进黄河文化历史遗迹、文博馆（院）等资源保护，统筹推进黄河文化的发掘、研究、保护和传承。三是推进黄河文化的融合发展，支持黄河文化走出去。促进黄河文化与旅游、教育、产业和国际商贸结合，强化文化产业化、特色化。支持黄河文化走出去，扶持黄河文化全方位开展国际文化交流合作，培育发展黄河文化对外传播平台建设和重点文化项目，支持举办有国际影响力的黄帝拜祖大典、公祭伏羲大典等活动，拓展黄河文化对外传播渠道。四是创新黄河文化传承方式。发挥黄河沿岸地域文脉相连的优势，统筹推进文化遗产系统性保护，构建特色突出、互为补充的黄河文化综合展示体系。

用"黄河故事""黄河艺术"推动黄河城市群高质量发展

突出创意、科技和时尚元素，强化"黄河故事""黄河艺术""黄河项目""黄河剧目""黄河节目"支撑，在黄河沿线城市集中推出一批带有黄河文化特色的"黄河味道""黄河礼物"。把培养各类文艺人才作为繁荣黄河文化、中原文化的根本，加强文化产业投资、文化企业管理、媒体融合发展等方面的复合型人才、紧缺型人才的培养引进；完善人才评价激励机制，探索艺术、科研、技术、管理等各类要素参与收益分配的办法。协同推进"数字黄河""智慧黄河"，以提升黄河治理开发与保护的系统化、数据化、智能化为目标，运用物联网、大数据、空间地理信息集成等技术开发"数字黄河"，实现黄河全流域的资源共享和智能管理，为黄河流域生态保护和高质量发展提供决策依据。在"智慧黄河"的基础上实现治黄现代化，使黄河治理开发、保护与管理的综合决策工作更加科学化、智能化。大力发展高科技产业。进一步加快5G网络部署和云计算数据中心建设布局，重点发展高端装备制造、信息与人工智能技术以及新能源汽车等行业。支持和引导济南、西安、青岛、郑州等市结合人工智能、区块链、生命科学等提升产业创新链、价值链，发展高端制造业。

黄河流域城市群只有协同发展，深入发掘历史悠久、底蕴深厚、内涵丰富、禀赋独特的黄河文化资源，系统研究黄河文化的内涵外延、载体形式、历史脉络、精神实质，深入挖掘黄河文化的时代价值，才能讲好"黄河故事"，让黄河文化"动"起来，延续历史文脉，坚定文化自信，为实现中华民族伟大复兴的中国梦凝聚起磅礴的精神力量。以黄河文化为依托，将孙子文化、渤海文化、红色文化等深度融合。出台《黄河文化产业发展规划纲要》，拿出交通发展布局、产业振兴发展布局、黄河旅游发展布局、水资源高效利用发展布局、农耕村落文化修复保护发展布局等具体政策措施，既要做好历史足迹传承，又要紧跟时代步伐，奏响新时代黄河文化大合唱。

（原载《人民周刊》2021 年第 9 期）

问题与思考：
黄河国家文化公园创建探索与对策研究*

张凌云

　　我国开始建立国家公园体制起步较晚，从 2013 年党的十八届三中全会决定首次提出建立国家公园体制，到 2015 年展开的 10 个国家公园体制试点工作，逐步探索了我国国家公园的体制建设。2017 年 5 月，中办国办印发的《国家"十三五"时期文化发展改革规划纲要》中明确，我国将依托长城、大运河、黄帝陵、孔府、卢沟桥等重大历史文化遗产，规划建设一批国家文化公园，形成中华文化的重要标识。2018 年 7 月，正式对外公布的《文化和旅游部职能配置、内部机构和人员编制规定》中，资源开发司工作职能描述中就已涉及到有关国家文化公园的内容。2019 年 7 月 24 日，中央第九次全面深化改革委员会会议审议通过了《长城、大运河、长征国家文化公园建设方案》（以下简称《方案》）。《方案》指出"到 2023 年底基本完成建设任务，使长城、大运河、长征沿线文物和文化资源保护传承利用协调推进局面初步形成，权责明确、运营高效、监督规范

---

* 北京联合大学旅游学院李飞、彭霞、张斌和蜗牛景区管理集团茹薏对本文亦有贡献。

的管理模式初具雏形，形成一批可复制推广的成果经验，为全面推进国家文化公园建设创造良好条件"。2019年12月5日，中共中央办公厅、国务院办公厅印发《方案》。2020年10月29日，中共第十九届中央委员会第五次全体会议通过《中共中央关于制定国民经济和社会发展第十四个五年规划和二〇三五年远景目标的建议》，提出建设长城、大运河、长征、黄河等国家文化公园。首次提出将黄河列入国家文化公园建设名录。

一、如何构建中国的"国家公园体系"？

目前，我国的"国家公园"基本是沿袭美国以自然资源为主的自然生态区域，其实就是国家自然公园。1872年美国联邦政府在西部立法设立第一个国家公园——黄石公园，其初衷是保护和保留西部壮美的、原始的荒漠景观，防止土地私有化。因为一旦沦为私人领地的话，公众就无缘欣赏大自然之美。显然，我国是不存在这个问题的。从文化上看，美国是一个新大陆，主要是来自欧洲、亚洲、非洲和墨西哥的移民文化，而新大陆的原住民——印第安土著居民被边缘化，成为弱势群体，美国社会的主流文化主要是从欧洲旧大陆传入后涵化的，缺乏深厚的在地性和传承性。因此，美国早期是将自然公园作为国家公园的代表（类似的还有加拿大、澳大利亚、新西兰等）。但这并不意味美国不重视历史文化（尽管建国历史较短），在美国国家公园体系（National Park System）中，公园的类型共分为20种，以自然资源为主的国家公园只是其中的一种，另有9种是文化类型（不含其他名胜中的文化景点）。目前在美国国家公园体系中，历史文化型单位（通常被称为公园）共有281处，占总数的66.4%（表1），数量上超过了自然公园。也就是说，虽然美国国家公园是以自然资源为主，但在国家公园体系（National Park System，NPS）中，文化资源的单位（公园）数量却大于自然公园。但无论是自然资源，还是文化资源，都由美国联邦内政部依照相关的法规法案统一进行管理。

表1 美国国家公园体系

	国家公园类型	数量
1	国家战场（National Battlefields）	11
2	国家战场公园（National Battlefield Park）	4
3	国家战场遗址（National Battlefield Site）	1
4	国家军事公园（National Military Park）	9
5	国家历史公园（National Historical Park）	61
6	国家历史遗址（National Historic Site）	74
7	跨国历史遗址（International Historic Site）	1
8	国家湖岸（National Lakeshore）	3
9	国家纪念馆（National Memorial）	31
10	国家纪念碑（National Monument）	84
11	国家公园（National Park）	63
12	国家公园道路（National Parkway）	4
13	国家保护区（National Preserve）	19
14	国家保留区（National Reserve）	2
15	国家游憩区（National Recreation Areas）	18
16	国家河流（National River）	4
17	国家天然风景河流和河道（National Wild and Scenic River and Riverways）	10
18	国家风景步道（National Scenic Trail）	3
19	国家海岸（National Seashore）	10
20	其他名胜（Other Designation）	11
总计		423

资料来源：https://www.nps.gov/aboutus/national-park-system.htm。

我国目前虽有国家公园和国家文化公园，但尚未形成整体的国家公园体系。我国作为拥有几千年悠久历史，且传统文化未曾中断的世界文明古国，国家文化公园与国家自然公园至少应具有同等重要的地位。因此，我们建议，构建的中国国家公园体系中应分为国家自然公园（National Natural Park，NNP）和国家文化公园（National Cultural Park，NCP）两大系列，分别由自然资源部、文化和旅游部归口管理。文化和旅游部也应相应地在分管司处等机构加挂"国家文化公园管理局"。而目前设在自然资源部的国家公园管理局，更为合适的名称应该是"国家自然公园管理局"。

自然和文化的分类也符合世界惯例。联合国教科文组织（UNESCO）将"世界遗产"分为自然遗产、文化遗产（含文化景观）、文化和自然双重遗产（混合遗产）三种类型，此外，联合国教科文组织还设有世界非物质文化遗产、世界记忆遗产（世界档案遗产）等文化类遗产名录，联合国粮农组织（FAO）还有"全球重要农业文化遗产"名录。由此看出，国际社会对于文化遗产的重视已经成为共识，文化遗产的类型和项目多于自然遗产，已是不争的事实。

目前，全球共有1154项世界遗产，其中文化遗产897项、自然遗产218项、双遗产39项。我国共有56项遗产列入世界遗产名录，其中文化遗产38项（包括5项文化景观）、自然遗产14项、文化和自然双重遗产4项。由此可见，无论是全球还是我国，文化遗产的数量都远多于自然遗产。美国共有24项世界遗产，其中文化遗产也达到了11项，另有1项双遗产，与自然遗产的数量也不分伯仲。

设立国家文化公园为我国首创，国际上并无先例可循，是对国家公园体系的创新。但目前我国将国家文化公园摒弃在"国家公园体系"之外另立体系的做法容易造成概念分类混乱，逻辑不自洽。前已述及，美国的

"国家公园体系"是包含多种类型文化景观的,只是没有提出"国家文化公园"这一概念。我国现行的国家公园体系分类客观上形成了"自然强、文化弱"和"重自然、轻文化"的失衡格局,这既不符合国际社会共识和惯例,也不利于我们增加文化自信,建设世界文化强国。

二、什么是国家文化公园?

目前在官方文件中并没有给出国家文化公园的确切定义。文化学者范周认为,国家文化公园是以保护、传承和弘扬具有国家或国际意义的文化资源、文化精神或价值观为主要目的,兼具爱国教育、科研实践、娱乐游憩和国际交流等文化服务功能,经国家有关部门认定、建立、扶持和监督管理的特定区域。这是从国家文化公园的设立目的、所具功能和管理职能三个方面来定义国家文化公园的,但对于什么是"国家或国际意义的文化资源、文化精神或价值观"并没有给出一个明确的判定标准。国家文化公园作为国家公园体系中的重要组成部分首先应该突出文化价值。我们认为,对于文化价值的认定和评价可以参考借鉴联合国教科文组织入选《世界文化遗产名录》的六项标准,应用到对中国历史和传统文化的价值评价就是:

1. 代表中华文明的一种独特的艺术成就,一种创造性的天才杰作;

2. 在一定历史时期内或中华文化区域内,对建筑艺术、纪念物艺术、城镇规划或景观设计方面的发展产生过重大影响;

3. 能为一种已消逝的中华文明或文化传统提供一种独特的至少是特殊的见证;

4. 可作为一种建筑或建筑群或景观的杰出范例,展示出我国历史上一个（或几个）重要阶段；

5. 可作为我国传统的人类居住地或使用地的杰出范例，代表一种（或几种）文化，尤其在不可逆转之变化的影响下变得易于损坏；

6. 与具特殊普遍意义的历史事件或现行传统或思想信仰或文学艺术作品有直接或实质的联系。

总之，国家文化公园所具有的文化资源能代表我国某个历史时期的杰出范例，具有特殊普遍意义和重大影响。目前的国家文化公园都符合上述六项标准中的一项（或几项），有些本身就是世界文化遗产，但在设立宗旨、空间尺度、功能属性、治理结构等方面与世界遗产存在较大的差异。国家文化公园的地位和作用应该高于世界文化遗产。在美国，国家公园的认知度、知名度和影响力都高于世界遗产。对于我们这样一个拥有几千年历史的文明古国更应如此，这也是文化自尊和文化自信的表现。

《方案》对国家文化公园的功能和建设内容有明确的表述：对于国家文化公园的功能要求是，实现保护传承利用、文化教育、公共服务、旅游观光、休闲娱乐、科学研究功能，形成具有特定开放空间的公共文化载体，集中打造中华文化重要标志；建设内容为管控保护、主题展示、文旅融合、传统利用四类主体功能区，协调推进文物和文化资源保护传承利用，系统推进保护传承、研究发掘、环境配套、文旅融合、数字再现五个重点基础工程建设。

三、创建黄河国家文化公园有何意义和作用？

黄河是中华民族的母亲河，黄河流域是中华文明的主要发祥地，也是中华文化的基因库。黄河与尼罗河（古埃及文明）、幼发拉底河和底格里斯河（古巴比伦文明）、恒河和印度河（古印度文明）并称世界四大大河流域文明发祥地（表2），在世界人类文明史上占有重要地位，是全球华人和炎黄子孙慎终追远、文化认同的精神图腾和文化符号。

表2　全球古代大河文明发祥地

	古埃及	古巴比伦		古印度		古中国
	尼罗河流域（Nile River）	两河流域		恒河和印度河流域		黄河和长江流域①
		幼发拉底河（Euphrates River）	底格里斯河（Tigris River）	恒河（Ganga）	印度河（Indus）	黄河（Yellow River）
发源地	非洲东北部布隆迪高原	土耳其安纳托利亚高原	土耳其中东部埃拉泽东南托格罗斯山麓	喜马拉雅山南麓和德干高原	冈底斯山脉主峰冈仁波齐北部冰川湖	青藏高原巴颜喀拉山北麓
河流长度（千米）	6670	2800	2045	2700	3200	5464
流域面积（万平方千米）	287	105		105	117	117
气候类型	热带草原气候和沙漠气候	热带、亚热带荒漠气候	热带、亚热带荒漠气候	热带季风气候	亚热带季风气候	高原山地气候、温带大陆性气候、温带季风气候

（续表）

	古埃及	古巴比伦		古印度		古中国
	尼罗河流域（Nile River）	两河流域		恒河和印度河流域		黄河和长江流域①
		幼发拉底河（Euphrates River）	底格里斯河（Tigris River）	恒河（Ganga）	印度河（Indus）	黄河（Yellow River）
流经国家	卢旺达、布隆迪、坦桑尼亚、肯尼亚、乌干达、刚果民主、苏丹、埃塞俄比亚、埃及	土耳其、叙利亚、约旦、沙特阿拉伯、科威特、伊拉克	土耳其、伊拉克	中国、印度、孟加拉国	中国、印度、巴基斯坦	中国
流经主要城市	布琼布拉、基加利、瓦德迈达尼、喀土穆、阿特巴拉、基纳、阿斯旺、开罗	加济安泰普、阿勒颇、卡尔巴拉、巴士拉	摩苏尔、巴格达、基尔库克、巴士拉	新德里、阿格拉、勒克瑙、坎普尔、巴特那、瓦拉纳西、阿拉哈巴德、赫尔德瓦尔、库尔纳、加尔各答、达卡、吉大港	拉合尔、卡拉奇、特达、盖蒂本德尔	兰州、银川、白银、石嘴山、乌海、巴彦淖尔、包头、韩城、河津、永济、三门峡、洛阳、郑州、开封、济南、滨州、东营
注入海域	地中海	波斯湾		孟加拉湾	阿拉伯海	渤海湾

（续表）

	古埃及	古巴比伦		古印度		古中国
	尼罗河流域 (Nile River)	两河流域		恒河和印度河流域		黄河和长江流域①
		幼发拉底河 (Euphrates River)	底格里斯河 (Tigris River)	恒河 (Ganga)	印度河 (Indus)	黄河 (Yellow River)
所属大洋水系	大西洋	印度洋		印度洋		太平洋
古文字类型（年代）	象形文字，刻在石碑或写在莎草纸上（约前3100）	楔形文字，刻在泥板上，又称泥板书（约前4000）		印章文字，刻在石头或陶土制成的印章上（约前2000）		甲骨文，刻在龟甲或兽骨上（约前1500）
代表性遗址遗迹	孟菲斯	乌鲁克		哈拉帕，摩亨佐达罗		河南偃师二里头
代表性建筑（工程）	金字塔	空中花园（已毁）		泰姬陵		长城
世界遗产数量（处）②	47	40		47③		34④

注：① 限于篇幅，表中略去了长江流域的内容。
② 此处统计的是河流流经国家的世界遗产数量，黄河流域统计的是流经省区的世界遗产数量。
③ 不包括中国。
④ 此处统计的是遗址遗产数量，而不是申报项目数，即对于联合申报的遗产项目，按遗址遗产实际数量计算。
资料来源：本表格根据世界遗产数量据联合国教科文组织世界遗产官网（http://whc.unesco.org/en/list/）所载资料计算得出。

在历史的长河中,黄河对于中华民族是祸福相依,由于黄河流经黄土高原,含沙量较高,淤积严重,在内蒙古、河南、山东等河段多处出现河道高于地面(有些河道竟高出地面4米以上),形成地上河(悬河)的世界奇观,也造成了黄河历史上多次改道,河水泛滥,水灾频仍。先秦《山海经·海内经》中的大禹治水就是关于治理黄河水害的神话传说。

古往今来,黄河作为中华民族的母亲河,受到了历代文人墨客的礼赞。唐朝诗仙李白、边塞诗人王之涣、诗佛王维等都留下了关于黄河的千古绝唱。人民音乐家冼星海在抗日战争时期创作的《黄河大合唱》一直传唱至今,成为不朽的红色经典之作。

1936年2月,毛泽东率红军东渡黄河出征山西前,曾饱含深情地写下了传颂至今的不朽诗篇《沁园春·雪》。其中"大河上下,顿失滔滔",就是指黄河。在转战陕北时,他还专门去看过黄河。面对黄河,他评价道:"自古道,黄河百害而无一利。这种说法是因为不能站在高处看黄河。站低了,只看见洪水,不见河流。"同时,他满怀深情地说:"没有黄河,就没有我们这个民族啊!不谈五千年,只论现在,没有黄河天险,恐怕我们在延安还呆不了那么久。抗日战争中,黄河替我们挡住了日本帝国主义,即使有害,只这一条,也该减轻罪过。将来全国解放了,我们还要利用黄河水浇地、发电,为人民造福!那时,对黄河的评价更要改变了!"

1948年3月23日,毛泽东到达吴堡县川口,准备东渡黄河。离开工作、战斗13年之久的陕北,面对黄河,他像是自言自语地说:"这个世界上什么都可以藐视,就是不可以藐视黄河;藐视黄河,就是藐视我们这个民族啊!"

中华人民共和国成立后,毛泽东多次视察黄河的水利工作,反复嘱咐相关领导干部"一定要把黄河的事情办好"。与毛泽东发出的"一定要根治海河""一定要把淮河修好"指示不同,措辞上没有使用"根治""修好",而是使用"(把)事情办好"。充分表达了他对于黄河母亲的敬仰之心。

2019年9月18日,在郑州召开的黄河流域生态保护和高质量发展座谈会上,习近平总书记发出了"让黄河成为造福人民的幸福河"的号召,从此古老的黄河进入了造福人民的新时代。

四、怎样建立健全黄河学研究体系?

《方案》要求,国家文化公园的建设要系统推进"保护传承、研究发掘",这是《方案》提出的五项重点基础工程建设中的两项重要内容。黄河文化博大精深,其独特的自然现象也涉及众多的科学问题。我们建议,以创建黄河国家文化公园为契机,加快构建黄河学(The Yellow River Science)的研究体系。黄河国家文化公园为黄河学搭建了的整合学科资源和史料的研究平台,同时研究成果也为黄河国家文化公园的高质量发展提供了智力支持。

黄河学是以黄河和黄河流域(包括黄河故道)为研究对象,全方位、多学科、跨学科、交叉性、综合性的应用型学科,黄河学的研究既涉及黄河流域的自然地理环境、水文地质、生物生态、水利工程和科技应用等理工科内容,又涵盖了文明起源、考古历史、民俗遗产、生产生活、经济建设等人文社科内容,甚至还延伸到文学、音乐、美术、影视、传播等艺术创作研究。(表3)黄河学的研究是问题导向,宗旨和目的就是能科学地认识、解释、解读和解说黄河,讲好黄河故事,传播黄河文化。黄河国家文化公园为黄河学成为一门显学提供知识平台。

表3 黄河学跨学科体系与研究谱系

研究视角	涉及相关学科	研究对象或内容示例
科学黄河	水文学	地表径流
	水力学	流体（河流）力学
	地质地貌学	河床地质、河岸地貌
	地理学	自然环境、气候
	水利工程学	水库水坝、航道桥梁
	……	
文化黄河	考古学	遗址发掘
	历史学	史书典籍、地方志
	民俗学	
	非物质文化遗产学	羊皮筏子制作技艺
	……	
艺术黄河	文学（神话传说、古典诗词、古今小说）	《山海经》大禹（鲧禹）治水
	音乐	《黄河大合唱》
	电影	《黄河谣》《大河奔流》
	摄影	
	美术	
	动漫	
经济黄河	流域（区域）经济学	
	农业经济学	
	产业经济学	
	城市经济学	
	旅游经济学	
	文化创意学	
生态黄河	生态学	生境生态系统、生物多样性
	环境保护学	水土保持、环境可持续

（续表）

研究视角	涉及相关学科	研究对象或内容示例
数字黄河	信息通信技术	大数据、云计算、人工智能
	地理信息系统（GIS）	基于位置的服务
故事黄河	传播学	多媒体解说、受众感知感受
	广告学	形象设计、审美心理学

五、如何选择黄河国家文化公园管理体制机制？

目前，黄河国家文化公园没有列入《方案》中提及的首批建设的三个国家文化公园名录，也尚未完成总体规划的审批。因此，我们建议，黄河国家文化公园创建可以遵循《方案》中提出的"积极稳妥，改革创新；因地制宜，分类指导"等建设原则，走改革创新之路，积极探索新的治理模式。

黄河国家文化公园与现有的以自然资源为主的国家公园存在较大的差异。从空间分布上看，国家公园是相对封闭和集中连续的自然区域，而黄河国家文化公园呈小集中、大分散、开放性、散点化、碎片化线性（带状）分布；从空间结构上看，国家公园远离城市，居民人口稀少，有些甚至是无人区，而黄河国家文化公园划定的区域内，人口密集，城区、街区、商业区、社区、各类园区互相交叉重叠，边界不清，不易辨识，且地域上不连续，跨省跨市，行政管理主体多级多层，较难形成统一的管理主体和统筹协调机制。因此，其管理体制机制和手段方法也应有所变化，不能将黄河国家文化公园视作一个封闭的地理区域进行管理，而是应该将其作为一个开放系统——黄河国家文化公园系统（Yellow River National Cultural Park System，YRNCPS）来进行管理，可以成立类似于黄河国家文化公园联盟（Yellow River National Cultural Park Alliance，YRNCPA）这样一个机构来统筹协调和运营管理这一系统。黄河国家文化公园系统的治理结构有三种模式可供选择（表4）。

表4　黄河国家文化公园三种治理模式比较

	品牌资源	开放程度	组织结构	管理手段	协调难度	管理效率
黄河国家文化公园联盟	授权	高	扁平化	团体标准	较易	较高
黄河国家文化公园协会	让渡	中	类科层制	协会章程	一般	一般
黄河国家文化公园联席会议制度	自有	低	科层制	政府文件	较难	较低

其一，成立黄河国家文化公园联盟，黄河流域内的主要省市的相关部门和企业作为发起单位，在民政部注册成立一个社会团体（实体型联盟），联盟正式成员即为黄河国家文化公园单位（包括旅游景区、度假区、特色商业街区、休闲社区、文化产业园区、酒店、民宿、风景道、高速公路服务区、旅游集散中心、露营地、旅行社、旅游服务供应商、博物馆、图书馆、文化演出团体等），与黄河研究相关的高等院校、科研院所、规划咨询机构等可以作为联系会员加入，开放程度（市场化程度）较高，政府主管部门（国家文化公园管理局）对联盟进行业务指导和督导检查，联盟在严格执行国家政策法律、行业法规的基础上，制订联盟的团体标准体系表及相关标准（T/ YRNCPA），统一标识标牌（包括 VI 手册等）、统一整体形象、统一基础设施和环境要求（如无障碍设施和环境等）、统一解说标准、统一服务标准、统一数据标准、统一业务培训等，

对于不同业态的成员则实行分类指导，统筹协调。而应用现代信息技术则是实现这一系列统一的基础和保障。基于联盟的官网和云平台，开发包括（但不限于）以下系统：在线博物馆系统（Online Museum System）、公园解说系统（Park Interpretation System，PIS）、标志标识系统（Symbols and Sign System，SSS）、数据管理系统（Data Management System，DMS）、智慧旅游系统（Smart Tourism System，STS）、公园营销系统（Park Marketing System，PMS）等。联盟负责建设覆盖各类型成员场景的一体化平台，对黄河学所涉自然、人文、艺术数据进行统一采集，存储在联盟云数据中心。深度集成联盟成员的各类业务需求，并通过 SaaS 云服务模式，为成员提供运营管理、游客导览、产品营销等服务，节省联盟成员采集数据、建设数据中心和运作平台的成本；通过统一的软硬件接口，联盟能对成员产生的交易、点评等数据进行实时挖掘与整合分析，实现成员业务的全面洞察，提升成员的运作和营销能力。基于区块链技术实现交易数据的一致存储，使成员与联盟平等共享数据、共同维护数据。联盟成员可以通过客户端进行数据交互、下载应用和数据以及提供基于位置的服务（LBS）和客户订制服务（UGC）。充分利用"互联网+"对于黄河国家文化公园系统的服务和管理，实现线上线下（O2O）、云与端的无缝连接。

其二，成立黄河国家文化公园协会，以协会来代替或管理联盟（半实体型联盟）。如果成立国家文化公园协会的话，黄河国家文化公园可以作为分会加入。业务上接受政府主管部门（国家文化公园管理局）的业务指导和监督管理，协会制虽具有一定的市场开放度，但目前大多数协会运行模式仍带有一定的行政管理色彩，协会的主要领导往往是体制内退休的官员，具有一定的路径依赖。

其三，设立黄河国家文化公园联席会议制度（松散型联盟），在现有体制框架内，构建以文化和旅游部（国家文化公园管理局）领导下的各省级政府文旅管理部门为主体的省际横向协调机制，省内各地市则以垂直纵向管理为主。这与现在的三个国家文化公园的运行模式类似。

六、如何实现文旅深度融合？

国家文化公园应该成为文旅深度融合的示范区，在资源保护的基础上进行利用和开发，强化旅游产业功能，通过旅游业传播与传承中华传统文化。黄河国家文化公园的文化场所和文化载体应包括（但不限于）文化（遗址或考古）博物馆、资料文献和数据中心、研究和研学中心、文化体验中心（体验馆）、文创中心（文创馆、文创产业园区）等。黄河国家文化公园应该成为黄河文化的集大成者及研究交流中心，在展陈手段和内容上要有所突破，改变目前枯燥乏味的刻板讲解，实现四大转变。

1. 从解读到解说（从学术研究到科普推广）：要把专家学者对黄河学的科学、文化内涵和意义的解释解读转化成人民群众喜闻乐见的科普解说词，形象生动，趣味盎然。

2. 从展示到叙事（从展品解释到系统阐述）：对于某种黄河文化载体（器物、建筑、工程等）不只是孤立地解释展品，而是系统地阐述与之相关的文化知识和文化背景，以国际化视野讲述，并进行文明的比较和互鉴。

3. 从浏览到体验（从走马观花到身临其境）：改变传统的以阅读观看为主的浏览，通过VR、AR和4K+等信息技术手段模拟或再现文化场景，使旅游者有亲临其境和参与其中的现场感，丰富旅游者对文化的深度体验。对于"非物质文化遗产"的展示，不能只是影像资料，要见物（作品）见人（传承人），要能参与可体验。

4. 从追忆到想象（从考古复原到文化创意）：除了复原和复制传统物质文化外，还应该开展包括提炼文化符号和文化IP在内的文化创意工作，古为今用，植入时尚元素，赋予黄河传统文化以新生，使中华文化基因得以延续。

黄河国家公园系统与现存的世界（或国家）地质公园、国家（自然）公园、国家森林公园、国家湿地公园、国家级风景名胜区、国家水利风景区、国家考古遗址公园、国家5A级旅游景区、国家级旅游度假区等都不同，是集文化遗产（遗址）保护、科学研究、科学普及、文化教育、娱乐游憩、文化创意、文化传播等为一体的新型文旅产业综合体。黄河国家文化公园的高质量发展和文旅深度融合应体现以下几点。

1. 主题性：应具有鲜明的黄河文化主题特征，是黄河文明中某类或某种文化资源的杰出代表，具有特殊普遍意义或重要影响。

2. 真实性（科学性）：作为黄河国家文化公园文化解说的主要评价和观点来自遗址或文物的历史信息和考古发掘报告、专题研究报告、专著、论文等学术界主流意见和比较一致的看法。

3. 完整性：尽可能多地收集与黄河文化相关的文献、文字和音视频资料、考古发掘报告和纪实、相关人物传记等，从而保证黄河文化最完整的集中展现。

4. 保护性：与国家（自然）公园类似，国家文化公园也应该高度重视文化资源的保护，特别是对遗址遗存和不可移动文物的保护，旅游利用和开发应建立在保护的前提和基础上。

5. 系统性：尽可能多地介绍与解说与该文化相关的背景知识，如起源演化、类型分类、作用意义等。

6. 开放性：在国家文化公园内，还应建有该文化主题的公共讨论区，举办学术论坛、讲座沙龙，兼容并包，汇集各种学术观点，古今中外，专家民科，鼓励游客积极参与，分享成果，集思广益。

7. 世界性：多语种解说，与全球其他文明比较展示，互相借鉴，学习交流。黄河国家文化公园是基于国际化视野的文化主题国家公园。

8. 教育性：黄河国家文化公园是大中小学生重要的研学基地，是学生的第二课堂和爱国主义教育的必修课程。

9. 娱乐性：根据文化主题内容特点和性质特征，采取多样化和娱乐化的表现形式，讲求艺术性，寓教于乐，喜闻乐见。可以借助于VR、AR、4K+、5G、AI等现代技术和手段来展示、演绎和强化文化主题。

10. 经济性：黄河国家文化公园所具有的国家级文化资源也是重要的经济资源，是发展文旅和文创的产业基础。国家文化公园的独特文化符号，黄河国家文化公园，这一名称就是一个大IP，是具有市场估值的无形资产，应受法律保护。通过发展文旅和文创产业，开发系列的文化衍生产品，如各类旅游纪念品、礼品饰物、文化用品、生活用品、土特产品、动漫游戏、影视作品等。产业化程度也是衡量和评价文旅深度融合发展水平的一个重要指标。

大运河国家文化公园建设的理论与实践[*]

王 健 王明德 孙 煜

一、大运河国家文化公园的基础研究亟待展开

2019年7月24日,习近平主持的中央全面深化改革委员会第九次会议,正式审议通过了《长城、大运河、长征国家文化公园建设方案》,标志着以长城、大运河、长征为核心的线性文化遗产保护传承与利用将进一步完善。会议指出:建设长城、大运河、长征国家文化公园,对坚定文化自信,彰显中华优秀传统文化的持久影响力、革命文化的强大感召力具有重要意义。要结合国土空间规划,坚持保护第一、传承优先,对各类文物本体及环境实施严格保护和管控,合理保存传统文化生态,适度发展文化旅游、特色生态产业。早在2018年2月,为深入贯彻落实《中华人民共和国国民经济和社会发展第十三个五年规划纲要》《国家"十三五"时期文化发展改革规划纲要》中关于建设国家文化公园的规划要求,中央文化

---

[*] 本文系王健主持的2018年江苏省重点智库课题"大运河国家文化公园建设路径与策略研究"(江苏省社科基金一般项目)成果,江苏省社科基金重大委托项目"大运河精神与大运河文化带建设"(项目编号:18WTD004)阶段性成果。

体制改革和发展工作领导小组把"开展国家文化公园建设试点"列为年度工作要点，国家文化公园试点建设正式提上工作日程。随后中宣部下发了《长城、大运河、长征国家文化公园建设方案（讨论稿）》，提出河北省开展长城国家文化公园的试点建设，江苏省开展大运河国家文化公园试点建设，贵州省开展长征国家文化公园试点建设。江苏省积极行动，根据相关文件精神，率先制定了《大运河国家文化公园（江苏段）建设保护规划》并通过专家评审，此后不断修改完善，目前虽然还没有正式公布，但大运河国家公园建设一直在积极推进。2019年9月27日，中宣部、国家发改委、文旅部在江苏扬州召开了大运河国家文化公园建设推进会，充分肯定了江苏省在大运河国家文化公园建设的扎实工作和显著成效。虽然国家文化公园的概念刚刚提出，理论和实践都在起步阶段，但相关的指导性文件、规划和项目工作已经走在基础理论研究的前面。大运河国家文化公园完成了从概念构想到规划编制、项目落地、拉开建设帷幕的过程。[①] 现

---

① 本课题在研究中参考的资料有以下两个部分。（1）党中央国务院层面：习近平重要批示指示。中共十八届三中全会：《中共中央关于全面深化改革若干重大问题的决定》，2013年；中共中央办公厅、国务院办公厅：《关于实施中华优秀传统文化传承发展工程的意见》，2017年；中共中央办公厅、国务院办公厅：《国家"十三五"时期文化发展改革规划纲要》，2017年；中办调研室《调研要报》第48期《打造展示中华文明的金名片——关于建设大运河文化带的若干思考》；中共中央办公厅：《中共中央办公厅国务院办公厅关于印发〈大运河文化保护传承利用规划纲要〉的通知》（中办发〔2019〕10号）；《大运河文化保护传承利用规划纲要》，2019年2月；2019年7月24日，习近平主持中央全面深化改革委员会第九次会议，通过了《长城、大运河、长征国家文化公园建设方案》；《国家文化公园试点建设工作方案》，2019年7月。（2）国家部委级：国家文物局：《大遗址保护"十三五"专项规划》，2016年；国家文物局：《国家考古遗址公园管理办法（试行）》，2016年；国家文物局：《大运河文化带文物保护利用专题研究报告》，2017年；长城、大运河、长征国家文化公园建设相关资料。（3）课题主持人作为评审专家，参与评审江苏省大运河文化带建设工作领导小组办公室：《大运河国家文化公园（江苏段）建设保护规划（报审稿）》；江苏省委：《江苏省大运河文化保护传承利用实施规划》等规划（包括内部资料）。在此，笔者对提供资料的部门表示感谢。

在，迫切需要结合实践有针对性地加强基础理论的系统研究，因为作为一项新的创新事物，也会遇到很多未知的理论难题和实际问题，许多基础问题尚未开题，未雨绸缪认真谋划和探讨解决是当务之急。

长城、大运河、长征均为超大型长距离重大题材文化线路，线路所涉及的空间范围十分辽阔。长城国家文化公园，包括战国、秦、汉长城，北魏、北齐、隋、唐、五代、宋、西夏、辽具备长城特征的防御体系，金界壕，明长城，涉及北京、天津、河北、山西、内蒙古、辽宁、吉林、黑龙江、山东、河南、陕西、甘肃、青海、宁夏、新疆15个省（区、市）。大运河国家文化公园，包括京杭大运河、隋唐大运河、浙东运河3个部分，通惠河、北运河、南运河、会通河、中（运）河、淮扬运河、江南运河、浙东运河、永济渠（卫河）、通济渠（汴河）10个河段，涉及北京、天津、河北、江苏、浙江、安徽、山东、河南8个省（市）。长征国家文化公园，以中国工农红军第一方面军（中央红军）长征线路为主，兼顾红二、四方面军和红二十五军长征线路，涉及福建、江西、河南、湖北、湖南、广东、广西、重庆、四川、贵州、云南、陕西、甘肃、青海、宁夏15个省（区、市）。

跨越时代悠久漫长，地域广袤，有的省市还重叠交叉。其中长城和大运河整体或部分有明确的线路标识和空间边界，但其沿革演变也极其复杂。长征线路，始终处在流动变迁之中，没有明确的空间边界。三大国家文化公园范围包括除上海、海南、西藏及台港澳之外中国的28个省市自治区，上百万平方千米的国土面积，线路空间如何确定、展示线路如何梳理、呈现，怎么建设，如何管理，都是十分复杂的问题，需要扎实的基础研究作为支撑。亟待研究的问题包括：什么是国家文化公园？为什么要建设国家文化公园？国家文化公园的功能定位是什么？国家文化公园的展现形式是什么？国家文化公园的空间及其边界如何确定？三大国家文化公园建设的目标是什么？是将整个线路建成一个整体的、超大规模的国家文化公园，还是选择其中的某些重点段落进行建设？保护、传承、利用之间的关系怎样体现？经济建设与文物和文化遗产的保护之间的矛盾关系如何协调？国家文化公园与国家公园是什么关系？大运河国家文化公园与大运河文化带建设之间是什么关系？园带点与文化带怎样进行交汇融合？未来国家文化公园的管理模式是什么？国家文化公园土地产权关系是什么？文化公园内社会生产、生活、生态的平衡，各方利益保障问题，建设投资资金及其利益问题，相关的法律法规协调配套问题，等等。以大运河为例，现在大运河文化带建设很热，但大运河国家文化公园的研究却很少，有针对性的基础研究更加缺乏，亟待加强。建设方案要求加强长城文化、大运河文化、长征精神系统研究，突出"万里长城""千年运河""两万五千里长征"整体辨识度。加大国家社会科学基金等支持力度，构建与国家文化公园建设相适应的理论体系和话语体系。江苏作为大运河国家文化公园试点建设省份，应当加强前瞻性研究。①

二、大运河国家文化公园建设的江苏试点

国家文化公园的提出是党中央保护自然文化遗产资源的重要战略布局。党的十八届三中全会制定了《中共中央关于全面深化改革若干重大问题的

---

① 笔者曾撰写《推动大运河国家文化公园（江苏段）试点区建设的对策建议》，刊发在江苏省委宣传部《智库专报》2019年第10期；另外撰写了《推动大运河国家文化公园江苏段建设》，发表在《群众》2019年第10期。但篇幅较短，本文是对大运河国家文化公园建设的理论与实践进行完整的探讨，以期学界有更多的研究成果。

决定》，其中明确提出"建立国家公园体制"，第一次将国家公园的概念写入党的重要文件，显示出在我国全国深化改革重要历史时期，党中央谋划保护自然文化遗产资源的战略布局、顺应国际自然文化遗产保护潮流、勇于承担资源保护历史责任的担当精神。习近平总书记对大运河历史文化保护传承、大运河文化带建设多次做出重要指示，强调要认真"保护好、传承好、利用好"大运河历史文化资源。党的十九大后，中央文化体制改革和发展工作领导小组召开会议，对贯彻党的十九大精神和习近平总书记重要指示批示精神做出部署，起草了《国家文化公园建设试点工作方案》，选择长城、大运河和长征文化线路开展试点。2018年8月，中宣部发布《关于开展长城、大运河和长征三大国家文化公园试点建设的实施意见（征求意见稿）》，建议河北省开展长城国家文化公园试点工作，江苏省开展大运河国家文化公园试点工作，贵州省开展长征国家文化公园试点工作。

国家文化公园的提出具有重大战略意义，建设国家文化公园势在必行。其根据有如下三点。第一，建设国家文化公园与世界文化遗产、重点文物及遗址保护密切相关。这些文物遗产是人类活动的产物，许多分布在城市人口密集区，其保护方法应与自然保护、封闭式保护有所不同。其不但是遗产本体的保护，而且涉及与本体相关的生态区域。遗产本体面积相对较小，而缓冲区、遗产生态区面积比较大，可能比本体面积大数倍或数十倍。由此可见，单体保护方法已经难以为继。第二，世界文化遗产由单纯的消极的保护，向传承与合理利用转变，这是世界文化遗产和文物保护的发展趋势。第三，近年来，像丝绸之路、运河等大型的长距离的文化线路申遗成功，被列入遗产保护名录，其保护范围空间广阔，跨地区甚至跨国，保护的难度大，特别是治理难度大，原有的管理模式和框架已经不再适应现实需要，亟须在管理体制上改革创新，借鉴国际上比较成熟的国家公园体制，创新性提出国家文化公园概念。先行试点，探索新型管理体制，不仅必要，而且势在必行。

江苏先行开展大运河国家文化公园试点建设，走在前列，起了示范带头作用。作为运河河道最长、文化遗产点最多、活态利用最好的段落省份，江苏具备率先开展大运河国家文化公园建设试点的良好条件。江苏省委书记娄勤俭在省委十三届五次全会上对大运河文化带江苏段建设给予肯定并做出部署，指出要谋划推进一批牵动全局的重大项目，不断增强区域发展的战略支撑，展开大运河文化带江苏段建设的新布局，举办世界运河城市论坛等，特别提出要将大运河国家文化公园建设列入国家先行试点区。江苏省委省政府高度重视大运河国家文化公园建设的先试先行，省委宣传部和省大运河文化带建设工作领导小组办公室（以下简称领导小组办公室）积极行动，先行实践，于2018年4月16日正式启动了《大运河国家文化公园（江苏段）建设规划》编制工作。由领导小组办公室牵头，会同省住建厅、省城市规划设计院编制大运河国家文化公园（江苏段）试点建设规划。在没有实践经验，没有现成规划文本的情况下，规划院领导组成精干专家团队，深入实地调研，查阅大量文献资料，广泛征求意见，专家群策群力，集思广益。规划得到专家组的高度评价。同年6月，规划通过了专家论证会，这是国内首个大运河国家文化公园建设编制规划。《大运河国家文化公园（江苏段）建设规划》对跨区域线性文化遗产保护与利用进行了有益探索，规划设计凝结了省委省政府领导、专家和实际工作部门人员的智慧与力量。体系完善，层次清晰，有战略规划和具体实施的指导作用，真正实现了顶层设计、规划先行。11月，"大运河国家文化公园（江苏段）国际设计工作坊"在苏州成立，旨在通过国内外跨领域、跨学科专家共同参与，探索大运河国家文化公园的规划方法和实施路径。国家文化公园建设是中国国家文化建设的重大工程，选择大运河国家文化公园试点建设非常必要，这是大运河文化带建设的拳头项目，江苏先行试点，没有先例可循，需要做艰苦的探索工作。

三、大运河国家文化公园建设中存在或潜在的问题

无论在理论研究还是在实践方面，国家公园在国外已经非常成熟。近年来，国家公园引入中国，在国内也受到越来越多的关注。国家公园研究成果比较丰富，出版了大量著作、论文等，包括介绍国外国家公园演变、中外国家公园比较、中国国家公园试点建设情况等各种成果。[①] 例如，仅有关居民问题的研究，学者通过中国知网等平台整理了 2010 年以来的文献达 70 篇。[②] 而国家文化公园的命题，还未引起学术界关注，相关的研

[①] 国家公园引入后引起学术界广泛关注，目前的研究成果相对丰富，专著或译著有，王维正：《国家公园》，中国林业出版社 2000 年版；张友伦：《美国西进运动探要》，人民出版社 2005 年版；李如生：《美国国家公园管理体制》，中国建筑工业出版社 2005 年版；[美] 约翰·缪尔：《我们的国家公园》，江苏人民出版社 2012 年版；[澳] 沃里克·弗罗斯特、[新西兰] C.迈克尔·霍尔编：《旅游与国家公园——发展、历史与演进的国际视野》，商务印书馆 2014 年版；张希武、唐芳林：《中国国家公园的探索与实践》，中国林业出版社 2014 年版；张立：《三江源自然保护区生态保护立法问题研究》，中国政法大学出版社 2014 年版；李春晓、于海波主编：《国家公园——探索中国之路》，中国旅游出版社 2015 年版；李俊生等编著：《国家公园体制研究与实践》，中国环境出版集团 2018 年版。学位论文有，杨锐：《建立完善中国国家公园和保护区体系的理论与实践研究》，清华大学，2003 年；唐芳林：《中国国家公园建设的理论与实践研究》，南京林业大学，2010 年；刘亮亮：《中国国家公园评价体系研究》，福建师范大学，2010 年；张金泉：《国家公园运作的经济学分析》，四川大学，2006 年；罗金华：《中国国家公园设置及其标准研究》，福建师范大学，2013 年。相关的学术论文有，谢凝高：《世界国家公园的发展和对我国风景区的思考》，《城乡建设》1995 年第 8 期。相关文献较多，在此不再一一举例。

[②] 参见范银苹等《国外国家公园建设中的居民问题研究综述》，《洛阳师范学院学报》2018 年第 1 期。

究尚未开始。一切尚在探索中，实践再次走在理论前面。

由于"国家公园体制"和"国家文化公园"概念引入不久，我们现有的知识储备和研究成果以及实践经验还不足以满足运河国家文化公园建设的需要，在大运河国家文化公园建设中难免会存在这样或那样的问题，如对国家公园和国家文化公园概念认识不清、定位模糊、文化内涵挖掘不够、文化公园建设过程中的统筹协调能力不强等问题。这些问题不解决，将会严重制约运河国家文化公园建设的顺利开展。故理清思路，找准问题症结所在，是顺利推进运河国家文化公园建设的前提。

（一）普遍存在国家文化公园概念不清的问题

运河文化公园建设在某种意义上说是一个认识水平、见识高低和自觉意识的问题，只有深入发掘运河国家文化公园的文化内涵，认识它的精髓，才能谈得上对运河文化的传承保护和利用，才能顺利开展运河国家文化公园建设。应当说国家公园和运河国家文化公园对我们来说是一个新概念、新课题，需要有一个深刻的认识过程。事实上国家文化公园是由国家公园引申而来，从国家公园到国家文化公园，应是国家公园新的发展形式，两者既相互联系又相互区别，故极易混淆。目前普遍存在两者概念界定不清的问题，或者简单将国家文化公园理解为国家公园，甚至是只突出"公园"二字，很容易让地方在建设过程中联想到一般公园中游乐设施、商业网点、旅游纪念品销售等的固定配置问题，这就不利于明确国家文化公园发展定位。应当说国家公园是相对封闭的系统，而国家文化公园则是半封闭半开放的系统。与此同时，我们又常将大运河国家文化公园建设与大运河文化带建设混为一谈，甚至以大运河国家文化公园建设来替代大运河文化带建设，或以大运河文化带建设代替大运河国家文化公园建设。这些都不利于运河国家文化公园建设的顺利开展。

（二）对大运河国家文化公园的复杂性和独特性认识不够

大运河国家文化公园建设的相关理论是对国家公园相关理论的延续和发展，而国家文化公园比国家公园更加复杂。大运河国家文化公园，与一般国家公园不同，甚至与长城、长征国家文化公园所涉及的区域也不相同。它将面对的是几千年人类活动最活跃、人口分布最密集、生产生活最发达的区域，即长三角经济发达地区；还将面对更多的居民、企业、单位以及不同级别的政区、不同职能的部门。建设的难度可想而知，其复杂性和艰巨性也将是前所未有的。采取何种模式，需要认真调查。既不能简单采取北美和澳洲模式，这种模式缺乏可操作性；也不能采取英国等欧洲国家的模式，那样根本无法建立国家文化公园。在中国，名义上的土地所有权是国家的，但实际的权属或经营权力在各级行政区、行业部门、单位、企业和居民，大量的利益冲突会随之而来。这需要我们认真对待。这就要求我们深入认识运河国家文化公园建设的复杂性和独特性，探索出一种既与国际通行的国家公园理念和发展目标相一致，又符合中国国情的国家文化公园建设和管理模式。

（三）对大运河国家文化公园建设的文化内涵挖掘和梳理不够充分

对运河文化内涵的挖掘不充分，对运河文化底蕴研究不透彻，文化家底梳理不到位，直接导致我们在运河国家文化公园建设中的知识储备不够，公园建设定位不准、规划不清、建设缺乏方向感等。一是我们对江苏段运河文化内涵挖掘不够。目前，我们掌握的是江苏拥有世界文化遗产区

7个、遗产点22个、遗产河段325千米、全国重点文物保护单位214处和国家级非物质文化遗产131项，但我们的家底绝不仅仅是这些，还有那些深埋于历史尘埃之中、散落于民间闾巷、遗失于田头旷野、内化于江苏文化血脉之中的众多运河文化事象。二是对运河文化特色认识不清。最早的大运河河段源于江苏，大运河塑造了江苏的城镇格局，孕育了江苏的文化特质，演绎出漕运、水工、盐业、工商、园林、水乡人居等各具特色文化形态，塑造了江苏"水韵""书香"的人文特色。但运河文化江苏段地域特色仍需进一步提炼。三是运河文化研究缺乏将传统文化、革命文化和社会主义先进文化有效贯通。目前规划设计的江苏运河国家文化公园展示空间中，核心展示园22个、集中展示带25个、特色展示点148个，以代表文化遗产的园、带、点为主，代表近代革命文化、现代革命文化、社会主义文化的较少。

（四）大运河文化公园建设过程中的统筹协调与现实需要之间存在矛盾

一是各部门统筹协调不够，存在多头管理。在实际的保护和发展利用过程中，存在着部门利益纠葛等问题。如河道水工设施属于水利部门，航道属于交通部门，非物质文化遗产属于文化部门，物质文化遗产属于文物部门等，统筹协调不够，这给运河文化遗产保护利用和文化公园建设等造成巨大压力。二是沿线区域各自为政，以经济利益为首要关注点的情况仍然存在。一些地区提倡多干快干，把运河国家文化公园建设简单认识为搞商业开发、搞旅游，导致同质化严重，破坏文化遗产、生态环境和人文环境的情况可能出现。同时，实际工作中也存在"上面雷声大，下面雨点小；行政宣传多，实际进展少；会议研讨多，重要成果少；调研表态热，实际工作冷"的情况。

四、大运河国家文化公园的内涵与特色建设

大运河国家文化公园建设是一项文化建设工程，这项工程应建立在公园文化、运河传统文化和革命文化、社会主义先进文化基础之上。我们只有深入把握其文化内涵与特色及其发展规律，将世界知识与地方知识融会贯通，才能精准定位、科学施策，从而建设好经得起历史检验的运河国家文化公园。

（一）大运河国家文化公园的文化内涵与特质

把握大运河国家文化公园的文化内涵与特质，是我们开展运河国家文化公园建设的基础。

首先，我们要深入把握大运河国家文化公园建设的主题和内涵特质。大运河国家文化公园应当有明确的主题和清晰的内涵。不厘清这个问题，运河国家文化公园建设的定位就会出现偏差，文化公园建设就会混同于一般公园建设，甚至只注重"公园"建设而轻视其文化内涵的发掘，或只热衷于游乐设施、商业设施等的配置而淡忘了运河文化内涵的展示。这样就有违运河国家文化公园建设的初衷，甚至淹没了文化公园建设的主题。事实上，运河国家文化公园是由国家批准设立并主导建设，以彰显中华文化中具有代表性和标志性的文化精神价值，以焕发中华文化时代风采为主要目的，实现中华优秀传统文化资源科学保护与合理利用的特定文化遗产文化资源核心地区或核心地带。其主要功能就是要维护和彰显运河文化遗产的历史真实性、风貌完整性、文化延续性，同时兼具文化教育、公共服

务、旅游休闲、科学研究等作用。这就需要有针对性地选择运河文化带中那些在全国乃至世界范围内具有突出文化价值、鲜明文化特色、重要文化影响，能够充分体现中华文化真实性、完整性、延续性，连片、连线或分散的文化遗产资源富集区或核心带，依据相关法律法规和保护传承利用的实际需要，从国家层面实施全方位保护、持久性传承、综合性利用、精准化管理，积极打造文化遗产文化资源保护、展示、传播和服务的平台，形成文化遗产、文化资源主体功能区和文化建设、文化治理综合示范区。

其次，深刻认识大运河国家文化公园与国家公园之间的区别与联系。国家文化公园源自国家公园。国家公园是由国家批准设立并主导管理，以保护具有国家代表性的大面积自然生态系统为主要目标，实现自然资源科学保护和合理利用的特定陆地或海洋区域。国家公园主要用以保护大尺度生态过程以及这一区域的物种和生态系统，同时提供与其环境和文化相容的精神的、科学的、教育的、休闲的和游憩的机会。其宗旨是加强自然保护，以自然保护为主要目标，保护区必须防止或消除可能会对保护目标造成危害的任何自然资源开发或管理活动，同时努力维持或尽量加强受保护生态系统的自然程度。国家公园实践在我国刚刚开始，但类似的保护区、保护范围早就有了。它以生态自然为主，现在又衍生出各种类型。国家文化公园兼具国家公园和文化公园两类空间的特性，除了国家公园最重要的生态保护、科学研究、旅游功能外，还包括遗产保护、文化传承利用、科普教育功能等，而且更加讲求还生态、还文化、还园于民。国家公园注重强调生态保护，实现对自然及其所拥有的生态系统服务和文化价值的长期保护。而国家文化公园文化更注重强调文化内涵的挖掘和提炼。

再次，深入把握大运河国家文化公园的文化功能。文化公园是依托原有的文化遗产和文化故事资源，以"文化"为主的设计理念和设计实践，通过文化主题，结合各种文化元素在景观上的运用和表达，构建集文化传播、休闲为一体的新型公共空间。建立以世界遗产保护区为基础的国家文化公园，是在国家公园基础上的一种新尝试。国家文化公园兼具国家公园和文化公园两类空间的特性，实行"公有、公管、公益、公享"，倡导建设与民共享的公共文化空间，具有保护、科研、宣教、旅游等功能。首先是保护功能：国家文化公园保存了重要的生态系统和自然系统，是生态安全格局的骨架和重要节点；文化公园拥有完整、健康的生态系统，区域生态调节功能强，具有维持和提升区域生态环境质量的重要作用，是维系生态功能的关键区域。其次是科研功能：文化公园具有极其重要的科学和研究价值，可直观反映关键区域生态系统和自然资源的现状和演变趋势，为生态环境保护与恢复提供科学的背景数据，是最重要的科研平台。再者是宣教功能：文化公园蕴含着丰富的生物、地质、环境、历史文化等知识，是人们了解、学习自然科学和人文历史，激发环境保护意识，增加民族自豪感，培育爱国主义精神的重要基地。最后是旅游功能：文化公园景观独特、观赏价值高，代表国家形象，国民认同度高，在降低人为因素干扰和影响的前提下，给国民提供了亲近自然、了解自然、愉悦身心的场所。

（二）江苏大运河文化的内涵与底蕴

大运河国家文化公园建设强调对大运河文化内涵的挖掘和提炼。如何将大运河文化遗产的精华及其人文生态环境在一个广阔的、相对固定的空间区域内完整保留下来，有效解决大运河保护与沿线地方、部门经济社会发展之间的矛盾，将是一个长期的课题，也是难题。将国家文化公园试点纳入大运河文化带建设中，不仅必要，而且紧迫。只有充分挖掘江苏大运河的文化内涵，摸清其文化家底，大运河国家文化公园建设才能定位准确、规划长远、目标明确。

江苏大运河文化遗产种类多样。江苏是大运河河道路线最长、流经城市最多、文化遗产数量最多，内容最丰富、类型最完整，遗产等级价值最高，保护现状最好的省份。同时，大运河江苏段是最具国家文化公园条件的活态运河。江苏大运河文化生态环境条件较好，保护与发展的矛盾也较为突出，大运河文化遗产面临破坏的危险也较为突出，设立大运河国家文化公园，传承保护好大运河文化遗产，不仅必要而且亟须。江苏运河沿线城市物质和非物质文化遗产资源十分丰富，有9座中国历史文化名城、19座中国历史文化名镇、7座中国历史文化名村，有149处全国重点文物保护单位、101项国家级非物质文化遗产，分别占全省总数的65.9%和69.2%。列入世界文化遗产的河段长325千米，占运河全线的1/3；遗产区7个，占遗产区总面积的46%；遗产点22处，占总数的40%。

江苏大运河文化内涵丰富。江苏保存了大运河从开凿迄今最为完整的文化遗产类型，其航道及航运功能从最原始的功能及风貌到最现代化的风采都能呈现，迄今仍然保持着"活性"特征和工程性特征，代表古代科技高超水平的大型水利水工遗产，代表运河管理的制度性漕运总督署衙等，代表多元区域的楚汉文化、淮扬文化、吴文化，以及园林文化、江南水乡文化、近代民族工商业文化等，都由运河有机串联，形成了兼收并蓄、包容多样、独具魅力的江苏运河文化。目前江苏大运河沿线城市拥有全省60%的人口、66.3%的经济总量，形成一条人口稠密、经济繁荣、文化昌盛的城市走廊。涌现出常州"运河五号"创意产业园、淮安古淮河文化生态产业园区等典型案例。沿线城市拥有8个国家级文化产业示范基地，4个国家级动画产业基地、影视基地，2个国家级文化和科技融合示范基地以及江苏国家数字出版基地，沿线8市均为国家园林城市和中国优秀旅游城市，拥有以扬州瘦西湖为代表的 5A 级景区 13 个，占全省的 76.5%，4A 级景区、省级及以上旅游度假区均占全省的 70% 以上。这些都极大地丰富了运河文化的内涵。

（三）江苏大运河文化特色与亮点

江苏大运河全面、典型地展示了大运河的文化特色。建设大运河文化带，打造高品位的国家文化公园，应当深入发掘江苏运河文化特色，将江苏大运河文化丰富的内涵和元素，通过国家文化公园及其文化地标、文化景观等，全方位、多角度、多形式地展示出来，体现出江苏大运河文化的独特魅力，引领全国大运河文化带建设。江苏大运河在长期的历史发展中形成了自己独有的价值和特色。其主要特色有以下几个方面。

第一，江苏大运河是历史发展的贯通之河，镌刻着社会演进的悠久年轮。大运河沿线文化历史悠久，新石器以来运河沿线文化都很发达。如邳州刘林、大墩子文化，高邮龙虬庄文化，兴化南荡文化，太湖流域马家浜文化、松泽文化和良渚文化等，其历史皆可追溯到史前。明清以来，江苏大运河沿线成为较发达的地区。大运河的功能也从最初的军事性向政治性的统一和维持都城的漕粮运输发展。同时，交通运输和工商业日渐重要。新中国成立以来，江苏大运河在"保护中发展，在发展中保护"，其复兴历史值得关注，不能忽视。

第二，江苏大运河是区域文化的纽带之河，串联了地域文化的多元类型。江苏的太湖、长江、淮河诸水系将江苏南北分为吴、金陵、淮扬、徐海等四大文化区域，南北八个运河城市，几乎涵盖了主要文化区域。各区域间存在着巨大的文化差异，如地理物产、生产水平、生活状态、语言文化、民风习俗、思想文学等，"吴韵汉风""南船北马""南蛮北侉"等，包括不同风格的菜系，在这条生命廊道上保持个性。同时，大运河的交通流动功能又使运河沿线文化具有许多共性，沟通整合，不断发展，如明清苏州与扬州的园林、手工艺。明清小说内容丰富，立体展现了运河沿岸的不同风情和相互交流。淮扬、苏州等菜系虽然口味不同，但原材料大多以湖、河水鲜为主，体现了共性。

第三，江苏大运河是沿线城市的母亲之河，见证了古今江苏城市的兴衰变迁。大运河对沿岸城市而言，不是"生母"便是"乳娘"，大运河孕育了江苏的众多城市。苏州（吴）、扬州（邗）都有约2500年的建城史，与大运河同生共进。徐州（彭城）、淮安（末口）、淮阴、高邮、镇江（朱方）、常州（延陵）等都曾是运河重要的节点。明清时期大运河两岸更是诞生了大量的运河城镇，正准备申遗的江南名镇同里、周庄、甪直、木渎等为杰出代表，它们推动了江南工商文明的发展。

第四，江苏大运河是中华文脉的传承之河，引导着文明的繁衍传播。大运河沿岸是文化繁衍传播的交融之地，诸子百家，特别是儒家孔孟思想曾在运河沿线发展壮大，两汉经学，宋明理学在运河沿线都有活动。清代的各个重要经学流派、诗社词派、画派、医派等，主要活动于运河城市。经学中的吴学、皖学、常州学派、扬州学派，都以运河城市为主要的活动地点，相关人物也是相互交往，形成思想碰撞。明代的王艮、徐霞客、无锡东林党，清代的顾炎武、庄存与、刘逢禄、龚自珍、魏源、包世臣等思想家，近代的革命家瞿秋白、张太雷、恽代英都与运河文化的深刻底蕴息息相关。大运河在国内及中外文化交流中可圈可点，圆仁、成寻、马可波罗、郑和、利玛窦、马戛尔尼等，都在大运河沿线留下足迹。大运河的丰富的文化资源，是新时代的大运河文化带建设取之不尽、用之不竭的金山银山。

第五，江苏大运河是统一交流之河，支撑着国家政治与经济重心分离状态下的民族融合。中国古代疆域形成与发展和大运河有密切关系，从春秋战国的分裂到区域性统一，再到最后的全国统一，从东西之争到南北对峙，最后到南北一体，江苏大运河都曾发挥重要作用。大运河支撑了中国政治、军事中心与经济重心的长期分离，元、明、清多民族国家的统一融合，辽阔疆域形成，大运河起了不可替代的积极作用。今天，江苏大运河仍然对南北区域发展，以及北煤南运、南水北调等区域协调发展，具有重要作用。大运河塑造了江苏的城镇格局，孕育了江苏的文化特质。但运河文化江苏段地域特色仍需进一步提炼。

五、大运河国家文化公园建设中需要协调的五种关系

大运河国家文化公园建设是事关子孙后代的千秋大业，其工作千头万绪，纷繁复杂，需要我们立意高远，准确定位，高起点规划，精心实施，对一些事关全局的各种问题需要协调好、解决好。

（一）协调好国家文化公园建设与大运河文化带建设之间的关系

大运河文化带建设是适应大运河文化传承保护和利用的需要，以文化建设为引领，带动经济、生态等各项建设发展的国家文化建设工程。具体而言就是打造"四条长河"：文化方面打造"魅力长河"，加强对大运河非物质文化遗产、所流经省区市地域特色文化等文化形态的保护、挖掘和弘扬；生态方面打造"美丽长河"，以大运河遗产保护为基础，划定生态红线，加大大运河流域的建设力度；经济方面打造"高端长河"，依托大运河"黄金水道"和良好的人文生态环境，重点发展旅游休闲、文化创意

产业，促进产业聚焦和协同发展；社会方面打造"共享长河"，发动广大群众积极参与建设，共享大运河文化带带来的美好生活。大运河国家文化公园建设与大运河文化带建设两者之间在指导思想、建设目标、内涵外延、功能定位、规划设计、重大工程、重要任务、制度保障等方面具有一致性，彼此相互依存、互为表里，能够融合发展。但也应该看到两者之间具有一定的差异性，各有特色，互有侧重。大运河文化带建设是带有整体性、全局性的国家综合工程，涉及运河文化传承、保护和利用的多个领域，而文化公园则是大运河文化带建设中的重要组成部分，主要以园、区、点等建设为重点，以文博园馆展示区为载体，展示大运河文化的丰富内容。因此说两者之间应相互兼容、协同发展。在具体实践中，我们既不能以文化带建设代替文化公园建设，也应避免以大运河国家文化公园建设替代大运河文化带建设。

大运河文化带保护是一项庞大的系统工程，对运河这种大型、跨地域空间的文化遗产的保护将是一个世界性的难题，既无法采取传统的保护形式，也不能放任地方无序发展。特别是对大运河这样仍然在使用，始终处于变化之中的运河遗产的保护，更是难中之难。如何切实保护运河文化遗产，让自然与人类社会共生同长，使大运河生态系统可持续发展，实现经济社会发展与生态环境保护共赢的目标，需要我们深入探讨，找准切入点，统筹解决。为此我们建议将国家文化公园试点纳入大运河文化带建设之中，以大运河国家文化公园建设规划为指导，以省级统筹协调为基础，沿线各省市设区市为单元，以国家文化公园建设为突破口，建好大运河文化带，为改革和完善我国文化遗产保护体系探索一条保护传承利用大型线性遗产的中国道路、经验和模式。江苏省在大运河文化带建设方面拥有全方位的、得天独厚的、无可比拟的优势。以国家文化公园建设入手，推动大运河文化带建设的全面展开，不仅是为了推动江苏文化强省战略的实现，更是为了担起责任，引领全国，在整个大运河文化工程中发挥先行示范作用。充分把握大运河文化带江苏段的内涵与特质、历史与现实，认识其在整个文化带建设当中扮演的角色及其所具有的共性与特色，是开展相关建设的前提。

不仅如此，我们还应将大运河国家文化公园放在一个更宏阔的视野下来统筹谋划，如与长江经济带、长三角一体化等国家战略，"1+3"功能区建设等区域发展战略及"一带一路"倡议等对接起来，综合施策，高规格、大视角布局运河文化公园总体建设和分省建设。应当看到，大运河是一条东部沿海经济文化发达区的生命线，在国家经济文化中占有举足轻重的地位。江苏大运河沿线作为经济文化重心区，在省内所占比重之大，其他省市无法与之相比。它是一条通江达海、纵贯南北、将全省连接为一个有机整体的轴线，实为江苏社会经济文化发展之轴线，江苏之水运已经成为综合交通运输体系中不可或缺的一环，具有得天独厚的优势。江苏已经将13个城市中的11个纳入文化带建设，这是一项综合性的、长期的、复杂的重大工程，已经不是单纯的文物和文化资源的文化工程。大运河国家文化公园的建设时间更长、任务更重，难度也更大。

（二）协调好运河传统文化与革命文化、社会主义先进文化之间的关系

江苏大运河的航道、船闸等，集中体现了大运河古代文化、近代文化和社会主义文化的时代烙印，也是展示新时代大运河文化带新风貌的创新舞台，弘扬航运人艰苦奋斗创业精神的平台，讲好大运河江苏故事的生动讲坛，更是让人民共享大运河文化带建设成果的旅游休闲佳地。在规划设

计的江苏大运河国家文化公园展示空间中，核心展示园 22 个、集中展示带 25 个、特色展示点 148 个，多以代表文化遗产的园、带、点为主，重点展示古代运河文化遗产，而对代表近代革命文化、现代革命文化、社会主义文化的现当代运河文化成果关注较少，甚至忽略了新中国京杭运河改扩建工程所形成的新运河及运河文化，如镇江谏壁船闸新的通江口门，常州四改三绕城运河所形成的 26 千米新运河景观。淮安重点关注里运河而忽略了京杭大运河两淮段。扬州重视城内古运河而忽视了新运河及六圩出江口门。徐州古运河已经难觅踪迹，但新运河受到冷落，如新建的 57 千米湖西航道自然优美风光等。对古运河沿岸投入重金，大拆大建，而对新运河视而不见。而真正风景优美、地域开阔、遗产点文物保护压力较小的恰恰是新运河沿岸，特别是苏北运河沿线 11 座现代船闸资源。在京杭大运河关键节点建设代表大运河文化带的文化标志，既是整个大运河文化带的地标性工程，也是物化大运河精神的核心文化元素。这就要求我们应当重视传统文化与现当代文化的融合，在此基础上推出若干重点建设项目。大运河文化公园建设要以优秀传统文化为基础，以红色文化和社会主义文化为统摄，三种文化相融合，使之成为弘扬优秀传统文化，展示从古至今的水工水利文化，寓生态保护、文化展示、教育科普、文化旅游、科学研究融于一体的综合平台。

（三）协调好大运河自然生态保护与文化生态保护之间的关系

大运河国家文化公园建设应更加注重文化生态和自然生态的保护。文化公园的周边环境包括周边的自然生态和文化生态（孕育这种文化的固有人文生态），这是运河本体与周边人文环境的有机结合。像大运河这样仍然可用的活的遗产部分，需要维持传统的水上运输、水上生活、水上渔业等人文生态,这些都是固有的文化生态。如果完全禁运输、禁船舶,禁渔业,只允许建旅游项目,让游船在上面揽客观光,那就不是活的大运河。因为这种游艇游船观光,只要是水面都可以进行,湖泊、自然河流、城市河道,都可以的,哪里看得出是运河文化,流动的文化呢?运河文化生态与自然生态应该是融合一体的,不能偏颇。现在有的地方保护过了头,一刀切,消灭了正常的航运,还要消灭渔业养殖。要科学测算,不能过度养殖,造成水质污染、富氧化,但不能禁止养殖。过犹不及,运河生机在于"运",流动的文化指的就是"运",有"运"才有流动。除非水运完全无用了。但现在还不是,要鼓励发展绿色水运,在政策上扶持,不能完全走公路。宜水则水,宜路则路。沿运湖泊,例如微山湖完全禁渔的做法不可取,要保护当地原住民的基本生存权利,而这种生态恰恰是更接近古运河的生态,人与自然的和谐相处。五位一体,经济第一位,没有经济基础,文化建设没有根基。金山银山,藏在深山,仍然不能转化为财富。不搞大开发,是指不能滥搞开发,不顾生态承受力的开发,违背自然规律的开发。有些地方政府在"国家文化公园""生态保护区"等名义下,强行拆迁,改善生态环境,运河两岸长期形成的人文景观必然遭到破坏,虽然整体的生态环境改善了,可人文生态、文化生态全没了,这是非常令人担心的状况。自大运河申遗以来,许多地方都存在这种状况。在新一轮大运河文化带建设和大运河国家文化公园建设热潮中,原本已经脆弱的人文生态有可能再次遭受灭顶之灾。所以,应当特别注意,未雨绸缪。解释宣传科普文化的部分,应多一些生态资源的修复和完善。

大运河国家文化公园建设应更加注重点线的协同发展。大运河是一汪生命活水,生生不息,含有流动、联通、传承的意蕴。江苏段运河形态多样,既有古运河正线、古运河支线、城市运河(市河)等,又有新运河正线、改道绕城运河、联结的支线运河等。对主题线路的设计不应局限于简单的设计命名，而应将文化历史故事、主题发展脉络梳理清楚，整合起来，使文旅线路更具有人文熏陶感、主体体验感、知识获得感等。

大运河国家文化公园建设应更加注重文化品牌的打造。针对目前运河景观同质化趋势严重的问题，即简单复制粘贴古民居、历史街区、小桥、河道、乌篷船、古树、古板路、园林等情况，应把握好重要节点、重点文化标志的打造，如设立地标性建筑、营造新的运河景观等。应精心打磨出大运河上的八达岭、居庸关、山海关、嘉峪关等。根据各个区域的文化、生态资源，将外在展现与内在底蕴结合起来，展现具有地方特色的活态文化，凸显其特色、特征和品位。这就需要加强大运河文化精神的研究，站在国家层面，提炼新时代大运河精神表述语。可开展征集活动，广泛运用于大运河国家文化公园建设精心挑选的地标、标志工程中，使之成为大运河文化的核心价值理念，广泛宣传推广。

（四）协调好重点建设与一般建设之间的关系

江苏作为大运河国家公园的试点省份，要打造出具有国际影响力、国家代表性的示范点。对于一些重点打造的点线，包括地标设计等，需要结合目前运河点线的设施基础、周边环境、人文历史积淀、当地政府投入力度等层面统筹考虑，建立相关指标体系，进行取舍。针对目前大量运河点线都争取进入建设第一梯队的现状，做好多和少、重点和非重点的平衡，要做好甄选的标准，分阶段、分步骤推进大运河国家文化公园建设。运河国家文化公园具有国家性、权威性和科学性。如果这些重点项目都纳入运河国家文化公园建设之内，搞全流域公园建设，则有违国家文化公园的权威性和国家性，必然失去国家文化公园建设的初衷。如何将大运河国家文化公园建设与国家公园的国家性、严肃性、权威性协调起来，是我们必须面对的问题。必须认识到国家性是大运河国家文化公园的基础，坚持国家所有、国家主导，增强国家公园体制试点实施方案和相关规划的科学性、严肃性和权威性，是大运河国家文化公园建设成败的关键。令人担忧的是，现在的国家文化公园规划，全面铺开，到处设园，很容易造成大开发的状况。这就需要将国家文化公园建设与文化带建设结合起来，重点建设项目与一般建设项目结合起来，统筹协调两种建设。首先要高标准建设文化带，将上述重点项目纳入文化带建设之中，将其打造成为中华文化的金名片，像长城那样的中华民族的文化品牌。而大运河国家文化公园建设试点规划要瞄准大运河文化带建设中的精品经典工程，规划要精心选择点段，建立指标体系，克服沿线政府企业借机上项目，大搞开发的冲动，强化大运河遗产保护及人类对自然人文资源的永续利用。

（五）协调好国家公园模式的世界经验与中国具体实践之间的关系

目前世界上国家公园管理主要有两种模式。一是北美、澳洲模式。虽然都是土地私有为主的国家，但国家在疆域内私人土地制度未建立之前建立国家公园，将大片共有的原始荒野划为国家公园。虽然园内还有零星的原住民及原始文化，但整体上不影响建立一个国家垂直管理的机构进行统一管理。这种国家公园是目前世界上最普遍的国家公园形式。二是欧洲国家模式。如英国、法国、德国等私有制建立得比较早，在国家公园建立之前，土地私有化基本上完成，国家疆域内已经没有多少无主荒野可以直接宣布为国家公园区域，因此国家公园区域内，存在着大量私有土地、庄园、建筑等，居民也很多。这些国家，在开始规划建设国家交通道路时都遇到很大阻力，开始时私有土地主人连道路都不准开辟，更不用说将私人土地收归国有。如果要建国家公园，只能通过赎买、迁移等经济手段谈判换取土地，这个代价太大，故这些国家的国家公园建立比较晚，管理方式等也与北美、澳洲不同，只能采取建立一个由多方利益诉求方代表所组成的委员会的形式来进行协调，没有国家统一的垂直管理模式。除此之外，有些新兴发展中国家如印尼等，建国时间较短，独立之前就由欧洲殖民当局建立了国家公园，采取类似北美、澳洲等国家的国家公园管理模式。但独立后的管理不善，特别是经济发展的需求，旅游、矿业等产业导向等问题，已经大大削弱了国家公园体系，生态环境遭到严重破坏。①

大运河国家文化公园不同于一般的国家公园，甚至与长城、长征国家文化公园所涉及的区域也不相同。它将面对的是几千年来人类活动较活跃，人口分布较密集，生产生活较发达的长三角经济发达地区，特别是大运河本来就流经东部人口最密集的区域，沿岸都是码头、仓库、农田、住宅、企业、村镇等，产权分散，名义上是国家所有，实际上被各行政区、行业部门、企业单位、乡村城镇、个体等所占用，使用权分散。这种情况下，如何建设国家文化公园，实现公共性、公益性、国家所有，其建设的难度是相当大的。采取什么样的模式需要认真调查，既不能简单采取北美、澳洲模式，这种模式缺乏可操作性，又不能采取英国等欧洲国家的模式，那样根本无法建立国家文化公园。我们要探索出一种既与国际通行的国家公园理念和发展目标相一致，又符合中国国情的国家文化公园建设的管理模式，这将是一个急迫而又现实的问题。大运河国家文化公园的建设标准现

---

① 参见［澳］沃里克·弗罗斯特、［新西兰］C.迈克尔·霍尔编《旅游与国家公园——发展、历史与演进的国际视野》，王连勇等译，商务印书馆2014年版。

在只能按既有的国际通行的国家公园的标准设立,同时又要妥善处理好产权问题。我们的土地所有权名义上属于国家所有,但实际的产权有的很分散,分散在各级行政区,行政区内又有性质不同的系统、部门、单位,它们都获得一定的权限。土地之上的建筑及房屋产权则更加复杂。国家如何才能将运河沿岸的土地划归国家?如果不在国家手中,又如何建立名副其实的国家公园?现在一条运河,管理方很多,交通部门、水利部门、航道部门、市政部门、住建部门、园林部门、文物部门、海事部门等,还有街道、社区、居民等,如何统一到国家手中?如果建立国家公园,如何统一事权?诸多矛盾都摆在我们面前。我们的国家公园起步很晚,现在要建国家公园,就要将土地的经营使用权收回,重新按国家公园的标准建设,但其中的难度较大。这就需要我们学习世界上其他国家的建园经验,吸取其经验教训,探索出符合中国国情,特别是符合大运河沿岸的实际情况的管理模式。结合国外国家公园垂直性管理、地方自治、综合性管理等管理模式,我们可考虑实行国家委托地方管理,形成"政府主导、多方参与、省市统筹、分区管理、经管分离、特许经营"的管理新模式。

六、大运河国家文化公园建设需要建立的统筹保障机制

江苏已经高起点规划大运河江苏段国家文化公园建设,形成规划方案。要将规划顺利推进,还需要解决目前存在的一系列问题。如运河文化公园建设过程中统筹协调能力与现实需要之间存在着突出的矛盾。主要是各部门统筹协调不够,存在多头管理;各个地方各自为政,以经济利益为首要关注点的情况仍然存在。为避免各地方把国家文化公园建设简单地等同于搞商业开发及旅游项目等,以至破坏文化遗产、生态环境

和人文环境的可能情况的出现，必须要从管理体制机制、立法规划、管理信息系统建设等方面出发，建立多方协同、高效直接的大运河国家文化公园建设统筹机制。

（一）建立统筹管理机制

目前国家层面上已经设立了国家公园管理局。省级层面上已经设立了省级和大运河沿线设区的市、县（市、区）大运河文化带建设工作领导小组。从实际需要看，设立相关常设实体机构很有必要，如大运河国家文化公园管理局，或是大运河国家文化公园管委会，提供人员编制。如果短期内确有设立困难，可由省委宣传部牵头，联合发改委、文物局、文化和旅游厅、自然资源厅、生态环境厅、住建厅等单位成立大运河国家文化公园建设项目组功能区协调机构，各市设立分项目组，定期或不定期召开联席会议，加强顶层设计，主动谋划领导、组织推进，创新管理模式，开展文化遗产保护、文化展示、生态保护、文旅产业等方面的深度协调工作，推动建立具有准行政区权限的大运河国家文化公园发展区，突破行政边界制约，实现沿运河文化公园发展区内部资源整理与整体利益最大化。

（二）建立科学评价机制

大运河国家文化公园各功能区、展示点的规划设计、基础设施建设、资源整合、技术支撑等，都需要实现不同点线的特色错位发展。首先，从规划开始就需要对文化遗产保护、人文生态保护、自然生态保护、文化特色挖掘、主题定位设计等模块进行规划评估打分，实行文化公园的准建立项制度，保证宏观把控基础上的细节规划，这将有利于自上而下统筹规划，防止公园开发的无序、同质和低效。其次，运河文化公园建成后，需要一系列的审核,对于建设结果与审批规划不符的项目,限期整改才能对外开放。最后,在运河文化公园的展示运营过程中,应定期进行考核评价,保证有效保护和形态可持续性。

(三)建立数字化信息管理机制

首先,建立大运河国家文化公园的基础数据资源平台。支持设立专家库,整合与运河文化公园建设相关的专家资源,分类建设运河文史专家、生态管理专家、文化产业专家等专家资源库。设立运河航线的水利文化数据库,梳理历史数据,更新现代数据,为现代航运、文旅产业及科普教育等提供基础信息支撑。设立运河词条、故事库,整理口述史,深挖运河文脉内涵的资料,选择具有突出意义、重要影响、重大主题的题材建设"文化元库"。其次,建立国家文化公园的管理平台。科学设计自上而下直管审批、汇报、管理、宣传系统。基础管理保护交给地方,规划设计把控监管等交给上级。对于一些文化遗产遭破坏的情况,设置专门投诉处理、预警监测办公室。

(四)建立多主体广泛参与的协同管理机制

建立常态化的城市间、河段间交流合作协调机制,并引入地方政府、企业和社会团体、志愿者队伍等参与政策的制定和执行环节,加强内部合作,推动大运河国家文化公园的一体化管理和运行。成立江苏省大运河国家文化公园有限公司,作为大运河文化公园资源整合的运行主体。构建统一的运营平台和投融资平台,使文化展示和文旅相关产业的投资主体和经营方式日益多元化。

(原载《江南大学学报(人文社会科学版)》2019年第5期)

编后记

《新时代文化艺术思想研究文库》分为"文艺高峰与中华民族新史诗研究""中国艺术学'三大体系'研究""中华优秀传统文化创造性转化、创新性发展研究"等主题，收录著述近200篇，展现了学术界对国家文化艺术发展的思考。同时，编选以研究报告的形式对各主题的学术研究近况做了梳理和阐释，合编为一部"研究报告集"。

文库得以顺利出版，要感谢各个主题的编选者鲁太光、陈越、杨娟、李修建、孙晓霞、金宁、李松睿、任慧、李彦平、张敬华、汪骁、宋蒙（排名不分前后）等的辛勤付出。感谢中国艺术研究院基本科研业务费项目对文库编辑出版的资助和支持。感谢文化艺术出版社，特别是杨斌社长、王红总编辑以及各位责任编辑，他们一丝不苟的工作态度令人感佩。更要感谢来自全国各大高校和科研机构的诸位学界同仁，他们不吝赐稿，让这套文库具备了应有的学术分量。

希望这套文库能够为新时代中国特色社会主义建设略尽绵薄之力，能够为新时代文化艺术研究和实践提供有益的学术参考和理论资源。

2021年8月